장편역사소설

2

현해(玄海),
통한의 바다

김경호 지음

박영사

지은이의 말

　일본에 유학했던 경험이 있다. 80년대 말이었다. 일본의 경제 상황이 워낙 좋아 일본을 배우자는 분위기가 널리 퍼져 있던 때였다. 세계 경제력 2위이며 아시아에서 선진국 대열에 합류한 일본이 부러웠다. 알고 싶었다.

　반면 민족의식이 강조되었던 시기에 학생 시절을 보냈던 터라 반일 감정이 유난히 강했다. 반일 감정 때문에 유학을 제대로 할 수 있을지 걱정이었다. 그러나 부정적인 생각을 떨쳐 버리고 '지피지기(知彼知己)면 백전불태(百戰不殆)'라는 신념하에 일본행 비행기를 탔다.

　일본에 도착해, 불과 며칠이 지나지 않아, 내 머릿속은 혼란에 빠졌다. 내가 지닌 반일 감정의 정체성이 나를 커다란 혼돈에 빠뜨린 것이었다. 그때까지의 나의 반일 감정의 문제는 일본이라는 국가와 그 국적을 가진 일본인을 모두 하나의 똑같은 사상체, 가치관을 지닌 인격체로 동일시해 왔다는 걸 깨달았다.

　인간은 자신의 국적과 관계없이 인격체로서 나름의 다양한 사고와 가치관을 지니고 있다는 것을 알면서도, 일본인의 대해서는 그들 모두를 일본이라는 국가의 틀에 함께 묶어, 모두를 제국주의자 또는 협조자로 낙인찍은 것이었다.

1

식민지 지배에 대해 일본인 모두를 가해자로, 그리고 한국인은 모두 피해자라는 이분법, 민주주의 다양성을 거부하는 독재자들이 주로 써 먹는 프로파간다적 수법. 잘못되었음을 깨달았다.

식민지 과정에서 당시 조선의 친일파는 개인적 이익을 위해 국가와 민족을 팔아 자신들만의 권력과 치부의 길을 도모했다. 과연 그들을 피해자라 할 수 있을까?

반면, 일본에서도 당시 일본의 많은 국민들이 군국주의자들에게 핍박을 받고 전쟁에 강제 동원돼 애국이라는 미명하에 죽어 나갔다. 많은 양심적인 사람들이 군국주의자들에게 저항하다, 탄압을 받고 감옥에 갇혔다. 과연 이들을 가해자라 할 수 있을까?

한반도와 일본 열도의 관계를 국가가 아닌 민중들의 관점에서 보았다. 한일 간의 불행한 역사는 권력자들에 의해 만들어졌으며, 그들은 국가라는 틀 속에서, 자신들의 지배를 합리화하기 위해 민족주의를 교묘하게 이용해 왔다는 것을 깨달았다. 결국 한반도와 일본 열도의 민초들, 모두가 권력자들이 만들어 놓은 덫에 걸린 피해자요, 희생자였다.

국가라는 울타리를 초월해 동아시아의 민초들을 중심으로 그들의 이야기를 재조명해, 역사 이야기를 쓰고 싶었다.

임진왜란(1592년), 정유재란(1597년), 병자호란(1636년)…. 400여 년의 세월은 역사의 흔적을 대부분 풍화시켜 버렸다. 역사의 현장을 답사해, 백사장에서 사금을 찾는 심정으로, 모래를 건져 물로 씻어 내고 보석을 걸러 내듯이 샅샅이 뒤졌다. 오랜 세월의 흐름에 색은 바랬으나, 가끔 아주 가끔, 지워지지 않고 남아 있는 끈질긴 민초들의 흔적이 남아 있었다. 세월의 흙을 털어 낸 후, 색을 칠하고 옷을 입혔다.

『현해(玄海), 통한의 바다』는 민초들의 애절한 삶을 씨줄로, 역사적 사실을 날줄로 엮은 대하 장편 역사 소설이다.

저자 김경호

목차

2권의 주요 등장인물

정발(鄭撥)

무과 출신의 무신이었다. 변방을 전전하다가, 함경도를 침범한 여진족을 토벌하고 족장을 사로잡았다. 그 공을 인정받아 임진왜란 발발한 달 전에 정3품인 부산진 첨사(僉節制使)를 제수받았다. 왜군 침략군 제1번대를 맞아, 중과부적 상황에서도 분투하였으나, 왜군이 쏜 철포를 맞고 전사한다. 검은빛 갑옷을 입어, 흑의장군(黑衣將軍)으로 불렸다.

송상현(宋象賢)

문관 출신으로, 임진왜란 당시 동래부사였다. 왜군 제1번대가 동래성을 공격할 때, 수장으로서 분전했으나, 수적 열세와 상관인 좌병사의 이탈로 성문이 열리고 만다. 왜군을 호통치며 장렬하게 전사한다.

아시카가 요시아키(足利義昭)

일본 무로마치(室町) 막부의 제15대 쇼군(將軍). 권모술수에 능하다. 노부나가의 후원을 받아 15대 쇼군으로 등극하지만, 노부나가와의 갈등으로 쇼군직에서 쫓겨난다.

김 서방

동래에 사는 소작농이다. 언양댁과 혼사하여 1남 1녀를 두었다. 왜군이 침략하자, 처자를 이끌고 동래성으로 피신하였으나, 동래성 함락

후, 왜병에게 사로잡혀 포로가 된다. 가족과 찢어져, 소중하게 여기던 아들이 죽은 것도 모르고, 자신은 왜군의 짐꾼이 되어 북상을 하게 된다. 부산포로 끌려온 언양댁과 딸은 배에 실려 왜나라 땅으로 끌려간다.

다케다 신겐(武田信玄)

교토와 오와리 동쪽 지역인 가이(甲斐)의 맹주. 강력한 기마대를 소유하고, 천하 지배를 위해 왕도인 교토로 이동하던 중, 병마로 쓰러져 숨진다. 그의 장남인 가츠요리가 가통을 이어받지만, 그 역시 노부나가의 공격을 받고, 패장이 되어 자진(自盡)한다.

아케치 미츠히데(明智光秀)

쇼군계와 가까운 가문 출신으로, 낭인이었다. 쇼군 요시아키와 노부나가를 연결시켜 준 공로로 노부나가의 가신이 된다. 천하 통일을 눈앞에 둔 주군 노부나가를 쳐, 살해한다.

가토 기요마사(加藤清正)

조선 침략 제2번대 대장으로 히데요시의 먼 친척이다. 무장 출신으로 성격이 급해, 불과 같다. 히데요시의 가신이 되어, 싸움터에서 공로를 인정받아 영주가 된다. 화평보다는 싸움을 통해 조선과 명나라를 지배한다는 주전파다.

아사이 나가마사(淺井長政)

일본 중부 지역에 있던 오다니성의 성주. 천하절색으로 소문난 노부나가의 여동생인 오이치와 정략혼인을 한다. 노부나가의 매부이면서, 부친의 사주를 받아 노부나가를 배신한다. 노부나가의 공격을 받고는 할복을 한다. 그가 남긴 세 딸 중, 장녀는 히데요시의 첩실이 되고, 차녀는 도쿠가와 이에야스의 며느리가 된다. 그의 딸들은 무력이 지배하는 세상에서 역사의 격랑에 휘말려 일본 역사의 한 획을 긋게 된다.

왜관

　부산진성이 축성되어 완성된 것은 조선 9대 왕인 성종 20년(1490
년)이었다. 성종은 문화 정책을 펼치는 한편, 국방에도 많은 힘을 기울
였는데, 국경 부근의 성을 쌓게 하는 등 국방 강화를 꾀하였다. 성곽
의 축조로 북방 지역의 수비가 강화되어 재위 중에 북방 지역을 침범
하여 백성을 괴롭히는 압록강과 두만강 주변의 여진족을 몰아냈다.

　한편, 남쪽 바다에 자주 출몰하는 왜구를 막기 위해서, 성종은 부
산진성을 축성 강화하도록 했다. 부산진성이 축성됨으로써 북방뿐만
이 아니라 남쪽 해안의 방어 체제도 확고하게 다져지게 되었다.

　부산진성의 축성으로 부산포 지역의 국방이 강화되면서 부산포는
왜국에서 대마도를 거쳐 조선으로 들어오는 남쪽의 첫 관문이 되었다.

　거슬러 올라가면 고려 때부터 왜인들의 상선 및 어선은 때로는
왜구로 변모해 남쪽 해안 지역을 습격해 약탈을 하며 분탕질을 하곤
했다. 조선 초기에도 이들 왜구의 출몰과 분탕질은 계속되었다. 골머
리를 앓아 오던 조선은 세종 때에 들어서 교린 정책을 세워 이들을 회
유하고 관리하기 위해 부산포를 비롯해, 웅천 제포, 울산 염포에 왜관
을 설치했다. 이를 삼포라 하였으며, 이들 지역 외에도 외교와 교역을
위해 한양에 왜관을 설치해 주었다. 이를 동평관이라 칭했는데, 왜인
들은 그곳에 머무르며 외교와 교역을 할 수 있었다.

왜관에 출입하는 왜인들은 대마도 출신이 많았다. 그들은 교역과 외교를 위해 조선말을 익혔고 많은 이가 조선어와 일본어를 동시에 구사할 줄 알았다. 조선 조정은 모든 교역은 왜관을 중심으로 이루어지도록 하였으며 이를 엄격히 통제했다. 그러나 이는 잘 지켜지지 않았다.

왜인들은 뇌물을 써 관원들의 비위를 맞추었고, 뇌물을 먹은 관리들은 왜인들을 비호했다. 관리들이 못 본 체하면 왜인들은 왜관뿐만 아니라 멀리 떨어진 다른 지역에도 진출해, 그들의 상권을 넓혔다. 자연스레 이들은 조선의 각 지역의 지리뿐만 아니라 물정 그리고 조선의 내부 사정에도 정통했다.

간베에는 부산포 왜관에 머물면서, 조선과 대마도의 외교와 교역을 관리하고 있었다.

히데요시가 전국을 통일하고 나서, 다음으로 조선과 명을 침략할지도 모른다는 소문이 바다 건너 왜관에 있는 간베에의 귀에도 들려오자,

'미친 소리.'

간베에는 호사가들이 만들어 낸 소문이라고 치부했다. 만일 히데요시가 조선을 침략한다면 본국인 대마도대가 앞장을 서야 할 것은 불을 보듯 뻔한 일이었다.

'싸움이 일어난다면 지금까지 쌓아 온 조선과의 관계는 물거품이 되고 말 것이다.'

조선과 명의 사정을 잘 아는 간베에로서는 군사를 파견해 조선과 명을 굴복시키고 통치한다는 히데요시의 망상을 어불성설로 여겼다.

'그러나 만일 히데요시가 싸움을 일으킨다면….'

그 피해는 고스란히 대마도의 몫이 될 것으로 보았다. 힘이 약한 소

국인 대마도로서는 그를 제지할 힘이 없었다. 결국 히데요시의 명령을 따를 수밖에 없을 것으로 예측했다. 어떻게 해서든지 싸움이 나는 것을 막기 위해 도주와 사신 등이 몇 해 전부터 조선과의 협상을 위해 빈번하게 조선을 드나들었다. 그 결과 두 해 전에 통신사가 일본에 파견되고, 외교를 통해 해결돼 가는 것 같아 간베에도 매우 기뻐하고 있었다.

간베에는 왜관에 머물며 조선과 대마도의 외교 실무를 담당했기에 조선어를 모국어처럼 구사했고, 조선 풍습과 지리에도 해박했다. 조선의 풍물을 좋아했으며 조선 내에 인맥도 상당했다. 도주인 요시토시는 간베에의 그러한 능력을 높이 샀고, 신임해, 오랫동안 왜관의 책임자를 맡기었다. 간베에 역시 도주에게 충성을 다하며, 조선과의 우호를 위해 많은 노력을 기울이고 있었다.

'모든 재물을 정리하도록 해라. 특히 지도 등을 모아 **빠른** 시일 내에 츠시마로 철수하라.'

그가 도주 요시토시로부터 서신을 받은 것은 달포 전이었다.

'드디어 올 것이 왔구나.'

도주의 서신을 받은 간베에는 눈앞이 캄캄해 왔다. 그에게는 조선인 처가 있었다. 관내에서 주거하는 것이 불가능해, 가까운 마을에 살림집을 차려 주었다. 왜관에서 약 네댓 마장 떨어진 작은 마을이었다.

간베에는 저녁에 일이 끝나고 틈이 나면 그곳에서 머물렀다. 둘 사이에 태어난 아이가 둘이나 있었다. 모두 딸이었으나, 그에게는 눈에 넣어도 아프지 않을 정도로 귀여운 아이들이었다.

가정을 갖고 나서 한동안 평화가 지속돼, 두 나라의 교역도 활발하고, 모든 상황이 안정돼 있어, 마음이 편했다. 그런데 이제 모든 것이 깨어져 갈 판이었다. 히데요시의 야망으로 전쟁이 터질지도 모른다는 소문을 듣기는 하였으나, 실제 철수를 하라는 서신을 받으니 간베에는 어찌할 바를 몰라 막막한 심정이었다.

'처자식을 어떻게 하란 말이더냐?'

대마도로 데려갈 수는 없었다. 게다가 도주가 철수를 명령한 기일이 워낙 촉박해, 간베에는 즉시 조선 각 지역의 지도를 작성하고, 기일 내에 모든 물품을 정리해야 했다. 게다가 조선 측이 눈치채지 못하도록 모든 일을 비밀리에 추진하여야 했다.

"조선 측이 눈치를 채면 곤란하니 야음을 이용해, 작업을 할 것이다. 어둠이 깔리면 배에 짐을 쌓아라. 날이 밝기 전까지는 작업이 끝나야 한다. 언제 돌아올지 모르니 모든 짐을 잘 챙기도록 하여라."

이는 곧 자신에게 하는 말과 같았다. 앞날을 예견할 수 없을 정도로 모든 게 불투명했다. 숙소의 짐을 교역품처럼 속여 부지런히 짐을 정리하고 난 후에는 운반하고 배에 쌓는 일을 지휘했다. 휘하 왜인들에게 중요한 물품을 배에 싣도록 시켜 놓고, 제때 출발을 할 수 있도록 지시를 내려 놓은 후, 자신은 출발 전에 처와 딸을 찾아볼 생각이었다. 그런데 실을 짐도 많고 일일이 지시를 내려야 할 사항이 많아, 좀처럼 몸을 뺄 수가 없었다. 초조함만 더해 갔다.

'빨리 끝나야, 잠깐이라도 처자를 찾아볼 수가 있는데….'

그러던 차에 멀리서 동쪽 하늘에서 여명이 하얗게 비추어 왔다.

"부지런히 움직여라. 날이 밝아 온다. 조선 관원들에게 발각되면 끝이다."

성격이 유한 간베에였지만, 마음이 급해져 부하들을 독촉했다. 그러나 모든 짐을 배에 싣고, 장부를 정리했을 때는 사위가 훤히 밝아오고 있었다.

"짐이 많아 지체되었습니다. 조금이라도 어둠이 남아 다행입니다. 이제라도 서둘러 출발해야겠습니다."

"잠깐 다녀올 곳이 있는데, 한 식경 후에 출발하면 안 되겠느냐?"

"안될 것은 없지만, 너무 위험합니다. 조금이라도 어둠이 남아 있을 때, 출발해야 조선 관원들의 눈을 속일 수 있습니다. 또 해가 있을 때, 츠시마에 도착하려면 지금 출발해야 합니다. 한 식경 후면 해가 떠 훤해질 거고, 츠시마에 도착하더라도, 주위가 보이질 않아 위험할 수 있습니다."

"으음."

간베에가 육지 쪽을 바라보며 주저하는 모습을 보이자,

"급한 일이 아니라면, 지금 출발하는 것이 상책입니다."

휘하로 보이는 왜인이 간베에를 재촉했다. 잠깐 고민하는 듯하더니,

"즉시 출발시켜라."

간베에는 마치 미련을 끊어 내려는 듯, 먼저 배에 올라타며 외치듯 말을 했다.

츠억, 츠억.

짐을 실은 배가 부산포를 떠나 절영도 앞을 미끄러지듯 지나자, 간베에는 고개를 돌려 처자가 있는 마을 쪽을 물끄러미 바라보았다.

'그냥 떠날 수밖에 없음을 용서해 다오.'

간베에는 처자에게 아무 소식도 전하지 못하는 것이 안타까워, 속으로나마 용서를 빌었다.

'걱정이 많이 되겠지만 아마 잠시 고향에 다니러 간 줄 알거다. 틈을 보아 서신을 띄우거나 나중에 다시 오게 되면 그때 설명을 하도록 하자.'

왜관의 책임자였던 간베에는 그렇게 처자에게는 아무런 기별도 전하지 못하고 도망치듯이 조선을 떠났다.

밤하늘에 별이 밝았다. 간베에는 군막을 들추고 소리 나지 않게 밖으로 나왔다. 군막과 조금 떨어진 공터에는 모닥불이 피어오르고 있었다. 각 군막에 네 명씩 초병을 두고, 나머지는 내일의 전투를 위해 휴식을 취하도록 지시해 놓았다.

"누구냐?"

초병이 창을 곧추세우며 수하를 했다.

"쉬익."

간베에는 손을 입에 대고 초병에게 가까이 다가가, 자신을 확인시켰다. 무장을 한 간베에를 알아본 초병은 창을 걷으며 몸을 곧추세워 부동자세를 취했다.

"잠깐 밖을 돌아보고 오겠다. 계속 경계를 늦추지 말도록."

"하, 알겠습니다."

초병은 정중한 자세를 취하며, 그에게 머리를 숙였다. 간베에는 진을 빠져나와 초병의 모습이 안보이게 되자, 발걸음을 재게 움직였다.

"헉헉."

뛰다시피 하며 빠른 걸음을 걸어서인지 금세 숨이 찼다.

'다들 잘 있을래나….'

그는 초량과 두 딸이 걱정되었다. 초량의 집이 진을 친 곳에서 조금 멀긴 하지만, 밤사이에 찾아보지 않으면 소식이 끊길 것 같았다. 만일 난을 피해 부산진성으로 들어갔다면, 다음 날 있을 싸움 속에 어찌될지 모를 일이었다.

"제발 집에 있어 다오."

간베에는 초량과 두 딸이 집에 있길 바라는 마음이 간절했다. 대마도로 돌아가기 전, 언질을 주지 못한 것이 너무 안타까웠다. 조급해진 마음에 간베에는 더욱 빠르게 걸음을 옮겼다. 밤길이었지만 부산

14

포의 지리에 익숙해 집을 찾는 데 큰 어려움은 없었다.

초량과는 왜관에서 만났다. 미인은 아니었지만 수더분하고 항상 공손했다. 양반가에서 태어났지만 무슨 연유인가 어린 시절 집안이 몰락해, 관노비가 되었다고 했다. 관노비로서 왜관에 배치되어 다른 여인들과 함께 허드렛일을 했다. 초량은 행동이 조신했다. 간베에는 자기도 모르게 초량에게 관심이 끌렸고, 종종 수청을 들게 했다. 그러다 아이가 생겼다. 조선 관아에 뇌물을 써, 초량을 노비적에서 빼, 살림을 차려 주었다. 초량은 항시 말수가 적고 조용했다. 그래서 마음이 편했다.

"초량, 초량."

간베에는 불빛이 없는 인가로 들어가, 방문에 대고 조심스러운 목소리로 초량을 불렀다. 그러나 아무런 대답도 인기척도 없었다.

"복순아, 말순아."

다시, 딸들의 이름을 부르며, 쪽마루로 뛰어올라서는 여닫이문을 조심스레 열었다. 방 안 어디에도 사람의 기척은 없었다. 실내는 어두웠지만, 무언가 엎어지고 깨어져 난장판으로 어질러져 있음을 느낄 수 있었다.

'부엌에 있나?'

간베에는 무슨 일이 일어났음을 직감하면서, 불안한 생각이 들었다.

'제발' 하는 심정으로 부엌으로 머리를 들이밀고 어두컴컴한 안을 둘러보았다. 좁은 부엌에 특별히 숨을 곳이라고는 없었다.

'틀림없이 뭔 일이 일어났구나.'

간베에는 심상찮은 일이 있었음을 직감으로 느꼈다.

◆

　마을 사람들이 초량의 집으로 몰려든 것은 늦은 저녁이었다. 왜병이 쳐들어왔다는 소식을 듣고 성 밖 마을 사람들의 일부가 성안으로 들어가기 전, 초량의 집으로 몰려든 것이었다.

　"왜놈의 첩년을 끌어내레이"

　울타리 밖에서부터 고함 소리가 들려왔다.

　"이년! 니년이 왜놈의 첩자질을 해, 왜놈들을 끌어드랬나!"

　"이리 나오그레이. 이년이 죽일 년 아이라. 가랭이를 찢어 죽여도 시원치 않을 년."

　악을 쓰며, 기세등등한 아낙들 셋이 소리를 지르며 집안으로 들어섰다. 초량은 안마당에서 어리둥절한 채 서 있다가 봉변을 당했다. 한 여자가 그대로 달려들어 초량의 머리채를 잡아서는 소뿔을 당기듯 땅에 박았기 때문이었다.

　"아니, 왜 이러세요!"

　스물 끝줄의 초량이었다. 힘으로 하려면 대항 못할 것도 없었지만, '왜놈의 첩년'이란 소릴 듣고 이미 사태를 짐작했던 그녀였다. 그녀는 끌리는 대로 몸을 맡기고는 땅바닥에 무릎을 꿇었다. 뒤따라온 남정네들이 뒤에서 멀뚱멀뚱 구경만 하고 있었다. 아마도 아낙들은 그들을 믿고 난리를 치는 것 같았다. 초량의 머리가 땅바닥에 박히자, 다시 두 여자가 달려들어, 발로 등과 허리를 밟았다.

　"어무이, 어무이. 끄억, 끄억."

　두 딸은 옆에서 너무 놀라 소리를 내지도 못하고 "끄억, 끄억" 소리를 삼키며 울고만 있었다.

　초량이 반타작을 당하고 있을 때, 뒤에 온 나머지 사람들은 부엌과 연결된 방으로 들어가 살림을 마음대로 뒤졌다.

"아이고, 왜놈 첩년이라 살림이 아주 실하다카이, 천하의 잡년 같은 기….”

약삭빠른 여인들은 쌀이고 야채고 살림이 될 만한 것은 모두 들고 나와 자기들 짐에 넣었다. 약탈이 시작된 것이었다. 싸움이 가져온 무법천지였다.

"이년을 이제 어카믄 좋노?"

챙길 것을 다 챙긴 여편네들은 두들겨 맞아 땅에 엎드려져 있는 초량을 쳐다보면서 죄인 다루듯이 자기들끼리 처리를 논했다.

"아 뭘 어떡하노! 남정네들 시켜 손을 묶어 성으로 끌고 가야제. 성에 끌고 가면 원님이 무슨 사달을 내주지 않겠나!"

"그 말이 맞데이. 성으로 끌고 가자!"

초량은 손이 뒤로 묶이고 옷은 찢겨진 채로 끌려갔다. 찢겨진 옷 사이로 속살이 드러났다. 남정네들을 의식해서인지, 가슴이 드러나는 것을 막기 위해 저고리 끈만은 원래대로 다시 매 주었다.

초량은 간베에와 살면서 항상 불안한 마음이 없질 않았다. 평소에도 마을 사람들이 자신을 경원시하는 것을 느끼고 있었다. 그런데 설마 오늘 이런 변고가 일어나리라고는 미처 생각지도 못했다. 난데없이 나타난 여인들에게 맞아 터져, 입술은 깨지고 땅에 박혔던 이마에서는 피가 번져 나오고 있었다. 머리채를 잡혀 풀어진 머리는 그대로 산발이 되었다.

'내가 무슨 죄를 지었다고 이러는가? 왜인과 사는 게, 죄란 말이 더냐?'

죄를 지은 것은 아닌 건 분명한데 죄스러웠다. 그래서 마음껏 대들지도 못했다. 그런 자신이 우스웠다. 혼란스런 마음에 저항도 못 하고 그녀는 그렇게 두 손이 뒤로 묶인 채 성으로 끌려갔다.

17

"어무이예, 이무이예."

울며 초량의 뒤를 따라오는 두 딸이 걱정되었으나, 이산가족이 되지 않은 것만으로 위안을 삼았다.

"으음."

간베에는 초량이 부산진성으로 몸을 피했을 거라고 생각했다. 집 안이 어질러진 것은 급히 몸을 피하느라 정리를 못한 것으로 치부했다. 설마 왜놈의 첩이라며 몰매를 맞고 성으로 끌려갔으리라고는 상상도 못했다.

'아, 나를 얼마나 원망했을 것인가?'

한마디 언질도 못 주고 대마도로 돌아갔던 자신이 원망스러웠다. 공무가 우선이라는 마음에 그냥 조선을 떠나서는, 석 달 넘게 아무런 연락도 못했다. 항상 공무가 우선이었고, 공무를 위해서는 가족도 희생할 수 있다고 마음을 다잡고 지금까지 지내 왔다. 몇 번이고 서신을 띄우려 했지만 그도 여의치를 않았다.

순종적이고 조용한 성격의 초량이 자신을 얼마나 원망했을 것인가를 생각하니, 가슴이 메어져 왔다. 아쉬움과 허전함 그리고 회한이 교차했다.

"휴우."

간베에는 텅 빈 집 안을 다시 한 번 둘러보고는 한숨을 내쉬었다. 그리고는 입술을 질끈 깨물고는, 날렵하게 몸을 돌려 울타리를 벗어나서는, 본진으로 방향을 틀었다.

왜병의 출몰

별빛에 반사되어, 검은 윤기가 흐르는 흑단 같던 새벽 밤하늘이 동쪽에서부터 서서히 광택을 잃어 가며 조금씩 잿빛으로 바뀌어 갔다.

음력 4월 14일 미명이었다.

먼바다를 뚫고 솟아오르는 태양은 붉은빛을 선명하게 뿜어내며, 잠깐 사이에 잿빛이었던 하늘을 붉게 물들였다. 검게 잠들어 있던 바다가 동쪽에서부터 서서히 밝아 오고 있었다. 하늘에 반사된 빛은 다시 육지를 환하게 비추었고, 천상에서 밝은 빛을 뿜내며 반짝이던 샛별들은 하얗게 그 음영(陰影)만 남긴 채 어디론가 자취를 감춰 버렸다.

먼바다 위를 소리 없이 건너온 여명은 부산포 앞바다를 뒤덮고 있던 어둠을 깨웠다. 어둠의 장막 뒤에 숨어 있던 왜선이 하나둘 바다 위에 윤곽을 드러냈다. 먹물을 뿌려 놓은 듯, 시커멓던 부산포 앞바다에는 밤사이에 헤아릴 수도 없는 왜의 병선이 가득 들어차 있었다.

"전군 즉시 하선 실시. 하선이 끝난 부대는 진군 대형을 짜고 대기할 것. 전군의 하선이 완료되면 곧장 부산진성을 향해 진군한다."

날이 밝자, 유키나가의 하선 명령이 전군에 전달됐다.

우선 각 대의 영주들이 먼저 하선했다. 해안가 얕은 언덕 위로 올라선 그들은 임시로 설치된 군막에 앉아, 바다를 내려다보았다. 군막은 영주들의 뒤쪽을 타원형으로 감싸는 모양으로, 앞은 툭 터져 있었다.

군막에서는 비다기 잘 보였다. 군막의 좌우에는 무장한 근위대가 장창을 들고 다섯씩 서 있었고, 영주들 뒤쪽으로는 측근 근위들이 대여섯씩 호위를 하고 있었다. 갑옷과 투구로 무장한 이들은 병사들의 움직임을 내려다보며 간간히 전령을 불러 명령을 하달하곤 했다.

타타타닥. 타타타닥.

발이 빠른 전령들은 위아래로 바쁘게 달렸다.

태양은 바다를 발아래로 떨어뜨리고 바다와 갈라섰다. 섬광처럼 뻗어 나온 햇살은 바다에서 붉은빛을 감쪽같이 거두어 갔다. 하늘은 어느새 파랗게 변해 있었고, 햇살은 바다뿐만 아니라 육지의 나뭇잎에서도 반사를 일으켰다.

왜군의 상륙은 한 식경이 지나 완료됐다. 왜병들의 움직임은 일사불란했다. 군율이 엄격함을 말해 주었다.

"조선군의 움직임이 예상보다 조용하구먼?"

군막이 거둬지고, 어느새 전투마로 장식한 백마 위에 앉은 유키나가가 사위를 바라보며 혼잣말하듯 말을 건넸다. 총대장 유키나가를 중앙으로 대마도주 요시토시, 승려인 겐소와 막료들이 전투 차림의 무장을 하고 좌우에 위치했다.

그 뒤를 따라 각 대의 영주들과 병사들이 무장한 채, 종대로 나열해 있었는데, 도무지 그 끝이 보이질 않았다.

"어제 첨사에게 보고가 되었을 테니, 당황하여 모두 성으로 들어갔을 겁니다. 오합지졸의 병사들이 짧은 창을 들고, 성안에서 허둥지둥댈 것이 눈에 선하군요."

요시토시가 유키나가의 말을 받아 조소가 섞인 말투로 답을 하였다.

"전군, 진군 준비가 끝났습니다."

20

전령이 달려와 보고를 하자, 유키나가는 말에 탄 채로 머리를 돌려, 뒤를 돌아다보았다. 갖가지 모양이 새겨져 있는 서로 다른 깃발을 등에 꽂은 병사들이 열을 이루고 있는 모습이 눈에 들어왔다.

일만 팔천의 대병력이 유키나가의 명령에 따라 상륙과 동시에 전열을 정비해, 진군 태세를 갖춘 것이었다. 병사들의 등에 꽂혀 있는 갖가지 모양의 군기가 바닷바람을 받아 펄럭였다. 깃발은 각 대마다 달라, 멀리서도 깃발을 보면 그 소속을 금세 알 수 있었다.

대마도대가 앞쪽에 섰고, 뒤를 이어 유키나가의 히고대, 마츠라대 등의 순으로 대오가 갖춰져 있었다.

"그럼, 진군하겠습니다."

요시토시가 앞으로 말을 몰더니 오른손을 높이 들고는, 동시에 말 허리를 발로 찼다. 말이 움찔하더니 '히히잉' 하고 앞발을 높이 쳐들고는 발걸음을 내디뎠다.

"부우우웅."

대마도대가 앞으로 나서면서 조개 나팔 소리가 널리 울려 퍼졌다.

각 대의 앞쪽에 있던 기수들이 깃발을 흔들었다.

"전군, 진군하라!"

뒤쪽에 있던 각 부대의 수장들도 말을 탄 채, 선봉에 서서 대열을 끌었다.

"저벅, 저벅."

일만 팔천의 대군이 열을 지어 안개가 뿌옇게 내린 우암동을 출발해, 부산진성을 향해 빠른 걸음으로 진군해 나갔다. 영주들이 탄 말의 발굽이 내딛어질 때마다, 이슬에 젖어, 질척한 흙이 사방으로 튀어 퍼졌다. 왜병의 진군은 노도와 같았다.

"조선군은 모두 성안으로 들어가, 성 밖에서는 조선군의 모습을 볼 수가 없습니다. 아마도 농성진을 준비하는 것 같습니다."

출발에 앞서 내보낸 척후대가 교대로 돌아와 보고를 했다. 보고대로, 대열이 부산진성이 빤히 보이는 벌판에 이르기까지 조선 측의 공격이나 움직임은 없었다.

◆

한편, 전날 싸움 준비를 하느라, 늦은 저녁을 먹고 피곤해 잠이 들었던 부산진성의 정병들과 민병들은 날이 밝자, 모두 기상했다.

성내 여기저기에서 연기가 피어올랐다. 가마솥에 쌀을 끓이면서 피어오른 연기였다.

'삼수갑산을 가더라도 밥은 먹어야 한다'라는 병사들의 생각과, '승리를 위해서는 되도록 허기를 면해야 한다'라는 지휘부의 의견이 일치했다.

"왜병이 몰려오기 전에 주먹밥으로 허기라도 채우게 하라."

첨사의 명령으로 가마솥이 걸렸고, 꺼져 가던 불이 다시 세게 피어올랐다. 연기가 잦아들고 남은 숯으로 이제 막 밥에 뜸을 들일 무렵이었다.

"왜병이다. 왜병이 나타났다."

성첩에 있던 병사들과 민병들이 너 나 할 것 없이 일제히 외쳐 대기 시작했다. 놀란 사람들은 성첩으로 올라섰다. 밥을 하던 아낙네들도 행주치마에 손을 닦으며, 부리나케 성첩 쪽으로 다가가, 성 밖을 내다보았다. 병장기로 무장을 한 왜군의 대열이 길게 열을 이루고 다가오는 모습이 보였다. 왜병의 주력은 부산진성으로 이어지는 길을 향해 오고 있었으나, 일부는 산개해, 성 밖 마을에 남아 있는 집들을 불태우고 있었다. 이미 멀리 떨어진 민가 여기저기에서는 연기가 하얗게 피어오르고 있었다.

"절마들이 미쳤는 갑다. 죄 없는 초가는 왜 태우고 난리고."

"그나저나 즈게 도대체 얼마나 되노? 도무지 끝이 안 보인데이. 이자 우짜믄 좋노."

시야가 멀기도 하였지만 종대로 다가오는 왜병은 도무지 끝이 보이질 않았다.

"내 왜구를 본 적은 있다만, 저리 무장을 단단히 한 왜구는 본 적이 없다."

화려한 깃발로 장식한 기마대와 갑옷과 투구 등으로 완전 무장을 한 왜병들은 기다란 창과 조총을 어깨에 걸치고 있었는데, 조선 사람들로서는 무장은 물론, 생전 그렇게 군사가 많이 모인 것을 본 적이 없었다.

"왜구하고는 다르데이. 저건 왜군이라. 왜군 정예병 아이가."

"인자 다 죽었대이. 이걸 우짜믄 좋나, 우짜믄? 하이고 내사 마."

성안의 백성들은 왜병의 군세와 위용에 벌써부터 겁을 먹어, 오금이 저려 왔다. 군사들과 백성들이 함께 동요했다.

"무엘 우짜믄 좋노? 죽기 아님 살기 아이가."

이미 겁을 먹고 얼굴색이 변해, 덜덜 떠는 자와 곧 죽어도 기백과 투혼을 내세우는 자로 나뉘어졌다.

성내의 동요와는 달리, 깃발을 높게 세우고 기세당당하게 진군하는 왜군의 대열은 흐트러짐이 없었다. 종대로 열을 이룬 채, 일사불란한 행군으로 성을 향해 전진해 왔다. 이열로 길게 이어진 행렬은 마치 먹이를 노리는 뱀이 혀를 날름거리며 스멀스멀 기어오는 것 같았다.

"저 놈들이 와 저라노, 무슨 웬수가 졌다고 저리 몰려 왔노?"

기세가 등등했던 어동도 왜군의 수와 기세를 보고는 그 위용에

23

주눅이 들었다. 싸움의 초짜가 봐도 중과부적이었기 때문이었다.

'절마들이 진짜 싸움을 위해 바다를 건너왔구마.'

어동은 무기를 받아 들었을 때는, 누구와 맞서도 지지 않을 것 같은 기분이었는데, 막상 왜군의 대열을 보자 그만 기가 팍 꺾였다.

'성안의 병사만으로는 도저히 이길 수 없다.'

싸움에 아무리 문외한이라도 불가항력이라는 생각이 들었다. 자신이 아무리 날고뛴다 하더라도 저 많은 왜군을 물리친다는 것은 어림도 없다는 것을 체감한 것이다.

'분수를 모르는 사마귀가 수레를 막아서는 형국이다.'

어동은 어디서 들었던 당랑거철(螳螂拒轍)이라는 한자 숙어를 조선말로 들은 기억이 있어, 그렇게 비유했다.

어동뿐만이 아니었다. 철릭을 걸치고 병사들을 지휘하고 있던 장교들마저도 동요하는 모습이 역력했다. 그러니 성안에 있던 민병들과 아낙들은 말할 나위조차 없었다. 상상을 초월하는 왜병의 수와 그 진격 모습에 성안 사람들은 모두 얼굴이 파랗게 질려 있었다.

'인자 죽었다.'

가슴은 쿵쿵거렸고, 눈앞은 노랗게 변해 갔다. 몇몇 아낙들은 주먹밥을 만드는 것도 잊고, 그대로 땅바닥에 털썩 주저앉아 '흑흑' 대며 눈물을 흘려 댔다.

"인자 다 죽었데이. 살아남는다 하더라도, 왜놈들의 노리개가 될 것은 뻔한 일이구마. 이걸 우짜믄 좋노."

"그래 말이다. 우짬 좋노."

첨사 정발은 절영도 훈련에서 돌아오다, 이미 대규모의 왜선을 보았기 때문에 왜군의 수가 적지 않다는 것을 예상은 했으나, 눈앞에 나타난 왜군의 병력이 자신의 상상을 훨씬 초월하자, 그 역시 당황했다.

24

그래도 무과에 급제한 무장이었고, 북방에서 싸움으로 잔뼈가 굵은 그였다.

'싸움은 숫자가 아니고 사기다.'

역시 무장답게 금세 평정심을 찾았다.

'적의 숫자에 겁을 먹고 사기가 꺾인다면 승패는 뻔한 일.'

정발은 성안의 병사들이 동요하는 것을 보고는 조방장 이응순을 불렀다.

"악공들에게 악기를 들고 성루로 오도록 하게!"

부름을 받은 악공들이 나타나자, 정발은 태연한 척, 명령을 내렸다.

"피리와 퉁소를 있는 대로 내놓고 신나게 불어라!"

성안에 있던 군사와 백성들의 동요를 막고, 사기 진작을 위한 조처였다. 눈치 빠른 악공들이 무슨 말인지를 알아듣고 피리와 퉁소를 크게 불어 대자, 성안은 갑자기 잔치가 벌어진 듯 했다.

"삐리리, 삐리리리, 삘리리리릴……."

"바아앙, 빠아아앙, 빠바방빠방……."

피리와 퉁소 소리가 울려 퍼지자, 그 힘은 컸다. 동요하던 병사와 백성들이 조금씩 제정신을 찾았다. 그러자 정발은 허리에 차고 있던 칼을 뽑아 들었다. 그리고는 장검을 허공에 대고 흔들면서 큰소리로 외쳤다.

"곧 울산과 동래에서 원군이 올 것이다. 조금만 버티면 된다. 왜군을 막아 내면, 주상 전하께서 커다란 상을 내리실 것이니라. 모두 기운을 내라. 대신 겁을 먹고 도망치는 자는 바로 이 자리에서 목을 벨 것이다."

정발은 성루에 우뚝 서서 성벽과 성루 아래쪽에 모여 있는 군사들을 향해, 우렁우렁한 목소리로 크게 외쳤다. 원군이 올 것이라는 말로 승산이 있음을 알려 사기를 북돋았다. 승산이 없음을 알고 싸우는 군사는 없기 때문이었다. 동요하는 군사들에게는 칼을 뽑아 들어, 군율이 엄함을 주지시켰다. 당근과 채찍의 양면책이었다.

가도입명(假道入明)

'진군을 멈춰라.'

왜군 제1번대 총대장 유키나가의 오른손이 위로 올랐다. 부산진성이 멀리 보이는 둔덕에 다다르자, 진군을 멈추도록 한 것이었다. 부산진성까지는 불과 한 마장 남짓한 거리였다. 맑은 아침 빛 사이로 성벽이 육안으로 선명하게 보였다. 햇살은 벌판을 환하게 비추어, 부산진성과 왜군의 거리는 실제보다 훨씬 가깝게 느껴졌다.

"여기에 본진을 둔다. 작전대로 공격대는 세 열로 갈라져, 성을 분산 공략한다."

"하아."

유키나가의 명령이 떨어지자 측근에 있던 전령들이 각 영주들에게 전하기 위해 발에 흙을 튀기면서 날렵하게 달려 나갔다. 1번대는 중앙에 본진을 두고, 좌, 우에서 협공하는 학익진(鶴翼陣)의 대형을 취하여 옆으로 벌어졌다. 군사적 우세를 자신할 경우 취하는 공격 진형이었다.

"전령! 먼저, 돌격대를 선발해 내보내도록 전한다."

"하아."

유키나가는 앞서 떠난 전령들이 돌아오기도 전에 연이어 군령을 내렸다. 즉시 각 대열에서 돌격대가 선발되었다.

중앙 공격을 맡은 유키나가는 자신의 부장 가운데 무용이 뛰어난 기도(木戶)와, 다케우치(竹內)를 발탁해 선봉을 맡겼다.

선봉을 맡은 대마도대에서는 후쿠다(福田)와 난바(難波)가 발탁되었다. 우익을 맡은 마츠라대는, 영주 마츠라의 부장인 니시(西)와 하시구치(橋口)가 선봉을 맡았다. 모두 전투 경험이 풍부한 백전노장의 무장들이었다.

"저놈들이 움직이기 시작했구나."

들판 건너 왜군의 움직임을 파악한 정발이 혼잣소리처럼 중얼거리더니,

"이제 곧 적의 공격이 시작될 것이다. 모두 무기를 들고 마음을 단단히 먹도록 하라."

큰소리로 군사들의 사기를 북돋고는, 자신도 임전 태세를 갖추었다.

타타타닥.

왜군 돌격대 일부가 빠르게 성을 향해 다가왔다. 먼지가 이는가 싶더니, 왜군의 윤곽이 뚜렷이 시야에 들어왔다. 성곽과 왜군과의 거리는 약 이백 보 정도로 좁혀졌다. 그대로 밀고 들어온다면 순식간에 성벽에 다다를 거리였다.

다다다닥.

화려한 갑옷과 투구로 무장을 한 왜장들이 말을 달렸고, 그 바로 뒤쪽에 장창과 철포를 든 보병들이 무리를 지어 달려왔다.

"궁수들은 화살을 먹여라."

명령이 떨어지자 궁수들은 전통(箭筒)에서 화살을 뽑아 활에 걸치고 활에 화살을 걸었다. 성첩에 있던 조선 병사들은 이제 싸움이 시작됐다고 긴장했는데, 왜병들이 갑자기 멈춰 섰다.

"…."

왜병들이 갑자기 뚜욱 멈춰 서자 조선 측은 일시적으로 의아하게 생각했다.

"저놈들이 대오를 정비해 일시에 공격을 하려고 저러는 것일 게다. 궁수들은 여전히 화살을 걸고 일제히 쏠 준비를 하라."

첨사 정발은 여전히 경계를 늦추지 않았다. 그리고 왜군들이 다가오기만을 기다렸다. 그런데 왜군은 더 이상 전진하지 않고, 그대로 멈춰 있었다.

"뭐하노? 저놈들이 뭔 꿍꿍이를 부릴려고 즈러고 있나. 올라면 빨리 오그레. 내 이 화살을 대갈통에 꼽아줄끼라."

"저노마들도 속으론 우리가 무서운기라."

불안한 마음을 달래려고 수군대면서도 궁수들은 오른손의 화살을 활줄에 걸치고, 왜병들이 다가오기만을 고대하고 있었다. 그때, 왜장으로 보이는 자가 깃발을 손에 들고 단기로 성 쪽을 향해 뛰어나왔다. 그 뒤로는 창이 아닌 막대 같은 것을 어깨에 걸친 보병 십여 명이 뒤따라오는 것이 보였다. 다름 아닌 철포대였다.

정발은 긴장하며, 다시 측근 부장들에게 명령을 내렸다.

"탐색을 위한 공격조일지 모른다. 긴장하고 경계를 소홀히 하지 마라!"

궁수들은 활시위에 올려놓은 화살을 슬쩍 당기며 왜장의 움직임에 맞추어 활을 위로 올렸다가 내리면서 거리를 가늠하였다. 활시위가 팽팽하게 당겨지며, 탱탱해졌다. 손가락만 놓으면 화살은 '휘익' 하고 날아갈 판이었다.

펄럭펄럭.

투구와 갑옷을 몸에 두른 채 말을 타고 있던 왜병장이 성벽을 향해 다가오더니, 손에 들고 있던 깃발을 필사적으로 흔들었다. 잠시 멈춰 섰던 그는 성벽 위의 반응을 살피며 동문루 앞쪽으로 다가왔다. 성벽에서 약 백 보 떨어진 거리였다.

"영감! 사거리입니다. 활을 쏘아 저들을 잡을 기회입니다."

조방장 이응순이 재촉하듯, 정발에게 공격을 요구했다.

이응순은 이들을 공격해, 동요하고 있는 성안에 있는 군사들에게 싸움 의지를 분명히 하고, 또 한편으로는 사기도 북돋을 수 있다는 생각에서 공격을 요구한 것이었다.

왜병들도 위험을 의식해서인지, 더는 다가오지 않았다. 왜장으로 보이는 자가 성을 향해 큰소리로 뭐라 했다. 왜말이었다. 이어서 뒤에 있던 왜병이 조선말로 크게 외쳤다.

"여기 우리 대장님의 경고가 있다."

왜장의 말을 조선말로 통역한 것이다. 왜병은 두 손을 입에 대어, 성벽을 향해 큰소리로 전하고는, 말 위에 싣고 왔던 목재를 말에서 내려, 땅바닥 위에 꽂아 놓았다.

"여기 이거슬 자르 보아라."

왜병이 서투른 조선말로 외치고는, 부리나케 자신들의 진영으로 되돌아갔다.

"저놈들이 뭐라 지껄인거냐? 그리고 저건 무어냐?"

"아마도 왜군이 무언가를 써서, 알리려는 것 같소이다!"

"병사를 내보내 가져오도록 하라!"

이정헌이 답하자, 정발은 급하게 명령을 내렸다. 혹시라도 거기에 싸움을 피할 방법이 쓰여 있을까, 기대했기 때문이었다.

군관이 병사 넷을 끌고 성 밖으로 나가 왜군이 꽂아 놓은 널빤지를 첨사에게 가져왔다. 판자에는 먹이 채 마르지 않은 채, 네 글자가 선명하게 박혀 있었다.

'假道入明(가도입명 – 명으로 들어가기 위한 길을 빌리고자 한다).'

먹물은 검은빛을 띠고 아래쪽으로 번져 있었다. 어떤 장문의 협박 장보다 무섭고 짧은 문장이었다.

"천하에 죽일 놈들!"

정발 옆에 있던 이정헌이 눈꼬리를 치켜올리며 일갈했다. 가도입 명이라는 말은 길을 비켜 주면 싸움을 피할 수 있다는 마지막 권고였 다. 상대의 입장을 배려한 그럴 듯한 말이었지만, 즉 항복하라는 말과 다르지 않았다. 명나라를 상전으로 모시는 조선 양반인 그들로서는 '언감생심' 도저히 있을 수 없는 일이었다.

"영감, 어찌 하시렵니까? 저들과 협상하는 척하며, 원군이 올 때까 지 시간을 끌 수도 있습니다만, 길을 내줄 수는 없습니다."

이정헌은 곁에서 정발의 표정이 순간 변하는 것을 보았다. 그는 협상을 하며 시간을 버는 것은 인정하지만, 왜군의 가도입명을 위해 길을 열어 주는 일은 결코 안 된다는 투로 자신의 의지를 전했다. 첨 사가 흔들리는 것 같아, 은근히 첨사의 결단을 촉구했던 것이었다.

정발은 어찌할 바를 몰랐다. 만주에서 오랑캐 등과 싸워 몇 차례 나 진압에 성공한 적이 있었다. 그런고로 싸움 경험이 없진 않았으나, 저렇게 많은 대군을 실제로 접하는 것은 처음이었다. 이길 자신이 없 었다. 솔직히 두려웠다. 그러나 무관으로서 부하들 앞에서 약한 모습 을 보이거나, 항복을 한다는 것은 도저히 있을 수 없는 일이었다. 아 마도 항복이라는 소리를 입에 담는 순간, 충절을 중시하는 부하들의 칼을 받을지도 모를 일이었다. 그게 조선 무신의 기개였다. 차라리 목 숨이 아깝다면 핑계를 대고 혼자 부임지를 빠져나갈 수는 있어도, 항 복은 불가능했다. 그렇다고 성을 버리고 나갈 수도 없었다. 항복을 하거나 부임지를 버림과 동시에, 수령으로서의 권위와 위엄은 사라지기 때문이었다. 방법은 오직 하나뿐이었다.

'죽을 각오로 버텨야 한다.'

나라를 위해서, 임금을 위해서, 그렇다고 부하 병사들과 백성을 위해서…. 아니었다. 자신과 가문의 일족을 위해서 버텨야 했다. 어떤 수를 써서라도 성을 지키거나, 아니면 장렬하게 죽는 일만이 남은 길이었다. 그 외의 선택은 있을 수 없었다. 만일 성을 버리고 몸만 빠져나가 목숨을 부지한다 하더라도, 후에 역적으로 몰리어 자신은 물론, 가문 일족이 몰살될 것은 뻔한 일이었다. 목숨을 부지한 채 비루하게 살아남는다 해도, 자신을 기다리는 것은 굴욕과 치욕뿐. 게다가 후손들은 역적의 후예로서, 노비가 되어, 개, 돼지처럼 살아가야 한다. 조선의 무장으로서, 양반으로서 그것만큼은 용납할 수 없는 일이었다.

만일 용케 왜적을 물리치고 성을 지켜 내, 살아남는다면 충신의 칭호를 받을 것이요, 부귀영화와 권세가 보장될 것은 불문가지(不問可知 −묻지 않아도 알 수 있음)였다. 그렇게만 된다면 가문은 충신의 반열에 올라 자자손손까지 칭송을 받을 수 있었다. 전투에 패하더라도, 장렬하게 전사한다면, 자신의 일신을 던져 일족과 가문은 구할 수 있었다.

'으음. 진퇴양난이로다.'

정발은 모든 것이 무로 돌아가는 죽음도 두려웠지만, 살아서 받을 굴욕이 더 두려웠다. 그럼에도 생에 대한 애착은 머릿속 깊이 뿌리를 내려, 혼자만의 힘으로 뽑아낼 수 없는 말뚝처럼 꿈쩍도 안 했다.

'삶에 대한 애착을 뿌리쳐라. 나는 조선의 무장이다. 장수답게 죽음을 받아들여야 한다.'

머릿속에서는 인간으로서의 삶의 본능과, 상황에 따라 죽음을 받아들여야 한다는 이성이 충돌하고 있었다.

"저들에게 우리의 필사의 의지를 보여 주어야 하오."

잠시 동안 자기 생각에 빠져 있던 정발이 침묵으로 일관하자, 곁에 있던 이정헌이 재촉했다. 이정헌은 처음부터 왜병의 침략을 예측하고 죽을 각오로 문신에서 무관으로 변신한 인물이었으니, 왜군과의 일전을 벌여 싸우다 죽더라도 아무런 회한이 남을 리 없었다. 그는 오히려 장렬한 전사를 갈구하였다. 그것만이 조선의 충신이 할 일이라 여겼다.

재촉을 받은 정발은,

"항복은 없다. 그러나 틈을 얻을 필요는 있다. 저들에게 '가도입명'은 상감의 허락 없이는 불가하다 하고, 상감의 허락이 있을 때까지 기다리라는 서찰을 적어 보내라!"

정발은 삶에 대한 애착을 끊고 마음의 흔들림을 다잡았지만, 그렇다고 승산 없는 싸움에서 무작정 개죽음을 당할 생각은 없었다. 시간을 벌어 가며 왜군의 공격을 지연시키면 시킬수록, 유리한 것은 이쪽이었다. 왜군들이 자신의 서찰을 받고 공격을 지연시키리라고는 기대하지 않았지만, '물에 빠진 놈 지푸라기라도 잡고 싶은 심정'의 발로였다.

'한 번 죽지, 두 번 죽겠나. 전투에서는 숫자보다 사기가 중요하다.'

그는 가슴속 깊이 숨어 있다 고개를 쳐드는 내면의 두려움을 억누르기 위해, 자신에게 일러 깨우치듯이 혼잣소리를 해 댔다.

그러나 현실은 매우 불리했다. 완전 무장을 하고 대치하고 있는 왜군의 대규모 병력은 천하의 제갈공명이 온다 하더라도 도저히 이겨 낼 수 없는 대군이었다. 일당백의 죽을 각오로 싸운다 해도, 도저히 수적으로 이겨 낼 수 없음을 직감적으로 느끼고 있었다.

'되도록 시간을 벌어, 원군의 도움을 받아야 한다.'

그것만이 유일한 한 가닥 희망이었다. 이미 치계를 적어 조정과 절도사에게 파발을 올려 보낸 터였다. 동시에 주변 지역인 울산, 동래에 대규모 왜군의 침입을 알리며 원군 요청을 위한 파발도 띄워 놓았다. 그러나 아직 아무런 답도 오지 않고 있었다.

　　"모두들 제 위치를 사수하도록 하라. 왜놈들의 수가 많은 것처럼 보이지만 오합지졸에 불과하다. 물러서지 말고 죽을 각오로 막아선다면 성이 그리 호락호락 무너지지는 않을 것이다. 조만간 반드시 동래와 울산에서 구원이 올 것이다. 두려워하지 마라."

　　흑색 갑옷과 투구를 걸치고 있던 정발은 투구를 머리에서 벗어 내며,

　　"제단에 향을 피워라."

　　명령하였다. 곧 성루 한쪽에 마련된 제단에 향이 피어올랐고, 그는 예를 올렸다.

　　"천지신명께 비옵나이다. 은혜를 원수로 갚고 사람의 도리를 모르는 저 왜적을 기필코 물리칠 수 있도록 도와주십시오. 성을 지켜 내어 이 불쌍한 백성들의 안녕을 지켜 낼 수 있도록 도와주십시오. 천지신명이시여, 종묘사직과 부디 이 어린 백성들을 위해서라도 힘을 주십시오."

　　그는 임금이 있는 북쪽을 향해 세 번 머리를 조아리며 절을 했다. 종묘사직에 대한 제례를 마친 후, 투구를 고쳐 쓴 첨사는 성첩에 있는 장병들을 향해 다시 한 번 큰소리로 격려했다.

　　"조선의 군민이여. 저 아귀 같은 왜놈들을 두려워할 것 없다. 굴복하지 않고 힘을 합쳐 분투한다면 반드시 이겨 낼 것이다. 여기는 우리의 땅이다. 힘껏 싸워라. 왜적의 목을 따, 공을 세우는 자에게는 그 공을 크게 치하할 것이다! 곧 원군이 온다. 승산은 우리에게 있다."

"와아, 와아."

군민들의 함성이 일제히 솟아올랐다.

출세

'출세(出世)'란 원래 불교에서 쓰이는 용어로, 불교에서 말하는 '출세'란 '속세를 떠나 불가에 귀의한다'라는 의미를 갖는다.

그런데 이 말이 입신(立身)이란 말과 합쳐져, 입신출세(立身出世)란 말로 쓰이더니, 출세는 언제부턴가 성공이라는 의미를 갖게 되었다. '속세를 떠난다'라는 출세가 곧 성공으로 변하더니, 이젠 출세란 말은 모든 인간의 삶의 목적이 되어 버렸다.

출세(出世)를 한자로 풀이하면, 세상에 태어났다는 의미가 된다. 사람으로 태어났으니 인간은 이미 출세를 한 것인데…. 그럼에도 불구하고 많은 사람들, 즉 중생(衆生)들은 욕심에 사로잡혀, 출세의 원래의 의미를 깨닫지 못하고, 잘못 변질된 출세, 즉 성공을 위해 악업도 서슴지 않는다. 인간으로 태어나 해탈을 통해 극락에 도달하려고 노력하기보단, 오히려 그보다 못한 축생(畜生)의 삶을 살며 윤회를 거듭하니… 참으로 안타깝다 아니할 수 없다.

많은 생명체 중에 사람으로 세상에 태어나는 출세를 하였다면, 이를 은혜로 여기며, 인간으로서 삶의 의미를 깨닫고, 선을 실천해, 해탈하는 일이 중요할 것이다. 공수래공수거(空手來空手去 - 빈손으로 왔다가 빈손으로 가는 것)를 깨닫지 못한 어리석은 범부(凡夫)들은 생의 목적을 오로지 출세에만 두고 아등바등하니, 그 어리석음을 어찌 불쌍하다 아니할 수 있으랴.

　우주의 영겁(永劫)의 시간에 비교하면 인간의 삶은 찰나에 불과하다. 너무도 짧기에, 더욱 소중한 것이 인간의 생이니라. 인간으로 태어나 선을 쌓고, 해탈을 해야, 극락에 도달해, 번뇌와 업의 윤회에서 벗어날 수 있는데, 그럼에도 많은 인간들이 귀중한 생을 출세라는 허망한 욕정을 쫓으며, 악업도 마다하지 않고 생을 허비하고 있으니, 이를 어찌 어리석다 아니할 수 있으랴.

　이슬처럼 태어나 이슬로 사라지는 인생
　나니와(오사카의 옛말)의 부귀영화도 모두 꿈속의 꿈이었던가!

　가난한 농민으로 태어나 출세를 거듭해 일본 열도를 통일시키고 지배했던 도요토미 히데요시(豊臣秀吉)가 숨을 거두기 전 남긴 사세구(辭世句 - 임종 직전에 남기는 말)이다.

　생이 무상(無常)하여, 우주 영겁(永劫)의 관점에서 보면 인간의 삶이 일장춘몽(一場春夢 - 짧은 봄날의 꿈처럼 인생의 부귀영화가 무의미)에 불과하고, 출세가 있으면 반드시 그 끝에는 인간으로서의 종세(終世), 즉 종말이 있다는 것은 인간의 한계요, 영원한 불변의 진리다. 불교의 윤회설에 따르면, 현생의 모든 것이 전생의 업보요, 현생의 모든 일은 다음 세인 내세(來世)의 업보가 되거늘, 현세를 윤회의 모든 종착으로 보려는 어리석은 인간들은 현세에서 또 다른 출세를 위해 악업을 반복하게 되는 것이다. 자신이 행한 모든 업보가 자신을 켜켜이 옭아매어 결국은 영원한 나락으로 떨어지게 되는 것도 모르고, 오로지 현생에서의 출세만을 추구하며, 현생의 업보를 악으로 쌓는 인간이 많은 것은, 결국 생의 진리를 깨닫지 못함에 기인하는 것이다.

각설하고, 천하 지배를 꿈꾸며 대군을 이끌고 왕도인 교토로 진군하던 이마가와 요시모토는 교토 입성을 눈앞에 두고 오케하자마 계곡에서 노부나가의 기습 공격을 받아, 아침 이슬처럼 사라져 버렸다.

'오케하자마 싸움에서 오와리의 영주 노부나가가 이마가와군을 괴멸시키고, 대승을 거두었다.'

싸움이 끝난 후, 소문은 일본 전토에 널리 퍼졌다.

'이제야말로 천하 통일이라는 대업의 초석이 마련되었다.'

도쿠가와 가문과 기요스동맹을 통해 천하 통일의 포석을 놓고 난 노부나가는 전광석화처럼 움직여 먼저 중부 지역의 주도권을 확보해 놓았다.

"지금부터 논공행상을 실시한다. 제장들은 부하들의 전공을 보고하라."

먼저, 자신의 입지를 탄탄히 한 노부나가는 논공행상을 위해 가신들을 자신의 거처로 불러 모았다.

"신의 가신 모리 신스케. 이마가와 요시모토의 수급을 거두었습니다. 일등 공로에 해당합니다."

원로 가신 시바타 가츠이에(紫田勝家)가 먼저 나섰다.

"모리 신스케. 일등 공로를 인정해 녹봉으로 백미 이백 석을 하사한다. 그리고 짐의 근위대 근무를 명한다."

노부나가는 우선 적장 요시모토의 수급을 거둔 모리 신스케의 공로를 크게 평가했다. 요시모토의 수급을 따냈기 때문에 승패가 갈라졌다고 본 것이다. 그에게 일 등급의 포상과 함께 자신의 근위대 근무를 추가로 명했다.

"광영이옵니다."

당사자인 신스케는 녹봉보다 근위대 근무를 배속받은 것을 전달

받고 매우 기뻐했다. 왜냐면 출세의 지름길이었기 때문이었다. 그런데 이는 나중에 생사의 갈림길이 된다.

"다음!"

"핫토리 카즈타다. 이마가와 요시모토를 선제공격했습니다. 부상을 입고 수급을 따는 데는 실패했으나, 요시모토의 수급을 따는 것을 도왔습니다."

"핫토리 카즈타다? 실패했으니, 논공행상은 없다."

적진을 뚫고, 가장 먼저 요시모토를 공격하였으나, 결과적으로 수급을 거두는 데 실패하고, 게다가 부상까지 입은 핫토리는 논공행상의 등급에 포함되지 않았다.

'과정이 어떻든 실패한 자에 대한 논공과 행상은 없다.'

노부나가는 과정보다 결과를 중요시했다.

'죽느냐 사느냐의 승패를 건 싸움터에서는 결과가 전부다.'

냉철한 영주 노부나가의 논공행상의 기준이었다.

"기노시타 도키치로. 적진으로 침투해 적의 움직임을 정확하게 파악해, 보고했습니다. 기습전을 성공으로 이끈 공로가 큽니다."

도키치로를 맡고 있는 아사노의 보고였다.

"기노시타 도키치로. 공로를 인정해 사무라이로 승격시킨다. 백미 백 석을 하사한다."

노부나가는 도키치로가 재빨리 정보를 수집해 전달한 공로를 인정했다. 그리고 그에 대한 포상으로 사무라이 승격과 함께 백미 백 섬을 하사했다.

"다음!"

각 대의 지휘장들은 전공에 따른 논공행상을 위해 상세한 전공 보고를 올렸고, 노부나가는 각 대의 부장들이 올린 보고를 들으면서 그 자리에서 논공에 따라 행상을 결정했다.

"그게 정말입니까?"

"그렇다. 사무라이 대장이 되었으니, 앞으로 주군께 더욱더 멸사봉공해야 할 것이다."

아사노로부터 논공행상의 결과를 전해 들은 도키치로는 도무지 실감이 나지 않을 정도였다.

"고맙습니다. 아사노 님! 주군도 주군이지만, 아사노 님이 아니었다면…. 아무튼 이 은혜를 평생 잊지 않겠습니다!"

출세를 위해 노부나가에게 살신성인의 각오로 최선을 다하긴 했지만, 주군이 자신의 공로를 실제로 인정해, 승격시켜 준 것에 그는 눈물을 흘리며 감격했다. 게다가 백미 백 섬을 받았으니, 기대 이상의 논공행상이었다. 당시 장정 한 명이 백미 한 섬으로 일 년간을 먹을 수 있는 것으로 알려졌으니, 백 섬이라면 백 명이 일 년간 먹을 수 있는 양이었다. 수하를 백 명 거느릴 수 있는 녹봉에 해당되었다.

'사무라이 대장! 주군 밑에서는 사무라이로 출세할 수 있다는 나의 선택이 틀리지 않았다.'

당시의 사무라이(侍)는 무사로서 싸움뿐만 아니라 평시에는 영주 휘하에서 영지의 행정, 사무를 실행하는 관료 역할을 함께 수행했다. 그러므로 사무라이라는 신분을 얻지 못하면 제 아무리 능력이 있다 할지라도, 출세는 어림 반 푼어치도 없는 일이었다. 그만큼 엄격한 신분 제한이 있었다.

전국시대 사무라이의 주된 역할 중, 하나는 영내를 관리하는 역할이 있었고, 또 다른 역할은 대외적으로 주변국과의 관계와 영토 확장을 위한 싸움에서 병사들을 지휘해 전공을 세우는 일이었다. 전투에서 승리를 위해 얼마만한 능력을 발휘하느냐에 따라, 그 가치가 인정되었다. 대신 패했을 경우에는 그 책임을 지고 할복으로 생을 마감해야 하는 것이 그들의 운명이었다.

천하를 통일시켜 자신의 수중에 넣고 일본 전국을 통치한다는 야심을 지닌 노부나가였다. 그는 부하에 대한 능력 평가를 평상시의 관리 능력보다는 싸움터에서의 대응 능력과 승리를 끌어내는 능력으로 평가했다.

전장에서 승리를 끌어내기 위해서는, 지휘장의 전투 능력, 즉 무예능력이 뛰어나야 한다고 보기 십상이지만, 노부나가는 달랐다. 그는 싸움에서 승리를 이끌어 내는 능력이 전투 능력이지, 무술 능력이 곧 전투 능력은 아니라고 보았다.

그래도 역시 싸움터에서 전공을 세우는 가장 빠른 방법은 무공이었다. 뛰어난 무예를 지녀, 적장의 수급을 따거나, 지휘장으로서 휘하의 군사를 끌고 적군을 물리쳐 승리에 공헌하게 되면, 전공을 쉽게 인정받을 수 있었다.

도키치로 역시 사무라이로 승격된 후, 전공을 세우기 위해 무예를 연마했다. 틈이 있을 때마다 병장기를 손에 들고 무예 수련을 하였다. 도키치로는 무사 가문 출신이 아니었기에 어린 시절부터 무예를 익히지는 못했다. 그런 만큼 열등감이 없지도 않았다. 그는 자신의 열등감을 극복하고 사무라이로서의 권위를 표출하고 싶어 열심히 무예를 연마해 보았으나 자신의 바람과는 달리 결과는 그리 신통치 못했다. 게다가 체구가 왜소했고, 팔다리 또한 완력이 세질 못했다.

'창, 칼을 다루는 것이 이리 힘이 드는 일일 줄이야!'

타고난 힘이 없었으니, 무거운 병장기를 자유자재로 다루는 무예의 달인이 되는 것 자체가 처음부터 무리였다. 꾀를 내지 않고 남들보다 두세 배 노력을 기울였으나, 일은 마음먹은 대로 그리 쉽게 되질 않았다.

'내 몸으로 무예를 쌓아 싸움터에서 무공을 세운다는 것은 도저히 무리다.'

그는 손에 쥐고 있던 병장기를 던져 버렸다.

'어쭙잖은 무예 실력을 믿고 싸움터에서 적장을 맞이했다가는, 출세는커녕 오히려 명을 재촉하는 일이 될 것이다.'

자신의 한계를 느낀 도키치로는 더 이상 무예에 집착하지 않았다.

'무예 대신 내가 잘할 수 있는 길이 무엇이더냐?'

그는 무예 대신 자신이 할 수 있는 다른 길을 모색했다. 체격은 작지만 머리 회전이 빠른 도키치로였다.

'무예의 쏟는 정성만큼 다른 일에 정성을 쏟는다면, 출세가 더욱 빠를 것이니라. 힘이 아무리 센 자라도 혼자서 열, 아니 백을 이기기는 어렵다. 그렇다! 백의 힘을 이용할 수 있다면 제 아무리 힘이 장사인 항우를 만나더라도 두려워할 게 없다. 혼자의 힘보다는, 백, 아니 천의 힘을 이용하는 능력이 곧 힘이 아니겠는가!'

그는 상황 판단에 대한 민첩한 능력과 두뇌 회전 그리고 이미 장사를 통해 터득한 정보력의 중요성을 잘 알고 있었다. 시대를 앞선 감각이었다. 자신의 한계에 굴복하지 않고 항상 끊임없이 궁리하여 그 한계를 극복해 내는 지혜로운 인간형이었다. 도키치로는 무예로 공을 세운다는 생각은 버렸지만, 칼을 차는 것만큼은 좋아했다. 당시 칼을 허리에 찰 수 있다는 것은 일종의 사무라이의 신분을 나타내는 것으로서 권위의 상징이었기 때문이었다.

그런데 왜소한 체구의 그가 긴 칼을 옆구리에 꽂고 이리저리 바쁘게 움직이는 모습이, 어찌 보면 원숭이가 보검을 찬 꼴 같아, 일견 꼴불견이기도 했다.

오래전부터 대를 이어 오다 가문에 봉직해 오던 사무라이 출신들은 도키치로의 외모와 그러한 모습을 보고는 조소를 해 댔다. 그들은 술자리에 모이면 도키치로를 경멸하며 그를 안주 삼아 씹었다.

"세상이 뒤숭숭하니 원숭이마저 사무라이 노릇을 하는구나. 참으로 통탄할 일이로다."

"주군도 참, 어찌 저런 자를…."

"그러게 말입니다. 사무라이의 체면이 땅에 떨어졌습니다. 칼을 제대로 다루지도 못하는 자가 사무라이라니…."

"그러나 어찌합니까. 주군이 저리 끼고 도니…."

"에이. 술이나 드세."

그들은 도키치로가 듣건 말건 거리낌 없이 험담을 하였다.

'흥, 이놈들 두고 보아라. 너희들이 지금은 나를 조롱하지만 언젠간 내 발밑에 무릎을 꿇을 날이 올 것이다. 주군의 속마음도 읽어 내지 못하는 것들이 무예 하나만을 믿고 사무라이라고 거들먹거리는 꼴이라니. 두고 보아라. 힘밖에 모르는 너희 같은 놈들은 언젠가 반드시 내 앞에서 무릎을 꿇고, 내 가랑이 사이를 기어야 할 날이 올 것이다.'

도키치로는 그들에게 일일이 대응하는 대신, 자신에 대한 경멸과 조롱을 오히려 가슴 밑바닥에 차곡차곡 쟁여 두며, 이를 악물었다.

'이까짓 수모는 수모도 아니다.'

어린 시절부터 온갖 수모를 다 받으며 자라 온 그였다. 참는 데는 이력이 나 있었다. 단순히 참을성만 있는 것이 아니었다. 그는 자신의 한계를 잘 알았고, 이를 극복하려는 끈기와 앞을 내다보는 지혜가 있었다.

'나에게 맞지 않는 무예를 연마하기보다는 남이 넘보지 못하는 나만의 장기를 지녀야 한다.'

그는 무술 연마 대신 끊임없이 정보망을 만들어 나갔다. 많은 사람들과 접하며 인맥을 넓히는 한편 인재 영입에 힘을 기울였다. 자신의 정보망을 통해 조금이라도 능력을 소유하고 있는 인재라는 것을 알면 삼고초려(三顧草廬)도 불사했다.

'내가 사무라이가 됐다고 하지만, 경험이나 무술 등, 여러 면에서 아직 많이 부족한 점이 많다. 항상 겸손해야 한다. 더구나 농민 출신인 내가 일국의 성주가 되기 위해서는, 나의 이 부족함을 메워 줄 인재가 필요하다. '똑똑한 인재 셋만 있으면 천하를 얻을 수 있다' 하지 않는가? 지금의 나의 능력과 배경으로 성주가 된다는 것은 말도 안 된다. 인재를 영입해 그들을 나의 수족처럼 다루는 능력이 곧 나의 힘이고, 곧 무예가 될 것이다. 그들이 나를 성주로 만들어 줄 것이다.'

도키치로는 인재 영입을 위해서는 아군과 적을 구별하지 않았다. 그는 자신을 비난했던 자조차도 인재라면 기꺼이 포용하였다. 그의 기본 전략은 적을 만들지 않는 것이었다.

'열 명의 내 편보다 한 명의 적이 더 무서운 법.'

그는 깨달음을 철저히 실천에 옮길 줄 아는 지행일치(知行一致)의 소유자였다. 인재를 포섭하다가도 영입이 어려울 것이라는 판단이 서면, 바로 전략을 바꾸었다. 즉 적대 관계를 피하는 일이었다. 그는 두렵다고 판단한 상대에게는 비밀리에 물밑 작업을 했고, 반드시 밀약의 형식으로도 우호 관계를 맺어 놓았다.

'지금은 적일지라도 상황이 바뀌면 언젠가는 내 편이 되어 쓸모가 있을지 모른다.'

자신의 한계와 인재의 중요성을 잘 알았던 그는 영입한 책사들을 가까이하며 항상 그들의 의견을 묻거나 자문을 구했다.

'나의 싸움은 정보와 인재를 활용한 계략전이다. 무력과 무력이

부딪쳐 일순간에 승부를 내는 지금까지의 그런 싸움과는 다르다.'

그는 서두르지 않았다. 모든 일을 근시안적 관점이 아닌 항상 멀리 보며 나중을 위한 포석을 차근차근 놓아 갔다.

그런 도키치로가 노부나가의 시종이 된 지 칠 년째로 접어들었다. 사무라이가 되어 부지런히 인맥을 넓혀 나가느라 바쁜 나날을 보내던 도키치로의 가슴에 난데없는 사랑의 화살이 꽂혔던 것이다.

상대는 다름 아닌 노부나가의 가신인 아사노 나가카츠(淺野長勝)의 양녀인 오네였다. 아사노는 도키치로가 노부나가의 시종이 되고자, 찾아왔을 때, 그를 첩자로 의심하여 그의 목을 베려던 사무라이였다. 그 장면을 목격한 노부나가가 아사노를 만류하지 않았다면 아마도 그의 칼에 목이 떨어졌을지도 모르는 인연이었다. 노부나가는 첩자일지도 모른다는 아사노의 말에, 대신 그에게 도키치로를 감시하며 뒤를 봐 주라고 맡기었던 것이다.

그때부터 도키치로는 아사노에 의탁해, 노부나가의 시종 역할을 하며 지냈다. 그런 인연으로 오네와 가까워졌다.

둘의 연령 차는 열 살이었다. 처음 도키치로가 아사노의 집에 몸을 의탁할 때가 열일곱이었으니, 당시 오네는 일곱 살의 어린아이였다. 조혼 습관이 있던 당시에 열 살 차이는 상당한 것이었다. 부모와 자식의 차이는 아니지만, 쉽게 혼인을 할 연령 차를 넘어서는 나이였다.

"오네! 뭐하고 있느냐?"

"아, 도키치로 오빠. 공기놀이하고 있어요."

"오호, 공기놀이! 혼자하니 심심하지. 내가 같이 놀아 주마."

도키치로는 큰 오빠처럼 그녀를 가까이하며 귀여워했다. 오네는 도키치로와 형제는 아니었지만, 남매 이상의 정을 느꼈다. 도키치로도 처음에는 오네를 동생같이 여기는 그런 감정이었다. 그런데 세월이 흘러 오네가 열세 살이 넘을 무렵부터, 도키치로의 감정이 미묘하게 변하기 시작했다.

'오네를 보는 내 마음이 왜 이런지 나도 모르겠구나.'

도키치로는 오네의 가슴이 조금씩 부풀어 오르는 것을 보며 그녀에게서 여자를 느끼기 시작했다.

어려서부터 귀엽고 총명한 것을 느꼈으나, 처음 보았을 때는 일곱 살의 어린아이였다. 나이 차도 많이 나고, 시종 출신으로 항상 바쁘게 움직였던 그로서는 여자를 가까이할 틈이 없었다.

두근두근.

그런데 언제부턴가 오네를 보면, 그의 심장이 고동을 치기 시작했다. 오네에게서 연정을 느낀 것이다.

'오네가 숙성해 어느새 처녀가 다 됐구나. 내 색시가 되면 좋으련만….'

지금까지 연애 경험이 없던 그는 속으로 오네에게 연심을 품게 됐으나, 자신이 없었다.

'언감생심(焉敢生心)이라고, 내 주제에 감히 어찌 오네를 색시로 맞아들인다는 마음을 먹을 수 있으랴? 열 살의 나이 차도 그렇지만, 나 같이 천한 놈을 아사노 님이 받아 줄 리도 없고…. 잊어라.'

도키치로는 자신과 오네와의 혼인에 너무도 많은 제약이 있음을 깨닫고는 모든 것을 잊기로 하였다. 그렇지만, 사랑의 화살은 그의 가슴속에 너무도 깊이 박혀 버렸다. 아무리 잊으려 해도 머리에서 오네의 생각이 떠나질 않았다.

'그런다고 어찌하랴?'

그는 그저 벙어리 냉가슴을 앓을 뿐이었다.

"오네한테, 혼담이 들어왔다 하네."

"에! 누가 혼담을 넣었답니까?"

"호소노 가문에서 아사노 님에게 중매쟁이를 보냈다는군."

"호소노 가문이라면 오와리의 유지인 그 호소노 말입니까?"

"그럼, 그 호소노말고 누가 아사노 님에게 혼담을 넣을 수가 있 겠나?"

아사노와 가까운 우에몽이, 오네의 혼담에 대한 소문을 넌지시 들려주는 것을 듣고는, 그는 가슴이 쿵쾅거리며 얼굴이 벌게졌다.

"그래서 어찌되었습니까? 혼담이 성사됐나요?"

"아사노 님은 당사자만 좋으면 받아들이려는데, 정작 당사자인 오네의 반응이 시큰둥한가 보네. 그래도 오네는 효녀니까, 결국 아버지의 뜻을 따르게 되겠지."

"호소노뿐만이 아니네. 오네를 신부로 삼고 싶어 하는 명문가 총각들이 줄을 섰다는 소문이 자자하네. 여자는 먼저 선수 치는 게 임자인데…. 아무튼 오네를 데려가는 친구는 복 받는 거지."

연로한 우에몽은 마치 도키치로의 속마음을 알고 있다는 듯, 그에게 충고를 또는 비웃는 것처럼, 남 말하듯 했다.

아사노 가문이 영주인 오다 가문의 중신이라는 것도, 한몫했지만, 오네의 인물과 총명함에 대해서는 주변에서 평판이 자자했다. 그런고로 많은 가문에서 자신들의 적자를 오네와 혼인시켜 아사노 가문과의 관계도 돈독히 하는 한편, 가문의 번성을 꾀하려 했던 것이다. 그에 비하면 도키치로는 보잘 것 없는 나이 많은 노총각이었다.

게다가 가문은커녕 변변하게 내세울 집안도 없는 혈혈단신의 부랑자와 마찬가지인 처지였다. 일찌감치 마음을 접은 것도 그런 자신의 열등의식에 기인한 것이었다. 그런데 우에몽이 전해 주는 오네의 혼담 소문이 오히려 자신의 신분과 연정 사이에서 고민하던 도키치로의 가슴속에 불을 붙였다.

'내가 오네에게 연심을 느끼는 것은 사실 아니냐? 내 감정을 속이지 말고 그대로 받아들이자. 출신이 무에 그리 중요하더냐? 내가 사무라이가 아니더냐? 사나이 대장부가 이리 소심해서야 어찌 큰일을 할 수 있겠느냐?'

도키치로 나이, 만으로 스물 셋이 되는 해였다. 그는 오네를 자신의 배필로 삼기로 결정했다. 외모도 내세울 것 없고 가진 것 없었지만, 배짱 하나는 두둑한 그였다.

'어차피 가진 것 없는 몸이다. 가문도 중요하겠지만, 어차피 혼사에서 가장 중요한 것은 두 사람의 마음. 그렇다! 오네의 마음만 사로잡는다면, 오네를 내 배필로 만들지 못할 것도 없다.'

그는 오네와의 혼사가 오네의 마음에 달렸음을 간파하고는, 먼저 그녀의 마음을 사로잡기로 했다.

"열 번 찍어 안 넘어가는 나무 없다."

많은 궁리를 통해, 주도면밀하게 구애(求愛) 작전을 펼쳤다. 연정을 품고 있는 상대를 배필로 만들기 위해 그의 주특기인 책략이 작동한 것이다.

그는 자신이 오다 가문의 구매 책임자라는 점을 십분 활용했다.

"여자들이 좋아할 방물이 손에 들어오면, 나에게 알리시오."

물품 구매를 위해 저잣거리에 나갈 때마다, 단골 상인들을 통해 귀중한 방물을 구입했다. 오네에게 줄 선물이었다.

"오네! 자 선물이다."

"어머, 뭐예요?"

"머리에 꽂는 꽃 장식이다. 예쁘지? 네게 잘 어울릴 것 같아, 내

특별히 비싼 값을 치르고 사 왔다. 한번 꽂아 봐라."

"어머, 이렇게 귀중한 물건을…. 고마워요. 도키치로 오빠."

"허허허. 고것 참 예쁘기도 하다."

도키치로의 고도로 계산된 계략에 오네는 점점 빠져들었다. 그렇게 두 해가 지났다. 오네의 나이 열다섯이 되었고, 그녀도 자연히 이성을 느낄 나이가 되었던 것이다.

'체모는 볼품없지만 마음이 자상하고, 사무라이이면서도 남들처럼 뻐기지 않는 성격이 참 좋아! 게다가 나를 저리 위해 주는 사람은 없잖아?'

오네 역시 자신의 가슴속에 도키치로가 자리 잡고 있음을 느꼈다. 자신에게 무한한 사랑을 베풀어 주는 도키치로에게 고마움과 연정이 동시에 싹텄다.

오네는 도키치로의 외모에 만족하진 않았다. 그런데 뭔지 모르지만 그에게 매력을 느꼈고, 자신의 마음이 저절로 끌리고 있다는 것을 부정하지 않았다.

"호호호."

"하하하."

항상 화제가 풍부했고, 게다가 풍자와 해학이 있어, 말을 재밌게 했다. 도키치로와 함께 있으면 시간 가는 줄 몰랐다. 게다가 자신이 죽으라면 죽을 시늉을 할 정도로 자신에 대한 마음 씀씀이가 남다른 것을 잘 알고 있었다.

나이는 어렸지만, 오네는 사물의 겉모습에 현혹되지 않고 본질을 볼 줄 아는 총명함의 소유자였다.

'외모를 뜯어먹고 살 수는 없다. 외모를 쫓다가 일생 봉사하는 몸이 되는 것보다 외모는 못하더라도 능력 있고 나를 아껴 주는 사람이 필요하다. 그렇다면 나를 자신의 몸보다 더 아껴 주는 도키치로 님이야말로 하늘이 맺어 준 배필(配匹)감이 아닌가? 그리고 사내라면 출세를 해야 한다. 나 역시 성주님의 마님이 되고 싶다. 도키치로 오빠가 출신이 비천하다 비아냥거리지만, 성주가 되고자 하는 큰 꿈을 품고 있는 그릇이다. 내가 내조를 잘 한다면 충분히 꿈을 실현시킬 수 있는 인물이다.'

오네는 자신이 도키치로를 좋아해, 그리 생각하게 되었는지, 아니면 처음부터 그리 생각했는지는 알 수 없으나, 아무튼 그녀는 도키치로의 편안함과 자상함을 통해, 연정을 느꼈다. 게다가 막연하지만 자신의 꿈과 그의 이상이 일치됨을 알고는 동지애마저 느꼈다.

'도키치로 오빠와 부부가 된다면 나쁜 일보다는 좋은 일이 더 많을 것이다.'

자기주장이 뚜렷한 오네는 자신의 감정을 속이고 싶지 않았다. 그녀는 자신의 연정이 결실을 맺기를 원했다. 사랑을 느끼는 감정과 사물의 본질을 꿰뚫는 그녀의 이성적 사고의 결합이 낸 결론이었다.

나중 일이지만, 도키치로가 성주가 되고 천하를 수중에 넣게 되니, 출세라는 관점에서만 본다면, 도키치로에 대한 오네의 판단은 적중했다 할 수 있다.

아무튼 오네는 당시로서는 쉽지 않은 상식을 깨는 선택을 한 것이다. 나이 차와 신분, 게다가 외모 등, 인간의 본질과는 관계없는 것들을 겉치레로 여겼다. 그녀는 도키치로라는 인간의 내면을 직관으로 꿰뚫었다. 그리고 자신의 직관력을 믿고, 감히 자신의 지아비로 선택하는 결정을 내린 것이다.

"아버님. 저는 도키치로 님의 배필이 되기로 하였습니다."

그녀의 나이 열다섯, 소위 말하는 연애결혼이었다. 당시로서는 극히 드문 일로 일종의 파격이었다.

"무슨 소리더냐?"

도키치로와 함께 찾아와 혼인 승낙을 바라는 오네의 말을 듣고 아사노는 아닌 밤중에 홍두깨라는 듯이 깜짝 놀랐다. 갑작스런 충격에 혼란스러운 머리를 정리하며, 오네 곁에 머리를 조아리고 있는 도키치로를 내려다보고 있는데, 도키치로가 얼른 고개를 들고 말을 이었다.

"아사노 님. 감히 저 같은 불민(不敏)한 자를 갑자기 사위로 맞아들이시기가 어려우실 것으로 사료되옵니다. 그러나 따님과의 혼약을 허락해 주신다면 좋은 남편, 사위가 되도록 최선을 다하겠습니다. 저의 출신이 보잘 것 없다는 것을 저도 잘 알고 있습니다. 그러나 혼인을 허락해 주신다면, 절대 아사노 가문에 누가 되는 일은 없도록 하겠습니다."

"오네야! 너의 일이니 충분히 심사숙고는 하였으리라 여긴다마는, 지금 그 마음이 절대 일시적인 것은 아니렸다?"

아사노는 도키치로의 말에는 일언반구(一言半句)의 대답도 없이 오네에게 물었다.

"네, 그러하옵니다."

"다시 한 번 묻는다. 절대 지금의 마음이 바뀌거나 후회는 없으렸다?"

"소녀의 마음 영원불변이옵니다."

아사노는 오네와 도키치로가 함께 찾아와 혼인을 맺겠다며 허락을 요청할 때, 순간적으로 놀라긴 하였으나, 오네를 잘 알고 있는 그였기에 곧 상황을 이해했다.

오네는 원래 스기와라 사다토시(杉原定利)라는 인물의 딸이었다.

어릴 때부터 총명했고, 그 총명함을 눈여겨본 아사노가 자신의 수양 딸로 입양을 한 아이였다.

"네 뜻이 그렇다면, 내, 너희들의 뜻을 존중해 혼사를 허락한다."

양부인 아사노는 확인을 통해 딸의 의지가 결연함을 알고, 도키치로와의 혼인을 쾌히 승낙했다. 그 역시 전국시대에 태어나 영주를 가까이에서 모셔 오며, 많은 전투를 통해 산전수전 많은 경험을 해 왔다. 그만큼 사람을 보는 눈이 날카로웠다.

오다 가문의 중신인 자신의 입장에서 본다면 농민 출신인 도키치로와 양녀이지만 자신의 딸인 오네와의 혼인은 격이 맞질 않았다. 그런데도 그가 둘의 혼인을 기꺼이 허락한 것은, 오랫동안 도키치로의 재능과 인물 됨됨이를 눈여겨보아 왔고, 높게 평가했기 때문이었다.

"도키치로! 잘 들어라. 오네를 행복하게 해 줄 것은 물론, 지금부터 혼사 준비를 철저히 해, 조금이라도 손색이 없도록 하라."

"하아, 감사하옵니다. 맡겨 주십시오."

아사노로부터 혼사 허락을 얻어 낸 두 사람의 기쁨은 컸다. 특히 도키치로의 기쁨은 이루 말할 수 없었다. 오네는 사랑을 쟁취하여 기뻤지만, 도키치로는 사랑은 물론, 출세의 기반까지 손에 넣은 것이었다.

'이제야말로 명실상부한 사무라이가 된 것이다. 아사노 님이야말로 오다 가문의 충신으로 대대로 이어져 내려오는 사무라이가 아닌가! 양녀라지만, 아사노 님의 딸을 맞아들였으니 어느 누구도 나를 빈농 출신이라고 깔보지는 못할 것이다.'

일찍이 친부를 여위고 계부의 구박으로 집을 떠나, 장작 장사, 바늘 장사 등 갖은 고생을 다 하며 전전하던 도키치로였다. 그는 오네와의 혼사를 통해 항상 따라 붙던 출신에 대한 열등감을 이제 떨쳐 버릴 수 있다 여겼다.

실은 오래전부터 도키치로는 그의 마음 한구석에 사무라이 가문과의 혼인을 통해 자신의 새로운 가문을 만들고 싶다는 꿈이 자리를 잡고 있었다. 그래서 뇌물을 써 가며 중매쟁이에게 부탁을 하기도 했다.

"지금은 망해 버렸지만, 과거에는 귀족이었던 가문의 여식이라면 좋겠습니다."

"잘 알았네."

도키치로는 오로지 출세를 위한 신분 세탁이 필요했기에 다른 조건은 보지 않았다. 그런데도 도무지 혼담은 잘 성사되질 않았다. 그는 상대의 인물이 마음에 들지 않아도 귀족 출신이라면 참고, 혼사를 진행시키려 했으나, 상대는 그렇지 않았다. 그를 보러 나온 상대는 도키치로와 마주 앉으면 표정이 일그러졌다. 차마 못 볼 것을 보았다는 표정이었다. 그의 외모를 탓하였던 것이다.

'메주같이 생긴 것이 자신의 외모는 뒤돌아보지 않고, 상대의 외모만을 탓하다니, 참으로 어이없는 일이로다. 예부터 여자는 미녀, 추녀의 구별이 있어도 남자는 미남, 추남의 구별이 없음을 모르는 부덕한 소치이니라. 그런 여인과 백년가약을 맺지 않게 된 것 또한 나의 운이니라.'

그런 그가 이제 예쁘고 총명한 오네를 배필로 얻게 되었을 뿐 아니라, 그녀와의 혼인을 통해 가난한 농민 출신이라는 과거와 단절을 꾀할 수 있게 된 것이었다.

'꿩 먹고 알 먹고, 도랑 치고 가재 잡고, 마당 쓸고 동전 줍는다는 말이 바로 이와 같은 일이 아니더냐. 우하하.'

이른바 일거양득, 오네와의 혼인은 이른바 그에게 있어서는 재탄생에 비견되는 일이요, 횡재라 해도 과언이 아니었다.

활과 조총의 싸움

음력 사월 중순(양력 오월)의 햇살은 너무도 맑아 오히려 찬란했다.

1번대 총대장 유키나가는 언덕 위에 진을 두고 그곳에서 공격을 지휘했다. 그의 뒤로는 진막이 둘러쳐 있었고, 근위병들이 창을 곧추 세우고 삼엄하게 주변을 차단했다. 그들의 창 촉으로 햇살이 직선으로 내려와 꽂혔고, 날카로운 창끝은 섬뜩한 하얀 반사 빛을 튕겨 내고 있었다.

"전하! 선봉대로부터 공격 명령을 내려 달라는 재촉입니다."

앞서 내보낸 선발대의 전령들이 뻔질나게 유키나가가 있는 본진으로 달려와 무릎을 꿇고 전하는 소리였다.

'더 이상 기다릴 수 없다. 저들의 말은 시간을 끌기 위한 잔꾀에 불과하다.'

부산진성 쪽을 유심히 바라보던 유키나가는 나무 의자를 박차듯이 벌떡 일어섰다. 그는 싸움을 피하고 싶었다. 싸움을 막기 위해 앞서 선의로 보낸 '가도입명(假道入明)'에 대한 조선 쪽의 답서는 진의가 없었다. 선발대의 재촉이 심해지자, 이젠 공격을 더 이상 미룰 수 없다고 판단한 것이다.

"총공격하라고 선봉대에게 전하라. 인정사정 볼 것 없다. 즉시 돌격해, 성을 함락시킨다!"

유키나가는 선 채로 손에 들고 있던 지휘 채를 앞으로 내밀어 부산진성을 곧장 겨누었다. 공격 신호였다.

"와아아아."

아군의 함성이 들판에 울려 퍼졌다. 유키나가는 그냥 선 채로,

'안타까운 일이다.'

여기며, 조용히 가슴에 성호를 그었다. 천주교도로서 되도록 살생을 피하려 했던 그였는데 상황이 그의 뜻대로 움직여 주질 않았기 때문이었다.

"진격이다."

선봉대와 함께 나가 있던 도리에몽에게도 전투 명령이 떨어졌다. 사격의 정확성과 담력을 인정받아 첫 번째 열에 배치된 도리에몽이었다. 그는 명령을 받자마자, 즉시 조총에 화약을 먹이고 화승에 붙일 불씨를 살렸다. 철포대가 발사 준비를 끝내자, 이를 확인한 지휘장의 명령이 떨어졌다.

"전진하라! 꾸물거리는 놈은 이 칼에 목이 날아갈 것이다."

철포대 뒤에 있던 지휘장이 칼을 뽑아 들고는 고래고래 소리를 지르며, 허공을 향해 칼을 휘둘렀다. 선봉대는 지휘장이 이끄는 대로 성벽을 향해 진격했다. 멀리 보이는 성벽 위에 금박으로 수놓은 조선군의 깃발이 펄럭였다. 셋으로 벌어진 선봉대는 선봉장을 따라 길게 대형을 이루며 진격을 개시했다. 성벽까지 약 이백 보 정도를 남겨 두고, 다시 명령이 떨어졌다.

"철포대 앞줄, 전진 사격!"

철포대의 첫 번째 열을 이루고 있던 병사들은 튀듯이 앞으로 나갔다. 명령에 따르지 않고 꾸물거렸다가는 즉결 처분으로 목이 떨어져 나가기 십상이었기 때문이었다. 도리에몽도 신속하게 움직였다. 앞

줄에 있던 그는 무릎을 구부리고, 심지에 붙일 불씨를 준비하였다.

"성벽 위를 노려라!"

열 뒤쪽에서 다시 지휘장의 고함이 터져 나왔다. 도리에몽은 총구를 위로 올려 성첩을 겨누었다. 총신을 통해 목표를 가늠하고 있던 그의 시야로 돌담으로 쌓아 올린 부산진성의 모습이 선명하게 들어왔다. 성벽은 그리 높지 않았다. 언뜻 보아도 난공불락의 성은 아니었다. 일본의 성과는 사뭇 다른 모양의 성이었다. 적의 공격을 막기 위한 성이라기보다 안과 밖의 경계를 구분하기 위한, 목적이 애매한 읍성처럼 보였다.

일본의 성은 그 목적이 분명했다. 말하자면 백성보다는 영주를 보호하기 위한 성이었다. 영주가 거주하는 천수각을 중심으로 성곽이 비스듬하고 높게 솟아 있었다. 적이 성문을 통과한다 해도, 입구에서 천수각으로 이르는 길은 갈 지(之) 자 모양으로 꾸불꾸불 성벽이 쌓여 있었다. 병사들은 성첩 위에서 침입하는 적병을 쉽게 공격할 수 있었다. 일시적으로 성이 뚫린다 하더라도, 천수각을 방어하면 영주를 보호할 수 있었다. 영주가 살아있는 한, 싸움은 지속될 수 있기 때문이었다. 철저하게 싸움을 위한 성이었다.

그에 비하면 부산진성은 외곽의 둘레는 컸으나, 단지 안과 밖을 구별해 놓은 석벽 울타리에 지나지 않았다. 영주를 보호하기 위한 천수각도 보이지 않았다. 대신 정자 모양을 한 누각만이 성벽 위에 의젓하게 자리 잡고 있었을 뿐이었다. 일본의 성에 비교하면 공략이 그리 어렵게 보이진 않았다.

"두둥둥, 두둥둥."

성 쪽에서 북소리가 울려 나왔다.

그와 동시에, "발포하라!"라는 명령이 떨어졌다.

첫 번째 대열에 있던 조총수들이 손에 들고 있던 불씨 심지를 화승에 당겨 불을 붙였다.

"지지직."

곧바로 불씨 심지에서 불꽃이 일었다. 화승이 타들어 가며 화약 냄새가 코를 스쳤다. 이어서 타앙하고 철포에서 총알이 튕겨 나갔다.

"타타타타, 타타탕."

굉음이 연거푸 터져 나왔다. 철포에서 터져 나간 총알은 납탄임에도 성벽에 부딪치자, '타아, 타악' 돌 파편을 튕겨 냈다. 성첩 위에 있던 조선군 몇이 휘청하면서 성벽 아래로 굴러떨어지는 것이 도리에몽의 시야에 들어왔다. 사격을 마친 도리에몽은 다른 조총수들과 함께 빠르게 뒤쪽으로 이동했다. 장전을 위해서였다. 익숙한 움직임이었다.

"타타타타탕, 타타탕."

두 번째 열에 있던 조총수들의 총에서 불이 뿜어져 나왔다.

"타타탕, 타타탕."

"으아악."

굉음과 함께 성벽의 파편이 튀어 나가고, 총탄에 맞은 동료들이 떨어져 나가자, 성첩 위에서 활에 화살을 걸고 거리를 재고 있던 조선 병사들은 기겁을 했다.

"이크. 조심해라."

병사들은 본능적으로 허리를 숙이고, 머리를 성벽 밑으로 바싹 꼬나 박았다.

"발사."

지휘장의 명령을 받은 도리에몽은 열을 바꿔 가면서, 연속 철포를 발포했다. 세 차례에 걸쳐 연이어 철포를 발사하자, 성벽 위로 머리를 내놓은 조선군의 모습은 없었다. 조선군의 사기가 뚝 떨어진 것을 직감할 수 있었다.

'됐다.'

일단 기선 제압에 성공한 것이다. 싸움터에서는 어느 쪽이 기선을 잡느냐에 따라 승패가 갈린다는 것을 몸으로 체득하고 있던 도리에몽이었다.

"뿌우웅."

뒤쪽에서 돌격을 알리는 나팔 소리가 들려왔다.

"돌격. 돌격하라!"

선발대에 있던 선봉장이 돌격을 외쳤다. 그 뒤를 따라 창으로 무장한 보병들이 철포대 앞으로 튀어 나갔다.

"우와와와, 우아아아."

노도와 같은 기세였다. 돌격대가 성벽으로 향하는 것을 보고, 철포대는 일단 사격을 멈추었다.

둥, 둥, 둥.

곧 성첩 위에서 조선 군사의 고함과 북소리, 퉁소 소리가 급하게 울려 퍼졌다. 조총 공격에 놀라 성벽 밑으로 머리를 처박고 있던 조선군이 철포대의 발사가 뜸해진 것을 알고 다시 기세를 올린 것이었다.

휙, 휙, 휙.

조선군 궁병들이 성벽으로 머리를 내밀고 화살을 날렸다. 처음에는 한두 대씩 간간이 날아오던 화살이 점차 늘더니, 빗살처럼 허공에 날았다.

"으윽."

앞으로 튀쳐나갔던 돌격대가 날아온 화살에 맞아 픽픽 쓰러져 갔다. 거리가 상당히 떨어져 있었지만, 생각보다 치명적이었다.

'화살이 여기까지 날아와 치명상을 입히다니….'

일본의 활은 사정거리가 그리 길지 않았는데, 조선의 활은 작았지만 사정거리가 상당했다. 철포로 기선을 제압했다고 믿었던 왜병들은 화살의 위력에 놀라 주춤했다.

병사들이 멈칫거리자, 지휘장들은 다시 큰소리로 독촉했다.

"멈추지 마라. 돌격하라."

조선군의 화살에 왜병 돌격대에 희생자가 나오자, 철포대에게 재차 명령이 떨어졌다.

"성벽 위를 노려라."

잠시 관망하고 있던 철포대의 움직임이 다시 빨라졌다. 엄호 사격을 위해, 철포대는 마음이 급한 나머지 화승이 빨리 타들어 가도록 입으로 후후 불어 가며 철포를 쏘아 댔다.

타타탕. 타타탕.

화약이 터지는 굉음이 부산진성 벌판에 울려 퍼졌다.

"사다리를 걸어라."

철포대의 엄호를 받으며, 성벽으로 다가간 왜병 공격조는 갈고리와 사다리를 성벽 위로 걸었다. 왜병 선발대는 성벽 위에서 내려쳐 오는 공격을 피하기 위해, 머리 위에는 가죽 거적을 뒤집어쓰고, 성벽에 세워 놓은 사다리를 기어올랐다. 성벽 위에서는 화살이 날아오고, 사람 머리만한 돌이 굴러 내려왔다.

"으아악."

먼저 성벽을 타고 올라갔던 선발대 일부가 성 위에서 던진 돌에 머리가 깨어지고 어깨가 으깨져, 사다리 아래로 굴러떨어졌다. 돌을 피하면, 열탕이 쏟아져 내려왔다.

"아츠이, 아츠이."(뜨거워, 뜨거워.)

뜨거운 열탕을 뒤집어쓰고 왜말로 '뜨거워'를 연발하며, 펄떡펄떡

뛰는 병사들도 있었다. 돌격대에서 부상자가 속출했다.

둥둥둥둥둥.

조선군의 필사적인 저항으로 돌격대의 공격이 주춤해지자, 사기가 오른 조선 측의 북소리가 점점 빨라졌다.

"싹 죽여뿌리라."

성첩에 있던 조선의 관민은 악을 쓰며, 끓는 물과 돌을 집어던졌다.

"삐익, 삐익."

조선군 군관이 군호로 부는 호루라기 소리였다. 호루라기 소리에 뒤이어, "와아" 하는 고함 소리, 그리고 "아악" 하는 비명 소리가 터져 나오고, 그 곁에서는 "쌔액" 하는 화살 소리에 이어 "타타타타탕" 하는 굉음이 순서 없이 뒤엉키는 격전이었다.

성벽 위와 아래에서 피와 살이 튀어 올랐다. 평화롭던 세상은 순식간에 무간지옥의 아수라장으로 화했다. 이유도 없이 서로 원수가 된 조선병과 왜병들은 서로 상대를 죽여야, 자기가 산다고 느꼈다. 단순했다. '죽이느냐, 아니면 죽느냐'였다.

조선군의 저항이 예상외로 거세자, 왜병 돌격대는 일시적으로 주춤했다. 그런데도 왜군은 공격을 포기하지 않았다. 그들은 체계적이며 조직적으로 공격해 들어왔다. 마치 파도와 같았다. 밀려들었다가는 빠져나가고, 조용해졌는가 싶으면, 다시 조총을 쏴 대며 다가왔다.

"왜적이 성벽을 못 넘도록 막아야 한다."

첨사 정발은 동문루 위에서 왜군의 움직임을 주시하면서 장교들에게 명령을 전달하는 식으로 전군을 지휘했다.

"네, 이놈. 내 화살 맛을 보아라."

한편 활의 명수인 그는 왜군이 성벽으로 다가오면, 직접 활을 들고 화살을 날렸다. 그가 쏘는 활은 강궁이었다.

휘이익.

그가 쏜 화살은 묵직하게 날아갔다. '투웅' 활줄이 튀는 소리부터 달랐다. 궁병들이 당기는 활줄에서는 '탁, 탁' 소리가 났지만, 그가 활을 당겼다 튕기면, 활줄이 '투웅' 소리를 내며 튀었다. 활시위를 떠난 화살은 '쌔액!' 바람을 가르며 세차게 날아갔다. 그리고 정확하게 왜병의 몸통에 꽂혔다. 화살을 맞은 왜병들은 그 자리에서 고꾸라졌다. 힘차게 날아간 화살은 그만큼 깊게 박혔다. '조선 제일의 명궁'이란 소리가 과연 허언은 아니었다.

"겁먹지 말고 싸워라."

"와아아. 와아아."

첨사의 독려에 따라 곁에 있던 장교들이 먼저 선창을 했고, 왜군의 철포 소리에 기가 죽어 있던 병사들도 함성을 질렀다. 사기가 오르자, 성첩에 웅크리고 있던 궁병들도 몸을 일으켜 활시위를 당겼다.

"끄응."

궁병들은 가능한 치명상이 되도록, 활줄을 팽팽하게 당겼다가는 튕겼다.

휴웅.

시위를 떠난 화살은 힘차게 허공을 가르며 날아갔다. 그러나 조선 궁병들의 화살은 백 보 내에서는 치명상을 입힐 수 있어도, 그 거리를 벗어나면 그다지 치명적이지 못했다. 같은 거리라도 왜군들의 철포는 화력이 세고, 치명적이었다. 백 보 밖인데도 '타타탕' 하고 금속성의 파열음이 들려오고 나면, 순식간에 성첩에 있던 조선 병사들이 비명을 지르며 나가 떨어졌다. 조선군의 빗나간 화살은 땅바닥에 힘없이 툭 떨어졌지만, 왜병들이 발포한 총탄은 빗나가도 '쩽, 쩽' 소리를 내며, 성벽의 돌 파편을 튀겨 냈다. 활과 철포는 사정거리뿐만 아니라,

살상력에서도 비교가 안 될 정도였다.

"싸워라. 왜적을 막아라."

정발이 흑색 갑옷을 입고, 스스로 분투하며 병사들을 독려했지만, 병사들은 '타앙' 하는 총소리만 들어도 머리를 성벽으로 꼬나 박았다. 총탄에 머리 부위를 맞은 병사들은 거의 즉사였다. 몸통을 맞은 병사들도 거의 중상이었다. 총탄이 뚫고 지나간 곳에서는 콩알만 한 작은 구멍만이 생겼으나, 끊임없이 피가 솟구쳐 올라왔다. 조총에 맞은 상처는 깊었다.

'맞으면 죽는다.'

철포의 위력에 병사들의 사기는 이미 꺾일 대로 꺾인 상태였다. 조선 병사들은 왜군이 쏴대는 조총의 위력과 파괴력을 처음으로 경험하고는 모두 두려움에 사로잡혔다.

'목숨은 건져야 한다.'

병사들은 수에서 열세일 뿐 아니라, 화력 면에서도 절대적으로 불리해, 승산이 없다고 여겼다. 정발의 독려로 한때, 반짝했던 사기는 전투가 지속될수록 점점 땅바닥으로 곤두박질쳤다.

'쉽지 않은 싸움이다.'

첨사 정발과 이정헌도 왜군과 한바탕 격전을 겪고 나서는, 왜군이 군세와 화력 면에서 월등히 우세하다는 것을 체감했다. 군사 수가 부족해 성내의 모든 군사와 남녀노소의 양민들마저 동원하였으나, 역부족이었다.

그렇다고 싸움을 포기할 수도 없는 일이었다.

"죽을 각오로 적을 막아 내라."

정발을 비롯해 이정헌, 조방장 이응순은 본진인 동문루에서 함께 악을 써가며, 필사적으로 버텼다. 효과가 없진 않았다. 조선군이 필사적으로 반격을 하면 왜군이 물러나곤 했다.

"전열을 재정비하라. 그리고 부상병은 한쪽으로 모아라."

왜군이 물러나, 싸움이 잠시 소강상태가 되면, 정발은 성첩 아래 쪽으로 쓰러져, 피를 흘리고 있는 병사들의 수습을 명했다.

"저놈들이 지니고 있는 총통이 무엇이오?"

"왜놈들이 화승총을 개발해 잘 쓴다는 말을 들은 적이 있습니다. 날아가는 새도 잡는다고 해서, '조총'이라 합니다."

정발의 의아함에 대한 이정헌의 답이었다.

"내가 화승총통이나 현자총통을 군기고에서 본 일은 있어도, 조총 이란 말은 처음 듣소."

"저도 소문을 들은 적은 있지만, 이 정도 화력일 줄은 몰랐소이 다. 조선에 조총이 없는 것은 아니오나, 활에 비해 그리 효과적이지 못하다고 들었습니다. 그래서 장식품이 되어 있습니다만, 그런데 왜적 이 조총을 능숙하게 다루고, 저리도 많이 휴대하고 있는 것을 보니, 참으로 신묘하다고 밖에 할 말이 없습니다."

이정헌의 말은 사실이었다. 조선에서 조총이라 불리는 철포가 일 본에 처음 전달된 것은 1543년이었다. 폭풍우를 만난 포르투갈의 무 역선이 일본 타네가시마(種子島)에 밀려왔고, 그 표류선에 실려 있던 포르투갈의 철포가 일본 본토에 전달되었던 것이다. 그리고 전국시대 의 실력 있는 영주들이 무력 증강을 위해 앞을 다투어 철포를 구입해 개량했다.

그런 조총이 조선에 알려진 것은 임진왜란이 일어나기 삼 년 전 이었다. 대마도주 요시토시가 통신사 파견을 요청하기 위해 입조했을 때, 공작과 조총을 진상품으로 바쳤다. 그전에도 조총에 대한 정보가 조선 조정에 전혀 없었던 것은 아니다. 명과 왜를 통해 그 존재를 이미 알고 있었으며 그 위력을 궁금해하던 터였다.

조총을 진상받은 조선 조정에서는 마침 '잘 됐다'라는 심정으로 조총을 병조에 내려, 즉시 그 위력을 파악하도록 지시했다. 곧 병조판서의 지시로 넓은 공터에 나무판자가 세워지고, 그 위에 물감이 칠해진 과녁이 마련되었다. 병조의 소속된 군관 중, 화약과 총통을 잘 다루는 자가 선발되어, 발사를 통해 실험을 해 보았다.

지직직.

타앙.

화승이 타들어 간 후, 발사가 되긴 했는데, 이미 승자총통을 다루어 본 병사들에게는 별 신통한 무기로 인식되질 못했다.

"화력 면에서는 조선의 승자총통보다 파괴력이 약하고, 화승방식이라 쏠 때마다, 일일이 심지에 불을 붙여야 하기 때문에, 신속함에서는 강궁과 편전 등의 활보다 더딥니다."

병조의 보고를 받은 조정은 조총을 대단치 않은 무기로 판정하였다. 조총이 심지에 불을 붙여 발사하는 데 활보다 시간이 걸리는 단점은 있었으나, 화력은 활을 능가했다. 일본에서는 이를 파악하고, 단점을 전술로 보완했다. 즉 열을 겹으로 해, 발포가 끝난 앞 대열은 뒤로 돌아, 대신 둘째, 셋째 열이 발사를 할 동안, 뒤쪽에서 발사 준비를 하도록 함으로써 연속 공격이 가능토록 한 것이었다. 그동안 활에 의존해 왔던 조선에서는 이를 무시했다. 결과적으로 일본에서 전달된 조총은 결국 그 효용이 평가 절하되어 군기시 창고에 보관되었고, 단지 장식품 노릇을 하게 된 것이었다.

"와와와."

"장군, 저놈들이 또 몰려오고 있습니다. 이번에는 총공격인 것 같습니다."

이응순이 긴급하게 왜군의 움직임을 보고하자,

"아, 원군은 왜 이리 꾸물대고 있단 말이냐?"

정발은 북쪽 성벽을 흘끗 바라보고는, 원군이 오지 않음을 한탄하며 다시 성루로 올라섰다.

"몸이 성한 병사들은 모두 성첩에 올라서 왜적을 막아 내라."

정발이 성첩을 향해 고함을 외치며, 다시 병사들을 독려했다. 여러 면에서 사태는 불리했지만, 수장인 정발과 이정헌 등은 끝까지 싸움을 포기해서는 안 된다는 생각뿐이었다. 실제로 정발을 비롯한 지휘부의 분투와 독려가 없었다면, 왜군의 첫 번째 공격에 부산진성은 무너졌을 공산이 컸다. 초전에 왜군의 화력과 기세에 기가 꺾였음에도 병사와 백성들이 포기하지 않고 싸움을 계속할 수 있었던 것은, 앞장서서 이들을 다그치고 독려한 수장의 필사적인 수성 의지 때문이었다.

'세상일은 아무도 모른다.'

'길고 짧은 것은 대봐야 한다.'

지휘관인 수장이 물러서지 않고, 활을 쏘며 분투하는 것을 본 장교들과 병사들은 이길지도 모른다는 희망을 보았던 것이다.

"막아라. 죽여라."

정발의 지휘를 받은 휘하 군민이 필사적으로 대항하자, 싸움은 예상보다 장시간 이어졌다. 공방전이 계속되면서, 왜병 쪽에서도 사상자가 속출했다. 유키나가를 비롯한 왜군 지휘부는 조선군의 의외의 저항에 일시적으로 당황했다.

그들 역시 물러설 수는 없었다. 바다를 건너왔을 때는 이미 배수의 진을 친 것과 마찬가지였다. 죽기 아니면 살기였다. 어차피 공성에 실패하면 히데요시로부터 할복 명령이 내려질 것은 뻔한 일이었다.

"돌격하라. 꾸물대거나, 물러서는 자는 용서 없이 목을 벤다."

왜군의 공격은 더욱 거세졌다. 왜군 각 대의 지휘장들이 칼을 뽑아 들고 이리저리 내달리며 병사들을 몰아붙였다.

'이래 죽으나 저래 죽으나 죽는 건 마찬가지.'

지휘장들의 등쌀에 왜군 돌격대는 앞으로 내달려야만 했다. 왜병들은 조선병의 공격보다 더 무서운 것이 지휘장의 칼이었다. 꾸물대다가 본보기로 찍히면, 바로 뒤에서 칼이 날아왔고 병사들의 목이 떨어져 나갔다. 뒤에서 날아오는 아군의 칼을 맞느니, 차라리 앞으로 나아가는 편이 나았다. 왜병들 역시 죽기 살기였다.

휘익. 휘익.

조선군의 화살을 피해, 왜병 돌격대는 성벽에 바짝 붙었다.

'이제 화살은 피했다'라고, 여기는 것도 잠시 곧 '좌아악' 하고 물이 쏟아져 내려왔다. 그들 역시 물러설 곳이 없었다.

"사다리를 타고 올라가라."

진퇴양난인 그들은 죽기 살기로 거적을 뒤집어쓴 채, 돌과 열탕을 온몸으로 받으며, 성벽으로 기어올랐다.

타타탕. 타타탕.

파악, 파악.

뒤쪽에 있던 왜병 철포대는 엄호를 위해 연신 방포를 해 댔다. 그들이 쏘는 철포의 굉음에 이어, 성벽의 돌이 깨져 나가는 소리가 퍼져 나갔다. 그야말로 아수라장이었다.

"돌격! 성벽으로 올라라. 나를 따라라."

왜군의 총공격이 시작되고, 일경 반(세 시간 정도)이 지나자, 조선군 쪽의 저항이 점차 누그러졌다. 백전노장인 왜군 지휘장들은 이 틈을 놓치지 않았다. 이번에는 지휘장들이 앞장서서 돌격대를 끌었다.

왜병들이 하나, 둘 성첩을 넘어 성안으로 들어갔다. 성을 타고 넘는 돌격대의 수가 늘어나자, 성벽에 있던 조선군의 저항은 더욱더 약화되어 갔다. 북쪽 성벽을 공격하던 마츠라대에서 "와아" 하는 함성이 올랐다.

"전하! 마츠라대가 북쪽 성문을 뚫었습니다."

전령장이 달려와 유키나가에게 올린 보고였다. 드디어 부산진성이 뚫린 것이다.

"오, 수고했다! 철포대와 돌격대는 그대로 두고, 각 대의 주력을 북쪽 문으로 모으도록 하라!"

유키나가는 일거에 성을 점령하고자, 전령장에게 명령을 내렸다.

'이제 끝났다!'

유키나가는 안도의 한숨을 내쉬었다. 조선군의 저항이 거세, 초조해지기 시작할 무렵에, 보고가 올라왔기 때문이었다.

군세(軍勢)의 차

"장군, 북문이 뚫렸습니다."

"뭣이라고?"

첨사 정발은 북문이 뚫렸다는 보고를 받고는 가슴이 철렁했다. 왜병이 성으로 들어오는 것만 막고 있으면, 언젠가는 원군이 올 것이고, 그러면 승산이 있다고 믿고 있었다. 그런 그에게 '성문이 뚫렸다'라는 말은 하늘이 무너지는 충격과도 같았다. 모든 기대가 물거품이 되고 만 것이었다.

'어찌하면 좋으랴? 이대로 끝이란 말이더냐?'

원군이 없이는 성을 막아 낼 방법이 없었다. 최후가 다가온 것 같아 눈앞이 막막했다. 이제 와서 죽음이 두렵지는 않았으나, 그렇다고 완전히 초월한 상태도 아니었다. 안개가 자욱하게 낀 것처럼 머릿속이 혼미해졌다.

"장군! 왜군이 성안으로 밀려들어 오고 있습니다."

"조방장! 여긴 나와 부사맹이 맡을 테니, 군사들을 끌고 북문으로 가라."

"알겠습니다."

"병사들은 나를 따라라."

이응순이 칼을 뽑아 들고 앞으로 나섰다. 그러나 그가 군사를 끌고 북문으로 향할 때, 이미 많은 왜군이 성내로 들어와, 여기저기에서 육박전이 벌어지고 있었다. 일부 병사들이 격렬하게 저항했으나 역부족이었다. 왜병의 돌격대는 물론이요, 창으로 무장한 후방 부대도 이미 성안으로 밀려들어 오고 있는 상황이었다.

왜병들은 멀리서는 철포를 쏘고, 접근전에서는 길고 날카로운 창으로 조선군을 찔렀다. 활을 제외한 조선군의 무기는 왜병에 비하면 보잘 것 없었는데, 왜병의 칼은 날카롭고 예리해 그 살상력이 대단했다. 그에 비해 군관들의 환도는 날이 무뎠다. 칼로 맨살을 치면 모를까, 갑옷 위를 치면 자상보다는 타박상을 남기는 데 지나지 않았다. 게다가 조선군이 들고 있는 창은 창대가 짧고, 창끝이 무디어 그다지 날카롭지 못했다. 그런데 왜병의 창은 조선군의 창에 비해 창대가 상당히 길고 뾰족했다.

"으아악."

육박전이 벌어지자, 조선군은 자신들의 창 거리에 접근도 못한 채, 왜병의 길고 날카로운 창에 여지없이 몸통을 관통당했다. 장창의 공격을 피해 겨우 접근해, 육박전을 벌이려 하면, 이번에는 왜군의 날카로운 칼이 조선병의 목을 예리하게 긋고 지나갔다. 그들의 칼에 조선 병사들의 목이 '툭툭' 소리를 내고 떨어져 나갔다.

성을 사이에 둔 공방전에서는 창과 칼이 위력을 발휘하지 못했으나, 각개 전투인 육박전에서는 달랐다. 일본도의 위력은 뛰어났다. 한쪽 날이 날카롭게 서 있고, 앞부분이 뾰족한 일본도로 왜병들은 허술한 복장의 조선군을 찌르고 베었다. 조선 병사들은 힘으로 대항했으나, 왜군 중에는 칼과 창을 다룰 줄 아는 병사들이 많았다. 특히 사무라이 출신인 장교들의 칼을 다루는 솜씨는 뛰어났다.

몸에 걸치고 있는 군복에도 차이가 났다. 조선 병사는 무명옷에 물감을 들인 군복을 입고 있었고, 왜병들은 보병까지도 갑옷으로 무장을 했다. 무명의 군복은 왜군의 병장기를 막아 내지 못했다. 조선군이 오랫동안 평안한 정세 속에 군사 훈련을 게을리하는 동안, 왜병 지휘관들은 싸움터를 전전하며 실전을 통해 잔뼈가 굵은 자들로, 이른바 백전노장들이었다.

"이야압."

휘익.

왜군은 허술한 복장의 조선군을 기술적으로 찌르고 그으며 베어 나갔다. 게다가 조선군은 이미 철포의 위력에 기가 꺾인 상태였다. 접근전 중에도 '타타탕' 하고 이따금 터지는 철포 소리에 혼비백산했다. 싸움은 도저히 상대가 되질 않았다.

"어라, 성문이 뚫렸다 아이가?"

북문 성곽에 있던 어동과 그 일행도 열어젖혀진 성문을 통해 들어오는 왜군들을 보았다.

"돌을 던져라."

"예끼, 이놈들아."

왜군이 성안으로 몰려들자, 다급해진 사람들은 우선 돌을 집어 왜병들에게 던졌다.

"고로세."(죽여.)

왜장인 듯한 자가 고함치자, 왜병의 일단이 그들을 보고 창을 꼬나들고 다가왔다. 왜병들이 언덕을 올라, 성첩 쪽으로 다가오자, 어동과 몇몇 병사는 들고 있던 창을 휘두르며 맞서 대항했다.

타앙.

그러자 왜군 쪽에서 조총이 발포됐고, 성첩에 있던 조선 군사들이 아래쪽으로 굴러떨어졌다. 왜군들의 공격을 받고 병사들이 주춤하자, 처음부터 싸움에 적극적이지 않던 이빈열과 양반들은 왜군에게 대항은커녕, 창을 버린 채, 그대로 성벽을 끼고 동문 쪽으로 도망쳤다. 같이 있던 하인들도 '내질세라' 하고 그 뒤를 따라 뛰었다.

"도망치지 말아라. 도망치면 오히려 먼저 죽는다."

장교 하나가 양반들과 하인들이 도망치는 모습을 보고는 소리를 질렀으나, 공허한 메아리였다.

성안으로 들어오는 왜군들은 점점 늘어났다.

"야들아 도망가재이, 여기 있으면 다 죽는데이."

겁을 먹고 얼굴이 파랗게 변한 칠칠이 무기를 버리고는 언덕 아래쪽으로 냅다 뛰었다.

"뭔 소리 하는교? 같이 싸워야제. 도망가면 어데로 간다고 그라는교."

어동이 제지하려 소리를 질렀으나, 이미 양반들과 하인 그리고 칠칠 등, 많은 사람들이 줄행랑을 치고 있었다.

"그마 하래이, 그래 봤자, 이제 다 끝나버렸데."

돌쇠가 낙심한 듯 어동을 제지했다. 조선병들이 전의를 잃은 것을 눈치챈 왜병들이 소리를 지르며, 언덕 위로 몰려들었다.

"살려만 주이소."

돌쇠가 먼저 무기를 버렸고 이를 보고 있던 어동도 들고 있던 창을 버리고, 얼른 무릎을 꿇었다. 두 손을 머리 위로 쳐들고는, 비는 시늉을 하였다. 주변에 있던 병사들도 모두 무릎을 꿇고 머리를 조아렸다.

한편 원군을 끌고 북문을 향해 올라오던 이응순은 이빈열을 비롯한 양반들과 하인 그리고 그 뒤를 허겁지겁 쫓아 도망쳐 오는 칠칠의 모습을 보았다.

"어디로 가느냐?"

환도를 뽑아 든 이응순은 이들의 앞을 막아섰다.

"아니, 왜 이러는가?"

이빈열과 양반들은 이응순의 눈을 피하며 비실비실 옆길로 비켜섰다.

"아, 아니 왜군이 성으로 밀려들어 와 잠깐 피하는 길입니다요."

뒤따르던 하인 하나가 우물쭈물 어줍게 변명했다.

"네 이놈들, 즉시 돌아서서 왜군과 싸우지 않으면, 내 칼에 먼저 죽을 줄 알아라."

하인들의 쭈뼛거리는 말을 들은 이응순이 손에 들고 있던 환도를 들어 올리며, 곧이라도 내려칠 자세를 취했다.

"아이고, 살려 주이소."

양반들은 못 본 체, 그대로 내빼 달아나고 하인들 몇이 칼을 보고 바로 무릎을 꿇고 빌었다. 뒤에 오던 칠칠이 이를 보고는 이응순의 눈을 피해 시치미를 떼고 옆으로 비켜나려 했다.

"네 이놈! 너도 이리 오지 못하느냐!"

이응순이 쭈뼛쭈뼛하는 칠칠을 보고 칼끝을 겨누며, 큰소리로 외쳤다. 왜군의 모습에 겁을 먹은 그에게 그 말이 귀에 들어올 리 없었다.

"에라, 모르겠데이."

칠칠은 멈추기는커녕 냅다 아래쪽으로 뛰었다.

"저놈 잡아라."

그러자 이응순은 민첩하게 몸을 돌려서는 단신으로 칠칠을 쫓았다. 그는 양반들이 도망가는 것을 보고도, 어찌할 수 없어 속으로는 부아가 치밀어도 참고 있었는데, 칠칠이 걸려들었던 것이다.

"네, 이놈."

이응순은 칠칠을 쫓다가 거리가 좁혀지자, 그대로 뒤에서 칠칠의 등을 향해 환도를 내리그었다.

휘익.

주저 없이 그어진 이응순의 칼은 칠칠의 오른쪽 어깨를 파고들어 갔다.

"어헉!"

칼을 맞은 칠칠은 충격에 그대로 앞으로 고꾸라졌다.

'어케 된거고.'

칠칠은 넘어져 구르면서도 어깻죽지가 섬뜩함을 느꼈다. 넘어진 채, 어깨에 손을 대 보니, 어깨 주위가 끈적끈적한 액체로 흥건히 젖어 있었다. 축축한 느낌의 손을 보니, 손에 피가 잔뜩 묻었다. 곧 통증이 몰려왔다.

"이게 뭐꼬? 어이구, 내사마 죽겠네."

어깨를 감싸고 뒹구는 칠칠의 어깨에서 계속 피가 새어 나왔다.

"너! 이놈! 네 죄를 네가 알렸다. 싸움터에서 열을 이탈하는 놈은 고하를 막론하고 즉시 참형이다. 이놈아."

이응순은 엎드려 어깨를 잡고 바닥을 기는 칠칠을 보고, 마치 도망친 양반들이 들으라는 듯이 일장 훈시를 했다. 그러더니 손으로 머리를 잡아 들어 올렸다. 이미 정신이 혼미해진 칠칠은 이응순이 끄는 대로 머리를 쳐들고는, 비스듬히 땅바닥에 앉은 형국이 되었다.

"이야압."

이응순이 기합을 모으기 위해, 괴성을 지름과 동시에 환도가 허공을 갈랐다. 순간이었다. 이어서 칠칠의 몸통이 '툭' 하고는 땅바닥으로 쓰러졌다. 이응순은 칠칠의 수급을 손에 쥐고 들어 올리더니,

"잘 보아라. 적을 두고 도망치는 놈들은 다 이렇게 될 것이다. 싸워서 왜적을 물리치는 길만이 살길이다."

그는 피가 뚝뚝 떨어지는 칠칠이의 목을 도망치려던 하인들에게 내보였다. 그들의 얼굴이 새파랗게 질려 갔다. 끔찍한 모습을 본 하인과 장정들은 사시나무 떨듯이 몸을 덜덜 떨었다.

'어떻게… 생사람을…?'

그들 모두는 눈앞에서 벌어진 끔찍함에 치를 떨었다.

"자, 북문으로 간다. 나를 따라라."

이응순은 칠칠의 목을 무심하게 휙 집어던지고는 앞장섰다. 북문에서 도망쳐 온 하인들과 몇몇 장정들이 그래도 우물쭈물하자, 그는 다시 눈을 부라렸다.

"내가 앞장설 테니, 병사들은 뒤에서 따라오면서 이놈들이 도망 못 가도록 하라."

갑옷을 입은 이응순이 선두에 서고, 그 뒤로 무서워 어깨가 추욱 처져 있는 하인들이 할 수 없이 뒤를 따랐다.

"빨리 앞으로 가라."

뒤쪽에서 선 병졸들은 창을 곧추세워, 하인들과 장정들을 몰아붙였고, 마치 포로들을 끌고 가는 듯한 기묘한 모습으로, 그들은 북문을 향해 올라갔다.

이나바성 공략

"잔나비를 불러라."

노부나가는 도키치로가 사무라이로서 혼인을 이뤄, 한 가정에 가장이 되었음에도, 여전히 그를 '잔나비' 또는 '대머리 쥐'라고 불렀다. 일종의 친근감의 표시였다.

"기노시타 도키치로 대령했습니다."

노부나가의 불같은 성격을 아는 도키치로는 부름을 받으면, 쏜살같이 달려와, 주군 앞에 머리를 조아렸다.

"잔나비, 네가 무슨 수를 써야겠다."

"네…? 뭐든지 명령만 내려 주십시오."

노부나가의 밑도 끝도 없는 말에 다른 사람 같았으면, 그 진의를 파악하려고, 우선 질문부터 했을 것이다. 그러나 머리 회전이 빠른 도키치로는 달랐다. 전후 사정, 영문은 모르지만, 무조건 자신 있게 대답했다.

'주군이 원하는 것이라면 무엇을 못하랴. 기름 섶을 지고 불구덩이 지옥에 들어가라면 못 들어갈 것도 없다. 죽기밖에 더하겠느냐? 그러나 하늘이 무너져도 솟아날 구멍은 있는 법.'

주군의 신뢰를 얻기 위한 그의 계산된 행동이었다.

"잔나비, 이나바성을 함락시켜라. 이나바성의 공략을 너에게 일

75

임할 것이다. 무슨 수를 써서라도 함락시켜라. 대신 변명은 통하지 않는다."

"하아, 기노시타 도키치로, 지금부터 주군의 명령을 받아, 이나바성을 함락시키겠습니다. 주군께서는 나중에 가마를 타고 입성하십시오."

노부나가는 앞뒤 설명도 없이 명령을 하였는데, 도키치로가 아무런 질문도 없이 자신의 명령을 덥석 받아들이자, 오히려 궁금했다.

"자신 있느냐? 다시 한 번 말하지만, 변명은 통하지 않는다."

노부나가는 눈을 실같이 엷게 뜨고 도키치로를 내려다보았다.

"대신 모든 전권을 신에게 주고, 맡겨 주십시오. 그러면, 반드시 이나바성을 함락시켜, 주군을 맞아들이겠습니다."

노부나가가 재차 확인하듯이 묻자, 그는 노부나가에게 걱정 말라는 듯, 큰소리로 자신 있게 대답을 했다. 그리고는 전권을 달라는 교섭을 했다. 자신의 요구에 대해, 성격이 급한 노부나가가 화를 낼지도 몰라, 켕기는 면이 없진 않았으나, 그는 아랫배에 꾹 힘을 주고 버텼다. 장사를 통해 몸에 밴 흥정술이었다.

도키치로가 주저 없이 나오자, 오히려 당황한 것은 노부나가 쪽이었다.

'어? 이놈 봐라!'

도키치로는 노부나가의 대답을 기다리지도 않고, 결정됐다는 듯이,

"그럼 신은 지금부터 이나바성 공략을 위해 물러나겠습니다."

노부나가가 역시 자신이 말을 꺼내고, 자신이 주저하는 모습을 보일 순 없었다.

"오호. 그래. 어서 나가서 서둘러 공략 준비를 하거라."

노부나가는 얼른 나가라는 듯 손을 바깥쪽을 향해 흔들었다.

"하아. 그럼."

"그러나 만에 하나 실패한다면, 죽음을 각오하라!"

노부나가의 말이 끊어졌다가, 다시 이어져 나왔다. 고개를 숙이고 무릎걸음으로 거실을 나오는 도키치로의 뒤통수로 '죽음을 각오하라'라는 노부나가의 두 번째 말이 비수처럼 날아와 박혔다. 첫 말은 격려하듯 부드러웠고, 두 번째 말은 얼음장같이 차가웠다. 목소리도 그랬지만, 노부나가가 내뱉은 '죽음'이라는 말은 과연 실감이 있었고, 그 느낌도 컸다.

주군의 거실을 나와 마루를 걷는 동안, 줄곧 노부나가의 날카로운 눈빛이 그의 뒷목에 날아와 꽂히는 것 같아, 그는 손으로 뒷목을 어루만졌다.

'그래. 실패하면 죽는 것이다.'

그는 곧 실패라는 부정적인 생각을 버렸다. 원래 낙천적인 성격의 소유자이기도 했다.

'실패하면, 이 몸 하나 죽는 것으로 끝나지만, 성공을 한다면⋯. 그 후엔 나의 모든 게 싹 바뀔 것이다. 죽음이냐, 출세냐.'

실패에 대한 두려움보다는 성공의 보람과 그에 대한 대가가 먼저 뇌리에 떠올랐다. 그의 두 주먹에 힘이 들어갔고, 눈에서 안광이 번쩍였다.

'이번 공략이 무사히 성공으로 끝나면, 사무라이 대장으로 중신이 되는 것은 불을 보듯 뻔하다. 아니 어쩌면 내가 이나바성을 받을 수도 있다. 그렇게 되면 성주가 되는 것이다.'

"중신! 성주! 으하하하."

그는 주먹을 불끈 쥐며 무심코 입 밖에 소리를 내어 외쳤다. 사무라이 대장에 중신이라면 독립된 가신을 거느릴 수 있는 신분이었다. 게다가 공이 크면 일국을 다스리는 성주가 될 수도 있었다. 성주란 영지를 일임받아 영주가 되는 것이었다. 위로 주군이 존재하지만 영지 안에서는 일국의 왕에 버금가는 권력을 갖는 것이다. 가난한 농민의 자식으로 태어난 자신이 일국의 왕인 영주까지 넘볼 수 있다는 상황이 꿈만 같아, 그는 입이 절로 벌어졌다.

'그래 언젠가 죽을 목숨. 어차피 죽기 아니면 살기다. 죽을 각오로 부딪친다면 무엇이 두려우랴! 잘못돼도 잃을 게 없는 몸이다.'

도키치로는 즉시 가신인 책사들을 불러 모았다. 지금까지 자신의 휘하에 두고 융숭한 대접을 하며 애지중지해 왔던 인재들이었다.

"이제 드디어 그대들의 능력을 발휘할 기회가 주어졌다. 주군께서 우리의 능력을 인정해 임무를 내리셨다. 오직 우리만이 해 낼 수 있는 임무라는 것을 명심하라."

"그게 무엇입니까?"

"미노(美濃)의 이나바성을 함락시키라는 임무다."

"예? 이나바성 공략이라고요. 그, 그러나 이나바산성은 난공불락의 성입니다."

"그러니까 주군께서 우리에게 맡긴 게 아니겠는가? 인간이 만든 것을 인간이 공략하지 못한다는 것은 말이 안 된다. 지금부터 부정적인 의견은 삼가라. 오로지 이나바성 공략을 위한 계책만을 말하라."

그는 자신의 거실에 모인 책사들의 얼굴을 하나하나 둘러보며 자신의 결심을 전했다.

"그러나….."

"주군이 내린 지상 명령이다. 반대 의견은 삼가라."

웅성거리는 부하들을 보며, 그는 부정적 의견을 용서치 않는다는 듯이 엄명을 내렸다. 가신들에게 처음으로 보이는 그의 엄격한 표정이었다.

미노(美濃)는 노부나가가 지배하는 오와리 위쪽인 북쪽에 위치한 지역이었다.

영주는 사이토 도산(齊藤道三)이라는 인물이었는데, 그가 칩거하는 거성이 이나바(稻葉)산 높은 곳에 자리 잡고 있어, 사람들은 그의 거성을 흔히 이나바산성이라 불렀다.

사이토 도산은 일본 역사상, 하극상을 일으켜 권력을 쟁취한 인물인데, 그는 자신의 주군을 살해하고 성을 탈취해 성주가 된 자였다. 주군을 살해한 인물이기에 그에게는 미노의 살무사(殺母蛇)란 별명이 붙었다. 그만큼 권모술수와 책략이 뛰어난 인물로 그 악명은 주변 지역에 널리 퍼져 있었다.

노부나가의 정실인 노히메(濃姬)가 바로 그 사이토 도산의 친딸이었다. 권모술수가 뛰어난 사이토 도산이 이나바성의 성주가 되자, 영지가 접해 있는 오다 가문으로서는 경계를 게을리하지 않을 수 없었다.

당시 오다 가문은 노부나가의 선친인 노부히데가 영주를 맡고 있었는데, 그는 영지 북쪽에 똬리를 틀고 있는 사이토 도산이 어떤 흉계를 꾸밀지 몰라, 상당히 꺼려했다.

한편, 사이토 도산은 또 그 나름대로 남쪽 지역에서 오와리의 맹주가 되어 영지를 지배하며, 그 세력을 넓히고 있는 오다계가 마음에 걸렸다.

'동맹을 맺는 게 유리하다.'

양측은 결국 서로를 경계하다, 동병상련의 입장으로 동맹의 필요성을 느꼈다. 사이토 도산은 오다 가문의 장자인 노부나가가 미치광이라는 소문을 모르는 바 아니었지만, 동맹을 맺기 위해 자신의 딸을 내주고 정략결혼을 맺기로 하였다. 노부나가의 괴팍한 행동이 사방에 널리 알려져, 가신들이 반대를 하였으나, 그는 받아들이지 않았다.

'사람은 눈빛을 보면 알 수 있다. 저 눈빛을 보아라. 아직 보라매에 불과하지만, 보통 인물이 아니다. 만일 미치광이가 아니라면 발톱을 숨기고 있는 맹호다.'

그릇은 그릇을 알아보는 법인가? 그렇게 미노의 살무사 사이토 도산은, 이른바 미치광이인 노부나가의 장인이 된 것이었다. 오다 가문과 동맹을 맺어, 후방을 튼튼히 한, 도산은 한동안 큰 분쟁 없이 미노 지역을 지배해 왔다.

"스스로의 삶에 회의를 느꼈다. 권모술수와 계략으로 살아가는 생에 이제 종지부를 찍고 싶다."

그런 도산이 돌연 은퇴를 선언한 것이었다. 계략과 술수로 권좌를 차지한 도산이었다. 오죽했으면 미노의 살무사란 별명이 붙었을까? 사람들은 어리둥절했다.

'또 무슨 계략을 쓰는 게 아닌지?'

측근 가신들조차도 그 진의를 의심했을 정도였다.

"주군, 그럼 성주 자리를 넘기시고, 권좌에서 물러나신다는 말씀입니까?"

"그렇다. 나는 물러나, 도량(道場)에 입적하려다. 그대들은 내가 물러나더라도 새로운 영주를 잘 모셔, 영지민들이 국태민안(國泰民安)할 수 있도록 최선을 다하라."

도산은 곧 측실에게서 태어난 장남 요시타츠(義龍)에게 성주 자리를 넘겨주고, 자신은 절에 들어가 은거를 시작했다.

무슨 연유인지 모르지만, 아무튼 그는 장자에게 모든 권력을 넘겨준 후, 속세와의 모든 인연을 끊고 조용히 말년을 보내려 했다. 그런데 자신이 만든 상황이 그를 그대로 두질 않았다. 본인은 속세와의 인연을 끊으려 작심했는지 모르지만, 생을 통해 쌓아 온 모든 업보가 이번에는 그의 몸을 칭칭 감고 놓아주질 않았다. 한평생 쌓아 온 업보와 속세의 인연은 너무도 질겨, 칼로 무 자르듯이 그리 쉽게 끊을 수 있는 게 아니었다. 권모술수의 화신인 그였지만, 그도 자신이 쌓아 온 업보를 깨닫지는 못했던 것이다.

자신이 모시던 주군을 살해하고, 하극상을 통해 권력을 잡은 그였다. 그런데 하극상이 어디 혼자서 가능한 일인가? 선악에 대한 판단보다는 자신의 이익을 추구하는 인간들이 무리를 이루어, 무력으로 기존의 체제를 무너뜨리고, 그 권력을 빼앗아 나누는 것이 하극상의 본질이다.

도산이 권력의 상좌에 앉긴 하였지만, 하극상을 통해 잡은 권력은 그 혼자만의 것이 아니었다. 하극상에 가담한 무리들, 모두에게 지분이 있었던 것이다. 그러므로 하극상을 통한 권력은 항상 권력 계승이 이루어질 때마다 갈등과 충돌이 따른다. 도산의 경우도 예외는 아니었다.

요시타츠는 성주의 장남이라는 이유 하나만으로 성주 자리를 물려받은 인물이었다. 그런데 도산이 은거를 하자, 요시타츠는 하극상에 참가해, 그 지분을 갖고 있는 도산의 측근들을 무시하고 박해했다.

"돼 가는 꼴을 보니 이대로 가만히 있다간, 추방은 고사하고, 목이 떨어지기 십상일세."

새로운 젊은 성주가, 원로인 자신들을 경원하고 요직에서 몰아내자, 원로들은 새 성주에게 불만과 원한을 품기 시작했다.

"그러게 말일세. 저 신출내기가 누구 덕에 성주가 됐는지도 모르고, 우리를 이리 박대하는군."

"도산 님을 다시 성주로 모셔야 할 것 같네!"

"맞는 말이네. 그렇지 않으면 제명에 죽지 못할 것 같으이."

원로 중신들은 새 성주인 요시타츠의 잘못을 조목조목 적어, 칩거 중인 도산을 찾아가서는, 이를 일러바쳤다. 이들은 하극상을 경험한 자들이었다. 자신들의 이해관계에 따라, 가치 판단이 쉽게 움직이는 무리들이었던 것이다. 즉 대의와 충성이라는 덕목은 자신들에게 얼마나 이익이 되느냐에 따라, 그 가치가 변하는 것이지, 영원불멸의 덕목이 아니었다. 약삭빠른 인간들의 전형이었다.

도산 역시 속세와 모든 인연을 끊고 은거 생활을 하긴 하였지만, 원래 권력의 화신이었던 그였다. 절에 들어가 불경을 읽으며, 처음에는 권력과 생의 무상함을 깨닫는 듯하였으나, 그도 얼마 가질 못 했다. 승적에 입적했으면 속세에서 일어나는 세상만사에 초연했어야 했는데, 그게 그리 쉽사리 되질 않았다.

우선, 권력을 손에서 놓자, 인심이 바뀌는 것을 느꼈다. 아무도 자신을 이전처럼 영주로 대하지도 않고, 충성을 바치려고도 하지 않았다.

'간사한 것이 인간의 마음이로다.'

한편으로는 섭섭했는데, 때마침 그런 그에게 하극상을 위해 죽음을 각오하며 행동을 같이했고, 자신에게 충성을 바치던 과거의 가신이며 동지들인 원로들이 찾아온 것이다.

"내가 속세를 떠난 몸이니라…."

처음엔 그리 말을 했다.

"이대로 두었다간, 미노국은 누군가에게 먹히거나, 민중 반란이 일어나 자멸할 겁니다. 우리가 어떻게 손에 넣은 영지입니까? 영지의 안정을 위해 한동안이라도 성주직에 복귀하셔야 합니다."

권좌에선 물러났지만, 현실 정치를 완전히 떠나지는 못해 미련이 남아 있는 그였다.

"내 그대들의 하소연을 들으니, 도저히 모른 체 할 수가 없고, 아무튼 잘 알았으니, 그만 물러들 가게."

도산의 마음은 복잡했다. 우선, 옛 동지들의 호소를 뿌리칠 수 없다는 명분을 만들었으나, 그렇다고 장남을 영주직에서 몰아낼 수도 없는 입장이었다. 그는 장남인 성주에게 사절을 파견해, 자신의 의견서를 전달했다.

'성주는 원로 측근들을 중용하라.'

처음에는 요시타츠도 어쩔 수 없이 도산의 뜻을 받아들였다. 그런데, 도산의 의견서는 그 한 번으로 끝나질 않았다.

'성주는 들어라. 백성들의 원망이 심하다 한다. 올해는 가뭄이 들어 작물의 수확이 좋질 않으니, 수확세를 낮추어라.'

도산은 절간에 앉아 성주를 좌지우지하는 데 맛이 들었는지, 영주의 통치에 해당하는 부분까지 참견을 했다.

'나를 허수아비로 세워 놓고 자신이 뒤에 앉아, 모든 권력을 휘두르려는 것인가? 나를 꼭두각시로 착각하는 것 아니냐?'

요시타츠는 부친인 도산에게서 사절이 올 때마다 속이 부글부글거렸다.

'은퇴를 했으면 모든 걸 맡기고 조용히 지내면 될 것을…. 아직도 자신이 영주라고 착각을 하고 있는 게 아닌가? 중이 되었으면 속세를 잊어야 하거늘, 아직도 미련을 버리지 못하고 속세에 애착을 가지고 있다니, 참으로 한심하도다.'

요시타츠는 성주직과 모든 권력을 위임받았음에도, 사사건건 간섭하고 명령하는 친부인 도산이 못마땅했다.

'이제는 내가 영주다. 은퇴를 해 영주직에서 물러났으면 산속에서 굿이나 보고 떡이나 먹을 것이지, 감히 영주에게 사사건건 간섭을 하

다니 참으로 주제넘은 일이 아니더냐?'

가신들도 둘로 갈리었다. 도산을 지지하는 원로 중신들과 새 영주인 요시타츠를 받드는 젊은 소장파들로 갈리었다. 모든 일에 기득권 세력인 원로파와 신흥 세력인 소장파가 부딪혔다. 원로들의 뒤에 전 영주 도산이 있다는 걸 아는 소장파 또한 요시타츠를 부추겼다.

"지금의 영주는 도산 님이 아니라 성주님입니다. 이제는 더 이상 간섭을 못 하게 해야 합니다."

이들의 대립은 곧 아비와 자식의 갈등으로 나타났다.

"제 놈이 누구 덕에 지금 자리에 앉아 있는지도 모르고 저러는가? 아비에게 반항하는 놈은 금수만도 못한 놈이다. 은혜를 원수로 갚는 놈이 금수와 다를 바 무엇이더냐. 그런 놈에게 성주직을 더 이상 맡길 수 없다."

도산은 원로 중신의 사주를 받아, 장남인 요시타츠가 '부모의 은혜도 모르는 불효막심한 자식'이라고 매도했다. 도산은 자신의 말을 따르지 않는 장남을 성주직에서 몰아내고, 대신 자신의 말을 잘 따르는 차남을 성주로 옹립하기로 결심을 하였다.

그러나 한동안 권좌에서 물러나 있던 도산인지라, 수하에 군사가 있을 수 없었다. 그는 과거 자신을 보필하던 중신들을 소집했다. 그들을 통해 군사를 모집하기로 한 것이었다.

"저희들에게 맡겨 주십시오. 주군이 나선다면, 즉시 군사를 모아 오겠습니다."

원로들은 새 영주 토벌 계획에 신이 나서 호응했고, 도산은 즉시 장남인 요시타츠를 성주직에서 몰아내기 위한 행동에 나섰다. 그러나 현직 영주인 요시타츠와 신흥 세력 또한 그리 호락호락하지 않았다.

"도산 님이 성주님을 쫓아내기로 하고, 아우님을 성주로 내정했다는 소문입니다."

도산의 움직임은 측근들의 귀를 통해 곧 성주인 요시타츠에게 전달되었다.

"이대로 있다가는 꼼짝없이 당하고 맙니다. 성주직에서 쫓겨나는 것으로 끝나지 않을 겁니다. 그들이 노리는 것은 성주님의 목숨입니다. 쫓아낸 성주를 그대로 둔 예는 없습니다. 선수를 치셔야 합니다."

요시타츠는 소장파의 의견을 받아들여, 자신의 친부를 자신의 권력을 탈취하려는 적으로 규정하고, 도산을 치기로 했다.

"군사를 모아라. 역적을 친다."

"아우를 성주로 내세운다니, 내가 다시는 그런 마음을 못 먹도록 그 후환을 없애 주마. 그놈들의 씨를 말려라!"

심지어 요시타츠는 심야에 자신의 측근들을 보내 배다른 형제인 둘째와 셋째 동생을 살해토록 지시했다. 권좌 앞에서는 형제고 뭐고 없던 것이었다. 아무리 배가 다른 형제라지만, 어렸을 때부터 함께 자라 온 형제를 그리 간단히 죽일 수는 없었다. 그런데 그는 권좌를 위해 아무 거리낌 없이 혈육을 살해하도록 지시했다. 눈에 핏발이 돌았다. 그런 그가 자신을 낳아 준 친부라고 인정사정 보아 줄 리 만무였다.

드디어, 부자지간의 골육상쟁의 권력 투쟁이 벌어진 것이다.

"사이토 도산의 은거지로 향하라. 발견 즉시 처형하라."

동생들을 살해한 그는 곧바로 친부인 도산을 토벌하기 위해 군사를 일으켰다. 이른바 골육상쟁의 권력 투쟁이 벌어진 것이다. 그것도 부자지간에.

"도산 님을 처형한다고 성주가 앞장서, 군사들을 끌고 오고 있습니다."

설마설마했는데 자식이 군사를 끌고 자신을 죽이러 오고 있다는 소식에 도산은 기가 막혔고, 비통한 심정이 되었다. 자신은 장남을 성주직에서 몰아내려고 했지, 죽이려고 마음먹은 적은 없었다.

'아, 내, 이 불효막심한 놈을 어찌해야 하느냐….'

장남이 살해한 둘째, 셋째 자식의 죽음을 비통해 할 여유조차 없이, 그는 싸움터에 내몰리는 꼴이 되었다.

"할 수 없다. 우리도 출진하라."

도산은 원로 가신들을 통해, 부랴부랴 모은 병사 이천오백에게 출진 명령을 내렸다. 여유가 있었다면 더욱 많은 군사를 모을 수가 있었으나, 기습을 당한 터라, 그럴 만한 틈이 없었다. 그는 적지만 우선 급하게 긁어모은 군사를 이끌고, 지형을 선점하기 위해, 산 아래를 흐르는 나가라강(長良江)으로 나가, 강변에 진을 쳤다.

'아! 나의 후계자 선정의 잘못으로 이 맑은 강물이 골육상쟁의 피로 물들게 되었구나!'

이천오백의 군사를 세 개 진으로 나누어 적을 기다리면서도, 도산의 가슴은 찢어지는 듯하였다.

"적이다. 적이 몰려온다."

그러나 슬픔에 잠길 여유조차 없었다. 곧 장남인 요시타츠가 이끄는 대군이 나가라강 건너편으로 몰려들었기 때문이었다. 요시타츠가 이끄는 군사 수 일만 칠천. 도산을 따르는 군사 이천오백이 강을 사이에 두고 대치했다. 수적으로 도산 쪽이 확연히 불리했다.

"세상에, 나에게 이런 일이 일어날 줄이야…."

아비와 자식이 권좌 때문에 인륜을 부정하고, 서로를 죽이려 휘하 병사들을 이끌고, 서로를 노리며 대치하는 형국이 돼 버렸다.

'아, 돌이킬 수만 있다면 내 무슨 수를 써서라도 그리 하리라. 이

게 무슨 일이란 말이더냐.'

속세를 떠나 불도를 닦던 도산이었던 터라, 자신의 업보를 깨닫고는 억장이 무너지는 심정이었다. 그러나 이미 엎어진 물이었다.

곧 싸움은 시작되었고, 자식은 적이 되어 자신의 목숨을 노리고 공격해 왔다. 도산은 불리한 군세를 끌고, 전세를 뒤집을 궁리했으나, 뚜렷한 책략이 떠오르질 않았다.

'밤까지만 기다려 준다면, 야습을 할 수 있으련만….'

그러나 자신의 바람대로 되질 않았다. 이미 운명의 수레바퀴는 어긋나고 있었다.

"적은 수가 얼마 되지 않습니다. 살무사로 소문난 도산이 어떤 계략을 쓸지 모릅니다. 기회를 주지 말고 지금 당장 쳐야 합니다."

소장파 가신들이 주저하고 있는 요시타츠에게 재촉을 했다. 일말의 양심이 남아 있던 요시타츠는 주저했으나, 이제 와서 가신들의 제안을 뿌리칠 수 없었다.

"전군은 들어라. 지금부터 총공격을 한다. 적은 오합지졸이다. 인정사정 두지 마라."

수적으로 우세한 그는 총공격의 명령을 내렸고, 스스로 앞장을 섰다.

"저런 짐승만도 못한 놈이 있나! 저를 낳아 주고 키워 준 은혜도 모르고 아비에게 공격을 걸어오다니…. 참으로 말세로다."

자식이기에 일말의 기대를 걸었던 것도 사실이다. 그런데 요시타츠군의 대군이 공격을 걸어오자, 그 일말의 기대조차 산산조각 났음을 깨달은 도산은 노발대발했다.

"쳐라. 맞받아쳐라. 적의 수가 많다곤 하지만, 부자지정도 모르는 금수의 군사다. 쳐라."

도산은 앞장서, 병사들을 독려했다. 그의 병사들은 요시타츠의 대군을 맞이해, 치열하게 부딪히며 전투를 벌였다. 그러나 제 아무리 노련한 도산이라도 중과부적은 어쩔 수 없었다.

"후퇴하라. 후퇴하라."

나가라강 싸움에서 타격을 입은 도산은 남은 군사를 이끌고, 산으로 들어가, 우선 몸을 숨겼다.

"수적으로 도저히 승산이 없음이 없습니다. 원병을 청하는 것이 좋을 것 같습니다."

"사위인 노부나가에게 전령을 띄워라."

도산은 노부나가에게 원병을 청할 수밖에 없었다. 피비린내 나는 골육상쟁에 사위까지 끌어들이고 싶진 않았다. 그러나 이제는 더 이상 버틸 힘이 없었다. 게다가 자식은 이제 원수가 되었다. 영지를 사위에게 넘기는 한이 있더라도, 자식인 요시타츠를 용서할 수 없었다.

'내가 권좌에 욕심이 있어 자식을 내치려는 것이 아니네. 권력에 맛을 들여 부모도 몰라보는 자식에게 성주직을 맡긴다면, 영지의 장래와 영지 백성들의 삶이 어떻게 되겠는가. 불가피하게 일어난 싸움이니, 내 뜻을 이해한다면 원군을 보내 주게. 이를 바로 잡고 나서 내가 죽고 나면, 사위가 대신하여 미노국을 다스려 주길 청하네.'

도산이 보낸 전령의 서찰을 접하고, 노부나가는 즉시 군사를 소집했다. 정실인 노히메의 효성과 그 심경을 잘 아는 노부나가는 친히 군사를 이끌었다.

"서둘러 진군하라."

노부나가는 한시가 급한 마음으로 부하들을 닦달하며, 서둘러 미노국으로 향했다. 그런데 도중에 측근이 웬 병사를 하나 끌고 왔다.

"전하, 미노국에서 온 병사라고 합니다. 도산 님께서 보낸 전령이라 하옵니다."

전령은 피투성이 얼굴을 하고 있었다. 언뜻 보아도 전투 중에 급히 빠져나온 것을 짐작할 수 있었다.

"무슨 일로 피를 닦지도 못하고 그런 모습으로 왔느냐?"

노부나가는 불길한 생각을 떨쳐 버리려, 고함을 질러 병사를 질책했다.

"전하. 도산 님은 전투 중에 전사했습니다. 숨을 거두기 전, 저에게 꼭 이것을 노부나가 님에게 전달하라는 유언을 남기셨습니다."

"뭣이. 도산 님이 전사했다고…?"

"예, 그렇습니다. 여기…."

피칠갑을 하고 있던 전령은 노부나가가 타고 있는 말 아래로 다가와 무릎을 꿇고는, 원통하다는 듯이 눈물을 흘리며 갑옷의 끈을 풀고 품에서 서찰을 꺼냈다. 말고삐를 잡고 있던 시종이 대신 받아, 노부나가에게 올렸다.

'내가 죽으면, 사위인 노부나가가 미노국의 주인이다. 미노국의 모든 권한을 사위에게 물리노라.'

도산의 마지막 유언이었다. 향년 예순 여섯이었다.

"안타까운 일이로다. 조금만 더 서둘렀더라면 합류가 가능했을 것을…."

천하포무(天下布武 – 천하 통일)의 뜻을 품고 있던 노부나가는 자신이 원군 요청을 받고도 꾸물대, 장인을 구하지 못했다는 죄책감을 갖게 되었다. 정확히는 도산에 대한 죄책감보다는 미노를 차지할 수 있는 기회를 놓쳤다는 아쉬움이 더 컸다.

'장인을 도와, 요시타츠군을 물리쳤다면 장인뿐 아니라, 정실인 노히메도 그 은혜를 고맙게 생각했을 것이다. 미노국은 한동안 장인이 통치한다 하더라도 언젠가 타계할 것이고, 그러면 미노는 저절로 내 수중으로 굴러들어 오게 될 것은 뻔한 일. 미노국도 차지하고, 노히메는 남편인 나에게 빚을 지게 되고…. 아, 아. 조금만 더 버텨 주었더라면, 아니 내가 군사를 조금만 빨리 움직였다면….'

꿩 먹고 알 먹는 이른바 일석이조의 더할 수 없는 좋은 기회를 놓쳤다는 생각에 노부나가의 심경은 착잡했다.

'나의 부족한 판단이 결국 커다란 기회를 놓쳤구나. 만회를 위해서는 많은 시간과 수고가 필요할 것이다.'

그러나 이미 떠난 배였다. 노부나가는 지나간 일을 가지고 아쉬워만 하는 그런 인물이 아니었다.

'어리석은 자는 지난 일을 붙들고 후회하지만, 현명한 자는 앞으로의 대책을 생각하고 준비한다.'

그는 미련을 털어 버리고 다음 패를 생각하기로 했다.

먼저 노부나가는 도산의 유언을 받아들인다는 것을 공식화했다. 장인을 돕진 못했지만, 도산의 유언에 의해 미노국의 계승권은 자신에게 있음을 내외에 천명했다.

"노히메. 미안하오. 그러나 내 꼭 장인의 원수를 갚기 위해서라도 반드시 미노국을 되찾을 것이오."

"감지덕지입니다. 비명횡사한 아버님을 생각하면 잠이 안 올 지경입니다. 원수를 갚기만 한다면 제게는 여한이 없을 것입니다. 그리되면 전하의 은혜는 영원히 잊지 못할 것입니다."

노부나가는 자신의 야심을 숨기고는, 노히메의 작은 두 손을 꼭 잡아 주었다. 그러면서, 자신은 오직 정실인 노히메의 슬픔을 이해하고, 그 아픔을 나누려 한다는 듯한, 연민의 슬픈 표정을 지었다.

'장인의 유언을 명분으로 내세워, 미노국을 손아귀에 넣는다.'

자신의 야망인 천하 통일을 위해서는 더할 수 없는 명분이었다. 그 사건 이후, 노부나가는 미노국을 손에 넣기 위해 호시탐탐 기회를 노렸다. 그런데 그때 마침 동쪽의 이마가와 가문이 점점 서쪽으로 그 세력을 확대시키며 자신의 영지인 오와리를 위협했던 것이었다. 노부나가는 우선 자신의 영지를 지켜야 하는 불똥이 떨어졌다. 그러니 한동안 미노를 공략할 처지가 안 되었다.

　　그러던 와중에 이마가와군이 쿄토로 나가기 위해 서진을 했고, 오케하자마 싸움에서 부딪쳐 이마가와군을 깨 버렸던 것이다. 이어서 전광석화처럼 도쿠가와계와 동맹을 맺음으로써, 동쪽 지역의 불안을 깨끗이 없애 놓고, 후방을 다져 놓았던 것이다.

　　'다음은 미노국이다.'

　　오케하자마 싸움에서 승리한 노부나가는 곧 그와 그의 정실의 숙원이었던 이나바성을 공격하기로 했다. 그는 즉시 이나바성의 성주를 쫓아내고, 미노 지역을 자신이 먹기 위해 정예 군사를 북쪽으로 보내 공략을 했다.

　　한편 군사를 일으켜 나가라강 전투에서 싸움을 벌여 자신의 친부를 죽게 한 후, 성주 자리를 지켜 오던 요시타츠는 얼마 지나지 않아 원인 모를 정신병을 앓기 시작하더니, 얼마 안 가, 급작스레 병사를 하였다. 나가라강 전투가 있은 지, 오 년 후의 일로 그의 나이 서른다섯 때의 일이었다.

　　사람들은 "살무사의 혼이 뒤집어 쓰여 죽었다"라고 말했다. 어쨌든 요시타츠의 요절로 인해 미노국의 지배권은 그의 적자인 사이토 다츠오키(齊藤龍興)가 계승했는데, 그의 나이 그때 열세 살이었다. 노부나가는 이를 절호의 기회로 여겼다. 그는 곧 자신의 군사를 몰아 이나바산성에 머물고 있던 다츠오키를 공격했다. 그러나 다츠오키군이 농성하고 있던 이나바산성이 워낙 견고해 번번이 실패했다. 원래부터 난공불락의 성으로 소문이 나 있던 이나바산성이었다. 설마했지만, 생각보다 지형이 험했다. 군사들이 쉽사리 접근할 수가 없었다. 아무리 많은 군사를 이끌고 공격해도 공략이 먹혀들질 않았다.

"도대체 어떻게 저런 곳에 성을 쌓을 수 있단 말인가?"

"그러네. 과연 살무사의 성이라는 말을 들을 만하네."

이나바성을 본 군사들은 모두들 혀를 내둘렀다. 그러니 노부나가가 제 아무리 독려하고 몰아쳐도, 병사들은 공성전에 악전고투를 거듭했고, 공격은 번번이 실패했다.

'이나바성을 배후에 두고 미노를 다스린다는 것은 말도 안 된다. 그렇다면 이나바성을 점령하지 못한 채, 천하를 얻는다는 것 또한 어불성설이다.'

노부나가는 초조했다. 북쪽에 있는 다츠오키 세력을 쳐부수지 못하면, 자신의 천하포무가 불가능하다는 것을 알았기에, 그는 더욱 집착했다.

'난공불락의 이나바성을 직접 공격하는 것보다는 주변 지역을 장악해, 말려 죽이도록 하자. 그러면 기어 나오겠지.'

그는 전략을 바꾸어, 이나바산성을 고립시키기로 했다. 그를 위해 우선 휘하의 군사와 전력을 모두 집중시켜 미노 지역을 공략했다.

'시간이 걸리더라도 우선 미노 지역을 고립시켜, 이나바성을 말려 죽여야 한다.'

노부나가는 미노를 주변 지역과 철저히 고립시키기 위해, 미노와 서남쪽으로 접경을 이루고 있는 오미(近江) 지역의 영주 아사이 나가마사(淺井長政)를 끌어들이기로 했다.

노부나가는 오미 지역의 맹주 아사이(淺井) 가문과 동맹 관계를 모색하고, 이를 실현시키기 위해 성주인 나가마사(長政)와 자신의 여동생인 오이치의 혼약을 추진했다.

오이치는 그 용모가 아름다워 절세미인으로 소문이 자자할 정도였다. 노부나가는 자신이 가장 사랑하는 여동생을 내줄 정도로 미노 공략에 집착했던 것이다. 냉정하고 날카로운 성격에 모든 일에 철두철미한 노부나가였다. 정략결혼을 통해 아사이 가문을 끌어들여, 미노를 고립시키는 데 성공한 그는 틈을 주지 않고, 다음 계획을 실행에 옮겼다. 자신의 필두 가신 시바타(紫田)에게 선봉장을 맡겨, 이나바산 성에서 동북쪽으로 삼십 리 떨어진 나가라강에 성을 축성하도록 했다. 포위와 유격전의 양면 전술이었다. 그러나 나가라강은 이나바산성과 지척인지라 축성을 하기가 매우 어려웠다. 적을 눈앞에 두고 방어를 하면서 성을 쌓는다는 것은 보통 일이 아니었다. 마치 물가에 모래성을 쌓는 것과 마찬가지였다. 축성은 번번이 실패했다.

자신이 가장 신임하던 원로 중신 시바타가 이끄는 정예 부대가 축성에 실패했다는 보고가 노부나가에게 올라왔다.

'시바타가 실패했다면 더 이상 맡길 부하가 없다는 게 아닌가?'

보고를 받은 노부나가는 실망을 넘어, 당황했다.

'그렇다고 원로인 시바타를 문책할 수도 없는 일. 시바타가 실패했다는 것은 그만큼 어렵다는 뜻이니, 이를 어쩌면 좋단 말인가. 그렇다고 포기할 수도 없는 일.'

노부나가는 고심에 고심을 거듭했으나, 마땅한 묘안이 떠오르지 않았다.

'원로이며 수석 가신인 시바타가 실패한 임무를 누가 수행해, 성공시킬 수 있단 말인가?'

노부나가는 고심하던 중에, 갑작스레 손뼉을 쳤다. '어쩌면?' 하고 그의 뇌리에 도키치로가 떠올랐던 것이다.

'정공법으로는 불가능하다. 도키치로의 꾀라면 가능할지 모른다.'

못 먹는 감 찔러나 본다는 심정으로 도키치로에게 축성을 맡기기로 한 것이다. 도키치로가 꾀가 많고 그의 주변에 책사들이 많다는 것을 잘 알고 있는 노부나가였다. 아무리 그래도 파격이었다. 외부에서 굴러들어 와 오케하자마 싸움에서 인정받은 얼마간의 공적으로 겨우 사무라이로 승진된 지 불과 얼마 되지 않은 그였다.

일야성(一夜城)

"도키치로가 미노 지역 공략의 전권을 맡았다 합니다."

"뭣이라고?"

시종 출신의 출신 성분도 비천하고, 전투 경험도 그리 많지 않을 뿐 아니라, 축성의 경험이 전무한 도키치로였다. 원로 가신인 시바타가 정예를 끌고도 실패한, 난공불락의 성이 이나바성이었다. 그런데 신출내기에 불과한 도키치로에게 모든 전권을 맡겼다는 소식을 들은 시바타는 깜짝 놀랐다.

"도무지 주군의 생각을 이해할래야 이해할 수가 없습니다."

"시바타 님이 능력이 없어 실패한 것이 아니지 않습니까? 사람의 힘으로는 도저히 이룰 수 없는 일이지 않습니까?"

도키치로의 발탁에 가신들은 시바타 앞에 모여 흥분을 했다.

"흥분들 하지 말고, 이제 굿이나 보고 떡이나 먹게. 잔나비 도키치로가 아무리 꾀가 많다고 한들, 거느리고 있는 군사가 오합지졸인데, 제가 무슨 수로 성을 쌓고, 더구나 난공불락의 이나바산성을 떨어뜨릴 수 있겠는가? 그냥 내버려 두면 저절로 지쳐 쓰러질 것일세. 도키치로는 싸움 도중에 전사를 하든가, 아니면 패장이 되어 주군에게 책임을 추궁당할 것이니, 그의 운도 이것으로 끝일세."

시바타를 비롯해 명문가 출신의 가신들에게는, 도키치로의 발탁이 모험과 파격을 넘어선 일로서, 도저히 있을 수 없는 일로 받아들여졌다. 한편으론 질투였고, 또 다른 한편으로는 자신들의 기득권이 침해되었다는 불만이 도키치로에게 향해진 것이었다.

그러나 노부나가의 생각은 달랐다. 그도 이나바성이 난공불락이라는 걸 잘 알았다. 그래서 시바타가 축성에 실패한 것을 갖고, 그와 휘하 가신단을 무능하다고 질책하지 못했던 것이었다. 그만큼 난제였다. 그렇다고 포기할 수 있는 문제도 아니었다. 그래서 생각해 낸 것이 도키치로의 발탁이었다. 그를 몰아붙이면 고양이에게 쫓겨 궁지에 몰린 쥐의 심정으로 죽기 살기로 달라붙을 것으로 내다보았다. 만일 그가 실패하면 그에 상응하는 책임을 추궁할 생각이었다. 시바타는 본보기로 처형이 불가능했지만, 도키치로는 가능했다. 그러니 그가 실패한다 하더라도, 사기 저하를 막고 부하들에게 자신의 결의를 분명히 밝힐 수 있었다. 노부나가로서는 손해볼 것 하나 없는 도박이었다.

한편 도키치로는 또 그 나름대로 생각이 달랐다.

'두 번 다시없는 큰 기회다. 실패하면 모든 책임을 지고 할복을 하면 그만이다. 그러나 성공을 한다면… 출세는 따 놓은 당상. 그뿐만이 아니다. 앞으로 원로 가신인 시바타 님을 능가해 주군의 신임을 받을 것이다. 그리만 되면 나의 입지뿐만 아니라, 모든 게 싹 바뀔 것이다. 절호의 기회다.'

그는 측근 부하들에게 자신의 이러한 의지를 천명했다.

"잘 들어라. 만일 축성에 실패하면 주군의 칼이 우리를 먼저 칠 것이다. 목숨을 건 싸움이다."

"그러나 적진 한가운데에서 성을 쌓는다는 것은 하늘에서 별을 따는 일에 버금가는 일입니다."

너무도 위험한 일이라 부하 가신이 도키치로의 공명심을 경계하는 투로 말을 해 왔으나, 도키치로는 개의치 않았다.

"잘 안다. 적지에서 성을 쌓는다는 것이, 그리 쉬운 일이라면 정예를 끌고 간 시바타 님의 부대가 실패했을 리 없다. 그러나 불똥은 이미 우리에게 떨어졌다. 주군에게 약속을 했다. 이제는 성을 쌓다가 적에게 죽든, 축성에 실패해 주군에게 죽든, 우리의 운명은 축성에 달려 있다. 그러나… 그러나 말이다. 만일 축성에 성공한다면 그 이후에는 모든 게 달라질 거다. 논공행상에서뿐만 아니라, 모든 게 바뀐다. 우리는 해 낼 수 있다. 믿고 나를 따라라."

자신의 직속 부하라고 해 봤자, 그가 끌어 모은 책사들을 빼놓으면, 변변치 못한 말단 보병들이 전부였다. 그런데도 도키치로는 그들의 용기를 북돋아 주는 한편, 사명감과 함께할 수 있다는 확신을 심어 주었다.

"절대 지상명령이 떨어진 것이다. 모든 지혜를 짜내어 성을 쌓을 수 있는 방법을 고안해 내 보자. 목숨을 내던질 각오로 부딪친다면, 못 할 게 어디 있겠느냐. 모두 나를 믿고 나에게 일시적으로 목숨을 맡긴다고 생각하라. 내 반드시 커다란 보답으로 되갚을 것이다."

그는 측근들을 둘러보면서, 진심을 갖고 당부를 했다.

"알겠습니다. 그럼 주군에게 목숨을 맡기고, 죽을 각오로 임하겠습니다."

"고맙다. 내 이 은혜를 잊지 않을 것이다."

그날부터 그는 측근들에게 축성을 위한 모든 지혜를 짜내도록 하는 한편, 별도로 자신의 정보원들을 시켜, 미노의 정세와 현황 등을 정확히 파악하도록 명했다. 그는 자신의 군사적인 한계와 정보력의 장점을 모두 정확히 파악하고 있었다. 한계를 보완하고, 장점과 역량을 최대한 발휘하기 위해, 인맥과 정보망을 최대한 활용했다. 도키치로는 자신부터 솔선수범했다. 바쁘게 움직였다. 그야말로 일인 다역으로 팔방미인의 역할을 하였다. 그는 측근들과 작전을 구상하는 한편, 필요한 병사의 확보, 병사 수와 인부, 병참 등의 문제를 해결해야 했다. 책상머리에 붙어 탁상공론으로 주어진 시간을 허비하지 않았다. 작전을 짜다가도 문제에 부딪치면 곧바로 참모들을 이끌고, 함께 미노로 들어가 지형을 살피고, 정보를 모았다. 또한 필요한 인재는 삼고초려도 마다 않고, 정성으로 때로는 회유책을 써 가며 모았다.

"시바타 님! 핫토리 카즈타다를 저에게 주십시오."

히데요시는 오케하자마 싸움에 요시모토의 수급을 베려다 실패하고 주군인 노부나가에게 논공행상도 받지 못한 핫토리를 기억하고 있었다. 그는 요시모토의 역습을 받아 허벅지와 무릎에 부상을 크게 입어, 다리를 저는 불구의 몸이 되어 있었다. 그는 그때까지만 해도, 시바타가 아끼는 근위 중 하나였다. 오다 가문의 제일 원로 가신인 시바타의 근위대라면 무술이 뛰어난 정예 중의 정예였다. 핫토리는 몸이 민첩했고 칼 솜씨가 뛰어난 것으로 정평이 나 있었다.

'핫토리라면 근위뿐 아니라, 싸움터에서 무공을 세우는 일이 그리 어렵지 않다.'

시바타도 내심 핫토리의 능력을 높이 사고 있었다. 그런데 오케하자마 싸움에서 부상을 입고 나자, 버려진 몸이 되었다. 오케하자마 싸움에서 요시모토가 휘두른 칼에 입은 도상(刀傷)은 의외로 깊었다. 핫토리는 논공행상도 받지 못한 채, 곪아가는 상처의 고름을 짜내며 절치부심했다. 그런데 치료 약이 변변치 않았다. 당시에는 자상(刺傷)을 깊이 입으면, 대부분 파상풍이나, 그 상처의 후유증으로 온몸이 퍼렇게 변해 죽어 갔다.

'이까짓 상처로 내가 죽을 것 같으냐?'

핫토리는 이를 깨물었고, 좋다는 약초는 죄다 구해다가, 고름을 짜내고 상처 위에 덮어씌웠다. 열심히 치료를 한 탓인지, 나이가 젊었던 탓인지는 모르지만, 한 달여가 지날 무렵부터 상처 밑에 물렁물렁하던 고름이 꾸덕꾸덕 말랐고, 상처가 아물었다. 그런데 부상은 회복되었으나, 자상이 뼈에 손상을 주었는지, 후유증으로 발걸음을 옮길 때 다리를 절룩거렸다.

'내 비록 다리는 절룩거릴지 모르지만, 칼을 쓰는 솜씨는 여전하다.'

스스로 칼 솜씨는 전과 다름없다고 자부했으나, 다리를 절룩거리는 그를 주군인 시바타는 미덥게 보질 않았다. 근위대의 정예로서 근무를 한다는 것이 불가능했다.

'아, 이대로 버려진단 말인가? 그렇다면 사무라이로서의 내 인생은 이것으로 끝이란 말인가?'

시바타 밑에서 냉대를 받으며, 찬밥 신세가 된 핫토리는 오케하자마 싸움 이후, 자신의 인생이 꼬여가고 있다고 한탄하고 있었다. 그런 핫토리를 도키치로는 놓치지 않고, 유심히 보아 왔던 것이다.

"핫토리? 아, 핫토리 카즈타다! 그를 데려다 뭐에 쓰려는가?"

시바타는 불구가 된 핫토리를 멀리함에 따라, 뇌리 속에서 한동안 그를 잊고 있었다. 그런데 도키치로가 그의 기억을 되살린 것이었다.

"다름이 아니고, 제 밑에 있는 병사들이 무술이 신통치 못합니다. 핫토리는 부상을 입어 몸이 불편해 싸움터에서는 별 소용이 되질 못하지만, 병사들에게 무술을 가르칠 수 있을 것 같아, 제가 두고 쓰려고 그럽니다."

"호오. 무술을 가르치는 사범을 삼겠다는 말인가?"

"예, 그렇습죠. 시바타 님에게는 싸움터에서 능력을 발휘하는 사무라이가 필요할 텐데, 핫토리는 다리의 부상이 있어, 몸이 민첩하지 못 하지 않습니까? 그래서 시바타 님에게는 별 도움이 되지 못할 것으로 알고, 이렇게 부탁을 드리는 겁니다. 혹시 결례가 되었다면 용서하십시오."

'시바타의 성격이라면 싫어도, 체면을 먼저 생각할 것이다. 결국 핫토리를 나에게 내줄 수밖에 없을 것이다.'

시바타의 성격을 정확히 꿰뚫고 있는 도키치로는 아주 정중하게 부탁을 하였다.

'남의 속을 긁어도 유분수지…. 뻔뻔한 놈.'

그렇지 않아도, 시바타는 자신이 실패한 이나바성의 공략을 주군인 노부나가가 도키치로에게 맡겼다는 것이 못마땅했다. 그런데 미운털이 박혀 있는 그 장본인이 자신의 부하를 넘겨 달라는 부탁을 해 오니, 일단 가슴속에서 부아가 치밀었다.

그런데 가문의 원로 대접을 받는 시바타로서는 아랫사람뻘인 도키치로에게 지나치게 인색하게 굴 수도 없었다. 체면을 중시하는 그로서는 자신에게 굽실거리는 도키치로의 청을 냉정하게 뿌리칠 수가 없었던 것이었다. 속으로는 괘씸했다. 그러나 호기 있게 보여야 체면이 섰다. 그는 속마음을 숨기고, 호기 있는 척 보이기 위해 즉석에서 답을 했다.

"내 그대의 부탁이니 들어 주는 것이네. 다른 사람 같으면 어림도 없는 일. 그리 알고 핫토리를 데려가되, 대신 나를 대하듯 대하게."

"여부가 있겠습니까? 시바타 님의 분신으로 생각하고 대하겠습니다."

대답을 하며 머리를 조아리던 도키치로는 속으로 피식 웃었다.

'밑에서 쓰려고 부하로 데려가는 무사를 상전 모시듯 하라는 말인가? 미친 소리.'

오케하자마 싸움 이후, 시바타 밑에서 홀대를 받아 오던 핫토리는 그렇게 도키치로의 수하가 됐다.

"핫토리! 이제부터 나의 근위를 맡아라. 나의 신변 경호뿐 아니라 싸움터에서는 지금까지의 경험을 살려, 능력을 마음껏 발휘하라."

도키치로는 핫토리의 무술 능력을 높이 평가해, 자신의 근위를 맡겼다. 비록 다리를 절어, 구보가 빠르지 못했지만 일대일의 싸움이나, 육박전에서는 충분히 능력을 발휘할 것으로 보았다. 게다가 그는 말을 잘 탔다.

'내, 도키치로 님을 주군으로 모시고, 목숨을 다해 충성하리라.'

핫토리는 자신을 기량을 알아주고, 믿어 주는 도키치로에게 한없는 은혜를 느꼈다. 이는 바로 맹목적인 충성으로 나타났다. 도키치로의 사람 다루는 용인술이었다.

자신의 출신 성분과 한계를 인재 영입으로 극복한다는 철칙을 갖고 있던 도키치로는 이때, 핫토리 외에도 많은 인물들을 수하로 끌어들였다.

그때 그가 끌어들인 인물 중, 후에 영주급이 되는 인물들로는, 당시 미노국의 영향하에 있으며 사이토 가문과 가까웠던 다케나카 한베(竹中半兵衛), 산적 출신의 하치스카 고로쿠(蜂須賀小六), 마에노 나가야스(前野長康) 등의 인물들이 그의 진영으로 합류했다.

특히 다케나카 한베는 용장(勇將)이라기보단 지장(智將)으로, 머리가 비상한 책사 중의 책사였다. 꾀가 많은 도키치로가 한베라는 책사를 얻었으니, 말 그대로 호랑이가 날개를 얻은 격이었다.

도키치로는 이러한 측근들을 불러, 매일 함께 머리를 맞대고, 이나바성 공략 계획을 논의했다. 주군인 노부나가에게 엄명을 받은 터라, 목숨을 건 임무 수행이었다.

그러나 워낙 어려웠던 과제였던지라, 묘안이 쉽게 떠오르질 않았다.

"…."

"잠깐, 실례하겠습니다."

책사인 한베는 논의를 하다가도, 답이 안 나오면, 홀로 현지인 나가라강을 찾아 지형지물을 살피곤 하였다.

"하룻밤에 성을 쌓지 않으면 방법이 없습니다."

본진과 나가라강을 번질나게 왔다 갔다 하며, 궁리를 짜내던 한베가 기발한 계책을 제의했다.

"하룻밤이라니?"

"해가 떨어져 어둠이 깔릴 무렵부터 다음 날 아침 해가 솟아오를 때까지입니다."

뜬금없는 한베의 말에 도키치로를 비롯한 측근들이 의아해 했다.

"먼저, 군사의 일부를 시켜, 낮 동안 이나바성을 공격하도록 합니다. 적을 피곤하게 만드는 게 목적이니, 되도록이면 꽹과리 등을 이용해, 소란을 떨면 적병들은 계속 긴장해 지칠 것입니다. 밤이 되면 일부 군사만 남아 횃불을 피워, 대군이 주둔한 것처럼 위장을 한 후, 나머지는 강 하류로 돌아옵니다. 적병은 피곤이 몰려와 경계가 느슨해질 거고, 아군은 야음을 이용해 하룻밤 사이에 성을 쌓으면 가능성이 있습니다."

일종의 성동격서(聲東擊西－동에서 북을 울려 유인하고 서쪽을 치는 일)의 전략이었다.

"아니, 아무리 그렇더라도 어떻게 하룻밤에 성을 쌓을 수가 있다는 말이오?"

"그렇소. 도저히 말도 안 되는 소리요."

도키치로 곁에서 한베의 작전을 듣던 측근들이 한베의 착상을 무리한 작전이라며 빈정거렸다.

그러나 인재는 인재를 알아보고, 궁하면 통한다는 말이 있듯이, 한베의 작전을 유심히 듣던 도키치로는 양손으로 손뼉을 쳤다.

"과연 명안이오."

그리고는 좌중을 둘러보면서, 말을 이었다.

"잘 듣기 바란다. 무리일지는 모르지만 불가능한 것은 아니다. 되지 않는다고 누가 장담할 수 있겠느냐. 방법만 잘 찾으면, 이 세상에 불가능이란 없다. 왈가왈부를 끝내고, 지금부터는 하룻밤에 성을 쌓을 수 있는 방법을 찾는다."

도키치로의 찬성으로 작전이 결정되었다. 그는 나무로 만든 목성을 쌓기로 하였다. 돌로 쌓는 석성을 하룻밤 사이에 완성시키는 것은 무리라는 걸 잘 알았기 때문이었다.

"적에게 눈치를 채이느냐의 문제는 차치하고, 먼저 성을 쌓으려면 많은 목재와 인부가 필요합니다. 우선 이들을 어떻게 조달하느냐가, 가장 큰 난제입니다."

그랬다. 목재로 성을 쌓기 위해서는 많은 목재가 필요했고, 목재를 잘 다루는 목수들이 대거 필요했다.

"이제 더 이상 안 된다는 이야기는 하지 말아라. 그리고 그 문제는 내게 맡겨라!"

도키치로는 측근인 마에다의 말을 받아 누르며, 자리에서 조용히 일어섰다. 그리고 즉시 산적 출신인 하치스카 고로쿠를 찾아갔다.

"내 그대에게 협조하고 싶은 마음 굴뚝같으나, 나에게도 부하들이 있소. 저 애들은 대가가 없으면 움직이질 않는 산적들이오."

고로쿠는 그때까지만 해도 도키치로와는 느슨한 협력 관계였다. 사정을 설명하며 도움을 요청하는 도키치로에게 그는 산적 출신답게 대가를 요구했다.

"걱정마시오. 이번 작전이 성공만 하면 원하는 대가뿐 아니라, 그 이상의 논공행상이 있을 터니, 내 약조하리다."

"그럼, 외상이란 말이오. 외상을 어떻게 믿으란 말이오. 담보를 내놓으시오."

"이 몸이 담보요. 내 목숨을 걸을 테니, 만일에 경우에는 내 목을 가지시오."

도키치로가 목을 내밀며 진지한 표정을 짓자, 고로쿠가 오히려 당황했다.

"우하하하. 과연 그대답군. 그 배포가 맘에 들었소. 내 그 목을 담보로 하리다."

그렇게 도키치로는 자신의 목을 걸고, 고로쿠와 그 일당을 설득하는 데 성공했다.

"목재는 산속에 얼마든지 있으나, 운반하는 방법이 문제요. 그 많은 목재를 하나하나 지어 나를 수도 없고, 그렇게 된다면 그 많은 목재를 나르는 데만도 몇 달이 걸릴 것이오."

고로쿠가 목재 운반에 대해 난색을 표명하자, 도키치로가 즉시 답했다.

"목재는 나가라강에 띄워 운반하면 될 것이오. 목재를 일일이 들어 하류로 나를 것이 아니라, 상류에 있는 목재를 베어, 강 상류에 띄우시오. 그러면 하류에서 우리 군사들이 거두어 올리도록 하리라."

"허, 그런 방법이 있었구려."

고로쿠는 도키치로의 즉흥적인 임기응변에 감탄을 하였다.

"이번 작전이 성공한다면 그 은혜 죽을 때까지 잊지 않을 것이오."

도키치로는 실패하면 죽는다는 각오로, 여기저기 목숨을 담보로 내걸었다. 목은 하나지만, 주군인 노부나가에게, 그리고 고로쿠에게도 목숨을 맡겼다.

'한 번 죽지, 두 번 죽냐.'

그는 어차피 실패하면 죽음을 피할 수 없다는 각오였다.

'생과 사의 갈림길이다. 그러나 성공을 하기만 한다면, 천지개벽을 일으킬 것이다. 두고 보아라. 모든 게 바뀔 것이다.'

그런 만큼 그는 인맥과 지략, 자신의 목숨, 아니 부하들의 목숨까지, 그가 동원할 수 있는 모든 것과 가진 모든 힘을 쏟아부었다.

'드디어 모든 준비가 끝났다.'

"인부들도 모두 병사로 변장을 시켜라. 병사가 많다는 것을 알면 적들도 쉽사리 성문을 열고 나오진 못 할 것이다."

도키치로는 인부들도 병사로 변복을 시킨 후, 미노로 들어가, 이나바성을 공격하는 척했다. 하루 내내, 성을 공격하는 척, 군사를 이동시키고, 군진을 치는 척 하다간, 갑자기 북을 치는 등, 야단법석을 떨었다.

"자, 이젠 조용히 빠져라."

그러다 해가 서쪽으로 기울어지면서 날이 어두워지자, 도키치로는 이나바성에서 눈치채지 못하게 자신의 병사들과 인부들을 귀신같이, 아주 조용히 빼돌렸다. 인부들은 산을 내려와 나가라강으로 향했다. 한베의 작전대로 최소한의 병사만 남겨 놓은 채, 이나바성을 둘러싼 곳곳의 산정에 횃불을 피워 놓게 해 놓고는 모든 인원을 빼돌린 것이다.

"모두들 각자의 임무대로 움직여라. 신속하게 움직여야 한다."

야음을 이용해 나가라강 하류 쪽으로 내려온 도키치로는 병사들과 인부들을 독려했다.

"한베 님이 총책임자가 되어 모든 공정을 점검하고 지휘해 주시오."

때마침, 고로쿠가 상류에서 베어 내려보낸 통나무가 강물을 타고 하류로 내려오고 있었다. 건져 올려진 통나무는 강변에 널어놓아 물기를 뺐다. 군복을 벗은 인부들은 이미 나누어진 설계도대로 목책을 설치해 나갔다. 병사들은 보초를 서는 한편, 성벽이 될 통나무의 아래쪽을 열심히 깎았다. 땅을 파는 부대가 곡괭이로 땅을 파고 나면, 목책을 쌓는 부대가 그곳에 통나무를 집어넣었다.

탁, 탁.

통나무를 땅에 때려 박고 나면 밧줄을 걸어 고정시켰다. 일종의 분업 작전이었다. 한베의 지휘하에 모두 일사불란하게 움직였다. 병사들이 밝힌 횃불은 희미하게 강 하류를 비추고 있었다. 밤 작업이었지만 횃불을 많이 밝힐 수 없는 형편이었다. 이나바산성에서 눈치를 챈다면, 모든 것이 공염불로 끝날 판이기 때문이었다. 작업을 하는 데 지장이 안 될 정도로만 횃불이 허락됐다. 희미한 횃불은 멀리서 보면 희미한 달빛처럼 느껴질 정도였다. 타오르는 횃불이 달빛을 대신해 강물에 노랗게 반사됐고, 인부들은 그 빛에 의지해 목책성을 쌓아 나갔다.

"조금만 더 힘을 내라. 이것만 끝나면 푹 쉴 수 있을 것이다. 먹을 것은 얼마든지 있으니, 먹고 힘내라."

밤이 점점 깊어지자, 병사들과 인부들이 지쳐 갔다. 일의 진척은 더디었다. 도키치로의 마음이 바빴다.

'몸이 하나밖에 없는 게 원망스럽구나.'

목숨을 건 그로서는 자신의 몸이 하나인 것이 한스러울 정도로 마음이 조마조마하였다.

'잠은 안자도 금방 죽지는 않는다. 그러나 먹질 못하면 금방 기운이 떨어져 아무것도 하기 싫고, 의욕이 떨어지는 법.'

그는 스스로 주먹밥을 만들어 병사들에게 연신 날랐다. 총대장의 신분임에도 체면을 가리지 않았다.

"하룻밤이라는 시간과의 싸움이다. 모두 힘내라."

그의 독려로 병사와 인부들은 말 그대로 밤새 한숨 돌릴 틈도 없이 움직였다.

"어이구, 밤이 깊어가니, 이제 팔다리뿐만 아니라 어깨도 뻑적지근하고, 눈도 모래가 들어간 것처럼 따갑네. 좀 쉬어야 되질 않겠나?"

"자네도, 참. 마음 편한 소릴 하네, 그려. 저길 보게. 대장님이 저리 열심히 움직이시는데 어찌 우리가 손발을 쉬게 할 수 있겠나."

실제로 그랬다. 인부들은 쉬고 싶은 마음이 있어도, 쉴 수가 없었다. 대장인 도키치로가 자신들보다 결코 일을 더 하면 더 했지, 조금이라도 몸을 아끼거나, 힘들다고 쉬면서, 꾀를 보이는 모습을 보이질 않았다.

'지성이면 감천이라' 하지 않는가. 지칠 줄 모르며 움직이는 대장 도키치로의 독려와 사기 진작, 그리고 부하와 인부들의 감동이 맞물려 이심전심, 일심동체가 된 것이다.

전날 밤, 서쪽 땅속으로 꺼진 해가, 땅속을 한 바퀴 뱅 돌아 다음 날 아침 동쪽 하늘에 훤히 떠오를 무렵이었다.

"와아."

강변에서 함성이 솟아올랐다.

밤을 새는 고생을 통해, 성의 외벽이 멋지게 완성되었던 것이다.

"성이다. 성이 완성됐다."

"이젠 됐다. 드디어 해 냈다. 모두들 수고했다."

도키치로는 눈물을 흘렸다. 그는 진심으로 병사와 인부들의 손을 하나하나 잡아 가며 노고를 치하했다.

동쪽에서 솟아오른 아침 해는 마치 나가라 강변에 축성된 목성을 따뜻이 감싸듯이 비추면서 산정 위로 치솟아 올랐다. 하얀 햇빛이 뿌려지자 사방의 어둠이 물러가고, 날이 훤하게 밝아 왔다. 어둠의 장막이 거두어지자, 이나바산성에서 나가라강을 내려다보던 사이토 가문의 병사들이 깜짝 놀라, 눈을 비볐다.

"아니 저게 뭐냐?"

"성이 아니냐?"

항시 눈앞에 내려다보이는 강 주변의 광경이 바뀐 것이었다. 하룻밤 사이에 바뀐 강변 모습에, 그들은 다시 한 번 눈을 비비고 나서는 질겁을 했다.

"맞아. 성이야. 어제까지 없었던 성이 어찌 하룻밤 사이에…."

"귀신이 곡할 노릇이구나."

이나바성의 병사들은 너무 놀란 나머지 입이 벌어져, 다물어지지가 않았다.

"세상에 하룻밤 사이에 성이 생기다니."

"그럼. 일야성(一夜城)이잖아."

병사들의 말대로, 도키치로가 만든 목성에는 일야성이라는 이름이 붙었다. 쓰노마타(墨股) 지역에 하룻밤 사이에 축성된 성이라 하여, 쓰노마타 일야성(墨股一夜城)으로 불리었다.

"우하하하. 됐다, 됐어!"

성을 완성시킨 도키치로는 신명이 나서, 곧바로 노부나가에 달려가 보고를 했다.

"주군, 드디어 성이 완성됐습니다."

아침 일찍, 흥분에 들떠 얼굴이 벌개져서 기요스성으로 들어온 도키치로가 경망스럽고, 뜬금없이 해 대는 말에 노부나가는 처음에는 그 의미를 몰랐다.

"저놈이 뭔 소릴 하는 거냐?"

문답을 통해 차종치종 보고를 받은 노부나가는 믿기지 않는다는 표정으로 도키치로를 빤히 쳐다보다가, 고함을 질렀다.

"잔나비, 너 이놈. 실성한 것은 아니렸다."

"실성이라니요? 어느 안전이라고…. 제가 감히."

"경을 치기 전에 바른대로 직고하라. 어떻게 그렇게 빨리 성을 쌓았다는 말이더냐?"

"네. 실은 적을 속여 하룻밤 틈을 벌어, 그 사이에 성을 완성시켰습니다. 이른바 일야성입니다."

노부나가는 자리에서 벌떡 일어났다.

"일야성? 일야성! 와하하하."

그제사 노부나가의 얼굴이 파안이 됐다. 그는 얼마나 기뻤던지 체면도 불구하고 도키치로 앞에서 펄쩍펄쩍 뛰었다.

"이제, 이나바산성을 함락시키는 것은 누워서 식은 죽 먹기다. 잔나비 수고했다! 적이 넘보지 못하도록 성의 수비를 강화하도록 하라."

"하아, 분부대로 거행하겠나이다."

노부나가의 방식이었다. '수고를 했으니 쉬라'라는 소리를 할 만도 했지만 그런 배려는 없었다. 능력이 인정되면 더욱 많은 임무를 부여했다. 가진 능력을 최대한 발휘케 하는 방식이었다.

도키치로 역시 그런 방식을 좋아했다. 일야성이 완성되자, 노부나가의 하명을 받은 도키치로는 그곳을 교두보로 미노 지역 일대를 지배해 나갔다. 그리고 임시에 불과했지만, 도키치로는 성주직을 수행하게 됐다. 중요한 안건이야 노부나가에 결재를 받아야 했지만 웬만한 일은 측근들과 상의해 자신이 결정했다.

한편, 일야성의 축성으로 이나바산성에 있던 다츠오키는 고립됐다. 틈을 주지 않기 위해, 노부나가는 즉시 전군을 몰아 일야성을 교두보로 삼고는 이나바성을 포위해 공략했다. 미노와 주위에서 고립된 이나바성의 군사는 점점 먹을 것이 떨어졌고, 사기는 저하됐다. 결국 이나바성은 보름을 견디지 못하고 무너졌다. 성주인 다츠오키는 성을 빠져나와 배를 타고 나가라강을 통해 겨우겨우 오사카 남쪽 사카이까지 도망쳐, 목숨을 건지긴 했으나, 그도 잠깐이었다. 사카이에서 피신 생활을 하던 요시타츠는 원인 모를 병에 걸려 요절을 하고 만다. 그의 요절로, 미노의 살무사로 악명을 떨치던 사이토 가문은 멸망하였고, 대는 끊겼다. 권력욕 때문에 결국, 부자간에 골육상쟁이 일어나고, 그로 인해 영원히 가문의 대가 끊긴 것이었다. 실로 권력무상(權力無常)이라 아니할 수 없다.

"드디어 숙원이었던 미노 지배가 현실이 되었구나."

미노 지역에서 사이토 가문을 쫓아내고, 자신의 지배하에 두게 된 노부나가는 오와리와 미노, 두 지역을 지배하는 영주가 됨으로서, 명색만이 아닌 실력과 규모 면에서 명실상부한 전국 영주로 자리 매김을 하였다.

'이제사 이곳에 들어오게 되다니, 참으로 감개무량이로다.'

이나바산성의 전략적 가치를 높게 평가한 그는 그때까지 자신의 거성으로 삼아 왔던 기요스성을 버리고, 이나바성을 기후(岐阜)성으로 개칭했다. 그리고 이를 자신의 거성으로 삼았다.

일야성을 쌓아, 이나바성 공략에 크게 공헌을 한 도키치로는 그 공적을 인정받아, 당당히 노부나가의 중신으로 등용되었다.

노부나가의 가신단은, 원로이며 제일 중신인 시바타가 있었고, 그 밑에 하야시(林) 등을 포함한 아홉 명의 가신단이 있었다. 노부나가는 이들과 영지 통치와 관련된 중요한 안건을 협의하여 결정하였다. 이른바 오다 가문의 권력과 통치의 중추였다.

　도키치로는 이 가신 회의에 참가하게 됨으로써, 그는 당당히 오다 가의 원로 중신들과 동등한 대우를 받게 된 것이다. 하급 시종 출신으로서는 처음 있는 일이었다. 기득권 세력인 원로 중신 시바타와 가신단은 노부나가의 파격적인 논공행상에 불만이 없진 않았지만, 내놓고 반대를 할 명분이 없었다. 자신들의 대장격인 시바타가 정예를 끌고도 실패한 미노 공략과 축성을 도키치로가 자신의 군사만으로 보기 좋게 성공시켰기 때문이었다. 게다가 주군인 노부나가는 지금까지의 거성이었던 기요성을 버리고 이나바성으로 거성을 옮긴 상황이었다.

　이는 지금까지의 기반과 체제를 버리고, 새로운 출발을 한다는 노부나가의 의지의 표현이었고 상징이었다. 도키치로가 그 상징의 중심에 있었던 것이다.

　동서고금을 막론하고 시대가 영웅을 만든다는 말이 존재하지만, 귀족과 농민의 구별이 엄격한 당시 일본에서 농민 출신인 도키치로가 오다 가문에서 중신이 된 것은 전례가 없는 전무후무한 출세였다. 혼란이 거듭되고, 하극상이 난무하는 전국(戰國)시대라는 시대적 배경이 없었다면 결코 있을 수 없는 일이었다. 그의 출세는 그만큼 기득권 세력에게는 큰 사건이요, 변화의 예고였다.

부산진성 함락

한편, 북문이 뚫렸다는 보고를 받고 조방장과 휘하 병력의 일부를 북문 쪽으로 보내 놓은 정발은 동문루에서 고군분투하고 있었다. 동문을 노리는 왜군의 공격은 점점 거세졌다. 동문을 향해 몰려오는 왜군의 숫자만도 성안의 군사를 다 합친 것보다 많은 군사였다. 게다가 이미 성안에는 북문을 통해 들어온 왜군들과 조선군이 곳곳에서 육박전을 벌이고 있었다. 그 모습은 동문루에서도 훤히 보였다.

"물러서지 말라. 끝까지 싸워라!"

정발은 병사들을 독려한다고 했지만, 안팎에서 협공해 오는 왜군을 물리쳐 내기에는 도저히 역부족이었다. 왜군이 성안으로 들어와 육박전이 벌어지자, 가뜩이나 적은 병사 수가 더 줄어들고 있었다. 점점 궁지로 몰리는 상황이었지만, 어찌 할 방법이 없었다. 그저 지휘관으로서 할 수 있는 일이라는 것이, 고함을 내질러 병사들을 독려하는 일뿐이었다. 정발은 그런 자신의 무기력이 안타까웠다. 동시에 왜병들이 원망스러웠다.

"죽일 놈들!"

동문을 노리고 몰려오는 왜병들을 보며, 그는 이를 부드득 갈았다. 그런 그의 눈에 성벽에서 백 보쯤 떨어진 곳에서 왜장이 말에 올라탄 채 병사들을 지휘하고 있는 모습이 들어왔다. 정발은 즉시 자신의 대궁을 왼손에 걸쳐 들고 육량전을 활줄에 걸었다. 그가 활줄을 당기자 활대와 활줄이 하나로 이어져 둥그런 원의 모양을 이루며 떨렸다. 활줄을 코밑까지 당기었다가, 오른손을 놓아 활줄을 튕겼다.

"탱" 하는 소리와 이어 "쐐애액" 하며 화살이 활시위를 떠났다. 적장이 휘청하더니 말 아래로 굴렀다. 힘 있게 날아간 화살이 말에 타고 있던 왜장의 몸통을 정통으로 꿰뚫은 것이었다. 육량전은 화살이 커 맞으면 치명적이었다. 낙마한 적장은 즉사했다.

"명중이다. 이놈들 내 활 맛을 좀 보아라."

한 발, 또 한 발 화살이 손에 잡히는 대로 활줄을 튕겨 냈다. 화살이 곧장 날아가 왜병을 쓰러뜨릴 때마다 그는 희열을 느꼈다.

"어떠냐? 이놈들아, 내 화살 맛이."

쏘면 명중하는 자신의 활 솜씨에 스스로 빠져든 그는 전투 지휘보다, 활 쏘는 데 정신을 빼앗겼다. 이른바 무아지경의 상태였다.

"헉헉."

그런데 조금 지나자 숨이 가빠오기 시작했다. 제 아무리 천하장사일지라도 쉬지 않고, 강궁을 스무 살 이상 연거푸 당겨 쏘는 일은 힘든 일이었다. 정발의 호흡이 거칠어지면서, 과녁이 흔들렸다. 화살도 점차 떨어져 가는데, 왜군은 쓰러져도, 쓰러져도 물러설 줄을 모르고 몰려들었다. 중과부적이었다.

"장군! 사태가 불리하니 우선 몸을 피했다가, 훗날을 도모하는 것이 좋을 듯하여이다."

노도와 같이 밀려드는 왜군의 공격을 막을 길이 없다는 것을 깨달은 비장(裨將－무관 벼슬)이 정발 곁으로 다가와 성을 빠져나갈 것을 권했다.

"…."

113

정발이 잠시 그를 노려보았다. 그러더니,

"네, 이놈. 네가 그러고도 무관이라 할 수 있느냐? 성을 지키지 못하면 죽음이 있을 뿐이다. 몸을 피하다니, 어디에서 그런 말을 하느냐? 나는 끝까지 성을 사수할 것이다. 다시 또 그따위 망발을 늘어놓았다가는 이 칼에 목이 떨어질 것이다."

정발은 비장에게 호통을 치고 나서, 다시 화살을 활줄에 걸어 왜병을 향해 쏘아 댔다.

'왜적을 막아 내지 못한다면, 내 이곳에서 무장답게 죽으리라.'

정발은 이제는 목숨에 대한 미련을 버리기로 했다. 싸움이 시작되기 전에는 목숨에 대한 애착이 컸으나, 전투가 벌어지자, 마음이 변했던 것이었다. 그는 부산진성과 생사를 같이 하기로 작정했다. 그게 수성장의 운명이란 걸 깨달았던 것이다. 그의 얼굴이 결연한 모습으로 바뀌자, 아무도 감히 '몸을 피하라!'라는 말을 붙이지 못했다.

"성의 함락은 시간문제다. 세차게 몰아붙여라."

동문 쪽 공격을 지휘하던 유키나가는 북문이 뚫렸다는 보고를 받은 즉시 중앙 공격을 맡은 직할 부대에게 분전할 것을 독려했다.

한편, 도리에몽은 총공격의 명령을 받고는 돌격대를 따라 성벽으로 향했다.

'일단 성벽에 붙어야 한다.'

조선군의 화살이 계속 날아오긴 했으나, 그 기세가 처음보다는 많이 수그러들었음을 감지했다. 도리에몽은 앞쪽으로 나가기 전에, 철포의 심지인 화승에 불을 붙였다.

"타앙."

조금 후에 탄환이 날아갔다. 북쪽 문이 무너지면서 조선군의 화살이 뜸해지긴 했으나, 거리가 좁혀질수록 위험했다. 날아오는 화살을 맞으면 그대로 치명상을 입을 수밖에 없었다. 그렇다고 꾸물댔다가는, 명령을 거역했다는 죄로 군율에 따라 즉결 처분이었다. 그러니 죽으나 사나 성벽을 향해 나아갈 수밖에 없었다. 이판사판이었다. 조심은 각자의 몫이었다.

'몸을 숙여, 자세를 낮추어야 한다.'

도리에몽은 되도록 머리를 몸 쪽으로 바짝 붙이고, 허리를 웅크렸다. 그리고 냅다 성벽을 향해 뛰었다.

"휘익, 휘익"

바람을 가르며 조선군의 화살이 귓전을 스쳤다. 돌격대 뒤로 같은 마을 출신 고로가 앞으로 뛰어나가는 모습이 보였다.

"고로! 조심해라!"

말이 채 끝나기도 전이었다. 성벽 위에서 날아온 조선군의 화살이 고로의 얼굴을 정면으로 꿰뚫었다.

"어이쿠!"

소리를 내지르며, 고로가 화살의 충격에 뒤로 엉덩방아를 찧는 모습을 보였다. 고로는 얼굴을 두 손으로 감싼 채, 땅바닥 위를 굴렀다.

"으아아아."

고통스러워하는 고로의 비명 소리였다. 도리에몽은 성벽을 향해 일직선으로 나가던 방향을 바꾸어 사선으로 뛰었다. 몸을 더욱 숙였다. 뒹굴고 있는 고로의 오른쪽으로 붙어 자신의 몸으로 고로의 몸을 덮었다. 가까이에서 본 고로의 얼굴은 이미 피로 범벅이 되어 있었다. 중상인 것을 알고는 가슴이 덜컹했다.

"고로, 정신 차려라."

도리에몽은 순간, 명치 한가운데서 불덩이가 치솟아 오르는 것을 느꼈다. 화가 났을 때, 솟구치는 울분이었다.

"칙쇼."(제기랄.)

도리에몽의 눈꼬리가 위로 치솟아 올랐다. 동시에 머릿속에서는 적개심과 살의가 뻗쳤다. 분노로 얼굴이 벌겋게 변한 도리에몽은 철포의 총신을 앞으로 겨누고는 성벽 위를 빠르게 훑었다. 성벽 누각 위에 검은 갑옷을 입은 적장이 시야에 들어왔다. 순간적으로 대장급임을 직감했다.

"원수를 갚아 주마!"

도리에몽은 납탄과 화약을 넣고, 바로 화승에 불을 붙였다. 적장의 머리 아래 몸통을 노려 가늠했다. 적장은 덩치가 컸다.

'만일 탄환이 머리 쪽을 빗나가더라도, 몸 쪽 어딘가에 박히면 치명상이 될 것이다.'

도리에몽은 그리 생각하며 화승에 불을 붙였다.

지지직.

심지가 타들어 갔다. 숨을 멈춘 도리에몽은 가늠쇠에 적장이 포착되자, 목표를 향해 침착하게 방아쇠를 당겼다.

"타앙."

화약이 폭발하며 개머리판이 어깨를 강타했다. 탄환은 일직선으로 날아갔다.

"됐다."

도리에몽은 탄환의 방향을 보고 명중임을 확신했다. 곧이어 성루 위에서 검은색 갑옷이 휘청하고는, 얼굴을 싸안으며 고꾸라지는 것이 보였다. 도리에몽은 상대의 몸통이 꺾이는 것을 보자, 분노가 조금은 누그러드는 듯 했다.

"괜찮은가?"

방포 후, 곧 다시 총의 화약을 먹이고 있는데, 동료 야이치가 곁으로 달려왔다.

"나 좀 도와주게."

도리에몽은 야이치와 함께 고로를 성벽 쪽으로 질질 끌고 갔다. 그리고는 화살이 안 날아오는 사각 지역을 찾아, 몸을 바짝 붙였다.

"우우우, 으흐흐흑."

고로는 통증이 심한지 연신 비명을 내지르고 있었다.

한편, 이보다 앞서 함성과 비명 소리가 난무하는 가운데, 정발은 있는 힘을 다해 화살을 연거푸 날리고 있었다.

"영감, 화살이 떨어졌습니다."

옆에서 화살을 집어 주던 병사가 침통한 듯이 외쳤다.

"여기까지인가?"

첨사는 왼손에 들고 있던 활을 옆으로 던지고, 칼을 뽑았다.

"물러서지 말고, 왜적을 쳐라."

그는 성안에 들어선 왜군들을 보며, 누각 위에서 병사들을 독려했다. 이미 북문으로는 왜군들이 대거 들어와 조선의 군민들은 점차 아래로 몰리는 상황이었다.

'동문마저 뚫리면, 궤멸이다.'

병법을 잘 아는 그로서는 자신이 동문을 막아야, 이응순이 북문에 집중할 수가 있고, 그래야 조금이라도 더 버틸 수 있다고 판단한 것이다.

"비장! 여기는 나에게 맡기고 북문 쪽에서 내려오는 왜병을 막아라."

그는 성안에 왜병의 숫자가 점점 늘어나는 것을 보고는, 곁에서 자신을 호위하고 있는 비장에게 북문으로 향하라 재차 명령을 내렸다. 그리고는 동문 밖의 상황을 살피려고 몸을 막 돌리는 참이었다.

멀리서 '타아앙' 하는 소리가 유난히도 크고 선명하게 들려왔다. 불길한 생각이 머리를 스쳤다. 바로 그 순간이었다. 정신이 아찔할 정도의 충격이 안면을 강타하는 것을 느꼈다.

"어이쿠."

충격으로 정신이 아찔했다. 얼굴 쪽이었다. 곧 붉은 피가 튀어 올라, 툭툭 아래로 떨어졌다.

"아, 이럴 수가…."

왜병이 쏜 탄환이 얼굴에 박혔음을 짐작할 수 있었다. 전신의 맥이 풀리며, 점차 의식이 혼미해짐을 느꼈다.

"장군, 괜찮소이까?"

이정헌의 목소리가 들려왔다.

"어어, 어. 이게…."

그는 버티려 안간힘을 썼지만, 허리가 앞으로 기울고 무릎이 꺾였다. 정신을 놓지 않으려고, 이를 악물었다. 엄청난 통증이 엄습해 왔다.

'이대로 끝나고 마는 것인가?'

오합지졸로만 생각하고 얕보았던 왜군에게 이리도 쉽게 당할 줄은 몰랐다. 인생이 참으로 허무했다. 그리 애쓰며 살아 왔던 삶이 이리 간단하게 끝날 줄이야. 불과 엊그제 절영도에 갔을 때만 해도, 부귀와 영화는 영원할 줄 알았는데….

"장군, 장군!"

측근장들이 자신의 몸을 붙잡고 애통해 하는 소리가 멀리서 메아리치듯 들려왔다. 아수라장을 벗어나 혼자 멀리 떨어져 가는 느낌이었다.

'이래서는 안 된다.'

정발은 머리를 흔들며 마지막으로 힘을 짜내려 애를 썼다. 그런데 몸이 말을 듣지 않았다.

"끝까지 싸워라!"

무의식적으로 외쳤으나, 자신의 귀에도 겨우 들릴 듯 말 듯한 정도로 약한 호령이었다. 혀와 입이 움직이질 않았다. 부장들의 흐느끼는 소리와 비명 소리가 점점 희미하게 멀어졌다. 의식이 혼미해지자, 고통스럽던 통증도 사라지고, 세상 모든 일이 전부 남의 일처럼 느껴졌다. 전신의 힘이 쓰윽 빠져나갔다. 머리가 매우 무겁게 느껴졌다. 들어 올리려 애를 썼는데, 머리는 이미 몸과 분리된 것처럼 제멋대로 옆으로 기울어지며 툭하고 떨어졌다. 그리고는 아무것도 들리지 않았다. 머릿속은 흙빛으로 먹물지고, 의식은 아주 깜깜한 어둠 속으로 빠져들어 갔다. 아무것도 보이지 않고 느껴지지 않는 어둠의 세상이었다.

"장군, 정신 차리시오."

곁에서 객장 이정헌과 장교들이 붙어 정발을 끌어안고 흔들었다. 그러나 정발은 아무런 반응이 없었다. 숨을 거두었던 것이다.

"저희를 두고 먼저 가면, 이 불민한 소인들은 어찌하란 말이오."

정발의 전사를 안 이정헌과 장교들이 모두 통곡하였다. 그중에서도 이정헌의 분노는 더욱 컸다. 그는 가슴속에서 슬픔과 분노가 동시에 치솟아 오름을 느꼈다. 자신을 거두어 주었던 정발에게 호의와 은혜를 느끼며, 언젠간 갚아야 한다고 마음속으로 간직하고 있던 터였다. 그런데 첨사가 이렇게 허망하게 먼저 갈 줄은 몰랐던 것이다.

"장군, 소장은 이제 어쩌란 말이오. 장군."

슬픔과 분노에 휩싸인 노장 이정헌의 눈은 눈물로 젖어 있었다. 그러나 그것도 잠시, 그들에게는 슬픔을 느끼고 간직할 만한 여유조

119

차 없었다. 이미 북문을 뚫고 들어온 왜병 선봉대가 동문루 가까이로 접근해 오고 있었다.

"저놈들이…."

이정헌의 눈에 성루로 다가오는 왜병의 모습이 비쳤다.

"내, 이놈들을 어찌 그대로 둘 수가 있겠느냐…! 네 이놈."

이정헌이 갑자기 노구를 일으켜 세우더니, 고함을 질렀다. 그러더니 동문루로 접근해 오는 왜병들을 향해 달려 내려갔다. 눈 깜짝할 사이였다. 옆에 있던 장교들이 말릴 틈도 없었다. 칼을 뽑아 들고 누각을 내려선 이정헌은 경사를 이용해, 내려가는 힘으로 칼을 휘둘렀다.

"으악."

순간적으로 공격을 받은 왜병 하나가 칼에 맞아 아래로 굴렀다. 왜병들은 내려오는 이정헌의 기세를 피하기 위해 옆으로 발을 빼며, 물러섰다. 순간적으로 왜병들의 대오가 흐트러졌다. 이정헌은 상대의 전열이 흐트러지자, 연이어 칼을 휘두르며 들어갔다. 그런데 뒤로 물러서던 왜병이 허공을 가르는 이정헌의 빈틈을 노려 장창을 쑤욱 내밀었다. 예리한 창끝은 이정헌의 옆구리를 관통했다.

"으윽."

그는 옆구리를 쑤시고 들어온 창을 왼손으로 잡아끌었다. 통증이 전신을 엄습했으나, 이를 꽉 물고 창을 잡아끌었다.

"네, 이놈."

이정헌이 창을 끌며 버티자, 왜병은 빙빙 옆으로 돌며 창을 빼려 하였다. 연로한 이정헌이 힘에 겨워 주춤하자, 또 다른 왜병의 창이 등을 찌르고 들어왔다.

"어헉."

창이 등을 뚫고 들어오자 그는 더 이상 버티지 못하고, 몸을 틀며 쓰러졌다. 쓰러진 몸 위로 왜병의 예리한 창날이 수없이 꽂혔다.

"아아, 저런…."

동문루에 있던 조선의 장교와 병사들은 이정헌이 보여 준 용맹과 왜군의 잔인한 모습을 보고는 분개했다.

"쳐라! 저놈들을 쳐 죽여 원수를 갚아라!"

모두의 눈에서 불꽃이 일었다. 장교 하나가 고함을 치며, 칼을 뽑아 들고 누각 아래를 향해 쳐들어갔다. 그러자 누각 위에 있던 모든 장병들이 누가 먼저랄 것도 없이 '와!' 하는 함성을 지르며 왜병들을 향해 공격해 들어갔다. 그와 거의 같은 시각에 동문이 뚫렸다. 북문을 뚫고 들어온 왜군들이 동문의 빗장을 열어젖혔던 것이다.

왜병과 육박전을 벌이던 조선군은 북문과 동문을 뚫고 들어온 왜병들에게 좌우 전후에서 협공을 받았다. 장교들이 사력을 다했으나 역부족이었다. 성루를 내려간 장교와 병사들은 하나둘 피를 흘리며 쓰러져 갔다.

뚝.

도리에몽은 화살의 대를 꺾어 내었다. 대나무로 만들어진 화살 대는 쉽게 꺾이질 않았다. 단도로 화살대에 흠집을 낸 후, 꺾을 수 있었다.

"으아악"

고로가 비명을 질러 댔다. 도리에몽은 고로를 성벽으로 피신시킨 후, 그의 얼굴에 박혀 있는 화살을 뽑아내려고 애를 썼다.

삐이걱.

그 사이 성의 동문이 열렸다.

"와와아. 돌격! 돌격!"

문이 열리자 지휘장들은 서로 질세라 목청을 높여 돌격을 명했다. 승리를 확신한 왜병들은 기세등등했다.

"고로 괜찮다. 그리 큰 치명상은 아닌 것 같다. 조금만 참아라!"

도리에몽도 꾸물대고 있을 수가 없어, 급한 대로 고로를 성벽 가까이에 뉘어 놓고, 야이치와 함께 성안으로 들어갔다. 그의 뒤를 따라 기마대가 노도와 같이 달려 들어왔다. 그들은 말 위에서 일본도를 좌우로 휘두르며 조선병들을 쳐 냈다. 기마대는 사무라이 출신으로 무예를 아는 자들이었다. 그들의 좌우에 있던 조선병들이 추풍낙엽처럼 쓰러져 갔다. 여기저기서 비명 소리가 들려왔다.

"와아, 와아."

이번에는 뒤쪽에서 왜병들의 함성이 울려 퍼졌다. 도리에몽이 뒤를 돌아보니, 총대장인 유키나가가 말을 타고 서서히 동문 안으로 들어오고 있었다. 싸움이 끝났음을 의미했다. 승리였다.

"휴우."

두 식경 나름의 전투였다. 조선의 남쪽 제일의 관문으로 그 위용을 뽐내던 부산진성은 많은 희생자를 내고는 처참하게 무너졌다. 주장인 첨사 이하 수많은 장교와 병사가 전사했다. 북문을 막으러 올라간 조방장 이응순도 북문 근처에서 왜병들을 막다가, 왜병의 철포를 맞고 숨을 거두었다.

"철저히 응징하라. 본때를 보여 주어 다시는 대들지 못하도록 하라."

성을 점령한 왜병은 닥치는 대로 살상을 했다. 조선군의 끈질긴 저항으로 생각보다 사상자가 많이 난 왜군은 약이 올라, 인정사정을 두지 않았다. 그로 인해 많은 조선 군민이 왜군의 창칼과 조총의 제물이 되었다. 민중들이 몸에 걸쳤던 하얀 무명옷에는 피가 붉게 물들어

갔다.

"살려 주이소."

성문이 뚫리고 왜군이 대거 밀려들자, 일부 조선 병사들은 들고 있던 무기를 버리고 왜군에게 두 손을 모아 빌며, 항복을 구걸했다. 그러나 왜군은 군복을 걸치고 있는 자들은 그대로 두지 않았다.

'후환을 막기 위해서라도, 병사들은 살려 두지 말아라.'

왜군 지휘부의 지시 사항이었다. 왜병들이 성안으로 들어서자, 그 앞에서 자신의 목을 찔러 자결하는 여인들도 있었다. 자신들을 보호해 줄 조선 남정네가 없음을 깨닫고는 스스로 죽음을 선택한 것이었다. 그렇게 싸움이 끝나고 수습이 시작됐다.

"야이치. 같이 가세."

도리에몽은 야이치를 끌고, 동문 바깥쪽에 뉘어 놓은 고로에게로 달려 나갔다.

"으으윽. 으으윽."

고로는 성벽 밑에서 여전히 신음을 하고 있었다.

"야이치, 이 아이를 들게."

도리에몽은 야이치와 함께 고로를 성안으로 옮겼다. 조선군의 화살촉은 고로의 왼쪽 눈 밑에 박혀 있었다.

"화살촉을 그대로 두면 염증을 일으켜, 목숨이 위험하네."

도리에몽은 고로의 상처를 살피며, 야이치에게도 확인을 시키려는 듯, 고로의 얼굴을 들어 올렸다.

"고로! 지금부터 화살촉을 빼낼 테니, 통증이 심하더라도 조금만 참아라. 자네는 이 아이의 머리를 받치고, 상체를 꼭 누르고 있게."

도리에몽은 허리에 차고 있던 단도를 뽑았다. 그리고는 화살촉이 박혀 있는 옆 부분을 열십자 모양으로 찢었다.

"아악."

고로가 비명을 질렀다.

"가만 있거라."

얼굴색 하나 변하지 않고, 도리에몽은 냉정하게 단도 끝으로 고로의 상처를 파헤쳐, 화살촉을 들어 올렸다.

"아아악, 으으으윽."

단도 끝이 살을 파고들자, 고로는 죽겠다는 듯 비명을 질렀다.

"아파도 조금만 참아라."

도리에몽은 되도록 빨리 촉을 뽑아내려고 애썼으나, 날카로운 화살촉은 자꾸 칼끝에서 미끄러졌다. 쇠와 쇠가 마찰돼 미끄러지는 '까장까장' 소리가 도리에몽의 마음을 초조하게 했다.

"할 수 없네. 상처를 더 벌려야 하겠네. 야이치, 꽉 잡게."

얼굴이라 상처를 크게 하고 싶지 않았으나, 목숨이 먼저라 여긴 도리에몽은 칼로 상처를 더 찢어 벌렸다.

"아아아악."

고로의 얼굴과 도리에몽의 손이 선혈에 벌겋게 젖었다. 도리에몽은 상처를 넓게 찢어 벌리고 나서야, 고로의 얼굴에서 화살촉을 빼어 낼 수 있었다.

"자, 됐다."

고로는 거의 실신 상태였다. 급한 대로 상처에다가 말똥을 말려, 만든 지혈제를 뿌려 무명으로 감쌌다. 피는 일단 멈추었다. 그러나 광대뼈 근처에 화살촉이 박혔던 터라 얼굴의 일부가 많이 함몰돼 있었다. 목숨은 건졌으나, 몰골은 흉측하게 변해 있었다.

"고로! 다행이다. 치명상은 아니니, 조금만 지나면 좋아질 것이다."

고로가 몸부림치는 것을 막으려, 애를 쓰던 야이치도 도리에몽의 말을 듣고는 한숨을 놓았는지, 고로의 머리를 바닥에 내려놓았다. 머리를 잡고 있던 그의 온몸은 땀으로 축축하게 젖어 있었다.

"이만하길 다행일세."

야이치는 도리에몽에게 한마디 덧붙인 후, 고로를 들쳐 업었다. 둘은 부상병들을 모아 놓은 곳으로 가, 고로를 뉘여 놓았다. 그리고 둘은 다시 대열로 합류하였다.

"여기가 지휘소구먼. 그러고 보니 시야가 확 트였구먼."

부산진성으로 입성한 유키나가는 말에서 내려 참모들과 함께 동문루로 올랐다. 조금 전까지만 해도 첨사 정발이 조선군을 독려하며 지휘하던 동문루에는 주검이 즐비했다. 유키나가가 주검을 보고는 얼굴을 들어, 대마도주를 응시하자,

"적장의 주검입니다."

요시토시가 심각한 표정으로 말을 건넸다.

"고집이 센 자이구먼. 항복했으면 목숨만은 구했을 것을⋯."

"아무튼 더 지체되지 않았다는 게, 불행 중 다행입니다."

"사체를 한곳에 모으도록."

조선병들의 사체를 정리시킨 유키나가는 난간 쪽으로 다가가, 멀리 성 밖을 내다보았다. 자신들이 진을 쳤던 언덕이 보였다. 성 주변에서는 병사들이 전사자와 부상병들을 성안으로 들어 나르고 있었다.

"예상외로 저항이 심해 우리 병사들도 많이 당했습니다."

"그러게 말이네. 병사가 아닌 민간인들도 죽을 각오로 달려들 줄이야, 누가 알았겠나."

유키나가와 요시토시는 조선군의 저항이 의외로 강해, 많은 희생자가 난 것에 유감을 나타내면서도, 첫 싸움을 무사히 승리로 끝냈다

는 데 안위했다.

"다음 진격 방향과 한성은 어느 쪽인가?"

유키나가가 묻자, 요시토시가 품 안에서 지도를 꺼내서는 손으로 동래 쪽을 가리켰다.

"저쪽 북문을 통해 이어져 있는 길을 따라 올라가면, 한성으로 올라가는 길입니다. 그 길목에 동래부가 있습니다."

"다음 목표는 동래성이 될 것입니다."

화평 교섭을 위해 조선에 몇 번 다녀 지리를 잘 아는 요시토시와 겐소가 번갈아 설명했다.

"우선 지휘소를 정하고, 그곳에서 회의를 하도록 하세."

유키나가의 명으로 첨사가 집무를 보던 동헌에 지휘부를 두었다. 그곳에서 총대장인 유키나가를 둘러싸고 각 지역의 영주들과 참모들이 모여 다음 진격을 위한 작전 회의를 하였다.

"타앙. 타앙."

왜군 지휘부가 작전 회의를 열고 있는 동안에도 성안 여기저기서 산발적인 조총 소리가 들려왔다. 소탕전을 겸한 약탈의 시작이었다. 이곳저곳에서 불길이 치솟아 올랐다.

"아아악. 사람 살려."

조선 사람들의 단말마적인 비명 소리도 여기저기에서 터져 나왔다. 왜병들은 주로 민가를 들이쳤는데, 여염에 들어가, 닥치는 대로 가재도구를 끄집어내고, 숨어 있는 사람들을 찾아냈다. 왜병들 중 일부는 여자들을 찾으려 혈안이 된 자들도 있었다.

"고노야로, 시네."(이놈, 죽어라.)

숨어 있다 붙잡힌 사내들이 조금이라도 반항하는 모습을 보이면, 서슴없이 창으로 찌르고 칼을 휘둘러 살육했다. 도망가는 자에게는 조총을 쏘아 댔다. 왜병들은 아이들과 여인들에게도 인정사정없었다. 아이를 안고 공포에 질려 덜덜 떨면서 살려 달라고 두 손을 싹싹 비는 아낙네의 품에서 아이를 빼앗아 보는 앞에서 창으로 찌르고는 여인네들에게는 몇 명씩 달려들어 윤간을 하였다.

"차라리, 죽이라. 이 노마들아."

왜병에게 붙잡힌 여인들은 아이를 잃은 슬픔에 빠질 틈도 없었다. 왜병들은 치마를 잡아채고, 북북 찢으며 달려들었다. 반항을 하다가 왜병이 휘두르는 칼에 그대로 절명하는 여인이 부지기수였다. 미처 숨이 끊어지지 않아, '아앙, 아앙' 소리를 내며 우는 아이를 인정사정 없이 창으로 찔러 대는 병사마저 있었으니, 아비규환에 그야말로 생지옥이었다.

'약탈을 하거나, 여성을 겁탈하는 행위를 금한다.'

왜군 지휘부가 싸움 전에 내린 약탈과 강간 금지령이었다. 그러나 지휘부에서 내린 약탈 금지령은 형식뿐이었다. 병사들의 약탈 행위를 각 대의 지휘관들은 못 보고, 못 들은 체하였다. 조선군을 소탕한다는 미명하에 약탈과 방화, 게다가 겁간과 살인 행위마저도 암묵적으로 묵인되었다. 살육, 노략질, 약탈, 강간, 방화는 지휘부의 묵인하에 밤새도록 계속되었다.

왜군 지휘부가 점령한 동헌 바깥쪽 왼편에 옥사와 광이 있었는데, 포로로 잡힌 조선의 양민들은 그곳에 수용되었다. 옥사가 비좁아 왜군들은 광을 비우고는 그곳에 포로들을 집어넣었다. 왜병들은 기다란 장창으로 툭툭 치며 포로를 다루었다. 젊거나 덩치가 큰 남정네들이 조금이라도 거역하는 모습을 보이면 가차 없이 창으로 찔렀다.

'우욱.'

몸통이 뚫린 장정들은 눈을 부릅뜨고 옥에서 쓰러져 갔다. 옥사와 광의 땅바닥이 피로 번졌다. 싸움 중에 조선의 병사와 양민이 왜군의 창과 칼에 그리도 많이 죽어 나갔음에도, 잡혀 있는 포로의 수는 적지 않았다. 포로들은 남녀노소 할 것 없이 '꺼억, 꺼억' 소리를 내며 울어 댔다. 말도 통하지 않는 왜군에 잡혀, 앞으로 어떤 일이 일어날지 도저히 예측할 수 없는 미경험에 대한 두려움이었다.

'죽기밖에 더 하겠냐.'

어동은 담담한 마음이었다. 그는 손과 목에 오랏줄이 걸린 채, 옥사에 갇혀 있었는데, 그 옆에는 돌쇠와 들출의 모습도 보였다. 모두 오랏줄로 묶여 있었다.

북문을 뚫고 들어온 왜군들은 군복을 입고 있는 조선군은 용서하지 않았다. 군병은 항복을 해도 칼로 베고 창으로 찔러 살육했다. 그러나 민간인에게는 달랐다. 어동이 하얀 무명옷을 입고 있었고, 저항을 포기하고 순순히 복종하는 태도를 보이자, 죽이지 않고 포로로 잡은 것이었다. 왜병들은 싸움이 끝나자, 포로들의 손을 오랏줄로 묶었다.

왜병들은 성인 남자들 중, 순종하는 자는 그대로 두었으나, 조금이라도 반항의 빛을 보이는 자는 곧바로 끌어내어, 패거나 즉결 처분으로 목을 베었다.

'살아남아야 한다. 어떻게 하든 기회를 엿보다가, 도망쳐야 한다. 범에게 물려가도 정신만 차리면 살아날 방법이 있다고 하지 않는가.'

어동은 의외로 침착했다. 속에서는 울화가 치밀어 올랐으나 속으로 꾹 누르며, 왜군이 시키는 대로 순종하며 따랐다.

양반 진사라고 큰소리를 치던 이빈열의 목에도 밧줄이 감겨 있었다. 하인들의 모습은 보이지 않았다. 이미 이응순을 따라 같이 전사했기 때문이었다.

이빈열은 여전히 생쥐같이 작고 찢어진 눈을 반짝반짝 빛내고 있었다. 다른 사람들은 모두 겁을 먹은 눈빛이었는데, 그는 무언가 기회를 엿보는 눈치였다.

"헤헤."

왜병들과 눈이 마주치면 굽실거리며, 비굴한 웃음을 흘리곤 했다. 옥에는 남정네보다 아낙들과 아이들이 많이 붙잡혀 있었다.

"포로들을 공에 따라 나누어 주는 것이 좋을 듯합니다."

"동감입니다. 앞으로의 전투 사기를 위해서라도."

대마도주 요시토시가 포로 처리에 대해, 전공에 따라 나누어 주기를 건의하자, 각 대의 영주들이 동조했다.

"알겠소. 단, 공에 따라 나누어 주되, 영지도 고려하여 분배 처리할 것이오."

히데요시의 출정 명령에 따라 각자의 영지에서 병사들을 추렴해 온 영주들은 조금이라도 많이 포로들을 자신의 영지로 보내고 싶었다. 다음 달인 음력 오월이면 농번기가 시작되었다.

영지에는 여인들과 아이들만 남아 있었다. 만일 파종의 때를 놓치면, 일 년 농사를 망칠 것이고 그렇게 되면 영지가 피폐해져 생활이 곤궁해질 것은 자명한 일이었다.

영주들은 농사를 망치면, 통치에도 영향을 받는다는 사실을 잘 알고 있었다. 포로들로 그 빈자리를 메워야 했다.

특히 대마도는 인구도 얼마 되지 않는데 무려 오천의 병사를 동원한 상황이었다. 영지 방어를 위한 최소한의 인원만이 남아 농사뿐만 아니라 섬의 모든 일을 처리해 나가야만 했다. 그런 만큼 포로들을 분배받아 공백을 메워야 했다.

"짐꾼으로 부릴 만한 자들 몇 명만 추려 내고, 나머지 사내와 여자들, 그리고 아이들은 돌아가는 배에 실어 정해진 대로, 각 영주의 영지로 보낸다."

왜군 지휘부는 작전 회의에서 신속하게 포로 처리에 대한 의견을 합의해 냈다.

"수고들 했소. 오늘 밤은 승전을 즐기며, 푹 쉬도록 하시오."

유키나가가 각 영주들에게 공치사를 했다.

"이리 나와라."

"와, 이러는교."

밤이 되자 각 대의 왜병들은 옥에 수용돼 있는 포로 중에서 입성과 용모가 괜찮은 여인들을 끌어내었다.

"차라리 주기라."

"흐흐흑. 흐흐흑."

곧이어 영주와 장교들의 숙소 여기저기에서 여인들의 반항하는 소리, 그리고 울음 섞인 신음 소리가 뒤섞여 부산진성의 밤하늘을 적셨다. 포로로 잡힌 남정네들은 안타까웠으나, 어찌할 도리가 없었다. 죽음에 대한 두려움과 살아야 한다는 본능이 그들의 분노를 저 가슴 속 밑 편에 밀어 놓게 했다.

'흐으음.'

남정네들은 그저 귓전에 들려오는 여인들의 비명과 신음 소리를 떨쳐 내려, 애써 헛기침을 해 대며 딴청을 부릴 수밖에 없었다. 밤이 내리고, 어두운 광안 여기저기에서 '엎치락뒤치락' 몸을 뒤척이는 소리만이 낮게 스산하게 깔렸다. 왜군에게 점령된 부산진성의 밤은 그렇게 깊어 갔다.

쇼군(將軍)

아시카가 요시아키(足利義昭). 일본 막부(幕府-무신 정권)의 12대 쇼군(將軍-장군, 무신의 관직)의 차남으로 태어난 인물이다.

"차기 쇼군은 장자인 요시테루로 정한다."

쇼군이란, 장군(將軍)의 일본 발음으로, 무신 정권의 수장을 의미하는 관직이었다. 12대 쇼군이었던 요시하루는 자신의 장남을 쇼군직 계승자로 결정했다.

"후계자가 결정됐으니, 차남인 요시아키는 절에 맡기도록 하라."

적자인 장남과 차남의 운명적 갈림이었다.

적자로 태어난 형인 요시테루는 장차 막부의 최고 권력자인 쇼군의 후계자로, 그리고 차남으로 태어난 요시아키는 권력 다툼의 소용돌이에 휘말리지 않도록, 일찌감치 속세를 떠나 절에 들어가야 하는 운명이 된 것이었다. 당시 일본의 관례였다.

"왜 내가 절에 들어가야 돼요? 절에 들어가기 싫어요. 난 이곳 교토가 좋아요."

"이제 이곳에서는 살 수 없다. 말을 들어라."

외조부가 후견인으로 결정되었고, 그에 따라 요시아키는 외조부와 함께 교토를 떠나야 했다.

"승적은 고후쿠지(興福寺)절에 둔다."

고후쿠지는 7세기에 창건된 유서 깊은 사찰로, 교토 남쪽의 나라(奈良) 지역에 위치했다. 추방과 마찬가지로, 어린 요시아키는 왕도인 교토에서는 더 이상 살 수 없는 운명이 돼, 외조부와 함께 교토를 떠나 나라로 갔고, 그곳 고후쿠지의 승려가 되었다. 처음에는 동자승의 신분이었다.

아무리 승려가 됐다지만, 쇼군계라는 가문과 출신은 격이 다른지라, 절에서도 그를 함부로 대하진 못했다. 쇼군의 차남이라 우대는 받았으나, 외부와의 접촉은 엄격하게 통제를 받았다. 그러니 그가 절에서 할 수 있는 일이라고는 불경을 읽고, 불교의 교리를 깨닫는 일 외에는 달리 할 일이 없었다.

'형이 속세의 쇼군이라면, 나는 승려 세계 속의 쇼군이 될 것이다. 누가 더 위대한가는 두고 보면 알 것이다.'

남에게 지기 싫어하는 성격인 그는 외조부의 교육 탓도 있었지만, 스스로도 학문을 싫어하진 않아, 불교 경전을 탐독했고, 어린 나이임에도 불가의 진리를 빨리 깨우쳤다.

"이젠 속세를 완전히 잊은 것 같습니다. 불경을 이해하고 해석하는 관점이 속세적이지 않습니다. 깨달음 없이는 어려운 일입니다."

얼마간 세월이 흘러, 불교의 정진하는 그의 모습과 자세를 보고는, 주변의 고승들도, 그가 이젠 속세를 완전히 잊고 진심으로 불교에 귀의한 것으로 믿어 의심치 않았다.

절의 고승들은 경전 해석에 밝은 그에게, 고승만이 받을 수 있는 선사(禪師)의 대우를 해 주기로 결정하였다. 물론 출신과 배경이 한몫한 것을 부정할 수는 없었지만, 요시아키의 경전 해석과 지식이 다른 승려들보다 뛰어난 것만은 사실이었다.

"장차, 이절의 주지가 돼야 합니다."

고승들은 장차 그가 고후쿠지의 주지가 되어, 불도들의 추앙을 받고, 그 결과 일본 내 불교 발전과 보급에 공헌을 해 주길 원했다. 고승들은 당시에 권력이 꺾이긴 했지만, 쇼군계를 배경으로 하고 있는 그가 주지가 된다면 정치적으로도 입지가 튼튼해질 것으로 내다보았다.

쇼군(將軍)의 원래 정식 명은 정이대장군(征夷大將軍－일본음, 세이이다이쇼군)이다. 정이(征夷)라는 말은 오랑캐(夷)를 정복하여(征) 다스린다는 의미다. 합성어인 정이대장군(征夷大將軍)이 발음하기에 너무 길어, 사람들이 줄여서 부르게 된 말이 쇼군(將軍)이다. 쇼군은 무신이오를 수 있는 지위 중 가장 높은 직책이었다. 당시 교토에 있던 조정에서는 동쪽에 있는 오랑캐를 진압하는 임무를 수행하는 무장에게 대장군의 직책을 내렸다. 무장들은 지위 고하를 막론하고 모두 대장군인 쇼군(將軍)의 지휘를 받아야 했다.

그러므로 쇼군(將軍)의 주된 임무는 조정의 임명을 받아, 교토 동쪽의 반란군들을 정복하거나, 무인들을 통솔하는 일이었다. 문화가 발전한 교토에 있는 조정의 입장에서 보면, 동쪽에 있는 민중들은 미개했다. 게다가 가끔 반란을 일으키곤 했는데, 조정에서는 그들을 일종의 오랑캐로 취급을 했다. 그래서 관서 지방에 있던 조정은 쇼군을 파견해, 이들을 진무(鎭撫)하고 다스리도록 했다.

관동 지역(현 도쿄, 가나가와 주변)에 파견돼, 주둔을 하던 쇼군은 조정이 있는 교토에 일일이 연락을 하고 승낙을 받아야 했는데, 조정이 있는 관서 지방과 쇼군이 있던 관동 지방은 산세가 험한 지형으로 갈라져 있어, 교통이 불편하였다. 관동 지역에 있던 쇼군은 오랑캐를 상대로 진압 싸움을 하는 적이 많았는데, 신속한 결정을 요하는 시점에 일일이 조정에 승낙을 받을 여유가 없었다. 그래서 관동 지역에 주둔하는 쇼군에게는 직접 정무를 판단하고 결정을 내릴 수 있는 독립적 권한이 주어졌다. 그러다 보니 군무만이 아니라, 자연히 행정도 겸무하게 되어 쇼군을 중심으로 관동 지역의 작은 정부가 만들어졌다. 이를 막부(幕府-일본음, 바쿠후)라 했다. 즉 쇼군을 중심으로 이루어지는 행정 체제가 곧 막부였다. 막부(幕府)라는 말의 의미를 살펴보면 막(幕)은, 천막 또는 장막이라는 의미요, 부(府)는 행정을 담당하는 관청의 의미이다. 그러므로 막부의 원래 의미는 전장에 출진한 장군이 군무를 관장하는 장소, 즉 주장(主將)이 거주하는 본진을 나타내는 말이었다.

일본 내 막부의 역사를 살펴보면 12세기까지 거슬러 올라간다. 한반도의 고려 시대에 해당하는 12세기 말(고려의 무신 정권 시기), 미카토(帝-왕의 일본어)를 중심으로 교토에 형성돼 있던 조정이 권력 다툼으로 그 지배력이 약화되었다. 그러자 쇼군으로 임명된 미나모토 요리토모(源賴朝)가 자신의 세력을 강화했다. 그는 관동 지역, 가마쿠라(鎌倉)에 막부(幕府)를 설치하고는, 자신이 모든 정치와 행정을 관장하였다. 교토의 조정을 허수아비로 만들고 자신이 모든 실권을 장악하게 된 것이다.

이른바 무신 정권의 태동인 가마쿠라 막부(鎌倉幕府-1192년)의 시작이다. 가마쿠라 막부 체제가 시작되면서 교토에 있는 미카토(帝)는 명분만 왕이었다. 실권은 막부가 틀어쥐고 있었다. 무신인 쇼군이 정권을 담당한 막부 정치는 가마쿠라 막부를 시작으로, 16세기 중엽 아시카가(足利)씨에 의한 무로마치(室町) 막부를 거쳐, 17세기 초, 도쿠가와(德川) 이에야스가 수립한 에도(江戶) 막부로까지 이어진다.

에도(현 도쿄 지역)에 설치돼, 에도 막부로 불리는 도쿠가와 가문의 막부 정치는 명치유신(明治-일본음 메이지 유신-1868년)이 일어나기 전까지 유지되는데, 이른바 일본 내에서 막부 정치는 중세와 근세를 걸쳐 칠백 년 이상 지속된 정치 체제였다.

한편, 요시아키의 선조가 세운 아시카가(足利) 막부는 아시카가 다카우지(足利尊氏)가 교토에 새롭게 연 무신 정권이었다.

다카우지는 원래 가마쿠라 막부의 수장인 호죠(北條)의 부장이었다. 당시 가마쿠라 막부는, 미나모토 가문이 몰락하고, 호죠씨 일족이 실권을 쥐고 있었다. 호죠씨가 가마쿠라 막부의 실권을 쥐고 있던 13세기, 동아시아에서는 몽골이 대두해, 점차 그 세력을 넓혀 중원뿐 아니라 유라시아까지 그 세력을 뻗어 나가던 시기였다.

"고려가 신하국이 되었으니, 일본도 신하국이 돼, 조공을 바치도록 하라."

몽골의 칸(왕)인 쿠빌라이는 사신을 바다 건너 일본에 파견해, 신하국이 되길 요구하였다.

"아니되오. 우리 막부가 오랑캐인 몽골의 신하국이 되고자, 결정한다면, 교토의 조정이 무신 정권의 존재를 부정할 것이오. 게다가 민중을 선동해 반란을 일으킬 수가 있소. 오히려 사신을 참살해, 우리 막부의 의지를 천명해야 하오."

국내 정치를 고려한 가마쿠라 막부는 몽골의 제의를 거절하고는, 귀환 길에 오른 몽골의 사신을 노상에서 참살했다.

"강화 사절을 참살하다니, 내 이를 용서할 수 없도다."

사신이 살해된 것을 안 몽골의 왕 쿠빌라이는 격노했고, 일본을 정벌하기로 결정했다.

"고려가 앞장서라."

몽골은 고려에 군사를 동원하도록 명령했고, 고려와 몽골의 여몽 연합군은 일본을 굴복시키기 위해, 1차 침입(1274년) 때는 4만 명, 2차 침입(1281년) 때, 14만 명의 대군으로 일본 규슈 지방에 전선 구백 척에 나눠 타고 현해탄을 건넜다.

가마쿠라 막부는 몽골의 공격에 대비해 규슈 지역에 축성을 하는 등, 방어 태세를 취했으나, 중과부적으로 초전에 박살이 났다. 그야말로 풍전등화의 위기였다. 그런데,

휴우웅, 휴우웅. 우지직, 뿌지직.

때마침 불어온 태풍의 도움으로 몽골과 고려의 연합군은 하루아침에 바닷속으로 사라져 버렸다. 일본에서는 이 태풍을 '나라를 구한 바람'이라 하여 신풍(神風 – 일본 발음은 가미카제. 태평양 전쟁 말기에 만들어진 가미카제 특공대는 여기에서 기인한다)이라 불렀다.

잠깐이긴 하지만 여몽 연합군이 일본의 규슈 지역에 상륙해 얼마나 많은 방화와 살육 그리고 약탈을 했는지, 지금도 일본 일부 지방에서는 어린이가 떼를 쓰면, 겁을 주며 달래는 말로 '고쿠리 무쿠리가 온다(고구려와 몽골의 귀신이 온다)'라고 하면 울던 아이가 울음을 그친다고 한다. 당시 규슈의 민중에게 여몽 연합군인 '고쿠리 무쿠리'의 악명이 어느 정도인지 알 수 있는 대목이다.

이와 같이 가마쿠라 막부는 가미카제(神風)의 도움으로 몽골 세력을 몰아내는 데 성공하긴 하였지만, 두 차례에 걸쳐 몽골의 침입(1274년, 1281년)을 받았던 터라, 전국이 피폐해졌고, 막부의 권력도 사양길로 접어들게 되었다.

한편, 막부에 대항했다가, 쫓겨나 귀양을 당하고 있던 고다이고(後醍醐 – 96대 미카토)왕은, 실권을 되찾기 위해 절치부심하고 있었는데, 가마쿠라 막부의 권력이 약해지자, 이를 기회로 여겨 유형지인 오키(隱岐)섬에서 탈출을 했다.

'가마쿠라 막부와 일전을 벌여, 호죠씨를 몰아내고 실지를 회복한다.'

그는 권토중래(捲土重來)를 꾀하기 위해, 교토 주변의 동조 세력을 규합했다. 그러나 이러한 움직임은 곧 호죠씨의 귀에 들어갔다.

"아시카가 다카우지! 즉시 교토에 진격해 반란군을 진압하라!"

막부의 실권자인 호죠씨는 즉시 수하 부장인 다카우지에게 전권을 주어 진압을 명했다. 진압군 대장 다카우지는 막부의 명령을 받고 교토로 진격했는데, 그에게 난을 일으킨 고다이고 왕으로부터 밀서가 전달되었다.

'만일 그대가 호죠씨를 버리고, 우리 쪽으로 돌아서면, 내, 그대를 쇼군으로 임명하리라.'

"잘 알았다고 전해 주시오."

밀서를 읽은 다카우지는 자신의 주군인 가마쿠라 막부의 호죠씨를 배신하고, 오히려 진압 대상인 교토의 미카토(帝王) 측에 가담했다.

"가마쿠라 막부를 쳐라."

그는 즉시 교토에서 고다이고왕을 앞세워 막부 반대파들을 결집해서는, 휘하 군세를 이끌고, 동쪽에 있는 가마쿠라로 진격해, 호죠 일족을 공격했다.

"역적놈 같으니라고…. 주인을 물다니."

"역신은 너희들이다. 교토의 미카토의 권력을 찬탈한 막부야말로 역신이니라."

다카우지는 대의명분을 내세워, 호죠를 철저히 짓밟았다. 휘하 부장이었던 다카우지의 모반으로 인해, 약 40여 년간 이어져 오던 가마쿠라 막부는 역사 속으로 자취를 감추게 됐다.

"우하하하, 수고했소."

다카우지의 협조를 얻어, 실권을 되찾은 고다이고왕은 교토로 들어가, 정권을 회복했다. 1333년의 일이었다.

"가마쿠라 막부를 멸망시킨 공을 치하하오. 그대에게 규슈를 포함해 삼십 개의 영지를 논공으로 하사하오."

가마쿠라 막부를 쓰러뜨리고, 교토의 조정을 회복시킨 일등 공신은 두말할 것도 없이 다카우지였다. 실세가 된 그는 고다이고왕으로부터 많은 영지를 하사받았으나, 그에 만족하지 못했다.

"약조를 지키시오."

"무슨 약조를 말하는가? 영지를 삼십 곳이나 하사했는데, 부족하단 말인가?"

"영지는 그렇다치고, 쇼군직을 맡기겠다는 약속을 지키라는 말씀이오."

"가마쿠라 막부가 사라진 지금, 쇼군직이 왜 필요한가?"

"약속을 하지 않았소이까, 약속은 약속이오."

다카우지와 고다이고왕은 쇼군직을 놓고 의견 교환을 했으나, 합일점을 찾지 못했다.

"지가 누구 덕에 그 자리에 있는지도 모르고, 나를 무시하는가? 그냥 둘 수 없다."

자신의 대우와 미카토의 독재적인 전제 정치에 대해, 반감을 품고 있던 다카우지는 불만을 노골화시켰다.

"교토에 있는 왕의 목을 쳐라."

왕과 반목을 거듭하던 다카우지는 자신의 강력한 무력을 배경으로 고다이고왕을 공격했다.

"주제넘은 놈. 무장인 주제에 조정에 대항하다니…."

고다이고왕은 휘하 세력을 내세워 다카우지에 대항했으나, 무력에서 그를 당할 수가 없었다.

"미카토를 교토에서 추방한다."

무력으로 고다이고왕을 누른 다카우지는 그를 교토에서 쫓아내, 교토 북쪽에 있는 히에이(比叡)산으로 추방했다.

'네, 이놈 내가 그리 호락호락 물러설 줄 아느냐.'

고다이고왕 역시 야심차고 호전적인 인물이었다. 권토중래의 심정으로 조용히 추종 세력을 모은 그는 다음 해, 다카우지를 기습 공격했다. 허를 찔린 다카우지는 고다이고왕 세력에 밀려 규슈까지 쫓겨났다.

그러나 그것도 일시적이었다. 원래 무력에서는 다카우지가 우위를 점하고 있던 터라, 전열을 재정비한 다카우지에게 고다이고왕은 상대가 되질 않았다. 양쪽 진영은 얼마간 일진일퇴를 거듭했으나, 결국 다카우지가, 고다이고왕과 그 지원 세력을 패퇴시켰고, 왕은 교토를 빠져나가 나라 지역으로 도망쳤다.

"이미 교토를 떠나 도망간 왕은 미카토로 볼 수 없다. 새로운 미카토를 옹립한다."

교토의 조정을 장악한 다카우지는 고묘(光明)왕을 새 미카토로 옹립하고는 고묘왕으로부터 쇼군의 직함을 하사받았다. 쇼군이 된 다카우지는 교토에 정식으로 새로운 막부를 열었다.

정세의 혼란을 이용해, 막부를 새로 연, 다카우지는 고묘왕을 허수아비로 내세운 다음 자신이 모든 실권을 장악했다.

이후, 일본 역사에서는 아시카가 다카우지(足利尊氏)가 제1대 쇼군으로 취임하여 성립된 막부 체제라 하여, 그가 세운 막부를 아시카가(足利) 막부로 부른다. 때는 1336년 또 다른 무신 정권의 출발이었다.

다카우지가 세운 아시카가 막부는 그 후 이백삼십 년 동안 이어졌다. 그보다 삼십여 년 후인 1368년에 중원에서는 몽골족이 세운 원 왕조가 무너지고, 주원장이 세운 명 왕조가 새롭게 들어섰다. 이어서 한반도에서는 고려 왕조가 이성계와 신흥 사대부 세력에게 무너지고 1392년에 조선 왕조가 성립했다.

이러한 변혁기에 아시카가 막부는 일본 국내 정치를 안정시켰고, 외교에서도 신흥 왕조인 명과 조선과도 활발한 교류와 교역을 실시했다. 그런 활약 덕에 조선과 명에서도 왕인 미카토 대신 막부의 대표인 쇼군을 일본 국내 왕으로 인정하여, 쇼군은 왕으로 대우를 받았다.

그런데 아시카가 막부가 들어서고, 이백여 년이 지난 즈음인 15세기 중엽에 들어서면서, 쇼군의 권력과 통치가 점차 그 기세를 잃어 갔다.

쇼군의 명령으로 지방의 관리를 떠맡고 있던 토호와 수호직들이 중앙인 교토와는 독립해, 자치권을 갖기 시작했다. 그뿐 아니었다. 각지의 영지에서 실력을 키운 무인들은 실질적 최고 통치직인 쇼군직 계승을 놓고 권력 투쟁을 벌이기 시작했던 것이다.

"요시하루 님. 쇼군직을 이어받는 것은 어떻겠습니까?"

"그렇게만 된다면 내 그 은혜를 잊지 않겠소이다."

요시하루는 아시카가 요시하루(義晴), 요시아키의 친부였다. 그는 선대인 쇼군이 사망하자, 부하직인 수호 다이묘(守護大名 – 영주)의 비호를 받아 제12대 쇼군직을 계승했다. 그러나 쇼군직은 명분뿐이고, 그에게는 권력도 군사도 없었다.

결국 쇼군도 명분적 왕인 미카토와 마찬가지로, 모든 실권을 부하에 해당하는 지방 관리직인 다이묘(大名 – 지역 영주)들에게 빼앗겼다. 이른바 하극상의 연속이었다. 그러다 보니 쇼군들은 자신의 권력과 통치력을 회복시키기 위해 군사를 모아, 실제 권력자인 다이묘를 몰아내려 호시탐탐 기회를 엿보고 있었다. 요시하루도 자신을 꼭두각시로 세워 놓고, 모든 권력을 휘두르는 유력 영주 호소카와 하루모토(細

川晴元)와 대립하다가, 교토에서 쫓겨났다.

쇼군의 신분이지만, 부하도 군사도 없는 허울뿐이었다. 그는 각지를 전전하며, 지지 세력을 규합하였지만, 그리 쉽게 되진 않았다.

"요시하루를 그냥 둘 수 없다. 그를 잡아들이거나, 목을 베는 자에게 상금을 내리리라."

호소카와는 자신에게 대항하려는 그에게 현상을 걸어 수배를 했다.

'에구, 이러다간 제명에 못 죽겠다.'

"이 몸은 쇼군직을 물러난다. 장남인 요시테루에게 쇼군직을 물려준다."

그는 호소카와가 자신의 목숨을 노린다는 것을 알고는, 신변을 염려해 쇼군직을 장자인 요시테루(義輝)에게 양보했다. 제13대 쇼군으로 취임한 요시테루의 나이 당시 열한 살이었다. 그는 요시아키의 형이었다. 그런데 쇼군직을 물려주고, 자신은 후견인으로 남아 실권을 장악하려 했던 요시하루가 지병으로 급작스럽게 세상을 하직했다.

"가문을 유지하기 위해서는, 호소카와와 더 이상의 대립은 피해야 합니다."

"잘 알겠소. 그럼 호소카와 가문과 화해를 주선하시오."

유력 영주였던 호소카와와 대립해, 싸움을 벌여 왔던 선대인 요시하루가 사망하자, 어린 요시테루는 주변 측근들의 조언을 받아들여, 호소카와 세력과 화해를 했다. 무력을 지니고 있던 호소카와가 순순히 쇼군과 화해를 한 것은, 어린 요시테루를 허수아비, 즉 그를 괴뢰로 내세우고, 자신이 실질적으로 권력을 쥐고 통치하기 위한 야심의 발로였다.

그런데 이번에는 교토와 그 주변 지역에서 세력을 확장시켜 나가던 미요시(三好)가 호소카와 가문과 대립했다.

141

나이토 죠안의 백부인 마츠나가 히사히데가 주군으로 모시고 있던 미요시는 원래 호소카와의 수하였는데, 호소카와를 배신하고 원래의 주군과 대립하게 된 것이다. 미요시에게 배신당한 호소카와 세력은 그때부터 급격히 세력이 약화되어 갔다.

그런데 이 모든 계략은 히사히데의 머릿속에서 나온 것이었다. 그는 미요시에게 훈수해 호소카와를 몰아낸 후, 요시테루를 허수아비로 내세워, 자신들이 권력을 장악하려는 책략을 짜냈던 것이었다.

'내가 쇼군인데, 누가 감히 권력을 넘보느냐. 절대 넘겨줄 수 없다.'

미요시의 속셈을 눈치챈 쇼군과 주변 세력은 호락호락 쇼군의 권력을 넘기려 하지 않았다.

'나를 도와 미요시 세력을 제거하는 데, 동참한다면, 후에 크게 보답하리오.'

쇼군은 사신을 보내, 각지의 영주들에게 서신을 띄웠다.

'쇼군을 도와 미요시 세력을 치는 데, 동참하겠습니다.'

쇼군의 서신 전략이 먹혀들어가, 많은 영주들이 동조를 해 왔다.

"이제는 안되겠습니다. 더 이상 대의명분을 두려워할 필요가 없습니다."

히사히데는 미요시에게 요시테루를 치자고 건의했다.

"괜찮겠는가?"

"쇼군을 그대로 두었다간, 어떤 자들을 끌어들일지 모릅니다. 그러니 하루라도 빨리 화근을 제거하는 것이 좋습니다."

히사히데는 요시테루가 쇼군의 권력을 되찾으려고 안간힘을 쓰는 것을 알고는 그대로 두면 위험하다고 판단했다.

미요시 세력과 히사히데는 연합대를 구성해, 교토에 있던 요시테루와 추종 세력을 공격했다.

"정통성이 있는 쇼군은 나다. 저놈들은 쇼군직을 찬탈하려는 반역자에 불과하다. 물러서지 말고 싸워라. 저놈들을 물리치면 대신 영지를 하사할 것이다."

요시테루는 추종 세력을 이끌고 필사적으로 저항했으나, 세력과 군사 수에 있어, 쇼군 측이 절대 열세였던 이 싸움은 처음부터 상대가 안 되는 싸움이었다. 항전하던 요시테루는 결국 미요시 측의 칼을 맞고 목숨을 잃는다.

향년 서른이었다. 때는 오월, 그는 다음과 같은 사세구를 남겼다.

오월의 비는 이슬인가, 눈물인가,

불여귀(不如歸－소쩍새의 한자어)여,

짐의 이름을 불러다오,

저 하늘 구름에 닿도록,

이 싸움이 상징하는 바는 컸다.

즉 무신 정권의 최고위직이었던 쇼군은 무력을 배경으로 왕인 미카토를 대신하여 권력을 맡게 되었던 것인데, 수하급인 다이묘에게 살해된 것이었다. 이른바 하극상이었다. 이로써 막부의 실권자였던 쇼군의 지위와 권위는 급속히 땅에 떨어졌다.

'미카토(왕)와 마찬가지로 쇼군도 실권이 없는 허수아비다.'

막부의 최고위직으로 무장들을 통솔하던 쇼군은 권위를 잃었고, 따라서 통솔력을 상실했다. 통솔력이 사라지자, 무법천지가 돼, 무력을 가진 자들이 곳곳에서 날뛰었고, 혼란은 더욱 가중되었다.

"요시아키는 쇼군의 친동생이니, 후환을 없애야 하오."

"그럼, 누구를 쇼군으로 내세워야 안심할 수가 있겠소."

"허수아비를 내세워야, 다루기가 쉽습니다. 요시히데를 쇼군직에 앉히면 무사태평일 것이오."

13대 쇼군 요시테루를 참살한 미요시 세력은 정국 수습을 위해, 새로운 쇼군을 옹립하려 계책했고 대신 정통성을 가진 요시아키를 위험인물로 간주했다.

그들은 후환을 없애기 위해, 나라의 고후쿠지절에 있던 쇼군의 친동생인 요시아키(義昭)를 유폐시키기로 했다. 그리고는 정통성이 없는 요시테루의 이종 조카인 요시히데(足利義栄)를 14대 쇼군으로 옹립했다.

요시테루가 후대를 남기지 못했기 때문에 쇼군가의 정통성은 승적에 몸을 두었던 동생 요시아키에게 있었으나, 이들은 요시아키를 꼭두각시로 삼기 힘들다는 이유에서 유폐를 결정한 것이었다.

'기회를 보아 요시아키를 제거한다.'

히사히데는 전 쇼군의 친동생인 요시아키를 절에 유폐시킨 후, 빈틈없는 감시를 붙여 놓고도 안심이 안 돼, 호시탐탐 그를 제거할 명분을 찾고 있었다.

그러나 요시아키 역시 눈치가 빠른 인물이었다. 그는 자신의 암살 계획을 눈치챘다.

'여길 벗어나지 못하면, 저 뱀 같은 놈이 언젠간 반드시 내 몸에 저 흉물스런 이빨을 들이꽂을 것이다.'

생명의 위험을 느낀 그는, 상대가 눈치채지 못하게 몰래 미요시 세력과 대립하던 호소카와에게 도움을 청했다.

'미요시 세력이 나의 목숨을 노리고 있으니, 나를 탈출시켜 주시오. 그리되면 미요시 세력을 몰아내는 데 내 힘을 합치리다.'

자신의 수하였던 미요시의 배신 후, 세가 기울어 절치부심하던 호소카와는 '얼씨구나' 하고, 요시아키의 제의를 받아들였다. 그리고는 히사히데의 감시하에 있는 요시아키를 빼돌렸다.

호소카와의 도움으로 감시망을 무사히 빠져나온 요시아키는 목숨이 위태롭다는 것을 알고, 나라 동북 방면인 이가(伊賀) 지역으로 몸을 피했다.

"아시카가 막부의 계승자는, 이 몸 요시아키다. 천하가 혼란스러운 것은 허수아비 쇼군을 내세워 놓고는, 권력을 좌지우지하는 미요시 세력이 원인이다. 천하의 태평을 되찾기 위해, 오늘부터 승적을 버리고 쇼군직을 계승한다."

비교적 안전하다고 여겨지는 이가 지역으로 들어간 요시아키는 그곳에서 미요시 세력에게 대항하기 위해, 쇼군의 정통 혈육인 자신만이 쇼군직을 계승할 수 있다고 만천하에 선언했다. 휘하 세력이 없는 그가 의지할 것은 대의명분밖에 없었기 때문에 이를 내세웠던 것이다.

쇼군직 계승을 대내외에 공표한 그는 추종 세력을 끌고, 교토로 들어갔다. 그의 야심은 조정을 배경으로 자신의 쇼군 권력을 강화시켜 전국을 통치하는 데 있었다.

"요시아키를 그대로 두었다가는, 호미로 막을 걸 가래로 막게 될 겁니다."

"병사를 동원해 교토로 들어가, 요시아키를 사로잡아야 하오."

요시아키의 동태를 파악한 미요시와 히사히데의 연합 세력은 즉시 행동을 개시했다.

"쇼군을 자칭하는 역적을 잡아라."

히사히데는 요시아키를 역적으로 규정하고, 직접 병사를 이끌고, 교토로 진군했다.

"전하, 히사히데가 군사를 이끌고 교토를 향해 쳐들어오고 있다 합니다."

이 소식은 곧 요시아키에게 보고되었다. 교토에서 스스로 쇼군을 자칭하며, 쇼군직을 수행하려던 그에게는 '아닌 밤중에 홍두깨'였다.

"아, 차갑고 무서운 독사 같은 자로다. 내 이를 어쩌면 좋으랴…."

히사히데의 올가미가 점점 조여 오는 것을 안 요시아키는 생명의 위협을 느끼고는,

"안 되겠다. 우선 목숨을 유지해야 한다."

고심 끝에, 그는 교토를 벗어날 수밖에 없다고 여겼다.

'어디로 가야 좋단 말이더냐….'

목을 노리고 쫓아오는 히사히데의 칼을 피해, 황급히 교토를 나오긴 했지만, 그는 갈 곳이 없었다.

"짐의 뜻을 따르는 영주들에게 서신을 띄워라."

그는 쇼군의 직함을 내세워, 우선 자신에게 우호적인 주변 영주들에게 서신을 보냈다. 그러나 교토 주변의 영주들 중에 선뜻 자신을 모시겠다고 호응하는 영주는 없었다.

"어허, 이럴 수가 있는가?"

"이게 바로 인지상정(人之常情) 아니겠습니까. 권력이 있으면 붙고, 권력이 사라지면 떠나는…."

"아무리 그래도 그렇지…. 쇼군인 내가 어디 한 곳 몸을 의탁할 곳조차 없다니…."

요시아키는 근시의 말을 한쪽 귀로 들으며, 한탄을 해 댔다.

"할 수 없다. 조금 멀지만 에치젠에 있는 아사쿠라에게로 가자."

아사쿠라는 교토 북쪽 지역, 에치젠(越前) 지역의 수호직을 맡고 있는 가문이었다. 오래전부터 아시카가 막부와 깊은 관계를 유지하고

있었는데, 당대의 영주를 맡고 있던 아사쿠라 요시카게(朝倉義景)는 특히 요시아키에게 우호적인 인물이었다.

쇼군의 체면이고 뭐고 없었다. 근시 몇만 데리고 교토를 탈출한 요시아키는 낭인의 모습을 하고, 직접 아사쿠라의 영지를 찾아갔다.

"어서오십시오."

"사전에 연통도 없이 이리 갑작스레 찾아와 놀랐으리라 보오. 사정이 그리됐음을 이해하길 바라오."

"아니옵니다. 이 먼 곳까지 찾아 주시니, 오히려 영광일 따름이옵니다."

갑작스런 요시아키의 방문에 아사쿠라는 깜짝 놀랐지만, 그를 정중하게 맞이했다.

교토에서 쫓기다시피 도망쳐 나왔지만, 요시아키는 야심만만한 인물이었다. 어떻게 해서든지 영주인 요시카게를 설득해 자신의 부하로 삼아서는 그를 끌고, 교토로 들어가고자 했다.

'쇼군직의 탈환을 위해서는 조정과 막부가 있는 교토에 입성하지 않으면 안 된다. 아무리 정통성이 있다 할지라도, 변두리인 여기 에치젠에 있으면서 천하를 호령한다는 것은 불가하다.'

그는 자신의 궁핍한 처지를 벗어나, 쇼군직을 탈환하려면 교토에 들어가지 않으면 안 된다는 것을 깨닫고, 궁리에 궁리를 거듭했다.

"아사쿠라 님. 군사를 이끌고 짐과 함께 교토로 입성을 합시다. 아사쿠라군 님의 군사력이라면 그 누구도 막을 자가 없을 것이오."

"교토의 움직임이 여의치 않으니 조금만 더 기다려 주십시오."

아사쿠라 요시카게는 요시아키를 받아들이긴 했지만, 그를 옹립하기 위해 교토로 들어가는 것에는 주저했다.

'자칫 경거망동하다가, 잘못되는 날에는 가문이 멸망한다.'

요시카게는 신중하게 정세를 관망하며 대응했다. 요시카게가 교토 입성에 소극적인 모습을 보이자, 요시아키는 급한 마음에 안절부절못했다.

'아사쿠라도 믿을 게 못되는구나. 겁 많은 영주로다. 어서 빨리 이곳을 떠나, 다른 영주를 물색하는 편이 낫다.'

아사쿠라 쪽이 소극적으로 나오자, 요시아키는 하루라도 빨리 에치젠을 떠나고 싶은 마음이 간절하였으나, 특별히 몸을 의탁할 곳도, 자신을 환영해 주는 곳도 없었다. 명분은 쇼군이지만 그야말로 오갈 데 없는 낙동강 오리알 신세였던 것이다.

'대관절 이게 무슨 꼴이더냐. 천하를 호령할 쇼군이 이런 촌에서 허송세월시키고 있으니, 참으로 답답한지고. 요시카게여, 이 촌뜨기 영주여!'

'물에 빠진 사람을 건져 주었더니, 보따리까지 내놓으란다더니, 영락없이 그 꼴이 아니고 무어란 말인가. 나, 참.'

요시아키가 은인에 해당하는 자신을 오히려 책망한다는 것을 간접적으로 전해들은 요시카게는 그 나름대로 삐쳐 있었다.

그런데,

"전하. 노부나가 님이 사절을 보내왔습니다."

아무런 대책도 묘수도 없던 요시아키에게 희소식이 날아들었던 것이다.

'쇼군 전하를 저희의 영지로 모시겠습니다.'

노부나가가 자신의 영지로 쇼군인 자신을 맞이한다는 초대장을 보내온 것이었다.

"이게 정말이더냐?"

"예, 그렇사옵니다."

"내, 기꺼이 응하리라."

기회를 보아 아사쿠라의 영지를 떠나려던 요시아키는 노부나가의 초대를 받고는 기뻐서 어쩔 줄을 몰라했다.

'이젠 됐다. 교토에 입성할 수 있는 절호의 기회가 될 것이다.'

초대장을 가져온 자는 아케치 미츠히데(明智光秀)였다. 그는 원래 아시카가 막부의 먼 친척으로서 오래전부터 막부와 줄을 대고 있었다. 요시아키의 재기를 음으로 양으로 돕던 미츠히데는 오와리 지역의 영주로 당시 발흥하던 오다 노부나가(織田信長)를 찾아가, 중재를 선 것이다. 마침 천하 통일이라는 야심을 품고 있던 노부나가는 명색뿐이지만, 쇼군인 요시아키를 이용하기로 작심했다. 동상이몽이었으나, 서로를 필요로 한다는 점에서 맞아떨어진 것이었다.

노부나가는 요시아키를 자신의 거성인 기후성으로 초청해, 환대를 함과 동시에 그를 쇼군으로 대우했다.

"고맙소. 내 그대의 은혜를 영원히 잊지 않을 것이오."

'이제 교토로 들어가기만 하면, 명실상부한 쇼군이 될 것이다.'

노부나가의 환대를 받던 요시아키는 노부나가를 부추겨, 권토중래, 즉 쇼군으로 복귀할 계책에 여념이 없었다.

쇼군과의 대립

야심을 위해 서로를 필요로 했던 요시아키와 노부나가였다. 더구나 서로 천하를 지배하려는 야심을 지니고 있었다. 천하는 하나인데, 두 사람이 야심을 지녔으니, 결국 누군가 한 사람은 사라질 운명이었다.

본래 오다 가문은 아시카가 막부의 유력 수호직이던 시바씨(斯波氏)의 수하였다. 그런 연유로 오다 가문이 막부와 무관했던 것은 아니었다. 말하자면 막부하에 소속돼 있던 일종의 하급 무사였던 것이다.

그런데 노부나가의 친부인 노부히데(信秀) 때에 들어서, 그 세력을 넓히면서, 오와리 지역의 신흥 영주가 되었다. 그 뒤를 이은 노부나가는, 전국적으로 이름이 알려져 있던 관동 지역의 유력 영주 이마가와 요시모토(今川義元)를 오케하자마(桶狹間) 싸움에서 물리친 덕에 유력 영주로 부상하였다. 노부나가는 그때부터 가슴속에 천하포무(天下布武 – 천하 통일)의 꿈을 품어 왔다.

'쇼군계의 요시아키를 쇼군에 추대해, 허수아비로 내세우고, 내가 그 후견인이 되면 대의명분을 얻을 수 있다.'

노부나가는 천하를 자신의 수중에 넣기 위해 이른바 자신의 야망을 실현시키고자 요시아키를 꼭두각시로 이용하려고 했다.

모든 사전 포석을 끝낸 노부나가는 요시아키가 자신을 의탁해 오자, 그를 동반하고 당당하게 교토로 들어갔다. 노부나가는 아무 거리낌 없이 쇼군의 거성인 니죠(二條)성에 입성했다.

'아시카가 막부 제15대 쇼군은, 요시아키 님이다.'

노부나가는 곧바로 요시아키를 쇼군에 옹립하고는 이를 대내외에 공표했다.

요시아키는 스스로 쇼군직을 계승했다고 선포한 적은 있으나, 휘하에 군사가 없어, 공허한 메아리로 끝났을 뿐이었다. 그런데 이제 유력 영주인 노부나가가 휘하로 들어와, 자신을 추대했으니, 그는 명실상부 한 제15대 쇼군이 된 것이었다.

그가 쇼군직에 등극함으로써, 그때까지 미요시씨와 히사히데의 후원을 받아, 명맥상 쇼군직을 맡아 오던 요시히데(義英)는 강제 추방되었다.

"노부나가 공, 고맙소. 내 이 은혜를 영원히 잊지 않으리오."

교토에서 쇼군직에 취임한 요시아키는 노부나가의 손을 잡고 감사를 표했다. 처음에 그는 자신이 쇼군직만 계승하면 모든 권력을 노부나가에게 주어도 무방하다고 생각하였다. 그런데 사람이란 초심을 유지하기가 어려운 것이니….

요시아키는 원래 야심이 많은 인물이었다. 노부나가의 추대로 쇼군직에 취임을 하였지만, 시간이 지나자, 노부나가에게 실권을 주고 싶은 마음이 사라졌다.

'촌뜨기 애송이가 쇼군인 나를 업신여기고 실권을 휘두르려고 하다니….'

처음에는 자신의 간과 쓸개를 빼 주어도, 그 은혜를 다 갚을 수 없다고 느꼈던 것도 사실이다. 그러나 간사한 것이 사람의 마음. 권력이 그의 마음을 변하게 하였다.

'나를 꼭두각시 쇼군으로 만들려는 노부나가를 그냥 둘 수 없다.

이놈, 두고 보아라. 내 너를 쫓아낼 것이니….'

요시아키는 노부나가가 자신을 이용한다는 것을 알고는, 노부나가를 제거하기로 마음을 먹었다. 명색뿐이긴 하지만 쇼군이라는 직책과 자신의 정통성을 이용하면 노부나가와의 싸움에서 충분히 승산이 있는 것으로 보았다.

'교토로 진격해, 오만불손한 노부나가를 제거한 후, 짐과 함께 일본 전역을 통치해, 태평세월을 구가하길 바라오.'

그는 쇼군의 명의로, 교토 주변의 유력한 세력들에게 밀서를 보냈다. 그 대상은 서쪽의 모우리, 오토모, 북쪽의 우에스기, 아사쿠라, 동쪽의 다케다 등의 유력 영주들이었다. 게다가 그는 교토 가까이에 있는 혼간지절의 승려 등에게도 밀서를 보냈다. 친서의 남발이었다.

그도 그럴 것이 그의 수하에는 병사가 하나도 없었기 때문이다. 말하자면 그의 병사는 친서뿐이라 해도 과언이 아닐 정도였다. 그런데 그의 이런 움직임이 곧 노부나가에게 포착되었다.

'은혜를 원수로 갚는다더니, 참으로 배은망덕이로다.'

노부나가 역시 요시아키를 신뢰하지 못해, 그의 주변에 감시망을 펼쳐 놓았는데, 그 그물에 요시아키의 움직임이 걸려들었던 것이다.

한편 요시아키의 밀서를 받고, 가장 먼저 반응한 것은 에치젠의 아사쿠라 요시카게였다. 야심만만한 요시카게(朝倉義景)는 오래전부터 자신이 천하를 제패해야 한다고 생각했었다. 그래서 요시아키가 교토에서 도망 나왔을 때 은신처를 제공하기도 했다. 요시아키가 교토에 입성하자는 제안을 받고 주저하긴 하였으나, 천하 제패의 야망을 버린 것은 아니었다. 그런데 자신이 주저하는 틈을 타, 교토 입성을 실현한 노부나가는 그의 입장에서 보면, 먹이를 빼앗아 간 원수요, 눈엣가시였다.

"군사를 모아라. 쇼군 요시아키 님으로부터 친서가 와있으니, 교토 입성의 대의명분은 확보했다. 교토로 들어가서 노부나가를 몰아낸다."

'명분은 쇼군이 만들어 주었으니, 교토에 들어가 노부나가를 몰아내기만 하면 천하는 내 것이 된다. 쇼군이 뒤에 있는데, 누가 나에게 반기를 들 수 있으랴. 우하하하. 이야말로 누워서 떡 먹기가 아니랴!'

아사쿠라 가문의 당주(當主)인 요시카게는 쇼군의 친서를 받은 후, 이를 자신이 천하를 다스릴 절호의 기회로 여겼다.

그러나 요시아키의 밀서 공작을 진즉에 파악하고 있던 노부나가는 첩자를 띄워 주변국 영주들의 움직임을 면밀히 파악하고 있었다.

'요시카게가 제 목숨을 단축하는구나.'

움직임을 파악한 노부나가는 즉시 쇼군 요시아키를 찾았다.

"요시카게를 교토로 불러들이시오."

"무슨 명목으로…."

"어허, 답답하긴…. 교토에 상경해, 무장으로서 쇼군에게 예를 표하게 하란 말이오. 어서 출두서를 내리시오."

노부나가가 밀도 끝도 없이 자신과 결탁을 한 요시카게를 교토에 출두시키라고 강압하니, 그는 입장이 난처했다.

"무슨 소리를 하시는가?"

요시아키로서는 그야말로 다 된 밥에 코 빠뜨리는 격이었다.

"내 오늘은 몸이 안 좋으니, 다음 날 다시 오시게나."

자신의 책략이 들통났음을 알고, 요시아키는 몸이 아프다는 핑계를 대면서 자리를 모면하려 했다.

"그러시면, 쾌차하는 대로 출두서를 작성해 나에게 보내 주시오."

'죽일 놈 같으니라구…. 감히 누구한테 이래라 저래라 명령을 한단 말이더냐.'

요시아키는 차일피일 출두서 작성을 미루었다.

"아직도 작성이 안됐소이까? 몸이 그렇게 안 좋으시다면 내가 대신 작성하오리까."

요시아키의 의도를 눈치챈 노부나가는, 그를 찾아 재차 출두서 발급을 요구하며, 고양이 쥐 몰듯이 몰아붙였다.

"옛소."

노부나가의 요구를 더 이상 피할 수 없음을 안 요시아키는 출두 명령서를 성의 없이 작성해, 노부나가에게 던지다시피 건넸다.

"아니, 이게 무엇이더냐?"

쇼군이 작성한 출두서를 받은 아사쿠라 요시카게는 격노했다.

'노부나가, 이 교활한 놈. 자신을 치라는 쇼군의 친서가 여기 있는데, 나더러 교토에 출두를 하라고…. 누가 이러한 서신을 믿는다고…. 출두 대신, 내 군사를 이끌고 들어가 네 놈의 목을 따 주리라.'

노부나가 역시 요시카게가 출두서를 받고 순순히 교토로 오리라고는 생각하지 않았다. 그가 쇼군의 출두서를 받아 내, 보낸 것은 오로지 대의명분 때문이었다.

요시카게에게 쇼군의 출두서를 보냄과 동시에 노부나가는 군사를 동원했다. 요시카게보다 한 발 먼저 움직인 것이다.

"교토의 쇼군이 출두 명령을 내렸음에도 이를 거부한 아사쿠라 가문이다. 이는 항명이다. 항명은 곧 반란이다. 아사쿠라 가문을 친다."

노부나가는 동맹국인 도쿠가와군과 연합대를 만든 후, 직접 에치젠의 요시카게를 공략했다.

"이제 요시카게의 거성 하나만 남았습니다."

노부나가가 이끄는 오다, 도쿠가와 연합대의 공격을 받은 아사쿠라 가문의 성은 차례차례 무너졌다. 아사쿠라군은 오다와 도쿠가와 연합대의 상대가 되질 않았다. 마지막으로 영주 요시카게가 머무는 본성(本城)만이 남아 있었다.

"이제, 함락은 시간문제입니다."

"그동안 고생했소. 이제 일전만을 남겨 두었으니, 명일 미명에 총 공세를 퍼부어, 이번 싸움을 끝냅시다."

승리가 목전에 있다고 확신한 노부나가는 이에야스와 다음 날 있 을 총공격에 대해 논의를 하고 있었다. 그때였다.

"주군, 큰일 났사옵니다."

부장 하나가 사색이 되어, 군막 안으로 들어와서 무릎을 꿇으며, 외쳤다.

"무슨 일인데 그리 호들갑을 떠느냐?"

노부나가는 휘하 부장이 동맹국 수장인 이에야스와의 회의에 찬 물을 끼얹은 것 같아, 화를 버럭 냈으나, 동시에 불길함이 뇌리를 스 쳤다.

"주군, 배후에 아사이군이 나타났습니다."

"아사이라면, 우리와 동맹군이 아니더냐? 그게 어쨌단 말이냐?"

"아사이 병사들이 저희를 공격하고 있습니다."

"무엇이라고? 아사이의 병사가 우리를 공격한다고?"

노부나가로서는 아닌 밤중에 홍두깨였다. 아사이 가문의 영주인 나가마사는 자신의 매제였다. 자신의 우군을 만들기 위해, 자신의 사 랑스런 여동생인 오이치를 내주면서 정략결혼을 통해 맺어 놓은 동맹 이었다. 그런 동맹국의 영주이며, 매제인 아사이 나가마사(淺井長政)가 자신을 배신하고, 아사쿠라 가문을 위해 군사를 일으켰다는 게, 도무 지 믿어지질 않았다.

"뭘 잘못 본 게 아니더냐?"

"전하, 이미 측면을 치고 들어와, 아군 병사들이 그들의 창칼에 목숨을 잃었습니다. 위급한 상황입니다. 곧 우측도 무너질 것으로 보입니다."

"틀림이 없으렸다?"

노부나가는 도저히 믿을 수가 없어, 몇 번이고 확인을 했다.

"주군, 그게 사실이라면, 빨리 퇴각을 해야 합니다. 아사쿠라군이 성 밖으로 나와 몰려오기 전에 전선을 떠나야 합니다. 잘못하면 포위가 되어, 퇴각로가 끊어질 수 있습니다."

도키치로가 나섰다. 사태가 심상치 않음을 간파한 그는 우선 주군을 보호해야 한다고 느꼈다.

"주군, 아사쿠라군이 전방에 나타났습니다. 그리고 아사이군은 후방으로 돌아, 퇴로를 막아서고 있습니다."

전령들이 연속으로 급하게 달려들어 왔다.

"주군, 포위당했습니다."

"아, 아사이가 아사쿠라와 내통하였구나. 그것도 모르고…."

"주군, 이러고 있을 틈이 없습니다. 저놈들이 노리는 것은 주군입니다. 주군께서는 빨리 여기를 벗어나야 합니다."

도키치로는 망연자실해 있는 노부나가에게 즉시 전선을 벗어날 것을 요구했다. 그만큼 절박한 상황이었다.

"전방과 후방 모두 포위를 당했다는데, 어디로 간단 말이냐? 도망가다가 잡혀서, 치욕을 당하느니, 이곳에서 무사답게 명예롭게 싸우다 죽는 게 낫다."

절망적인 표정을 지으며, 작심을 한 듯, 노부나가가 단호하게 말을 끊었다.

"그렇지 않습니다. 주군은 군사를 이끌고 여기를 떠나십시오. 뒤는 저에게 맡겨 주십시오."

노부나가는 도키치로를 흘긋 바라보며,

"잔나비. 자신이 있더냐?"

"제가 신가리(殿軍)를 맡겠습니다. 무슨 수를 써서라도 적을 막아
내겠습니다. 그러니 주군은 본대를 이끌고, 뒤도 돌아보지 말고 꼭 교
토로 회군하셔야 합니다. 그래야 다음을 기약할 수 있습니다."

신가리(殿軍)란, 후퇴하는 열의 가장 후미에 서서, 적의 공격을 막
거나 분산시키기 위해 남는 부대를 지칭하는 일본 말이다. 적의 공격
을 받은 본대가 무사히 도망칠 수 있도록 하는 것이 주 임무인 만큼,
신가리를 맡은 부대는 전멸을 각오해야 했다. 스스로의 목숨을 포기
하지 않고는 수행이 불가능한 임무였다. 일부러라도 적의 공격을 자
신들에게 끌어들여, 아군이 무사히 빠져나갈 수 있게 하는 게, 신가리
의 임무였으니, 죽을 각오가 아니면 수행할 수 없었다.

"주군, 저도 신가리로 남겠습니다."

"저도 남겠습니다."

도키치로와 함께 신가리를 맡겠다고 나선 것은 아사쿠라 가문과
가까운 아케치 미츠히데(明智光秀)와 이케다 카츠마사(池田勝政)였다.

"오호! 내 그대들의 충성심을 잊지 않으리라."

노부나가는 세 사람의 부장을 번갈아 보면서 손을 꼭 잡아 주었
다. 이제 영원히 못 만날 수도 있다는 생각에서였다.

"자, 이제 본대는 각개로 후퇴한다. 살아남아야 한다. 교토에서
보자."

"여기다. 이놈들아, 이리로 오너라."

한편 신가리 임무를 맡은 도키치로와 두 부장은 상대를 반대쪽으
로 유인해, 주군인 노부나가의 퇴로를 열어 주었다.

신가리를 맡은 도키치로는 많은 군사를 잃었으나, 희망을 포기하지 않았다.

'어떻게든 살아남아야 한다.'

다른 두 부장은 삶을 포기하고 장렬한 전사를 생각했으나, 꾀가 많은 도키치로는 그렇지 않았다. 그는 책략을 써, 적의 추격을 따돌렸다. 그리고 정말 구사일생으로 겨우겨우 목숨만을 부지한 채, 교토로 돌아왔다.

"오, 수고들 했다. 내 그대들의 공을 잊지 않으리라."

노부나가는 살아 돌아온 도키치로와 두 부장의 손을 잡고 진심으로 고마움을 표했다. 반면, 쇼군인 요시아키에게는 격노했다.

앞서, 교토로 돌아온 노부나가는 이 모든 일련의 사건이 쇼군 요시아키 때문에 일어난 것을 알아냈다. 요시아키가 아사이에게 서찰을 보냈던 것을 확인했던 것이다.

'제 아무리 쇼군이라지만, 내 이를 용서할 수 없다.'

"쇼군의 목을 베어, 그 수급을 가지고 와라."

화가 머리끝까지 치솟은 노부나가는 당장 요시아키의 목을 베야 한다고 노발대발했다.

"주군. 진정하셔야 합니다. 우선 사태를 수습하신 후, 처리하셔도 늦지 않습니다."

휘하 가신들이 그를 만류했다. 노부나가 역시 못 이기는 척 참았다. 명색뿐이긴 하지만, 쇼군인 그를 베었다가는, 경쟁자들에게 명분을 줄 수밖에 없다고 여긴 것이다. 참을 수밖에 없는 상황이었다.

"대신 근신을 명하라."

냉정을 되찾은 노부나가는 요시아키에게 주의 경고와 함께, 근신에 해당하는 의견서를 보냈다.

―서한을 보낼 땐, 모두 검열을 받을 것.

―노부나가에게 모든 권력 위임을 하고, 앞으로 쇼군은 정사에 집
    착하지 말고 조정과 미카토(왕)에 대해서만 최선을 다할 것.

'무례한 놈 같으니라고. 감히 쇼군에게 명령을 내리다니.'

의견서를 받아 든 요시아키는 격노했으나, 휘하에 병사가 없는 그
는 날개 꺾인 독수리요, 이빨 빠진 호랑이였다. 무력한 그가 노부나가
에게 대항할 도리가 없었다. 오히려 그의 말을 듣지 않았다가는 당장
쇼군직에서 쫓겨날 판이었다.

'두고 보자. 노부나가 네 이놈.'

요시아키는 울며 겨자 먹기로 노부나가의 의견서를 받아들일 수
밖에 없었다. 그렇지 않아도 명색뿐인 쇼군이었는데, 이제는 사적인
서신까지 검열을 받게 되었으니, 굴욕도 그런 굴욕이 없었다.

'내가 네놈 밑에서 이런 굴욕을 받으며, 일생을 보낼 성싶드냐?'

그는 노부나가의 감시를 피해, 밀서 책략을 거듭 획책했다. 그의
밀서 책략이 효과가 없진 않았다. 실제 노부나가는 자신의 영지인 오
와리 북쪽으로는 아사쿠라, 아사이 연합 세력과 대치하게 됐고, 동쪽
으로는 다케다 가문의 위협을 받았다. 그리고 그가 장악한 교토 주변
에서는 무장을 한 혼간지절의 승려 세력과도 대립했다. 이른바 사면
초가라 해도 과언이 아니었다.

'세상이 혼란스럽소. 교토로 들어와, 짐을 도와 천하를 평정하길
바라오.'

교토 동쪽에 있던 가이 지역의 맹주 다케다 신겐도 쇼군 요시아
키의 서신을 받았다. 그는 전술가로 이름이 널리 알려져 있었던 인물
인데, 그 역시 천하를 지배하려는 야심을 품고 있었다.

다케다 가문도 원래는 지역을 관장하는 수호직이었으나, 전국시대로 접어들면서, 선대인 18대 노부토라(信虎)가 무력으로 주변 지역을 통합해 유력 영주의 지위를 구축했다.

다케다 신겐(武田信玄)은 노부토라의 장자였다. 가통 계승을 놓고 친부와 갈등이 생기자, 자신을 따르는 가신들과 결탁해 친부를 영주 자리에서 몰아내었다.

"이제부턴 내가 새 영주다."

친부를 추방시키고는 자신이 가통을 이어, 가이 지역을 지배했다. 가이의 호랑이라는 별명으로 널리 알려진 인물이었다. 그가 영주가 된 후, 그 세력은 더욱 커졌다. 통치 지역의 확대뿐만 아니라 수로 공사 등, 내치에도 힘을 기울여 영지 백성들의 삶을 윤택하게 해 주었다. 그의 걸출한 인간성과 대외 전략으로 인해 다케다 가문은 천하를 통일할 유력 영주로 일본 내에서, 자타가 공인을 할 정도로 지명도가 높았다.

다케다 신겐이 지배하는 가이 지역은 교토 동쪽에 위치하고 있었는데, 당시 북으로는 우에스기(上杉)가 세력을 키우고 있었으며, 남쪽으로는 이마가와가 자리 잡고 있었다. 신겐은 우에스기와는 적대 관계로 대립했으나, 남쪽의 이마가와 가문과는 정략결혼 등을 통해 동맹을 유지하고 있었다. 이 같은 동맹을 배경으로 그는 주변의 군소 세력을 휘하에 흡수시키며, 맹위를 떨쳤는데, 다케다의 기마대는 천하무적이라는 소문이 자자했다.

노부나가가 이마가와를 물리치면서, 유력 영주로 떠오른 신흥 세력이라고 한다면, 다케다(武田) 가문은 오래전부터 가이(甲斐-현 야마나시 부근)를 중심으로 세력을 형성해 온 명문가였다.

당대 영주인 신겐은 자신의 작전술을 풍림화산(風林火山-중국의 고

160

서 『손자병법』에 나오는 문구)이라 칭했다.

풍림화산이란 말은 "기질여풍(其疾如風), 기서여림(其徐如林), 침략여화(侵掠如火), 부동여산(不動如山)의 줄임말로 그 의미는, '적을 공격할 때는 바람처럼 빠르게, 숲처럼 고요하게, 불이 타오르는 것처럼, 그리고 적을 기다릴 때는 산처럼 쉽게 움직이지 않는다'라는 말이다.

그는 이를 군기에 새겨 놓고 싸움을 벌였다. 그의 용병술은 소문 그대로 신출귀몰하였다. 항상 전략 전술에 의해 공격을 당겼다가 늦추었다가, 적의 혼을 빼 가며, 상대를 공략하였다.

"우와, 다케다군이다. 도망쳐라."

상대 군사들은 그 깃발만을 보고도 무슨 귀신의 부적을 보는 것처럼 혼비백산하였다. 당시로는 최강의 군대라는 평을 받았을 만큼, 명실상부한 최정예 군단이었다.

'하늘이 내려준 기회다.'

신겐은 쇼군으로부터 교토 진출의 청을 받고는 속으로 쾌재를 불렀다.

"전군, 교토로 진격한다. 쇼군을 도와 천하를 통일한다."

그는 쇼군 요시아키의 친서를 대의명분으로 내세워, 거리낌 없이 자신의 정예 삼만을 이끌고 교토로 향했다.

'이 정도 군세라면 교토로 들어가 노부나가를 몰아내고, 반대 세력을 진압하는 일은 그리 어렵지 않은 일. 이제 쇼군을 등에 업고 천하를 호령하는 일만 남았다. 가이의 호랑이로 불리던 이 몸, 다케다 신겐이 드디어 가이를 벗어나, 천하를 다스리는 것이다.'

자신의 영지인 가이 지역에서 교토로 가기 위해서는 서쪽에 있는 노부나가의 영지인 오와리를 지나야 했다.

'내가 범이라면, 노부나가는 하룻강아지에 불과하다. 그 같은 세력

을 두려워하고서야, 어찌 천하를 지배할 수가 있겠는가!'

신겐은 노부나가를 자신의 상대로 여기질 않았다.

'교토로 들어가는 서진(西進)에 거치적거릴 것은 없다.'

노부나가를 얕잡아 본 신겐은 수하 삼만의 군사를 직접 이끌고, 유유히 서쪽인 교토를 향해 진군해 나갔다.

"주군, 다케다군 삼만 병력이 서진하고 있습니다."

"뭣이? 다케다군이 움직였다고?"

"네, 교토를 향하고 있는 것이 틀림없습니다."

"즉시, 도쿠가와에게 전하라. 그리고 즉시 선봉으로 돌격대 삼천을 파견하라."

신겐이 삼만 병력을 이끌고 교토로 향하고 있다는 첩보를 접한 노부나가는 빠르게 움직였다. 자신의 영지보다 동쪽에 있는 도쿠가와가 먼저 다케다와 부딪칠 것으로 보고, 동맹군으로서 응원 병력 삼천을 선봉대로 파견한 것이다.

다케다군을 오와리 서쪽에 위치한 미카타가 벌판(三方原)에서 맞았다. 이 지역은 도쿠가와 가문이 관할하는 영지였다.

"적은 오합지졸이다. 철저히 쳐부숴라."

신겐은 오다와 도쿠가와의 연합대 일만 오천이 진군을 가로막자, 곧바로 공격 명령을 내렸다.

다다다다닥.

일명 미카타가 평원 전투(三方原戰鬪)였다. 다케다 신겐은 오다와 도쿠가와의 연합대를 급조된 오합지졸(烏合之卒 − 까마귀의 무리와 같은 군사)로 보았다. 신겐은 상대의 기를 꺾기 위해 초전부터 천하무적으로 알려진 기마대를 앞장세웠다. 평원에서 기마대는 상당한 위협이 되었다.

"물러서지 말고, 적을 막아라."

이에야스는 연합대의 수장이 되어 상대의 기마대에 맞섰으나, 도저히 적수가 되질 않았다.

두두두두, 다다다다닥.

다케다군의 삼천 기마대가 선두로 평원을 달려오자, 대지가 흔들렸다. 기마대에 밀린 연합대가 우왕좌왕하자, 곧바로 보병들이 치고 들어왔다. 다케다군은 마치 노도와 같았다. 그들의 체계적인 공격에 이에야스가 지휘하는 연합대 일만 오천은 제대로 싸워 보지도 못하고 무너졌다.

추풍낙엽(秋風落葉), 오다, 도쿠가와의 연합대는 가을바람에 힘없이 떨어지는 낙엽처럼 스러져 갔다.

"물러서지 말고 막아서라."

이에야스는 다케다군이 영지로 들어오는 것을 막기 위해, 연합대 병력 일만 오천을 끌고 혼신을 다해 저항했다. 그러나 모든 면에서 역부족이었다. 군세뿐만 아니라 작전과 전술 그리고 기동력 등에서 도저히 상대가 되질 않았다.

"주군, 몸을 피하셔야 합니다."

다케다군의 막강한 전력과 기동력에 혼이 빠진 이에야스가 말에서 떨어져 목숨이 위태로운 것을 본 부하들이 이에야스를 말에 태운 후, 그의 말고삐를 끌었다.

이히힝.

이에야스는 제대로 말을 타지 못할 정도로 당황했다. 겨우겨우 말에 올라, 부하들의 도움을 받아 줄행랑을 쳤다. 구사일생이었다.

"그런데 이게 무슨 냄새냐?"

자신의 거성으로 돌아온 이에야스의 갑옷에서 하도 냄새가 나, 부

163

하들이 옷을 갈아입혔을 때 알게 되었으나, 옷에는 생똥이 지려져 있었다.

"아니, 세상에….”

부하들은 주군인 이에야스가 어느 정도 혼쭐이 났는지를 능히 짐작할 수 있었다.

"크크크.”

안쓰러운 맘이 들었지만, 저절로 웃음이 새어 나왔다.

"천운이다. 하늘이 나를 도왔다.”

첫 싸움에서 다케다군에게 대패한 이에야스는 죽을 목숨이 살아났다고 여겼다. 구사일생으로 목숨을 건진 이에야스는 한동안 자신의 거성에 틀어박혀 꼼짝하지 않았다.

노부나가도 마찬가지였다. 두 영주는 거성에 박혀, 다케다군의 진격을 속수무책으로 바라보고만 있었다.

"다케다군이 영지 내로 들어왔습니다.”

"….”

적군이 점점 자신들의 영지를 침범해 오고 있었지만, 아무런 대책을 내놓지 못했다. 노부나가도 이에야스도 오로지 자신들의 거성에 칩거한 채 전전긍긍할 뿐, 뾰족한 수가 없었다.

'기마 전력이 우세한 다케다군을 평원에서 맞이해 싸우는 것은 사마귀가 수레를 막아서는 당랑거철(螳螂車轍)의 형국이다.'

이에야스는 그리 생각하였다.

'방법이 없을 때는, 오로지 성을 중심으로 농성전을 펼칠 수밖에 없다.'

노부나가의 생각이었다.

"이 정도라면 우리 군을 당해 낼 세력은 없다. 그야말로 천하무적이지 않더냐. 하하하!"

다케다 신겐의 자신감이었다.

노부나가와 이에야스가 성에서 나오지 못하고 전전긍긍하고 있을 때, 신겐은 휘하의 막강한 전력을 끌고 의기양양하게 교토를 향했다. 그야말로 쾌진(快進)이었다. 곳곳에서 몇 번의 작은 전투가 있었으나 모두 쉽게 제압했다. 패배를 모르는 연전연승이었다. 교토로 향하는 다케다군 병사들의 사기는 하늘을 찌를 듯 했다.

"쇼군 전하. 다케다군이 교토를 향해 다가오고 있다는 소식입니다."

한편, 다케다군이 노부나가와 이에야스의 연합군을 격파하고, 지성을 함락시켜 가면서 교토로 다가오고 있다는 소식이 교토에 있는 요시아키에게도 전달됐다.

"오호, 이제야말로 노부나가의 목을 딸 기회가 왔구나."

신겐의 교토 서진의 소식을 접한 요시아키는 쾌재를 불렀다.

'이번 기회에 노부나가의 목을 따, 오다 가문을 말살해야 한다.'

그는 쐐기를 박기 위해, 자신과 밀서를 주고받고 있던 혼간지절의 승려, 이가, 고가 지역의 호족들에게도 급히 밀서를 띄웠다.

'신겐 공이 오다군을 제압하며, 교토로 오고 있으니, 이번 기회에 모두 힘을 규합해, 노부나가를 치도록 하시오.'

그런데 쇼군 곁에 밀정을 심어 놓고 있던 노부나가는 요시아키의 움직임을 하나 놓치지 않고, 파악하고 있었다.

"내가 그리 호락호락 당할 것 같으냐. 요시아키가 사람을 한참 잘못 보았도다. 요시아키와 그에 동조하는 세력을 가만히 놔두어서는 안 된다."

노부나가는 자신의 중신인 시바타 가츠이에를 불러, 명령을 내렸다.

"우선, 승려들을 먼저 쳐라. 중들인 주제에 무장을 하고 정치에 관여하는 땡초들을 그대로 두어선 안 된다."

그는 다케다군과의 군사적 충돌을 피하면서, 그보다 우선 요시아키의 움직임을 사전에 차단할 필요가 있다고 판단했다.

노부나가의 명을 받은 중신 시바타는 교토의 뒤쪽 히에이산에 있는 엔랴쿠(延歷寺)절을 공격했다.

"인정사정 보지 말아라. 그들은 승려가 아니라, 승려 흉내를 내는 비적들이다."

승려이긴 하지만, 오래전부터 무장을 하고, 정치 세력화하여 사사건건 부딪쳐 오던 그들을 노부나가는 더 이상 놔둘 수 없다고 보았던 것이다.

"비적들을 쳐라. 그리고 절은 불태워라. 이곳은 비적들의 소굴이다."

시바타의 급습으로, 엔랴쿠절의 많은 승려와 승병 약 사천이 살해되었고, 절은 재로 화했다.

한편, 세밑에 접어들어 날씨가 차가워지자, 승승장구하며 서진하던 다케다군은 이에야스가 지배하는 노다성(野田城)을 함락시킨 후, 성내에서 승전 축하를 겸해, 신년 축하 잔치를 벌이고 있었다.

"모두들 수고했다. 노고를 크게 치하한다. 오늘은 마음껏 마시고 쉬어라."

"와아아, 주군 만세. 와아아."

"새해에는 교토로 들어가, 천하를 호령할 것이다."

정초를 맞아 천하 제패의 희망에 부푼 신겐은 기분이 좋아, 가신들과 부하들에게 술과 음식을 내리고는, 스스로도 승리를 만끽했다.

"주군, 경하드리옵니다."

"오호, 고마우이…. 콜록, 콜록… 콜록콜록."

가신의 축하를 받으며, 약주가 든 접시를 입에 대던 신겐이 갑자기 기침을 해 댔다.

"아니, 사래가 걸렸나 봅니다."

가신 하나가 뒤로 다가와, 신겐의 등을 두드렸다.

"컬럭, 컬럭, 허헉."

그런데 기침 소리는 점점 격해지며, 상좌에 앉아 있던 신겐의 얼굴이 벌게지는가 했더니, 갑자기 손을 옆쪽 바닥에 대고 몸이 기울어졌다.

"주군, 주군!"

신겐이 갑자기 옆으로 쓰러지자, 가신들이 상좌로 올라가 신겐을 부축했다. 입을 막고 있던 신겐의 오른손이 뻘건 피로 뒤범벅이 되었다. 각혈이었다.

"아니, 이건, 피가 아닌가?"

새해 첫날 수장인 신겐이 교토 입성을 바로 눈앞에 두고 발병을 한 것이었다. 신겐은 자신의 병이 중병인 것을 느끼고는, 교토 입성을 포기했다.

"군사를 거두어 영지로 돌아가도록 하라. 내 병세가 외부로 새서는 절대 안 된다. 전군에게 함구령을 내리고, 즉시 전군을 회군시켜 영지로 돌아가도록 하라."

신겐은 자리에 누워, 가신들에게 철군 명령을 내렸다.

"지체하지 말도록 하라."

"하아, 알겠사옵니다."

가이의 호랑이라고 불리던 다케다 신겐이었지만, 자신의 폐를 파고드는 병마에는 어찌할 도리가 없었다.

167

"가마를 준비하라. 나의 모습을 적들이 눈치채지 못하게 해야
한다."

노부나가와 이에야스 그리고 주변 영주들에게 자신의 병세를 숨
기기 위해 신겐은 말을 버리고 가마를 택했다.

'아, 운이 다했구나. 교토 입성을 눈앞에 두고 이런 일이 일어나
다니….'

급히 가이로 돌아간 신겐은 자신의 여명(餘命)이 그리 많이 남지
않았음을 예감했다.

"주군, 다케다군이 퇴각했습니다."

이에야스에게 올라온 보고였다. 노부나가에게도 같은 보고가 올
라왔다.

"늙은 여우가 또 무슨 꿍꿍이 술책을 부리는 것 아니냐?"

"글쎄요. 속셈은 모르겠지만, 영지인 가이로 돌아간 것만은 틀림
없습니다.

파죽지세로 서진하던 다케다군이 갑작스레 증발하듯 영지로 돌아
가 버리자, 노부나가와 이에야스는 그 이유를 몰라 어리둥절했다.

'도대체, 이유가 무엇이더냐?'

이에야스는 그 원인을 곰곰이 생각했고 노부나가는 강력한 상대
가 눈앞에서 사라지자, 우선 다행이라 여겼다.

다케다군의 전력과 기마대에 전전긍긍하고 있던 그들은 연유야
어찌됐든, 한 고비를 넘긴 것을 알고, 가슴을 쓸어내렸다.

'다케다 신겐 공이 교토행을 포기하고, 영지인 가이로 회군했다.'

다케다군의 철수 소식은 교토에서 그의 입성을 학수고대하던 요
시아키에게도 전달되었다.

'아, 어찌 이런 일이 있을 수 있단 말인가?'

168

요시아키는 자신에게 유일한 희망이었던, 신겐이 영지로 돌아갔다는 보고에 그야말로 세상이 무너지는 것 같았다.

'어찌 나에게는 한마디 언질도 없이, 진군을 되돌려 영지로 돌아간단 말이더냐…'

망연자실 그대로였다. 노부나가를 몰아낼 수단으로, 가장 가능성이 높다고 믿어 의심치 않던 다케다 신겐의 수가 실패로 끝났음을 알고는 요시아키는 실의에 빠졌다.

'이제 어쩌면 좋단 말이더냐.'

"요시아키가 섣불리 움직이지 못하도록, 철저히 감시하라."

신겐이 회군하자, 노부나가의 감시는 더욱 심해졌다. 그런데,

"전하! 마츠나가 히사히데 공이 보낸 사자가 알현을 원합니다."

"뭣이라고? 히사히데가?"

히사히데가 사절을 보내왔다는 보고에 요시아키는 반신반의했다. 마츠나가 히사히데는 원래 자신의 형인 13대 쇼군 요시테루를 참살한 장본인이다. 게다가 그는 자신을 유폐시키고 감시하던 인물이었으니, 요시아키가 놀라는 것도 무리는 아니었다.

"무슨 일인 것 같더냐?"

그는 영문을 몰라 시종에게 물었다.

"호위를 맡아 주겠다는 제의인 듯하옵니다."

"호위? 그 여우 같은 놈이 또 무슨 술책을 부리는 게 아니겠느냐?"

"무슨 꿍꿍이인지 모르지만, 일단 만나보는 것이 좋을 듯합니다."

다케다 신겐이 회군하고, 노부나가의 올가미가 점점 목을 조여들어 오고 있는 상황이었다. 좌불안석이던 그는 지푸라기라도 잡고 싶은 심정이었다.

"들라 하라."

169

나이토 죠안의 백부인 히사히데는 14대 쇼군에 요시히데를 앉히고, 스스로 섭정을 해 왔던 인물이다. 그런데 권력이 생기자 동맹 관계인 미요시 세력과 갈등이 끊이질 않았다. 미요시 세력과의 다툼이 이전투구라는 것을 잘 알던 그는 미요시 세력과 갈라설 기회만을 엿보고 있었다. 그때, 노부나가가 교토에 입성해 요시아키를 옹립했던 것이다.

'옳지. 미요시 세력과 갈라설 때가 왔다.'

히사히데는 대세가 노부나가에게 기울었음을 간파하고 잽싸게 미요시 세력과 갈라서서는 노부나가와 동맹 관계를 맺었다. 노부나가와 동맹을 맺은 그는 한동안 노부나가를 도와, 아사쿠라 공략에 참가해 공을 세우기도 했다.

그런데 노부나가가 그의 중신인 시바타를 시켜 공략하게 했던 엔랴쿠절의 방화와 승려들을 살육하자, 교토 근처에서 노부나가에 대한 여론이 점차 나쁘게 돌아갔다.

"무고한 승려들을 살육하고 사찰을 불태워 버린 노부나가는 아귀와 다를 바 없다."

게다가 요시아키의 밀서 책략으로 여러 지역의 수호 영주들이 노부나가에게 반기를 드는 기색을 보이자, 난세의 간웅이었던 그답게, 이번에는 노부나가를 배신하고, 요시아키를 이용하기로 책략을 짰던 것이었다.

"무슨 일로 짐을 보자고 했는가?"

요시아키는 사절을 면담하면서, 너 같은 인물을 상대할 자신이 아니라는 듯, 짐짓 위엄을 내비치며 용건을 물었다.

"황공하옵니다. 저희 주군께서 쇼군 전하를 보호하기 위해 근위병을 파견하기를 원하십니다."

"뭣이라고? 마츠나가 공은 노부나가의 수하가 아니더냐? 네 이놈. 짐을 기만하느냐?"

"아니옵니다. 저희 주군께서는 쇼군 전하를 지켜야만, 혼란을 막을 수 있다 여기고 있습니다."

"호, 그렇다면 그 말은 노부나가를 떠나, 나와 함께 한다는 말이렷다?"

"예, 그렇사옵니다. 천하의 혼란을 막고 백성들의 평안과 안녕을 위해서는 쇼군 전하를 중심으로 뭉쳐야 한다고 하였사옵니다."

"당연한 말이렷다. 가서 전하라. 고맙게 받아들일 테니, 즉시 근위대를 파견하라고. 한시가 급하니 빨리 돌아가, 내 뜻을 꼭 전하거라."

요시아키는 눈앞의 적인 노부나가를 치기 위해, 이전에 자신을 죽이려 했던 마츠나가 히사히데의 제의를 받아들였다.

이른바 이합집산(離合集散), 오월동주(吳越同舟 – 필요에 따른 원수지간의 동맹 관계)의 난세였다.

불안한 굉음

햇살이 문틈을 비집고 들어와, 방 안 구석구석을 하얗게 밝히고 있었다. 하얀 햇살은 깨끗하고 투명했다.

'으음. 벌써 날이 밝았나.'

밤새 방 안을 깜깜하게 물들였던 어둠은 홀연히 어디론가 물러가고, 이젠 그 자리를 하얗게 반짝이는 햇살이 대신하고 있음을 느끼며, 김 서방은 눈을 떴다. 얇은 문창호지를 뚫고, 햇볕이 방 안을 비추면, 그는 눈이 부셔 더 이상 잠을 잘 수 없었다.

"눈꺼풀이 얇은 외까풀이라 그런가 아이라? 딴 사람들은 두까풀인데 말이다."

유난히 빛에 민감한 그를 두고 친구들이 놀리는 투로 하는 말이었다.

아무튼 눈이 부셔 잠을 깬 김 서방은 노곤함을 느끼면서 자리에서 일어났다. 쓸개라도 씹은 양 입 안이 텁텁했다. 그는 습관적으로 머리맡에 놓여 있는 자리끼를 손으로 더듬었다. 사기그릇의 매끄럽고 묵직한 질감이 느껴지자, 그는 그릇을 들어 입에 들이대고, 벌컥벌컥 마셨다.

"어, 시원하다."

그릇을 내려놓으며 옆을 보니, 자리가 비어 있었다.

'벌써 나갔나.'

간밤에 마누라와 찐하게 잠자리를 가졌던 그는 지난밤을 다시 한 번 상기했다.

전날 해가 떨어지기 전에 저녁을 마쳤다. 어둠이 밀려와 사방이 깜깜해지는 것을 보고 자리를 폈다. 단칸의 좁은 방이었다. 위쪽 이불 속에서 까불던 아이들이 잠들어, 조용해지기를 기다렸다가, 조심조심 방사를 가졌다.

"알라들이 깨면 우짤라고요?"

김 서방은 애들이 잠들었음을 확인하고, 마누라를 당겨 엉덩이를 쓰다듬었는데, 마누라는 짐짓 싫지 않은 표정을 지으면서도 애들 타령을 해 댔다.

"알라들은 모다 곤히 잠들었다카이. 글고 우리가 부부인데, 무에가 문제고?"

애를 셋이나 낳아 시집올 때보다는 몸집이 퉁퉁해지고, 손도 거칠어진 마누라였지만 그래도 김 서방에게는 속궁합이 딱 맞아 좋았다.

"그라도…."

"괘않데이, 이리 가까이 오라카이."

김 서방은 마누라를 끌어안으며, 젖가슴을 더듬기 위해 저고리 속으로 손을 쑥 집어넣었다. 손끝으로 퉁퉁한 마누라의 젖무덤이 잡혔다. 사발을 엎어놓은 것 같은 마누라의 젖무덤은, 애를 셋이나 낳았는데도, 처음 시집올 때와 별 차이가 없었다. 애들에게 젖을 빨려 꼭지가 까매지고 커지긴 하였지만, 아직도 퉁퉁하고 탄력도 충분했다. 마누라는 누운 채 저고리의 댕기를 풀어 젖혔다. 가슴이 열리자 김 서방은 젖가슴을 만지던 손을 밑으로 가져가 치마를 위쪽으로 걷어 올렸다. 어둠 속에서도 살집 좋은 마누라의 허벅지가 허옇게 드러났다.

속꼬쟁이를 내리고 더듬다가, 아래쪽 깊숙한 곳으로 손을 밀어 넣자 마누라 입에서 '흐흥' 하고 코맹맹이 신음 소리가 터져 나왔다. 입속에서는 단내가 물씬 풍기어 왔다.

"살살, 으응!"

마누라는 아이들이 깰 것을 걱정하면서도 본능적으로 허리를 꺾었다. 몸이 꿈틀거리며 자신을 깊숙이 받아들일 준비를 한 것이었다. 애무가 가해지자 마누라의 엉덩이와 가슴은 파도가 되어, 꿈틀거리며 들썩거렸다. 깊은 샘에서는 금세 꿀물이 솟아올라 왔는지, 손끝에 끈적하고 달라붙는 것이 느껴졌다.

잠자리에서 마누라는 항상 촉촉했다. 김 서방은 그런 마누라가 좋았다. 시쳇말로 찰떡궁합이었다. 자신이 용을 쓰면 마누라의 하반신이 자신의 엉덩이를 휘감고 조였다. 심성 착하고 수줍은 많은 마누라였지만, 잠자리에서는 그야말로 요부였다. 김 서방은 마누라와 방사를 갖고 나면 언제나 온몸이 땀에 축축이 젖었다. 합궁을 하고 나면 보약 몇 첩을 먹은 것 같이 몸이 가뿐했다. 노폐물이 낀 것처럼 찌뿌둥했던 몸도 일순에 가벼워졌다. 기분이 좋았고 머릿속이 맑아지는 것 같았다.

어젯밤에도 찐하게 합궁을 통해 몸을 풀고, 잠이 든 것이 꽤 늦은 시각이었다. 그런데도 마누라는 벌써 부엌에 나갔는지 보이지 않았다. 조금 전까지도 강렬하게 내리쬐던 아침 햇살이 구름에 가렸는지, 기세를 잃었다. 방문 장지가 회색으로 변했다. 햇살이 기운을 잃자, 김 서방은 조금 더 눈을 붙이고 싶은 마음이 동했으나, 농사일도 걱정되고 해서 자리를 털고 일어섰다.

기지개를 크게 켜면서,

'논의 물을 본 후, 오늘은 텃밭도 손질해야지.'

아이들은 아침 햇살이 더웠던지, 홑청 이불을 걷어차고 제멋대로 잠이 들어 있었다. 할 일이 많다는 생각을 하며 김 서방은 아이들에게 이불을 덮어 주고는 밖으로 나왔다. 그가 쪽마루 앞 디딤돌에 놓여 있는 짚신을 발에 꿰차, 신으려는데 문밖이 소란스러웠다. 궁금증이 일어 짚신을 반쯤만 걸친 채로 급하게 울타리로 향했다. 짚신이 발에 걸리질 않아, 마치 오리처럼 뒤뚱뒤뚱 불안한 걸음이 되었다. 울타리 너머로 보이는 마을 앞길에는 평소와는 다르게 사람들의 움직임이 부산했다.

"아침부터 사람들이 와 저리 바쁘노?"

의아하게 생각한 김 서방은 혼잣말로 중얼거렸다. 김 서방의 중얼거림이 끝나자, 부엌에 있던 언양댁이 그 소리를 듣고 이심전심이라는 듯, 김 서방 쪽을 바라보며 말을 했다.

"어젯밤 늦게부터 안 그러는교?"

"무슨 말이고? 뭔 일이 났나?

"몰랐는교? 하기사 코를 드르렁 드르렁 골고 잤으니….”

"뭔일이 났는갑다. 내 퍼떡 나갔다 오마.”

자신의 코골이를 나무라는 듯한 마누라에게 무뚝뚝하게 한마디 해 놓고는, 식전에 소작논도 둘러볼 요량으로 김 서방은 몇 가지 농구를 챙겨 망태기에 집어넣고 사립짝을 나섰다.

그의 집이 있는 마을은 얕은 산 밑에 소작농 열두어 채가 모여 사는 작은 촌락이었다. 마을 앞쪽으로는 북쪽을 향해 큰길이 주욱 뻗어 있었는데, 그 길은 한양으로 향하는 파발로였다. 사람들이 서둘러 북쪽을 향해 올라가고 있었다.

'뭔 난리가 났다고 저래 쌌노?'

김 서방은 무언가 심상치 않은 생각이 들었으나, 할 일이 많다는 생각에 일부러 사람들의 왕래가 많은 한길을 피해, 산길을 따라 생긴 샛길로 향했다.

산길 둔덕에는 봄이 절정에 다다라 있었다. 봄은 모진 겨울을 뚫고, 이겨 낸 모든 생명체에게 새로운 삶의 숨을 불어넣어 주고는, 이젠 자신의 역할을 다했으니, 물러가려고 채비를 하는 듯했다.

'하기사, 한낮이 되면 날씨가 더버서 땀을 흘릴 정도이….'

뜨겁고 성질 급한 여름은 성급히 달려와서 이른 땡볕을 뿜어내고 있었다.

'세상의 이치가 있는 기라, 여름인 지가 기승을 부린다고 계절이 바끼겠나? 그라이, 밤이 되면, 지 성급함을 깨닫고 다시 물러가는 거 아이겠나.'

김 서방은 성미 급한 여름 땡볕을 탓하면서, 부지런한 걸음으로 오솔길로 접어들었다.

"호오, 여어는 풀이 억수로 많이 올라왔네."

김 서방은 산길을 걸으며, 좌우의 비스듬한 언덕에 이름도 없는 잡풀들이 파랗게 올라온 것을 보고 혼잣소리를 해 댔다. 그의 말대로 사방에 잡풀들이 억척스럽게 많이 깔려 있었다. 김 서방은 이맘때만 되면 자신의 귀가 소란스러워짐을 느꼈다. 땅속에 갇혔던 풀씨들이 따사한 햇볕을 받으려, 서로 올라오려고 아우성을 치는 것 같기도 했고, 대지가 연초록의 어린 새싹을 자꾸 땅 밖으로 밀어내며 내는 소리 같기도 했다. 농부인 그는 자연의 섭리를 새삼 느꼈다. 아무도 없는 산길 둔덕가에 흐드러지게 아무렇게나 피어 있는 풀 하나에도 생명의 영속성이 있다는 생각이 들자, 생명의 끈질김에 사뭇 마음이 숙연해졌다.

김 서방은 빠르게 걸으면서도, 초목들의 신선하고 풋풋한 향 내음을 마음껏 즐겼다. 그렇게 마을의 초입을 옆으로 벗어나 한참을 걸어가자, 앞쪽에 평평한 수전(水田)이 개간되어 있었다. 논의 경계는 비뚤

비뚤했고, 그리 넓지 않은 수전이었지만, 김 서방은 소작을 받아 경작하는 논을 정성껏 돌보았다.

그는 빠른 걸음으로 언덕을 내려가면서 습관적으로 쓰윽 논을 훑어보았는데, 논 옆쪽에 생겨난 논길에 물기가 배어 질척질척한 것이 보였다.

'벌써 누군가 다녀갔나?'

논이 다닥다닥 붙어 많지는 않았지만, 논마다 주인이 서로 달랐고 소작인도 달랐다. 봄에 비가 없어 걱정했는데, 음력 4월에 들어서면서 흡족하진 않지만, 몇 차례 비가 내렸다. 덕택에 논에는 물이 차, 일찍이 직파(直播)로 뿌려 놓은 볍씨가 파란 싹을 피워 내고 있었다.

'물이 한쪽으로 몰렸잖나. 싹이 잘 자라, 튼튼한 벼가 되려면 물이 골고루 퍼져야제.'

논 쪽으로 다가간 김 서방은 논으로 들어가기 위해, 허리를 숙여, 바지 밑단을 걷어 올렸다. 눈대중으로 대충 논물을 가늠하며 바짓단을 말아 올리던 그가 무심결에, 고개를 쳐들어 하늘을 보는데, 멀리서 뿌옇게 연기가 치솟아 올라오고 있었다.

"불이 났나, 와 저리 연기가 많이 나노?"

파 뿌리같이 허옇고 뿌연 연기는 길게 피어올랐다. 김 서방은 어딘가에서 큰불이 난 것으로 짐작했다. 햇살이 눈부셔 손으로 차양을 만들어 멀리 살펴보니, 연기가 피어오르는 곳은 십 리도 더 떨어진 부산포 쪽이었다.

"부산포에 웬 불이 났나?"

김 서방이 혼잣소리를 하며 논으로 들어가려는데, 곧이어 '다다닥, 다다닥' 하는 말발굽 소리가 귓전을 때렸다.

"아이구, 놀래라."

자라보고 놀란 가슴 솥뚜껑 보고 놀란다고, 길게 머리를 풀어헤치고 피어오르는 연기를 보고, 마음이 께름칙했는데, 말발굽 소리가 들리자 그는 기겁을 하였다.

김 서방은 논으로 들어가려던 발을 들어 올려, 논두렁 위에서 놀란 가슴을 진정시키며, 다시 큰길 쪽을 내려다보았다. 동래부로 쭉 뻗어 있는 한길로 벙거지를 쓴 병졸이 말을 타고 급히 달려가는 모습이 눈에 들어왔다.

"하이고, 내사마, 심란해 죽겠네. 뭔 큰일이 난 거 아이라?"

김 서방은 왠지 모를 불안감에 휩싸였다. 그에게는 아들 하나, 딸 하나가 있었다. 양민으로 태어나긴 했지만, 가난했던지라, 어릴 적부터 농사와 잡일로 고생을 많이 했다. 운 좋게 마음 착한 마누라를 만나 가정을 꾸린 지 아홉 해가 지났다. 소작농으로서 농사일을 하는 한편, 틈이 나면 산에 올라가 나무를 베다 팔았다. 마누라도 집안일뿐만 아니라, 양반집 품일로 아침 일찍부터 밤늦게까지 뼈 빠지게 일을 했다. 열심히 품을 판 보람이 있어, 이제 겨우 애들 삼시 세끼 안 굶겨 가며 살 수 있게 되어, 부부는 기쁜 마음이었다.

혼례를 치른 이듬해부터 아이가 생겼는데, 연속해 딸을 셋이나 얻었다. 섭섭한 마음이 커, 막내딸의 이름을 섭섭이라 붙였다. 김 서방이 원래 딸을 싫어한 것은 아니었지만 사내 아들 하나 없이 딸만 셋인지라 아무튼 체면도 안 서고 주위의 눈치도 보여서 그런 것이었다. 그런데 얼마 전에 떡두꺼비 같은 아들이 태어나 주었다.

둘째 딸과 셋째 딸은 어릴 적에 원인 모를 돌림병에 걸려 연이어 세상을 떠났다. 가난 탓에 약 한 첩 제대로 못 썼다. 두 딸을 잃고 속이 많이 상해 있던 터에, 아들이 태어나 준 것이었다.

"내 인자 죽어도 조상님의 질책을 면하게 됐다 아이가."

대를 이을 아들이 태어나, 김 서방은 밥을 먹지 않아도 속이 든든한 느낌이었다. 딸을 둘이나 잃은 아픈 경험이 있기에, 김 서방은 눈에 넣어도 아프지 않을 만큼, 남은 아이들이 귀엽고 소중했다. 아들을 낳아 준 마누라에게도 고마움을 느꼈다.

복을 가져다주었다 해서 아들의 이름도 '복남'이라 지었다.

"내사마, 이제야 사람답게 사는 맛을 알겠는 기라. 행복이 뭔지 말이다."

마누라와 아이들을 보면 절로 기분이 좋아, 김 서방은 막걸리를 한잔 걸치면 동료들에게 그렇게 자랑을 했다.

"뭐 할라고 알라를 그리 많이 까놓나? 알라가 많으면 배 곯기는 일 밖에 더 있나?"

"지랄하네. 그래도, 알라들이 없으면 우찌되겠노? 배를 곯든 배가 터지든, 알라들이 있어야 재미도 있고, 희망도 있는 기라. 그깟 배 곯는 게 무섭다고, 알라를 안 노면, 이놈의 세상이 우째되겠노? 알라들이 우리 미래고 희망이다, 이 말이다."

"그 말이 맞다. 마, 지 먹을 것은 가지고 태어난다 안카드나? 구더기 무서워 장 못 담겠나? 그람, 니는 우째 태어났노? 어차피 죽을 건데⋯. 곯고 죽는 게 무서워, 우째 태어났냐 이 말이다."

"나가 태어나고 싶어 태났나. 나니까, 태났지."

"글고 곯고 죽는 게 무서부면, 우찌 애를 낳겠노. 다 앞으로 잘되길 바라는 맴 아이겠나."

아이들이 대여섯씩 딸린 가장들의 투정 아닌 투정이었다.

"그라보면, 참말로 우리 얼라적에 많이 굶었다!"

"글타카이. 배가 을매나 고팠으믄, 피죽을 퍼먹고, 설사하느라 똥구멍이 찢어졌겠노?"

김 서방은 자신의 배고팠던 어린 시절을 떠올렸다. 그리고는,

'둘밖에 없는 우리 알라들 내 절대로 안 굶길란다.'

토끼 새끼같이 귀여운 자식들을 보면서, 김 서방은 아이들을 절대 굶기거나, 고생을 시키지 않으리라 속으로 굳게 다짐을 했다. 그래서 남들보다 열심히 일했다. 풍작을 거두면 그만큼 소작 분배도 많았기 때문에 비록 소작논이지만 내 논 이상으로 돌보았다. 구석구석의 모 하나까지 친자식 돌보는 심정으로 손질을 했다. 그래서 그가 돌보는 논은 다른 논보다 항상 수확이 많았다. 그런 소문이 퍼져서인지 깐깐한 지주들도 김 서방에게는 선뜻 소작을 내주곤 하였다.

'마음이 뒤숭숭하구먼. 퍼떡 돌보고 집으로 가봐야겠다.'

부산포 쪽에서 피어오른 연기와 날쌔게 달려가는 역마를 본 후라, 김 서방은 일이 손에 잡히질 않았다.

'이 정도면 오늘은 대충됐다이. 당체 마음이 심란해 일이 손에 안 잡히니, 일단 마을로 가야 안 되겠나.'

김 서방은 논을 나서며, 논물을 다시 한 번 눈으로 가늠하고, 고개를 들어 하늘을 올려다보았다. 커다랗게 떠 있는 뭉게구름 사이를 뚫고 해가 삐죽하고 반쯤 얼굴을 내밀고 있었다. 어느덧 해는 중천으로 솟아오르고 있었다. 간간히 구름을 빠져나온 햇살이 환하게 논바닥을 비췄다. 논바닥에 부딪친 햇살은 구슬이 되어 영롱한 빛을 반사했다.

"그럼, 그래야제. 낮엔 햇빛이 잘 비추어야 작물이 잘 여물제. 그래 잘 좀 비추레이."

애지중지하는 조상의 신주 모시듯, 논을 한번 주욱 둘러보고는, 김 서방은 마을 쪽으로 발걸음을 돌렸다. 집으로 다가가면서도 아까 보였던 연기가 자꾸 마음에 걸렸다.

'허, 마음이 뒤숭숭한데 우째 저놈의 구름은 햇볕을 가로막으며 난리고?'

'불에 덴 놈 부지깽이 보고 놀란다'라고 그는 먼 하늘의 뭉게구름이 피어올라, 해를 가리는 것을 보고도, 그것이 연기인 줄 알고 가슴이 덜컹했다. 그때,

꼬르륵.

하고 배에서 소리가 들렸다.

"그라고 보이, 아침 식전이 아이가. 끼니도 까먹고 있었네…. 아이고, 내가 내 정신이 아인기라."

만감이 교차해, 서둘러 집으로 가려고 잰걸음을 할 때였다.

타아악, 탁, 타타타아앙. 타타탁, 타타타타앙.

멀리서 들려오는 소리였지만, 분명 꽹과리 소리와는 다른 기분 나쁜 굉음이 연이어 터져 들려왔다.

"저건 또 뭐꼬?"

반사적으로 위험을 직감한 김 서방은 얼른 머리를 숙이면서도, 소리가 터져 나오는 부산진성으로 고개를 돌렸다. 여운을 길게 남기는 굉음은 멈추지 않고 계속 '타아악' 하고 터져 나왔다. 여태껏 들어 보지 못한 굉음이었다. 소리는 둔탁했다. 아주 묵직한, 사람의 힘으로는 낼 수 없는 아주 불길한 굉음이 멀리서 뻗어 왔다.

마음이 심란해진 김 서방이 급히 산길을 돌아 마을로 들어섰을 때, 이미 마을 초입에는 마을 사람들이 여럿 모여 웅성거리고 있었다.

"큰 난리가 났다 안 합니꺼!"

부산포에 볼일이 있어 다녀온 강쇠가 땀을 질질 흘리며 마을 사람들에게 둘러싸여 제 말을 믿어 달라는 듯 연신 소릴 지르고 있었다.

"뭐라카노? 난리가 났다고?"

181

평소에 호들갑을 떠는 강쇠가 아니었는데, 그의 얼굴에는 공포와 두려움의 그림자가 짙게 드리워져 있었다. 김 서방은 뭔가 모를 큰일이 벌어졌다고 직감했다.

"대체 뭔소리고? 하늘에서 벼락이라도 떨어졌다 카드나? 시집 안 간 각시가 아아를 밴나? 하늘이 두 쪽이 났나? 전후 사정을 알기 쉽게 차근차근 이야기 해보래이."

"부산포에 왜놈들이 쳐들어왔다 안합니꺼!"

"왜놈들이라캤나?"

"글타 안 합니꺼. 저 목탁 두들기는 탁탁 소리도 왜놈들이 내는 소리라 안 합니꺼!"

"대체 뭔 일이 났노?"

김 서방이 사람들이 몰려 있는 곳으로 다가가 묻자, 또래인 천 서방이 고개를 돌렸다.

"니, 못 들었나? 왜놈들이 쳐들어왔다 안하나, 조금 전에 역마가 동래성으로 달려들어 갔데이."

"왜놈들이? 글마들이 뭘 묵을게 있다고?"

"그걸 누가 알겠노?"

"모르긴 몰라도 글마들이 약탈을 하려고 쳐들어온거 아이겠나?"

"아이고, 클 났다, 그라믄 이젠 우리 우짜면 되노."

"우짜긴 뭘 우째! 성안으로 피하는 수밖에 더 있겠나."

"빨리빨리 짐 챙기서, 식구들 데리고 성으로 들어가는 수밖에 없대이."

"내 간대이."

아이들과 마누라가 걱정된 김 서방은 헐레벌떡 집으로 달려왔다.

"마누라야, 알라들은 어딨나? 큰일 났대이. 왜놈들이 쳐들어왔다 안 하나. 알라들 챙기그레. 그라고 퍼떡 피난 짐 싸그레이."

"피난예? 아침은 우짜고요? 알라들도 아직 식전인디….."

"지금 아침이 문제가 아인기라. 꾸물거리단, 왜놈들에게 잡혀 작살난데이. 밥은 성에 들어가 묵으면 안되겠나."

"그라모, 뭘 챙기란 말입니꺼?"

"묵을 것하고 간단한 세간만 챙기그라!"

"내사마, 뭐가 뭔지 모르겠네. 인자 우짜믄 쓰노?"

마누라는 넋이 빠진 듯 설쳐 대는 김 서방을 보고 혼잣소리를 해 댔다. 김 서방은 우선 이불과 솥단지 그리고 식량을 챙겨 무명천으로 쌌다. 그는 지게에다 짐을 실어 자신이 지고, 남은 손으로 딸아이의 손을 잡아끌었다. 애지중지하는 아들은 마누라에게 업혔다.

"아닌 밤중에 홍두깨도 아이고, 이게 뭐꼬? 왜노마들이 뭘 묵을께 있다고 쳐들어왔나 말이데이. 참말로."

김 서방은 울타리를 나서며, 왜군이 미워 투덜댔다.

"으아앙. 으앙."

얼른 몸을 피하지 않으면 위험하다는 것을 몸으로 느끼며, 서두르자, 낌새를 눈치챈 애들이 울어 댔다.

"우지 마라카이."

어른들의 갑작스런 행동을 보고 놀래서 우는 아들과 딸을 꼭 부여안고는, 두 부부는 서둘러 동래성으로 향했다. 그들이 동래성에 이르렀을 적에는 이미 해가 중천을 지나고 있었다.

이미 성 앞에는 성안으로 들어가려는 양민들이 보따리를 등에 지고, 머리에 메고, 줄지어 있었다. 성문으로 향하는 외길은 곧이라도 터져 나갈 것 같았다.

동래 부사 송상현

두두두둑. 워어.

"송 부사 영감은 어디 계시오?"

벙거지를 둘러쓴 사령 하나가 허겁지겁 말에서 내려서는, 급한 목소리로 부사 송상현을 찾았다. 부산진성에서 보내온 전령이었다.

"장계이옵니다."

송상현에게 안내된 사령이 품에서 서계를 꺼냈다.

"이걸 누가 보냈더냐?"

"장교가 급히 적어 준 서찰이옵니다."

"그 장교는 어찌 되었느냐?"

"아마 전사한 것으로 보입니다."

사령의 말을 들으며, 부사는 두 번 접어져 구겨진 서찰의 한 끝을 허공에 툭 던지듯이 펼쳤다.

'부산진성이 왜군의 공격을 받아 성이 뚫림. 첨사 정발 장군 전사. 성안의 군사는 궤멸. 수많은 백성들이 참살되고 포로로 잡힘.'

치계의 내용이었다.

"첨사 영감이 전사하였다니, 정말이더냐?"

치계를 펼쳐 읽던 동래부사 송상현은 부산진성의 수장인 정발 첨사가 전사하였다는 문장을 보고는 믿어지지 않는다는 표정으로 전령을 바라보았다.

"첨사는 왜병의 조총을 맞고, 전사했습니다. 엄청 많은 왜군이 물 밀듯이 밀려들어 중과부적이었습니다."

"왜군의 병력이 얼마나 되더냐?"

"그 수를 이루 셀 수가 없었습니다. 부산포 앞바다가 왜선으로 가 득 덮여, 바다가 안 보일 지경이었습니다."

"네가 보았더냐?"

"아니옵니다. 들리는 말로는 이만이라고도 하고, 삼만이라고도 하 나, 정확히는 알 수가 없었습니다. 그러나 성으로 밀려들어 온 왜군만 해도 우리 군의 열 배가 넘는 것은 틀림없습니다."

"으음, 잘 알았다. 우선 물러가 쉬도록 하라."

송상현은 전령의 보고를 그대로 믿을 수가 없었다. 얼굴이 벌게 겁을 잔뜩 먹은 전령이 말을 더듬거리며 자신이 보았다고 했다가, 들 었다고 했다가 혼동을 하고 있었기 때문이다.

'역졸이 경황이 없어 횡설수설하는 것이니라.'

"전령의 말을 액면 그대로 믿을 순 없지만, 왜군이 대군인 것은 틀림없는 것 같습니다."

곁에 있던 조방장 홍윤관이 말을 덧붙였다.

송상현이 동래 부사로 부임된 것은 한 해 전의 일이었다. 부임된 후, 왜의 사절단이 두 차례 다녀가면서, 병화가 있을 것이라는 암시가 있었다. 그는 만일에 있을 병란에 대비해 우선 성벽을 보수하도록 했 다. 무너진 곳은 다시 쌓고, 얕은 곳은 돌을 쌓아 올렸다. 성벽 주변의 해자도 깊게 파 놓고 물을 끌어 놓았다. 병사들의 무기도 수시로 철저 히 점검토록 했다.

'유비무환(有備無患)'

병화가 있을지 어떨지는 몰랐지만, 만일에 대비해 병사들의 훈련
도 게을리하지 않았다. 병사들의 기강과 군율을 확립해 왔다. 군율은
지위 고하 예외 없이 모두에게 엄격하게 적용했다. 동래 부사가 문관
직이라, 문관 출신이었던 그는 병법을 잘 몰랐다. 그래서 병화에 대비
해 병법도 익혔다. 송상현 자신이 유비무환의 마음가짐으로 병화를
대비해 왔던 터라, '왜군의 침략 소식이 그리 놀랄 일은 아니다'라고
스스로 다짐하는데도 심장이 요동쳤고, 얼굴은 붉게 상기됐다.

왜군이 밀려와 부산진성 전투가 개전됐다는 보고는, 이미 부산진
성 싸움이 시작되기 전에, 첨사 정발을 통해 전해졌다.

전령은 '왜군 침략'을 간단히 알리고, 재차 울산성으로 떠난 상태
였다. 그리고 얼마 후에,

'왜군의 공격이 시작됨. 성안의 병사만으로는 중과부적. 급히 원군
을 요함.'

부산진 첨사가 보낸 전령이 두 번째 급보를 지니고 나타났다. 그
런데 제2보가 도착한 지 불과 반나절도 지나지 않아, 부산진성이 함락
됐다는 소식이 들어온 것이었다.

"부산진성이 그리 간단히 무너지다니, 도저히 믿을 수 없는 일
이다."

"사령은 곧장 울산성으로 향하라. 좌병사에게 이 사실을 알리고
원병을 요청하라!"

송상현은 자신의 사령(使令)에게 친필 서신을 건네주고는 좌병사
가 있는 울산의 병영으로 급히 달리도록 했다.

"부사 영감! 우선 성첩에 병사들을 배치하고 병사와 장정들에게
무기를 배급하여야 합니다. 영감의 영이 있어야 합니다."

조방장이 다가와 급하다는 듯 건의를 했다.

"오, 그렇다면, 즉시 무기 창고를 열어 병사들과 장정들에게 무기를 나눠 주도록 하시게."

"즉시 시행하겠사옵니다."

송상현의 영을 받아들어, 무기 창고를 관리하는 병방은 굳게 잠겨 있던 병기고 자물쇠를 벗겼다. 장교들이 병사들을 끌고 와, 병기고에서 활, 창, 칼 등을 꺼내어 점검하였다. 장교들은 병사에게 활, 창 등의 전투에 필요한 무기를 먼저 지급한 후, 남은 무기를 민간인 장정들에게 나누어 주었다.

동래성의 병사들은 송상현의 지휘로 병화에 대비해 꾸준히 훈련을 받아 왔던 터라, 우왕좌왕하지 않았다. 병사들은 장교들의 지휘에 따라 일사불란하게 움직였다.

"조방장, 장교와 병사들을 시켜 성 밖의 해자를 점검토록 하게. 해자 위에는 왜군들이 눈치채지 못하도록 짚을 덮어 위장을 해 놓으시게."

송상현은 군략에도 관심이 많았던 터라, 조방장이 미처 챙기지 못한 상황을 짐작해 적절하게 지령을 내리며 다가올 싸움에 대비했다.

성안의 백성들은 이미 동요하고 있었다. 그들은 평소 훈련을 경험한 병사들과는 달랐다.

"부산진성이 반나절도 갠디지 못하고 단시간에 깨졌다카이."

"우째, 그런 일이 있을 수 있노? 니, 그짓말 아이가?"

"맞는대. 내도 들었는기라."

부산진성이 함락됐다는 소문이 소리 없이 퍼져 나갔다. 소문은 입에서 입으로 옮겨지면서 살이 붙었다.

"부산진성의 첨사 나리가 전사했다 안하나."

"왜군이 헤아릴 수 없는 대군이라카던데."

"예는 괜않나?"

백성들이 동요하며 술렁거리자, 이를 들은 군사들도 수군거리며 동요했다.

"유언비어를 퍼트리는 자는 즉각 참수에 처한다."

장교들은 영을 내세우며 병사들의 입을 함구시키느라 바빴다.

"왜군은 체구도 작고 지휘 체계도 보잘것없다. 수가 많다고 겁내지 말아라."

장교들은 병사들을 얼래고 달랬다. 싸움은 사기에 달려 있다는 것을 잘 아는 그들은 병사들의 사기가 꺾이는 것을 막기 위해 애를 썼다. 그러나 장교이건 병사이건 훈련을 받았다고는 하지만 실전을 경험해 본 사람은 전무했다.

"부산진성의 북문이 뚫렸다카네!"

"그건 벌써 옛날 야기라 안하나! 성이 함락돼, 다 죽었다 칸다!"

"부산진성과 여기는 다르다. 동래성은 난공불락이다. 송 부사 영감만 잘 따르면 충분히 왜적을 막아 낼 수 있다. 겁먹지 말아라!"

"모두 명령대로 움직이고 제자리를 지켜라. 죽을 각오로 임하면 반드시 왜적을 몰아낼 수 있다."

장교들이 민심을 수습하려고 애를 썼으나, 그런 노력에도 불구하고 피난을 위해 성안으로 들어온 백성들이 전하는 전황 소식은 성안의 사기를 땅바닥에 곤두박질치게 했다.

"병사들의 배치를 모두 마쳤습니다."

명령에 따라 병사들의 배치를 마친 조방장 홍윤관이 남문루로 올라와, 부사에게 보고를 했다.

"오, 수고했소. 싸움이 시작되면 한 치의 실수도 용납이 안 되니, 군사들이 방심하거나 겁먹고 도망치지 않도록 단속을 잘해 주오."

"분부대로 실행하겠습니다."

송상현은 조방장의 투구를 쓴 모습이 무장으로서 아주 잘 어울린다고 느끼고는,

"나도 갑옷으로 갈아입어야겠소. 내가 없는 동안 대신 조방장이 이곳에서 지휘를 맡으시오."

송상현은 홍윤관에게 지휘를 맡기고 자신은 남문루 층계를 내려서 숙소인 관아로 향했다. 그는 문관 출신이었기에 갑옷에 그다지 익숙하지 않았다. 갑옷보다는 문관복인 관복(官服)이 편했다. 스스로도 갑옷보다 문관복이 더 어울린다 생각했다.

'아무리 그래도, 수성장으로서 문관복을 입고, 병사를 지휘한다는 것은 어불성설(語不成說)이다.'

그는 문관 출신이지만, 동래성의 수성장인 부사가 되고서는 무(武)를 소홀히 하거나 무시하지 않았다.

'문관이라고 공자 왈 맹자 왈만 읊어서는 안 된다. 그래서야 탁상공론만을 일삼는 골방 샌님에 지나지 않는다. 지역 수장으로서 본분을 다하기 위해서는 문무를 모두 겸비하지 않으면 안 된다. 무관들을 다스리기 위해서는 무를 알아야 하고, 그들을 지휘하기 위해서는 병법을 익혀야 한다. 문(文)과 무(武)는 따로 떨어져 있는 것이 아니다. 그런고로 무관이라고 해서 문을 경시하고 병법만 중시해서는 안 된다. 무관도 문을 익히고 이해해, 서로 보완해야 한다. 그래야만 문관이든, 무관이든 진정한 지휘관, 또는 수장이 될 수 있다.'

문과 무가 서로 상보적(相補的) 관계라는 것을 잘 아는 송상현은 스스로 문무를 모두 겸한 수장이 되기 위해 부단히 노력했다. 그래서 병사들을 훈련시킬 때엔 무겁고 불편했지만, 갑옷과 투구를 걸치고 앞장서서 지휘를 해 왔다.

"갑옷을 가져오거라."

관아로 들어선 송상현은 향리(鄕吏)에게 갑옷과 투구를 가져오도
록 하고는, 관복을 벗었다. 습진(習陣)을 지휘할 때, 철로 된 투구를 머
리에 쓰면, 언제나 묵직함과 육중함이 느껴져 비장한 생각이 들곤 하
였다. 그런데 오늘은 습진(習陣)이 아닌 실전을 위한 무장이었다. 긴장
에 따른 전율이 온몸에 퍼지는 것을 느꼈다.

　"게 누구 있느냐? 가서 별당 마님을 모시고 오너라!"

　갑옷으로 갈아입고 무구를 걸친 송상현은 마루로 나와 하인을 불
러서는 첩실인 양녀를 불러오게 했다.

　"대감마님, 어인 일이오십니까?"

　왜적이 부산진성을 침범했다는 소식을 들었는지, 첩실인 양녀가
얼굴이 사색이 되어, 관아 앞마당으로 허겁지겁 뛰어들어 오는 것이
보였다. 아마 나름대로 소식을 듣고 안절부절못하였던 모양이었다.

　"지금부터 내가 하는 말을 잘 듣고, 그대로 실행하도록 하오!"

　대청 위에서 내려보이는 양녀의 몸집은 아담했다. 얼굴은 갸름하
고 긴 편이었다. 미간 양옆으로 쪽 뻗은 눈썹은 초승달의 모양으로 가
늘었으나, 숱이 많았다. 눈빛이 맑았다. 언뜻 보아도 양갓집의 귀부인
처럼 교양이 있어 보였다. 입술은 얇았으나 꼬옥 다문 입에서는 절개
가 묻어났다. 송상현은 그런 양녀의 얼굴을 내려다보며 빠른 어투로,
단호하게 말했다.

　"왜적이 부산진성을 무너뜨렸다고 하오. 부산진성이 무너졌으니,
조만간에 이곳 동래성으로 몰려올 것이오. 그대는 여종을 데리고 청
주로 몸을 피하도록 하오!"

　"네? 대감 청주로 가시라면…?"

　"왜적을 물리친 후, 내 인편을 시켜 연락하리다. 만일을 위해 그
때까지 본향으로 가, 마님과 함께 지내도록 하오. 내 미리 서신을 적

190

어 놓았으니, 이를 지니고 가면, 기꺼이 이해할 것이오!"

자상한 평소의 말투와는 달리, 대꾸를 할 수 없을 정도로 지엄한 투였다. 양녀는 대꾸도 못하고 두 손으로 공손하게 서찰을 받아 들기 위해 일어섰다. 순간 현기증이 일었다. 핏기가 싹 빠져나간 그녀의 갸름한 얼굴에는 금세 창백한 빛이 돌았다.

"내 필요한 것은 준비해 놓으라고 일러두었으니, 서둘러 북문을 빠져나가도록 하오."

말을 마친 송상현은 그대로 대청마루를 내려서 비장과 측근들만을 거느리고 지휘소인 남문루로 향했다.

양녀는 송상현의 뒷모습을 바라보다가는 그대로 땅바닥에 주저앉았다.

"아아, 영감마님! 흐흐흑."

양녀의 울음소리가 송상현의 귀를 스쳤다.

송상현도 마음이 애처로웠다. 양녀는 사랑스런 애첩이었다. 그러나 사사로운 일에 얽매일 상황이 아니었다. 송상현이 관아를 나와 남문으로 향하자, 어쩔 줄 모르고 성안에서 우왕좌왕하던 많은 백성들은 무작정 그 뒤를 따랐다. 얼굴은 모두 두려움과 수심으로 가득했다. 양민들 중엔 여인들도 많았다. 모두 공포에 떨며, 그저 눈물만 뚝뚝 흘렸다. 백성들뿐만이 아니었다. 군사들의 얼굴에도 두려움은 그대로 묻어났다. 모두 어찌하면 좋을지를 몰라 우왕좌왕할 뿐이었다. 그들은 앞으로 무엇이 어떻게 될지 아무것도 몰랐다. 그러니, 오직 의지할 곳은 부사밖에 없었던 것이었다.

'내 어찌 이 가련하고 순진한 백성들을 왜적의 창칼에 죽게 내버려 둘 수가 있겠느냐.'

동래 부사로서 연민이 왈칵하고 밀려옴을 느꼈다.

쇼군의 근위장

"쇼군이 제의를 받아들였습니다."

'그렇지. 제가 지금 형편에 찬밥 더운밥 가릴 계제가 아니지.'

히사히데는 쇼군 요시아키가 자신의 제안을 받아들였다는 보고를 받고는 회심의 미소를 지었다.

"백부님, 부르셨사옵니까?"

즉시 그의 조카이며 야기성의 성주인 나이토 죠안이 부름을 받고 달려왔다.

"지금 즉시 군사를 끌고 교토의 니죠성으로 들어가라. 너는 오늘부터 쇼군의 근위장이다. 쇼군을 곁에서 잘 보좌하도록 해라."

"예, 분부대로 실시하겠습니다."

나이토 죠안은 백부의 명령에 더 이상 물으려 하지 않았다. 권모술수가 난무하는 정치보다는 학문을 숭상하던 그는 이미 모든 정사를 백부에게 맡겼던 터였다.

"자, 교토로 향한다."

죠안은 백부의 명에 따라, 쇼군을 보좌하기 위해 수하의 이천 병사를 이끌고 교토 니죠성으로 향했다. 기마대 사백에 보병이 일천육백의 군사였다.

크리스천이던 죠안은 투구에 황금색의 십자가를 달고 위풍당당한

192

모습으로 교토에 입성하였다. 십자가를 앞세운 이십 대의 젊은 죠안이 병사 이천을 이끌고 교토로 진입하자, 교토의 민중들은 죠안이 이끈 군대의 모습과 십자가에 많은 호기심을 나타냈다. 불교도가 많은 교토에 십자가를 앞세우며, 들어온 영주는 이전에는 없었기 때문이다.

"단바 야기성의 성주, 나이토 죠안 문안드립니다."

쇼군의 거성인 니죠성에 입성한 죠안은 요시아키에게 예를 다해 인사를 올렸다. 다다미방 위쪽의 단을 높여 만든 상석에 요시아키가 앉아 있었는데, 인사를 받고는,

"오, 어서 오시오. 짐을 위해 와 주었다니 고마울 따름이오."

그는 죠안의 머리 숙인 모습을 빠르게 훑었다. 자신에게 맹종할 인물인가 어떤가를 살피기 위해서였다. 휘하에 병사가 없는 그는 자신에게 맹종할 무장이 절실히 필요했다.

"전하, 앞으로 니죠성의 경비는 저희가 맡을 것입니다. 저와 모든 병사들은 전하의 수족입니다. 뭐든 말씀만 해 주십시오."

"호오, 듣던 중 마음 든든한 말이오."

죠안을 날카롭게 살펴보며 경계하던 요시아키는 죠안의 충성 맹세를 듣고는, 얼굴 표정을 풀었다.

'젊은 친구가 진실성이 있구나. 잘만 다루면 나를 위해 목숨을 바칠 수도 있겠다.'

죠안을 면담하면서, 요시토시는 만면에 희색이 가득했다. 노부나가의 감시가 삼엄한데도 불구하고, 자신의 거성까지 군사를 끌고 찾아온 것을 생각하면, 오히려 자신이 머리를 조아리고, 감사를 표해도 부족할 지경이었다.

'스스로 수족이 되겠다니….'

그는 죠안이 너무도 기특하고 가상했다.

193

"아무튼 마음 든든하오. 이제 곧 노부나가를 교토에서 쫓아내고, 짐이 직접 천하를 통치하게 될 터이니, 조금만 고생하는 셈 치오. 그때가 되면, 내 그대와 마츠나가 공에게 크게 후사하리다."

"황공무지로소이다."

죠안은 감격에 겨워 저도 모르게 눈물을 글썽였다. 죠안의 나이 그때 약관을 지난 스물 셋이었다. 경험이 많지 않던 그로서는 쇼군과 자신은 하늘과 땅의 차이가 있다고 느꼈다. 그런데 천상같이 느껴지던 쇼군이 부드러운 말투로 노고를 치하하자, 감격한 나머지 저도 모르게 눈물이 흘러나오고 만 것이었다.

아무튼 쇼군 요시아키를 하늘처럼 여겼던 죠안은 니죠성 주변 요소요소에 군사들을 배치해, 삼엄한 경계 태세를 취했다. 빈틈이 있어서는 안 된다고 생각한 그는 스스로 니죠성 내에 머물면서, 요시아키의 호위 겸 근위를 맡았다.

다케다 신겐이 퇴각하였다는 소식을 접한 후부터는, 의지할 곳이 없어 불안해하던 요시아키에게, 죠안의 무장 군병 이천은 천군만마에 버금갔다. 그는 죠안을 가상하게 여기는 한편, 모든 것을 의지했다. 죠안 역시 쇼군을 곁에서 모신다는 영광에 감격하고 있었다. 비록 지금은 무력과 권력을 많이 상실해, 일견 초라하게 보일지 모르지만, 천하의 모든 무인을 대표하는 천하대장군의 권력과 권위를 갖고 있는 막부의 쇼군을 가까이 모실 수 있다는 그 자체가 그로서는 영광이었다. 마치 꿈만 같았다. 게다가 원래 학문과 서책을 좋아하던 죠안이었다. 그는 요시아키의 문화적 소양과 불교에 관한 깊은 식견에도 많은 감명을 받고 있었다.

'나의 학문은 쇼군 전하와 비교하면, 새 발의 피로다.'

젊은 영주 죠안은 학문적으로도 그를 존경하였다. 그래서 되도록

이면 요시아키를 가까이에서 보필하며 많은 가르침을 받고자 하였다.

"쇼군 전하, 문안 인사드리옵니다."

음력 4월에 접어들자, 니죠성 정원의 화초들도 저마다 꽃잎을 열었고, 이파리에는 신록이 올라 물기가 촉촉했다. 정원의 화초와 연못은 잘 손질돼 있어, 마치 잘 그려 놓은 화폭을 보는 것 같았다. 햇살이 환한 아침나절에 죠안은 문안을 겸해 요시아키를 찾았다. 요시아키는 자신의 거실에 드리워진 수렴을 활짝 젖히고, 정원을 내려다보고 있다가, 죠안을 맞이했다.

"어서오시게나!"

"다과(茶菓)를 준비하라."

요시아키는 자신에게 문안을 온 죠안을 맞이해 다과를 준비시켰다.

째재잭, 째재잭.

때마침 새들이 날아와 정원에 심어져 있는 적송 위에 앉아, 지저귀었다.

"호오. 연못에 비친 모습이 마치 한 폭의 수조도(水鳥圖) 같구려."

"예, 그렇군요. 전하의 안목과 감성이 과연 대단하십니다."

요시아키의 말 한마디에 죠안은 쇼군의 높은 예술적 경지에 그저 감복을 할 따름이었다. 그는 죠안의 진지한 모습을 보고 자신의 불교의 경전과 차도의 예에 관해 자신의 지식을 자랑하고 싶은 마음이 일었다. 요시아키는 진지한 모습으로 자신의 말을 경청하는 죠안을 흘긋 바라보며 얼굴의 미소를 지었다.

"자, 차를 천천히 드시오."

"그럼."

죠안이 찻잔을 입에 대려 하자,

"차는 그냥 마시는 것이 아니오. 찻잎에는 자연의 정(靜)이 스며들어 있소. 차를 마시기 전에 먼저 눈으로 빛깔을 음미하는 것은, 자연을 느끼는 것이라오. 시각으로 자연의 고요함을 느끼고, 후각으로 향을 음미한 후, 미각으로 맛을 음미하는 것이라오. 차는 마시는 것으로 끝나는 것이 아니오. 차는 곧 자연이고, 정(靜)이니, 고요한 정 속에서 자연을 음미하며, 자연을 느끼는 것이라오. 인간은 원래 동적인 동물이오. 정(靜)은 곧 자연이니, 그곳에는 깨달음이 있고, 동(動)은 움직임이니, 그곳에는 욕망이 있소. 동은 욕망을 잉태하고 있는데, 그것이 때로는 격동(激動)이 되어, 인간은 스스로를 어리석게 만들거나, 교만하게 된다오. 지나친 욕망은 결국엔 자신을 망치는 원인이 되오. 차를 음미하며 고요한 정(靜)을 느끼고, 자연과 하나됨으로써, 원래의 참된 마음을 다스리는 것이 차를 마시는 일에 담겨 있소."

"그렇군요. 그리 말씀을 들으니, 이제사, 차 맛이 제대로 느껴지는 것 같습니다."

"그러기에 차를 마시는 일은 곧 우리의 인격을 수양하는 일이라오."

"높으신 가르침에 그저 황송할 따름입니다."

요시아키는 자신의 말 한마디 한마디에 감복하는 죠안을 보며, 매우 흡족했다. 자신의 식견을 통해 쇼군의 권위를 세웠다는 기분이었다.

평소에 이런 대화를 할 수 있는 상대가 그리 많질 않았던 그는 마치 수제자를 앞에 두고 자신의 철학을 열변하는 절대자의 모습이었다. 요시아키로서도 정말 오랜만에 느끼는 평온한 분위기였다.

"자, 천천히 음미하도록 하오."

만면에 미소가 가득 차, 의기양양한 표정으로 죠안에게 차를 넌지시 건네는데,

"전하! 급히 드릴 말씀이 있어, 무례를 무릅쓰고 들어왔습니다."

정원을 끼고 꺾여 있는 쪽마루에 요시아키의 가신이 나타나서 허

리를 굽혔다.

"무슨 일이더냐?"

모처럼, 여유로운 아침을 보내고 있던 요시아키는 측근 신하가 급한 걸음으로 들어와 방해를 하자, 짜증을 냈다. 신하는 죠안의 뒤쪽으로 돌아와, 선 채로 손짓을 하며 따로 뵙기를 청했다.

"어, 참, 성가시게 하는구나."

온화한 분위기에서 죠안을 맞이해 기분 좋았던 요시아키는, 마뜩잖은 표정을 지으며 안쪽으로 자리를 옮겼다.

"전하, 신겐 공이 신겐 공이……."

"무엇이 어떻게 됐다는 거냐? 신겐 공에게 무슨 일이 났느냐?"

"전하…. 신겐 공이 숨을 거두었다고 하옵니다."

"무엇이라고?"

요시아키는 놀라서 쓰러질 뻔 했다. 몸이 휘청했고, 얼굴은 충격에 휩싸여 벌겋게 변했다.

"확인은 했느냐? 근거 없는 망발은 아니렸다."

얼굴이 일그러져, 그는 체면도 잊고 언성을 높였다. 너무도 큰 충격이었기에 죠안이 조금 떨어진 곳에서 듣고 있음에도, 조금 전까지의 쇼군의 권위도 격식도, 체면도 생각할 겨를조차 없었다.

"네, 틀림없는 소식입니다."

요시아키는 다케다 신겐을 중심으로 아사쿠라, 아사이 등과 노부나가를 포위하는 포위망을 구축한 후, 노부나가를 몰아낸다는 계획을 마음속에 품고 있었다.

'역시 내 계책대로 되어 가고 있지 않느냐! 히사히데 같은 천하의 간웅이 짐의 신변을 걱정해 자신의 조카인 나이토 죠안과 근위 군사를 보내온 것을 보면, 나의 책략이 효과를 거두고 있다는 증거이다.'

상황은 하나, 둘 자신의 계책대로 움직이는 것처럼 보였다. 게다가, 교토 주변의 많은 영주들이 자신에게 긍정적인 회신을 보내왔다. 그는 자신의 밀서 책략이 조금씩 효과를 내고 있다고 굳게 믿고 있었다.

다케다 신겐도 지난번에 피치 못할 사정으로 회군을 했지만, 가까운 시일 내에 재차 교토로 들어올 것으로 믿고 있었다.

'신겐 공이 교토로 들어와 주기만 한다면, 노부나가는 고양이 앞에 쥐 꼴이다. 그렇게 되면 역신 노부나가의 숨통을 끊는 일은 식은 죽 먹기다.'

그런데 아닌 밤중에 홍두깨였다. 철썩같이 믿고 의지했던 다케다 신겐이 병사했다는 소식은, 말 그대로 청천벽력이었다.

요시아키는 지난번 신겐이 퇴각했을 때와는 비교도 되지 않는 충격을 받았다. 요시아키는 마음이 급해졌다. 자신의 밀서 책략에 의해 이제 겨우 반(反)노부나가의 전선이 형성됐는데, 신겐의 죽음으로 모든 게 허사로 돌아갈 판이었다.

"사실이라면 큰일이다. 서둘러야 한다."

그는 우선 자신을 지지하는 영주들의 마음이 흔들리지 않게 서둘러 친서를 작성해야 한다고 생각했다.

'다케다 신겐 공이 병사하였다 하더라도 짐의 결심은 바뀌지 않을 것이오. 우리 모두 굳게 뭉쳐, 힘을 합치면, 곧 역적 노부나가를 몰아낼 수 있소. 경들은 어떤 일이 있더라도 흔들리지 말고 짐과 함께해 주길 바라오.'

"전하. 이번 기회에 각 영주들에게 충성 서약을 받아 놓는 것은 어떠신지요?"

"충성 서약? 그게 무슨 말이더냐?"

요시아키는 측근 신하가 건의를 듣고, 되물었다.

"이럴 때일수록 배신자가 나오지 않도록 다잡아야 합니다. 충성을 맹세하는 서약서를 받아 놓으면 그들도 쉽사리 배신하진 못 할 것입니다. 그리고 배신의 움직임이 있을 때, 충성 서약서를 공표한다고 위협을 가하면 쉽게 등을 돌리진 못할 것입니다."

불안했던 요시아키는 그거야말로 명안이라고 생각했다.

"그런데 영주들이 쉽게 충성 서약을 해 줄까, 그게 걱정이다."

"그러나 지금 저희의 입장에서 무얼 할 수 있겠습니까. 결과는 나중에 맡기시고, 우선 요구를 해 보는 것이 좋을 듯하옵니다."

"그래, 네 말도 일리가 있다."

물에 빠진 자에게 지푸라기가 얼마나 도움이 되련만, 요시아키는 지푸라기라도 잡고 보자는 심정이었다.

그는 우선 가까이 있는 죠안부터 충성 서약을 받아 두기로 했다.

"죠안 공. 들었으리라 보오. 그러나 너무 걱정하지 마오. 가이의 신겐 공이 병사하였다 하여, 형세가 금세 불리하게 바뀌지는 않을 것이오."

차를 마시며 자연과 인생을 논하던 분위기는 깨졌고, 갑작스레 정세에 관한 논의로 변하자, 죠안도 자세를 바로 하였다. 요시아키는 정좌를 하고 허리를 숙인 죠안을 내려다보며, 은근히 쇼군의 권위를 내세웠다.

"그런데, 죠안 공. 지난번에 짐에게 목숨을 다해 충성을 바친다는 말을 했는데, 그것을 어떻게 지금 보여 줄 수 있겠소?"

너무도 갑작스런 화제와 쇼군의 태도 변화에 죠안은 당황했다.

"전하! 제 배를 갈라 저의 충성심을 보여 줄 수 있다면, 그렇게 하겠습니다만, 그리할 수 없으니 안타까울 뿐이옵니다. 신은 전하의

199

호위를 위해 목숨까지 바칠 각오가 되어 있사옵니다. 소신을 믿어 주십시오."

죠안은 쇼군이 자신의 충성을 의심하는 줄 알고, 다시 한 번 굳은 목소리로 충성을 맹세했다. 그리고는 정중하게 바닥에 머리를 숙였다.

"오, 기쁜 마음이오. 내 그대의 충성을 그대로 받아들이겠소. 그런데, 한 가지 부탁이 있소."

"전하, 뭐든 분부만 내려 주십시오."

요시아키는 어느 정도 죠안의 인물됨을 파악했던 터라, 그의 충성에 가식이 없음을 잘 알았다. 그러나 쇼군의 차남이면서 어려서부터 절로 쫓겨나, 감시를 받으며 자라 왔던 그였다. 한때는 모든 야심을 버리고 승려가 되려고도 하였지만, 가슴속, 저 깊은 밑바닥에 눌러 놓았던 권력에 대한 욕망이 고개를 쳐들었다. 욕망에 지배되어, 성불이 되겠다는 결심을 저버렸다. 절을 빠져나와, 쇼군이 되기 위해 곳곳을 전전하며 많은 고생을 했고, 죽을 고비도 넘겼다.

'혼돈의 시대다.'

점점 사람을 믿질 못했고, 의심이 많게 되었다. 난세 속에서 그는 아무도 믿지 못했다. 의심이 많은 사람은 항상 불안한 법이었으니, 그는 세상 모든 일에 안심을 할 수가 없었다.

"그럼, 쇼군인 짐에게 신불 앞에 목숨을 다해 충성을 맹세한다는 내용의 서약서를 작성해 줄 수 있겠소?"

그는 죠안에게 은근하게 쇼군의 권위를 내세우며, 강요를 했다. 죠안이 젊긴 하지만 눈치는 빨랐다. 충성 서약을 문서로 남긴다는 것이 어떠한 의미를 갖는지 잘 알았다. 게다가 백부의 명령을 받아 쇼군의 호위를 맡고 있는 몸으로 백부의 허락 없이 함부로 서약을 할 수는 없었다. 더구나 자신의 백부는 얼마 전까지만 해도 노부나가와 동맹을 유지하는 관계였다. 정세가 바뀌면 백부가 또 어떻게 바뀔지 몰랐다. 섣불리 움직일 수 없는 입장이었다. 충성을 맹세한다는 서약서를 문서로 남긴다면 큰 화근이 될 수 있음을 그 역시 잘 알았다. 개인적으로 존경하고 흠모하는 것과는 다른 문제였다.

"전하, 신은 서양의 천주교에 귀의한 몸입니다. 제 어찌 한 몸으로 두 신을 모실 수 있겠습니까. 죄송합니다만, 천주교도인 제가 야소 (耶蘇－예수)님이 아닌 신불(神佛－일본 신과 부처) 앞에 맹세한다는 것은 불가한 일입니다. 그러나 전하에 대한 충성심은 변함이 없습니다."

죠안은 일본의 신불에 맹세하고, 자신에게 충성을 서약하라는 요시아키의 요청을 종교적 이유로 정중하게 거절했다.

"그럼, 어떻게 내가 그대의 충성을 믿을 수 있단 말인가. 서약서를 작성할 수 없다면…. 그럼 대신 그대의 야기성을 짐에게 넘겨줄 수 있겠나?"

지금까지 존대어로 죠안을 대하던 요시아키의 말투가 반말로 바뀌었다.

"네? 성을 넘기시란 말씀은…. 이곳 니죠성은 어찌하시렵니까?"

노부나가가 군사를 몰아 언제라도 쳐들어올지 몰라 겁을 먹고 있던 요시아키는 자신이 머물던 교토의 니죠성이 평지성이라 항상 불안했다. 요시아키는 자신의 군사적 열세를 극복하는 방법은 난공불락의 산성에서 농성을 하면서 지구전을 펼치는 수밖에 없다고 생각했다. 노부나가의 공격을 받더라도 농성을 하면서 버티면, 주변에 있던 지지 세력들이 움직여 줄 것으로 보았다. 그렇게만 된다면 포위를 통해 노부나가를 격퇴할 수 있을 것으로 믿었다.

"짐은 그대가 야기성을 내준다면, 이곳을 떠나, 단바로 옮길 것이네."

요시아키는 쇼군이라는 권위를 내세워 양수겸장으로 죠안을 은근히 압박하며 몰아세웠다. 죠안은 서약을 하든지 아니면, 자신의 거성을 내주든지, 양자택일을 하지 않으면 안 될 판이었다.

"전하, 전하가 교토를 떠나시면 세상 사람들이 뭐라고 하겠습니까? 그리고 전하의 권토중래를 기원하고 있는 각지의 영주들은 어찌하시렵니까? 전하가 교토에 계셔야 만이 그들이 교토로 입성할 수 있는 명분이 생깁니다. 전하께서 위험을 무릅쓰고 교토로 돌아와 계시는 것도, 제가 야기성을 나와, 여기 교토에 와 있는 것도 그와 같은 명분과 이유 때문이 아니겠습니까?"

요시아키는 나이가 어리다고 무시했던 죠안이 정세를 정확히 분석하며 반론을 펼치자, 너무도 타당한 말에 답도 못하고, 멀뚱멀뚱 그를 바라만 보고 있었다.

"게다가 노부나가가 꼬투리를 찾고 있는 이때, 전하가 교토를 떠나신다면 오히려 노부나가에게 핑곗거리를 주는 모양새가 될 것입니다. 그렇게 되면 자신을 배신했다는 대의명분을 만들어, 전하를 칠 것입니다. 야기성이 산성이라 여기 니죠성보다 안전할 수는 있으나, 노부나가의 군세를 막아 낼 수 있는 난공불락의 성은 아닙니다. 아무리 야기성이 산성이랄지도 지금의 군사만으로 노부나가의 군세를 막아 낼 수는 없습니다. 그에게 빌미를 주지 않기 위해서라도, 여기 교토에서 사태를 조금 더 관망하옴이 바람직하옵니다."

죠안은 시국 상황을 정확히 꿰뚫고 있었다. 자신의 거성인 야기성을 넘겨주기 싫어서라기보다는, 실제 정세가 그러했다.

죠안의 말 그대로 쇼군인 요시아키가 교토를 떠나가게 되면, 쇼군은 세상 사람들에게 조롱거리밖에 안 된다. 쇼군이 자신의 부하인 노부나가가 무서워 도망한 것으로, 회자될 것은 불문가지(不問可知-묻지

202

않아도 알 수 있음)였다.

게다가 요시아키를 제거하려고 호시탐탐 기회를 노리고 있는 노부나가였다. 요시아키가 교토를 떠나면 노부나가는 틀림없이 이를 기회로 요시아키를 잡으려 들 것이고, 그렇게 된다면 요시아키의 목숨뿐만이 아니라, 자신의 거성인 야기성도 바람 앞의 등불의 꼴이 될 것으로 보았다.

'화를 자초하는 어리석음을 범해서는 안 된다.'

죠안은 자칫 요시아키를 야기성으로 끌어들였다가는, 자신의 거성이 노부나가의 첫 번째, 공격 목표가 될 것을 잘 알았다. 죠안은 야기성의 안전을 위해, 요시아키의 신변을 걱정하는 척하면서, 요시아키에게 자중(自重)을 요청했다.

"짐이 야기성으로 가는 대신, 그대가 이 니죠성에 머물면 어떠하오. 짐이 조용히 이곳을 빠져나가 야기성으로 간다면 소문이 날 리 없으니, 걱정할 것 없지 않겠나."

요시아키는 죠안이 야기성이 아까워 그러는 것으로 보았다. 처음에는 서약 대신으로 성을 요구했던 것인데, 죠안이 말을 돌리자, 서약은 차치해 놓고, 오로지 교토를 떠나는 것이 타당한가 아닌가의 논쟁으로 번졌다.

요시아키는 물러서지 않았다. 어리다고 여긴 죠안이 정세를 이유로 대꾸해 오자, 괘씸한 오기가 뻗어서인지, 더욱더 집요하게 성을 요구했다.

"전하! 손바닥으로 하늘을 가릴 수 없듯이, 어찌 전하가 아무도 모르게 야기성으로 움직일 수가 있겠습니까? 전하가 단기필마로 움직인다면 몰라도 근위 군사가 함께 움직여야 하는데, 이를 어찌 아무도 모르게 감쪽같이 실행할 수 있겠습니까? 또 그렇게 전하가 야기성으

203

로 들어가고 제가 여기 남는다 한들, 근위 병사가 없는 야기성이 전하에게 무슨 도움이 되겠습니까? 통촉하시옵소서!"

그러나 요시아키는 죠안이 어떤 말을 한들 귀담아듣지 않았다.

"결과적으로 야기성을 넘겨줄 수 없다는 말이 아니오. 잘 알았으니, 이제 그만 나가 보게나."

요시아키의 말투는 정중 표현과 반말이 뒤섞였는데, 그의 심리 상태가 그러했다.

"황송하옵니다."

죠안은 머리를 조아리고 난 후, 쇼군의 거실을 나왔다.

'학문적으로 뛰어난 쇼군이 정세에는 도무지 문외한이 아닌가?'

나이 어린 자신에게도 보이는 정세가, 학문적 지식과 교양이 자신보다 훨씬 뛰어난 요시아키에게 안 보이는 것이 죠안은 이해가 되질 않았다.

'제 아무리 쇼군이라도, 야기성을 넘길 수는 없는 일.'

아무튼 자신의 거성을 요시아키에게 넘겨줄 수 없다는 죠안의 생각은 단호했다.

한편, 죠안에게 성을 넘길 것을 요구하다가, 거절당한 요시아키는 더욱 불안해졌다. 한 번 그렇게 생각하니, 당장이라도 노부나가가 자신이 머물고 있는 니죠성으로 쳐들어올 것 같은 강박 관념에 휩싸인 것이었다.

'안돼, 여기 니죠성에서는 도저히 노부나가를 막아 낼 수 없어….
되도록 빨리 여기를 나가야 한다.'

불안에 휩싸인 그는 곧바로 니죠성을 나와, 차선책으로 마키시마 산성으로 들어가기로 했다. 마키시마성은 교토 니죠성 남쪽에 위치한 우지(宇治)강 가운데 있는 섬이었다. 지대가 약간 높아 산성이라고 하지만, 섬 위에 구축된 작은 성이었다. 요시아키는 교토 주변 경비를 맡고 있는 마키시마를 포섭했고, 마키시마는 쇼군이 자신의 성으로 들어오는 것을 환영했다.

'마음이 변하기 전에 어서 가야 한다.'

겁이 많던 요시아키는 그길로 니죠성을 나와, 마키시마성으로 들어갔다. 지금까지 자신의 근위를 맡아 온 죠안에게는 일언반구의 언질도 없이 자신의 측근만을 끌고 니죠성을 떠나 버렸다.

졸장들

"저기 초가로 가제."

왜군을 피해 동래성으로 들어온 김 서방은 처자식을 데리고 우선 몸을 의탁할 곳을 찾았다. 성내에 친인척이 사는 것도 아니라, 몸을 의탁할 곳이 없는 그는 관아 뒤쪽에 있는 마을로 갔다. 기와집과 초가가 뒤섞여 있는 마을이었다. 관아 근처에는 양반이 사는 기와집이 많았는데 그를 피해, 조금 외떨어지고 허름한 초가를 찾았다.

"잘 됐다. 여기 숨어 있그래이."

다행히 인기척이 없는 초가가 있어, 바깥쪽에 붙어 있는 조그만 광을 찾아 문 쪽에 자리를 잡았다. 다행히 광 안에는 빈 공간이 제법 있었다. 김 서방은 해가 저물면 그곳에서 우선은 이슬을 피할 수 있을 것으로 보았다.

"남의 집인데 괜않겠습니꺼?"

"아무도 없으니, 괜않지 않겠나."

불안해하는 언양댁에게서 칭얼거리는 막내아들을 받아 내려놓으며, 김 서방이 말을 이었다.

"내 퍼떡 가서, 좀 살펴보고 올기고마."

"아이고, 그냥 여기 있으소, 위험한데 어딜 간다 그러는교?"

"아이데, 어떻게 돌아가는지 알아야, 뭔 대비책을 세우든가 말든가 하제.

"아이고, 그래도 내 혼자 무서버서, 우째하라 그러는교?"

"괘않대, 내 보고 퍼뜩 달려올기라. 니는 알라들하고 여기 꼼짝 말고 있그레. 그라고, 여기 식량이 쫌 있으니, 내 늦더라도 때되면 알라들 요기시키레이."

김 서방은 자신이 메고 왔던 식량 행리도 언양댁에게 건넸다.

"암튼, 죽어도 여기서 꼼짝 말그레!"

"알았심더, 그럼, 퍼떡 다녀오이소."

마누라와 아이들의 겁먹은 표정을 뒤로하고 김 서방은 남문 쪽에 있는 성루로 향했다. 그곳은 이미 사람들이 모여 북적북적했다. 전황이 어떤지 소문을 살피려고 몰려든 백성들 때문에 남문 쪽은 발 디딜 틈이 없을 정도였다. 장시가 열린 것으로 착각할 정도였다. 다만 장시와 다른 것은 사람들의 얼굴에 활력이 아닌 수심이 가득 차 있다는 것이었다.

'큰일이나 안 나면 좋겠는데.'

"그나저나 저 문둥이 같은 왜놈 짜슥들, 본때를 보여 줘야 안하나."

군중들 중 젊은 장정네들은 그렇게 해서 불안을 털어 내려는 듯 중구난방으로 지껄였고,

"길을 비켜라!"

부사가 있는 남문루 근처로는 병사들이 쉴 새 없이 들락날락했다.

다다다닥.

전령들이 말을 달려서 들어왔다 싶으면, 파발이 또 나갔다. 여기저기에서 급보가 날아들었다.

"부산진성이 무너졌다니 왜군이 명일이면 여기 도착하겠구려."

"왜군이 곧바로 몰려온다면 주어진 짬이 하루밖에 없습니다."

207

"으음!"

송상현은 조방장의 말을 듣고는 신음을 내었다. 주어진 시간이 그리 많지 않다는 것과 왜군이 대규모라는 보고가 몇 차례나 올라오긴 했지만, 실제 그 수를 알 수가 없어, 답답했기 때문이었다.

"울산의 병영에서는 아직 아무런 움직임이 없더냐?"

"예, 그렇사옵니다."

경상 지역 총사령관에 해당하는 경상 좌병사에게 원군을 보내 달라는 급보를 띄웠는데, 울산의 병영에 있던 좌병사 이각으로부터는 아직 아무런 답이 없었다.

"급히 재촉의 파발을 다시 띄우시게."

좌병사를 학수고대하던 송상현은 일각이 급한 마음에 이각에게 재차 급보를 띄웠다.

'왜군이 동래를 향해 쳐들어오고 있습니다. 좌병사께서 군사를 모아 동래성으로 들어와 함께 왜군을 막아야 합니다. 이미 부산진성이 왜군에게 무너졌다 합니다. 화급을 요합니다. 병사 영감이 병영의 군사를 끌고 동래성에 들어와 합세한다면, 충분히 승산이 있습니다. 급히 원군을 끌고 동래성으로 들어와 주십시오.'

동래 부사가 종3품, 경상 좌병사는 종2품 벼슬이었다. 부사는 대도호부사(大都護府使)의 준말이고, 병사는 병마절도사(兵馬節度使)의 준말인데, 품계로는 병마절도사가 위였다. 그러므로 부사인 송상현이 위계 절차상 품계가 높은 좌병사 이각에게 보고를 올리고, 원군을 요청하는 것은 당연한 일이었다.

이미 해는 서쪽으로 많이 기울고 있었다. 그런데도 좌병사에게 보낸 전령들은 그대로 함흥차사였다. 송상현의 마음은 '해는 지고 갈 길 멀다'라는 옛 글대로, 그저 답답하고 불안한 그런 심정이었다.

한편, 좌병사 이각(李珏)은 울산의 병영에 있다가, 파발을 통해 왜군 침략의 급보를 접하고는 안절부절못하고 있었다.

'이를 어쩌면 좋단 말이냐? 뭘 어떻게 해야 된단 말이냐?'

이각은 첫 번째 전령이 가져온 장계를 받아 보고, 엉덩이에 불붙은 견공(犬公) 모양으로 허둥지둥하고 있었는데, 연이어 두 번째 파발이 당도하자, 완전히 넋이 나갔다.

경상 좌병사는 이른바 경상 좌도의 총사령관직이었다. 변란이 일어났을 때, 지역 책임자로서 먼저 군사를 소집하고, 주변 지역의 수장들을 총괄하고 지휘해 난을 진압하라고 주어진 자리였다.

그런데 이각은 문관 출신으로 원래 겁이 많은 사람이었다. 병란이 터지면, 군사를 모집하고, 방어책을 마련해야 할 직책에 있던 그였지만, 연이어 장계가 올라오자, 대책을 강구하기는커녕, 먼저 겁부터 잔뜩 집어먹었다. 얼마나 겁을 먹고 있었으면, 동래 부사가 띄운 급보를 받고는 좌병사의 체통도 잊은 채,

'이를 어쩌나? 어떻게 여길 빠져나갈 방법이 없단 말이냐.'

얼굴이 파랗게 질려 부들부들 떨었다.

"저거 보게!"

"병사 영감이 벌벌 떨고 있잖나?"

"그러게 말이네."

곁에 있던 아랫사람들이 그가 덜덜 떠는 것을 보고 느낄 정도였다.

"쉿, 들을라, 조용히."

병사들은 낮은 소리로 이각의 심약함을 눈치채고는 소곤댔다. 이런 분위기도 눈치 못 채고, 이각은 자기 생각에 골몰하였다.

'우선 이곳을 벗어나야 한다.'

병사(兵使)는 육지의 지역 사령관이었다. 왜적의 침입을 받으면,

우선 나라와 지역 백성들의 안위를 심려해야 할 직책을 맡고 있음에도, 그는 먼저 도망갈 생각에 골몰하였다.

'그런데, 여길 떠나면, 지금까지 쌓아 온 지위와 재물은…. 그리고 가문은?'

당장이라도 도망치고 싶은 생각은 굴뚝같았으나, 욕심이 많은 그로서는 내빼는 것도 쉽지 않았다. 눈앞에 닥친 위험을 생각하면 당장 내빼고 싶은데, 그놈의 욕심이 무언지, 지금까지 쌓아 온 모든 것이 너무 아까워 도망을 치지도 못했다. 싸움에 대한 두려움과 떨쳐 낼 수 없는 욕망 사이에 갇힌 그는 양자 중, 택일도 못하고 진퇴양난에 빠져 있던 것이었다.

사령관이면서도 빠져나갈 궁리에만 여념이 없던 그가 아무런 지시를 내리지 않자, 조방장이 물었다.

"좌병사 어른, 어찌해야 할지 하명을 주십시오."

"으응?"

그는 곁에 있던 조방장이 하명을 바라자, 오히려 반문을 했다.

"무슨 말이냐?"

"왜군이 몰려와 부산진성을 공격하고 있다고 합니다."

"도대체 이게 웬 변고란 말이냐?"

자기도 모르게 속마음이 불쑥 튀어나오자, 이를 수습하느라,

"으응, 그래! 우선 군사들을 모아야지."

하더니,

"뭘 꾸물거리느냐? 어서 빨리 군사를 모으도록 해라."

표변한 모습으로 명령과 함께 억지로 위엄 있는 표정을 지었다. 혹시 속마음을 들켰을까봐, 시치미를 뗄 요량으로 엄하게 영을 내린 것이었다.

"예, 그럼, 분부대로 시행하겠습니다."

그러나 평소 군사적인 아무런 대비책도 세워 놓지 않고, 자신의 치부에만 치중하던 장수가 갑자기 영을 세운다고, 영이 설 리 만무하였다. 조방장과 군관들은 평소대로 느릿느릿 움직였다. 상황이 그러하니, 병사들이 일사불란하게 모일 리 없었다.

"이게 다냐?"

이각은 자기가 보아도 어이가 없어, 조방장을 추궁하듯 물었다. 조방장과 군관들이 애를 쓰며, 반나절에 걸쳐 끌어모은 군사 수가 불과 삼백 명에 불과했기 때문이었다.

"네, 그렇습니다. 평소에 소집을 하질 않아, 병적부에 있는 장정들을 일일이 확인하고 소집하기가 여간 어렵지 않습니다. 병적부와 실제 장정 수가 일치하지가 않습니다요."

삼백의 군사는 좌병사 휘하에 있는 군세 치고는 너무도 보잘것없는 숫자였다.

"엥이. 밥충이들 같으니라고. 쯧쯧."

자기 탓을 해야 할 사람이, 휘하 장교들을 탓했다.

"즉시 양산 군수와 울산 군수에게 전령을 띄워라!"

이각은 자신의 지휘 계통하에 속해 있는 양산 군수와 울산 군수에게 전령을 보내 군사를 끌고 합류할 것을 명했다. 당시의 양산 군수는 조영규, 울산 군수는 이언성이 담당하고 있었다.

한편, 이각이 꾸물대고 있을 무렵, 동래성에서 동남으로 약 십오리 떨어진 해안가에 위치하고 있는 경상 좌수영에도 급보가 도착했다. 당시 경상 좌수사는 박홍(朴泓)이었다.

'왜군 침략, 부산진성 함락, 첨사인 정발 장군 전사. 동래성으로 합류를 바람.'

부산진성의 함락과 첨사가 전사했다는 소식을 접한 경상 좌수사 박홍도 이각과 마찬가지로 겁이 덜컹 났다. 수사라는 직책은 수군절제사를 말한다. 경상 좌수사이니 경상도 해안 지역의 수비를 책임지는 총책임자였다.

'에구. 이게 뭔 소리냐? 일단 살고 보자.'

그는 왜군이 나타났다는 장계를 받고는, 자신의 역할과 임무를 망각한 채, 그길로 언양 쪽으로 내빼, 도주해 버렸다.

'걸음아, 날 살려라!'

좌수사 박홍이 임지를 버리고 내빼 버리자, 경상 좌수사 소속 군사들은 지휘자 부재의 상황이 되어 버렸다. 지휘관을 잃은 병사들은 그야말로 오합지졸에 불과했다. 머리 부분이 없는 그들은 아무런 결정도 내릴 수 없었다. 따라서 움직일 수도 없었다. 마치 머리를 잘린 뱀과 다름없었다. 그렇게 경상 좌수영은 병사들은 존재는 할지언정, 기능이 멈춰 버린 유명무실한 조직이 돼 버렸다.

또한, 진주에 있던 경상 감사 김수도 왜군 침입의 장계를 받았다. 급보를 받은 그는 지휘 체계대로 급히 병사를 끌어모아서는, 자신이 앞장을 서, 휘하 군사를 이끌고 동래쪽으로 동진하였다.

그는 지휘장으로서 망꾼을 내보내는 등, 시시각각으로 전황을 파악하며 휘하 무장들과 싸움에 대해 대비책을 강구하며, 앞으로 나갔다. 그런데 진주를 나와 동래 쪽으로 십여 리를 진출했을 때, 앞서 내보냈던 망꾼이 창백한 얼굴을 하고 달려왔다.

"영감, 왜군 천여 기가 우리 쪽으로 다가오고 있습니다."

"뭣이라고? 왜놈들의 장비와 사기는 어떠하드냐?"

"정예병인 것 같소이다. 모두 갑옷을 입고 있고, 조총과 창, 칼로 무장하고 있습니다. 지휘관들은 아주 화려하고 튼튼한 쇠 투구를 쓰

212

고 있소이다."

"조총?"

"예, 날아가는 새도 잡는다는 화약 딱총입니다."

"그게 정말이더냐?"

망꾼의 보고를 받고는 김수는 대뜸 겁을 먹었다. 조금 전까지 기세등등했던 모습은 물론, 말 위에 앉아 뽐내던 위풍당당함은 오간 데 없이 사라져 버렸다.

진주성에 있던 그에게 왜군 침입의 장계가 전달됐을 때만 해도 그는 왜군이 오합지졸의 왜구라 생각했다. 그래서 소풍 나오는 셈으로, 군사를 이끌고 나온 것이었다. 그런데 왜병이 '정예군'이라는 소식을 듣고는 대뜸 겁부터 먹었던 것이었다.

"어찌하면 좋은가?"

그는 오도 가도 못하고 멈춰 선 채, 전전긍긍하며 곁에 있던 무관 출신 군관들에게 물었으나, 그들은 한 수 더 떴다.

"감사 영감, 지금 상태로는 왜군과 싸우면 백전백패할 것이오. 노상에서 개죽음을 당하는 것보다는, 다시 성으로 돌아가, 군사를 더 모으고 무기를 정비하여 후일에 대비하는 것이 상책입니다."

'용장 밑에 졸장 없고, 졸장 위에 용장 없다'라는 말이 하나 틀림이 없었다. 왜군을 피하고 싶은 마음이 굴뚝같은 김수에게 부장들의 건의는 울고 싶은 아이의 뺨을 때려 주는 격이랄까, 아무튼 그에게는 마치 산신령의 말씀과 같았다. 그는 호기 있게 즉시 명령을 내렸다.

"주변 지역에 격문을 돌려, 백성들을 피신시키도록 하라."

김수는 백성들에게 피하라는 격문만을 돌린 후,

"병법에 '지피지기면 백전백승'이라 했다. 왜군이 만만치 않다니, 무리한 싸움을 하는 것보다는, 성으로 되돌아가 군사를 모병하고, 무

213

기를 정비하여 다시 출정하는 것이 승리를 위한 전법이 될 것이다."

김수는 병사들에게 일장 연설을 하였다. 자신의 행동을 합리화시키려는 자기변명이었다. 그리고는 책무를 다했다는 듯, 군사를 되돌려 진주로 철수해 버렸다.

주변의 움직임이 이러니, 동래성은 고립무원이 될 수밖에 없었다.

울산에 있던 조방장 김래일은 경상 좌병사 이각의 측근 조방장이었는데, 성격이 대쪽 같은 무인이었다. 그는 경상도 육군을 지휘하고 있는 최고 사령관인 좌병사가 우유부단하다는 것을 알고는,

"좌병사 영감! 여기서 꾸물거릴 틈이 없습니다. 동래성이 무너지면 경상도 일대가 모두 왜놈들의 천지가 됩니다. 병사 영감이 이 지역 최고 수장이오니, 어서 동래성으로 들어가 군사를 지휘해서, 왜적을 물리쳐야 할 것으로 사료되옵니다."

라고 직언을 했다.

"…."

김래일이 굳은 얼굴로 건의를 하자, 이각은 당황했다. 그리고는 남사스럽다는 듯이 주변을 연신 둘러보기만 했다.

"경상도 지방에 외침이나 반란이 일어나, 부사와 수사의 요청이 있을 때는 좌병사가 수장이 되어 난을 다스리도록 되어 있습니다. 또 부사와 수사 등이 보고를 하지 않거나, 명령을 따르지 않을 때는 파직을 명할 수 있습니다. 이는 국법으로 정해진 군칙이옵니다. 만일 이를 태만히 하고, 지휘를 소홀히 할 시, 이 또한 국법에 어긋나는 일이오라, 나중에 추궁을 당할 것이옵니다. 더 이상 지체 마시고 즉시 동래성으로 입성하여 군사를 지휘함이 지당하옵니다."

조방장 김래일이 정색을 하고, 국법을 논하자, 이각은 주변의 군사가 들을까 걱정해 좌우를 부지런히 살피더니, 눈살을 찌푸리며 노

골적으로 싫은 기색을 나타냈다. 그렇지만 구구절절이 옳은 말이라, 내놓고 꾸짖을 수도 없었다.

"어허, 내 어디 안 가겠다고 하더냐? 군사 수가 적으니 군사를 더 모아 가자는 것이지. 그리고 그게 왜놈들을 물리치는 데 좋을 것 같다는 것이지, 누가 안 간다고 그리 성화를 부리느냐. 내 잘 알고 있으니 더 이상 왈가왈부하지 마라!"

이각은 속으로 조방장 김래일이 쳐 죽이고 싶도록 얄미웠다. 다만 명분이 없어, 그리할 수 없는 것이 속상할 뿐이었다.

'눈치 없는 놈 같으니라구. 조방장이란 놈이 수장의 마음도 모르고, 내키는 대로 지껄이니, 저런 걸 부하로 둔 내가 잘못이다. 그나저나 이게 뭔 팔자냐.'

이각은 속으로 조방장을 탓했으나, 싸움을 피할 묘안이 없었다.

"엥이, 쯔쯔쯧."

그는 분위기에 밀려, 어쩔 수 없이 명령을 내려야 했다.

"지금 곧 동래성으로 간다. 모든 장교들은 군사들을 지휘하여 앞장서도록 하라."

하기 싫은 일을 억지로 하는 매우 신경질적인 말투였다. 좌병사이면 수장인 자신이 앞장서야 함에도 불구하고, 조방장인 김래일을 앞세워 병사들을 끌게 하고는, 자신은 시종 하나만 데리고 맨 뒤에서 머리를 숙인 채 느릿느릿 따라갔다. 마음은 그야말로 도살장으로 끌려가는 소의 기분과 다름없었다.

"와아, 와아."

동래성 안에서 원군이 오는 걸 보고 환성이 올랐다. 그러나 정작 지휘장인 이각은 소태를 씹은 듯한 표정을 하고, 어깨를 축 늘어뜨린 채, 억지로 끌려 들어가는 모습이었다.

동래성으로 들어간 그는 깜짝 놀랐다. 왜냐면, 그의 영을 받고 양산 군수 조영규와 울산 군수 이언성이 이미 입성해 있었기 때문이었다. 그들에게 '급히 출동하라'라고 엄명을 내려 놓고는 자신이 가장 나중에 입성한 꼴이 되었으니, 체면이 안 서게 되었던 것이다.

"좌병사 영감, 어서 오십시오."

두 사람이 그를 정중하게 맞이하자, 그는 얼른 표정을 바꾸고는,

"내, 군사를 모아 오느라 늦었소. 양해를 바라오."

그가 생색을 내며, 변명을 하는데,

"그런데, 군사 수는 이게 다인지요?"

동래 부사 송상현이 몇 백이 되지 않는 군사 수를 보고는, 의아해 그에게 물었다.

"급히 오느라…. 많이 모을 수가 없었소."

'군사를 모으느라 늦었다' 했는데, 말이 맞질 않았다. 그는 체면도 안 서고, 속셈을 들키는 것이 싫어, 얼른 위엄을 내세웠다.

"양산 군수는 휘하 군사를 이끌고, 성문을 나가 왜군의 동정도 살피고, 만일 왜군과 조우하게 되면 선제공격을 가하도록 하오."

자신의 늦은 입성을 변명하고 입지를 만회하기 위해, 호기 있는 척 영을 내렸다. 동래성에 모인 수장들 중에 자신의 품계가 가장 높다는 것을 은연 중 과시하며, 더 이상 따지지 말라는 투였다.

"예?"

갑작스레 좌병사의 명령을 받은 양산 군수 조영규는 당황했다. 그러나 상급자인 좌병사의 영인지라, 대꾸를 할 수가 없었다. 전시 중이었다. 조금이라도 상급자의 명령을 거역한다는 인상을 주었다가는, 어떤 처벌을 받을지 알 수 없기 때문이었다. 조영규는 그래도 기개가 있는 인물이었다.

"알겠습니다. 그럼, 좌병사 나리의 영에 따라 성을 나가 왜군의 동태를 살피고 오리다."

즉시 조영규는 휘하 군사 이백 명을 이끌고 동래성을 나와 부산진성 쪽으로 향했다. 그가 부산진성 십 리 앞까지 나아갔을 때였다.

"영감, 말씀 올립니다. 부산진성을 점령한 왜군의 수가 헤아릴 수 없을 정도로 많습니다. 게다가 병사들은 하나 빠짐없이 갑옷을 두르고 무장을 하고 있습니다. 도저히 우리만으로는 대적이 힘든 걸로 사료되옵니다."

선발로 내보낸 척후장 이천석이 곧장 달려와 보고한 내용이었다.

"틀림없으렸다."

이천석은 조영규가 재차 확인을 하자, 얼굴 표정을 과장되게 지으며 답했다.

"왜군이 이리로 몰려올 준비를 하고 있으니, 사실인지 아닌지는 곧 알게 될 것입니다."

조영규는 척후장인 이천석의 보고를 액면 그대로 믿을 수밖에 없었다.

"군사를 돌려라!"

그는 그대로 동래성으로 되돌아왔다.

"왜군의 수가 워낙 많아 수적으로, 중과부적이옵니다. 농성 외에 달리 방법이 없을 것 같사옵니다."

"왜놈들이 그렇게 많이 몰려왔소?"

양산 군수 조영규의 보고를 받은 이각은 얼굴이 파랗게 질렸다. 가뜩이나 겁을 먹고 있던 그였는데, 양산 군수의 보고는 불에 기름을 붓는 격이었다.

'이곳에 있다가는, 제명에 못 죽겠구나.'

217

지금까지 좌병사라는 직함이 그나마 체면을 지키게 했는데, 이제는 체면이고 뭐고 없었다.

'우선 이곳을 빠져나가야 한다.'

이각은 경상도 지역 최고 수장이라는 자신의 신분도 망각한 채, 오로지 줄행랑을 치기 위해 골몰했다. 그는 오직 염불보다 잿밥에만 관심이 많은, 자신의 이익밖에 모르는 부류였다. 출세를 위해 학문을 하고, 과거라는 통과 의례를 통해 벼슬을 얻은 후에는, 감투를 앞에 내세워, 철저히 개인만의 이익을 추구하는 벼슬아치였다. 나라와 백성을 위한 공복(公僕)이란 자세보단, 자신의 안위와 이익만을 먼저 생각하며, 비상시에는 가장 먼저 꽁무니를 빼는 무책임하고 비겁한 관료의 전형 그대로였다.

"송 부사! 양산 군수의 말대로, 왜적이 대군이라면 지금 성안에 있는 군사들만으로는 저들을 몰아내기가 쉽지 않을 것 같소. 그러니 격문을 돌려 군사를 더 모아야 할 것 같소. 그리고 우리가 모두 성안에 있어 봤자, 수비 외에 달리 작전을 벌일 수도 없지 않겠소? 여러 상황으로 보아, 우리가 성안에 함께 있는 것은 그리 상책은 못되는 것 같구려. 아니, 오히려 불리할 것이오. 그러니 나는 성 밖으로 나가는 게 좋겠소. 북쪽에 있는 소산에 진을 치고, 군사를 모으면서, 적이 몰려오면 배후에서 적을 치겠소."

한가운데 상좌에 앉아서, 한껏 위엄을 내세우고 있던 이각이 곁에 있던 부사 송상현을 바라보며 자신의 생각을 전했다. 속내를 감추고 그럴듯하게 꾸미려, 애를 쓰다 보니, 입 속에서 침이 바짝바짝 말랐다.

"으흠."

속셈을 감추려 헛기침을 해 대던 이각은, 동래성에 있던 지휘관 중, 자신이 서열상 품계가 가장 상급인 것을 다행으로 여겼다. 자신의

결정을 반대할 수 있는 상급자가 없었기 때문이었다. 그런데,

"그렇지 않사옵니다. 우리가 수적으로 열세하다고 반드시 불리하지만은 않습니다. 성문을 꼭꼭 걸어 잠그고 장군들이 분산하여 각 문을 맡아, 쳐들어오는 적을 쳐 내기만 한다면 충분히 승산은 있습니다."

송상현이 곧바로 이의를 제기했다. 그는 동래성의 견고함을 잘 알고 있었다. 그래서 자신의 작전대로 따라만 준다면 동래성에서 충분히 왜군을 막아 낼 수 있다고 믿었기 때문이었다.

"허 참, 내 영감의 말을 모르는 바 아니오. 그렇지만 성안에서 방어만 하다가 왜군이 성 전체를 포위하면 언젠가 식량이 거덜 날 텐데, 그때는 어찌하려 그러오. 결국 내부에서 스스로 무너질 것이 뻔하거늘, 어찌 농성만이 상책이라 주장하오! 수장으로 인정할 수 없소."

송상현이 이의를 제기하자, 곧바로 그의 언성이 높아졌다. 그의 언사에는 신경질이 묻어났다. 이미 성을 나가려고 마음을 작정한 그였다. 한시가 급했다. 시쳇말로 똥줄이 탔다. 왜군이 나타나, 싸움이 벌어지면 모든 계획이 수포로 돌아가는지라, 마음은 더욱 초조했다. 그런지라 상급자인 자신의 제의를 막아서는 송상현이 얄미웠다. 그렇다고 대의명분을 무시할 수는 없었다. 그는 나름대로 교묘히 송상현의 말의 허점을 받아치는 한편, 자신의 지위를 내세웠다.

"아무튼, 내 말에 따르도록 하오."

그리고 명령조로 상대를 압박했다.

"그렇지 않습니다. 오히려 우리가 방어를 잘해, 왜군을 붙들어 놓을 수 있다면 승산은 충분히 우리에게 있습니다. 지금 각지에 파발을 띄웠을 뿐만 아니라, 조정에도 치계(馳啓)를 올렸으니, 이곳에서 우리가 왜군을 붙잡아 놓기만 한다면, 조정에서 군사를 모아 파견할 것이고, 각 지역에서도 원군이 몰려올 것은 명약관화(明若觀火)한 일입니

219

다. 그렇게만 된다면 왜군은 독 안에 든 쥐 꼴이 되고 말 것입니다."

송상현은 가뜩이나 수적 열세인 조선군이 분산되면, 승산이 거의 없음을 잘 알았다. 하급자이지만, 무슨 수를 써서라도 좌병사인 이각이 성을 나가는 것을 막아야 했다. 나중에 추궁을 당할지도 모른다는 걱정이 없진 않았으나, 그는 화를 무릅쓰면서, 이각을 붙잡으려 한 것이다.

"어허, 송 부사의 말이 그럴 듯은 하나, 어디 그게 뜻대로 쉽게 이루어지겠소? 한성에서 군사가 내려온다 해도, 몇 날 며칠은 고사하고 달포 이상이 걸릴 텐데, 어찌 그리 쉽게 단정을 하시오. 어쨌든, 나는 성을 나가겠소."

불안한 마음으로 한시가 급한 이각이었다. 송상현이 자신의 말에 지지 않고 꼬치꼬치 말대답을 하니, 더 이상 시간만 지체될 뿐이라 여겨, 일방적으로 성을 나간다고 선언한 것이었다.

"아니되옵니다."

송상현이 단호하게, 반대를 표했다.

"상급자에게 항명하는 거요? 어쨌든 나는 성을 나가, 소산에 진을 칠 것이오. 그곳에서 군사를 모으며, 왜군을 저지할 수 있는 계책을 마련할 터이니, 그리 알고 더 이상 두말 마오."

이각이 노기를 나타내며, 명령에 거역하지 말라는 투로 압력을 넣었다.

"에잇."

화를 내는 이각의 얼굴 표정을 본 송상현은 더 이상 그를 막을 수 없다는 것을 알고는, 자리를 박차고 나왔다.

"너무 걱정 마오. 내 많은 군사를 모아 곧 성안으로 들어오리다."

이각은 자신의 의견에 반대하는 송상현의 말과 행동에, 항명이라는 명분을 내세워 당장 처벌하고 싶은 마음에, 속이 부글부글 끓어올랐다. 그러나 주변에 있는 다른 수장들을 의식하지 않을 수 없었다. 그는 자리를 박차고 나가는 송상현의 뒤쪽에 대고, 그리 말했다. 자신의 속마음을 감춘 채, 상대의 마음을 잘 이해한다는 듯한 음성이었다.

처음부터 내빼려고 마음먹었던 그에게는 형식적인 군사 회의였다. 송상현이 나가자, 그는 지체 없이 자신의 군사를 이끌고, 성문을 빠져나가 소산으로 물러났다. 그러나 군사를 모은다는 말은 미명에 불과했으니, 군사가 모일 리가 없었다.

'비겁한 수장이다.'

'몇 사람을 잠깐 속일 수 있어도, 만 사람을 영원히 속일 수 없다'라는 게 세상의 진리이다. 목숨을 걸고 휘하의 장수들을 지휘해야 할 총대장이 일신의 목숨을 부지하기 위해, 요리조리 핑계를 대며 도망칠 궁리만 하는 것이 다른 사람들의 눈에 안 보일 리 없었다. 그의 부하들이 가장 먼저 알고 있었다. 그렇다고 해서 혼자 나서서, 이를 저지하거나, 바른 말을 할 수는 없었다. 직언을 잘못해 상관의 노여움을 샀다가는 한순간에 목이 날아갈 수 있었기 때문이었다. 이와 같은 생리를 잘 아는 이각은 절대 좌병사의 직함을 손에서 놓지 않았다. 지위에 따른 사명과 의무는 팽개쳐 버렸지만, 지위에 따른 권리만은 손에서 놓고 싶지 않다는 심보였다.

'왜군이 동래성으로 몰려온다면, 이곳도 안심할 수 없다.'

소산으로 도망쳐 온 이각은 소산이 동래성과 그리 멀지 않은 것이 마음에 걸렸다. 싸움을 도우려면 가까이 있을 필요가 있겠지만, 그는 동래성이 어떻게 되든 관심이 없었다. 그러니 우선 멀리 떨어지는 것이 상책이라 여겼다.

"이곳에서 군사를 모으기가 어렵다. 장소를 옮긴다."

그는 부하들에게 다시 그럴듯한 구실을 만들어, 언양으로 물러났다. 언양에는 이미 자신의 관할지를 버리고 도망쳐 온 경상 좌수사 박홍(朴泓)이 머물고 있었다.

"오, 반갑소."

"예, 병사 영감. 여기서 왜군을 막는 것이 좋을 것 같아 진을 치고 있습니다."

"나도 같은 생각이오."

둘은 모두 장수였지만, 소위 도망병이었다. 유유상종, 악인과 악인은 통하는 법.

'왜군이 이곳까지는 오지 않겠지! 오더라도 시간이 많이 지체될 것이다.'

끼리끼리라 그런지 둘의 마음은 이심전심으로 잘 통했다. 그런데,

'왜군이 언양 쪽으로 방향을 틀었다.'

라는 소문이 꼬리를 물어, 이번에는 왜군이 언양으로 몰려온다는 소식이 들려왔다.

자라보고 놀란 가슴 솥뚜껑만 봐도 놀란다고, 겁을 잔뜩 먹은 이각은, 슬며시 언양을 빠져나와서는 자신의 관할지인 울산의 병영으로 회군해 버렸다.

이각 밑에 있던 군사들은 하릴없이, 영지를 나와 동래로 갔다가 소산을 거쳐 언양으로 갔다가 아무런 소득도 없이 다시 울산의 병영으로 돌아온 것이었다.

"이게 뭐하는 짓이꼬?"

"내라꼬 아나!"

"꼭 왜군들이랑 숨바꼭질하는 꼴 아이라."

이각의 행태에 휘하의 장교들은 물론 말단 병사들도 모두 아연실

색했다.

이각이 자신의 숨을 곳을 찾아 숨바꼭질하듯이 뱅뱅 떠돌 무렵, 이미 부산진성이 왜군에게 깨졌다는 파발은 안동까지 올라갔다. 전령으로부터 급보를 받은 안동 판관 윤안성(尹安性)은 나라가 누란지위에 처했음을 알고는, 즉시 주변 읍의 군사들을 모아 좌병사가 있는 울산 병영으로 내려왔다. 좌병사가 군사를 이끌고 동래로 출진했다는 말을 들은 그는 병영성에 주둔을 결정했다.

'이곳에서 적정을 살피며 왜적의 후방 침입에 대비할 필요가 있다.'

윤안성은 절개와 충성심이 강한 인물이었다. 그는 이미 안동에서 병영에 내려올 적에 이번 싸움에서 왜적을 맞아 죽기를 각오했다.

'동래성이 무너지면 병영도 안전할 수 없다. 만일 왜군이 이곳으로 온다면 그때는 여기가 내 장사를 치를 곳이다.'

그런데 동래성으로 출진했던 이각이 병영성으로 돌아왔던 것이었다. 빈 성을 지키고 있던 윤안성은 경위를 알 수 없었지만, 아무튼 상급자인 좌병사와 합류할 수 있게 돼, 반가운 마음이었다. 이각도 윤안성을 보고는 처음에는 매우 반가워했다. 게다가 윤안성이 이끄는 군사들은 사기도 높았다.

"잘 와 주었소. 내 지금까지 그대와 같은 충신을 본 적이 없소."

그런데 윤안성이 심지가 강한 인물로 병영성에서 왜적을 맞아 죽기로 각오하고, 한바탕 싸움을 벌이려는 것을 알고는, 이각은 순식간에 마음이 변했다. 이각은 윤안성에게 다시 감언이설을 내세웠다.

"판관 영감이 이곳에서 왜군을 맞아 전면전을 벌일 생각이라면, 나는 소산으로 나갔다가, 왜적이 병영성을 공격할 때 군사를 이끌고 후방에서 포위 공격하겠소. 그렇게만 된다면 승리는 따 놓은 당상이오!"

"성안에서 힘을 합쳐 적을 막는 것이 좋겠지만, 양쪽에서 협공을 하는 것도 나쁘지 않은 전략인 것 같습니다."

윤안성이 크게 반대를 하지 않자, 이각은 때를 놓칠세라 바로 성을 빠져나왔다. 그리고는 소산으로 가기는커녕, 곧바로 거처인 내아로 돌아와, 첩들과 자식들에게 그동안 모아 놓은 비단과 금, 은, 보화 등을 싣고 도망가게, 조치해 놓았다. 그런 후 이각은 지휘 계통을 벗어나 어디론가 종적을 감춰 버렸다.

한편, 경상 우수사 원균은 그때 우수영이 있는 통영에 있었는데,

"영감, 가덕도 봉수대에서 봉화가 올랐습니다."

"무슨 봉화더냐?"

"연기가 세 번 연속 올랐다고 합니다."

"그렇다면 병화가 있다는 신호 아니더냐?"

"그렇습니다."

"잘못 올랐을 수도 있으니, 망꾼들은 내보내 철저히 알아보도록 하라."

망꾼을 내보내고 얼마 지나지 않았는데, 이번에는 해안 순찰을 맡고 있던 다른 망꾼들이 달려와, 수상한 배들이 일본 쪽 바다에서 접근해 오고 있다는 보고를 해 왔다.

"가덕도 쪽에 무슨 일이 일어난 것임에는 틀림없구나."

"왜구 놈들의 분탕질이 아닐는지요?"

망꾼들의 보고를 받은 원균은 측근 장교들을 모아, 우선 정세를 분석했다.

"움직임이 심상치 않은데…."

"왜군이 침입한 걸까요?"

"…."

장교의 질문에 원균은 묵묵부답으로 답했다. 그는 남쪽 바다의 움직임이 심상치 않음을 직감했다. 그런데 정보가 부족하다는 이유로 별다른 조치를 취하지 않았다. 그렇게 이틀이 지났다. 음력 4월 15일에 동래성에서 파견한 파발이 원균이 있는 우수영으로 달려왔다.

'열사흘날에 대규모의 왜군이 부산포로 들어옴. 이튿날인 열나흘에 부산진성을 공격, 성은 반나절도 못 견디고 왜군에게 함락. 수장인 첨사는 전사. 왜군이 동래성을 향해 몰려오고 있음. 왜군의 군세가 대군이라 함. 경상의 군사가 합세하면 왜적을 물리칠 수 있음. 즉시 군사를 모아 합류해 주길 바람. 긴급을 요함.'

파발이 전해 온 서찰을 펼쳐 읽던 원균은 수장인 정발 첨사가 전사했다는 글을 보고는 가슴이 철렁했다. 그동안 소문으로만 무성하던 왜군이 드디어 조선 땅을 침략해 왔음을 실감했다. 오래전부터 소문은 있었으나, 그 역시 왜적의 침입에 대해 설마설마하며 별다른 대비를 해 오지는 않았다. 그런데 현실이 되고 보니, 우선 겁이 덜컹 났다.

'부산진성이 반나절도 못 견디고 왜군에게 함락됐음'이라는 문구가 깨진 파편처럼 날아와 머릿속에 박혔다.

"왜적이 몰려왔다 한다. 대군이라 하니, 부딪쳐 싸움을 하기보다는 우선 피하도록 한다. 장교들은 즉시 병선을 모두 바다에 처넣어라. 그리고 군졸들은 각자 알아서 몸을 피하도록 하라."

원균은 송상현의 요구와는 정반대의 행동을 취했다. 그는 경상 우수영이 보유한 병선 70여 척을 모두 바다 속에 밀어 넣도록 하고, 병사들을 모아도 부족할 판에 추이를 보며 대처한다는 핑계를 대고, 오히려 휘하에 있는 수군 병사들을 모두 해산시켜 버렸다.

'왜군이 침범했다는 소문을 듣고, 수군 병사들이 병선을 모두 불태워 바닷속에 빠뜨리고 도망쳤습니다.'

원균이 파발에게 띄워 보낸 장계의 내용이었다. 나중에라도 조정에서 파견된 감사에게 문책을 당할 때를 대비해, 변명 거리를 만든 것이었다. 장계를 올린 그는 자신과 측근들이 몸을 피하기 위해 남겨 놓은 네 척을 끌고, 우수영을 떠나, 남쪽 해안의 이름 없는 작은 섬으로 들어가 몸을 숨겼다.

이와 같이 경상도의 각 수장들에게 파발을 띄워, 원군이 오면 함께 동래성을 사수하려던 송상현의 바람은 '도로 아미타불'이 돼 버렸다.

'원군이 와 준다면, 승산이 있다.'

좌병사가 동래성을 떠난 후, 송상현은 다른 지역에서 원군이 오기를 학수고대했다. 수적으로 부족한 상황에서 기댈 곳은 원군뿐이었고, 원군이 오면 성을 지켜 낼 수 있다고 보았다. 그러나 어느 한 곳에서도 원군은 오지 않았다.

동래성에 남은 지휘관은 조방장 홍윤관, 양산 군수 조영규, 울산 군수 이언성뿐이었다. 성을 나간 좌병사 이각으로부터는 그 후, 아무런 연락도 없었다.

"좌병사 영감이 없더라도 우리는 함께 성을 사수합시다. 우리가 버티어 시간을 끌 수만 있다면 조정에서 원군을 보내올 것이오."

송상현은 양산 군수 조영규와 울산 군수 이언성의 손을 굳게 잡으며 함께 싸울 것을 청했다. 좌병사가 사라진 상황인지라, 그들이 성을 나간다고 하면, 막을 방법이 없기 때문이었다. 그리되면 승산이 더욱 멀어진다고 보았다.

"우리가 힘을 합쳐 필사의 각오로 버틴다면, 능히 왜군의 공격을 저지할 수 있을 것이오. 반드시 원군이 올 것이니, 그리되면 협공이 가능하오."

"그럼, 동래성의 수장인 영감이 총지휘를 맡아 주시오."

양산 군수 조영규가 일사불란한 지휘를 위해 송상현에게 총대장을 맡아 줄 것을 건의했다. 울산 군수 이언성도 동의한다는 듯, 고개를 끄덕였다.

"고맙소. 내 장군들의 충절을 잊지 않을 것이오. 왜적을 물리친다면, 내 반드시 그 공을 조정에 올리겠소이다."

그렇게 송상현은 자천타천으로 총대장을 맡았다. 경상 지역 최고 수장인 좌병사가 사라진 상황이었기 때문에, 서열상으로도 가장 상급직인 송상현이 지휘관을 맡는 게 타당했다.

"왜적을 맞아 싸울 만한 성안의 군사와 장정 수가 얼마나 되오?"

"군민을 다 합해, 약 삼천오백 남짓입니다."

송상현은 조방장에게 물어, 다시 한 번 군사 수를 파악하고, 곧 수성을 위한 작전 계획과 군사 배치를 결정했다.

"울산 군수는 휘하의 병사를 이끌고, 북문을 맡아 주시오."

"알겠습니다."

"왜군의 주력이 여기 남문으로 몰려올 테니, 양산 군수는 나와 함께 이곳을 맡읍시다."

"잘 알겠습니다."

이언성과 조영규가 송상현의 계획에 동의했다.

"조방장! 왜군의 군세와 전력이 어떤지 아는 대로 말해 주시오."

"왜군은 창과 칼뿐만 아니라, 조총이라 불리는 철포로 무장하고 있습니다. 부산진 첨사도 철포에 맞아 전사했다고 합니다."

조방장 홍윤관은 군사 수뿐만 아니라, 병기에서도 열세라는 것을 송상현에게 분명하게 전했다.

"수성을 위해서, 어찌하면, 아니 어찌 싸우면 좋겠소?"

"왜적이 조총으로 무장하고 있다면, 우리에게는 활과 화살이 있습니다. 성내의 활과 화살을 모두 모아야 합니다."

"즉시 그리하시오."

'화살이 떨어졌을 땐, 육탄으로라도 막을 것이다. 내 눈에 흙이 들어가기 전에는 절대로 성을 내주지 않으리라.'

송상현은 속으로 다짐했다. 동래 부사로 부임된 이후, 군비를 소홀히 하지 않았다고 스스로 자부해 왔다. 그러나 들려오는 왜군의 화력이나 군세는 자신의 상상을 초월했다. 그는 자신이 이끄는 동래성의 군민의 수가 왜적에 비하면 조족지혈(鳥足之血)에 불과하다는 것을 인정 안 할 수 없었다. 그러면서 그는 각오를 새롭게 했다.

"화살이 떨어지면 육탄전으로라도 왜적을 물리칠 것이다. 육박전을 대비해 돌과 기와, 무기가 될 만한 것은 모두 모아 놓도록 하라."

만일을 위해 육탄전에 대비하라는 명령을 내리긴 했지만, 송상현의 마음은 편치 않았다. 스스로 전력의 차를 인정하는 꼴이 되었기 때문이었다. 그가 있는 남문루 아래쪽에는 남녀노소 할 것 없이 많은 백성들이 모여, 자신의 일거수일투족을 보고 있었는데, 그들이 동요할 게 뻔했기 때문이었다.

상황이 그렇게 녹록치 않음을 잘 아는 송상현은 훤하게 터져 있는 성벽 너머를 건너다보며 어금니를 지그시 깨물었다.

'내, 죽기로 작심하고 성을 지켜 내리라.'

동래성 전투

"후방 경계와 본토와의 연락을 취할 거점 확보를 위해, 최소 병력만을 남겨 놓고, 본대는 즉시 출발한다. 선봉은 길을 잘 아는 대마도 부대가 맡는다."

1번대 대장 유키나가의 기본 전략은 '속전속결'이었다. 그는 부산진성을 점령한 직후, 별동대를 파견해 서평포와 다대포의 지성을 평정시켰다. 첫 전투인 부산진성 싸움에서 대승을 거둔 유키나가는 포로 처리와 진군에 관한 작전을 세우고는, 다음 날 곧바로 동래성을 향해 출진하기로 했다.

전날 세운 계획대로 다음 날, 날이 밝아오는 묘시(오전 6시경)에 유키나가는 대마도 병력을 선발로 하여, 부산진성을 나와 동래성으로 향했다. 제1번대 중, 일만 칠천의 병력이 동래로 밀려들어 갔다.

"자네 밤에 뭘 했기에 그리 눈이 시뻘건가?"

"사돈 남 말하네. 난 그렇다 치고 자네는 왜 그런가…?"

행군을 하는 왜병들은 서로 눈알이 벌겋게 충혈돼 있는 걸 보고, 히히덕거렸다. 그들은 전날 부산진성을 함락시킨 후, 약탈과 겁탈을 하느라 밤을 지새운 왜병들이었다.

"고로! 좀 어떠느냐?"

"통증이 있긴 하지만, 이 정도 갖고는 어림없습니다."

눈의 부상 부위를 천으로 둘둘 둘러맨 고로가 걱정돼, 도리에몽이 다가가 물었는데, 대답이 온순하질 않았다.

"아무튼 무리하지 말고, 몸조심해야 한다."

도리에몽은 고로에게 당부를 한 후, 자신의 열로 돌아갔다.

그보다 앞서, 간베에는 전날 부산진성을 점령하고, 초량과 두 딸의 일이 걱정돼 여기저기 찾아보며 수소문을 했다. 날이 저물어 여기저기 널브러져 있는 시신이나 부상을 입고, 신음하고 있는 사람들도 확인하곤 했지만 보이질 않았다.

'붙잡혔을지 모른다. 포로들 속에서 찾기로 하자.'

"조선 여자들을 어디에 모아 두었느냐?"

그는 왜군 초병들에게 물어 안내를 받았다.

"여기입니다."

도주의 측근 부장인지라 모두 그에게 굽실댔다. 그러나 여전히 초량과 딸들은 보이지 않았다.

부산진성 싸움이 시작되기 전, 초량은 성으로 끌려왔으나, 왜군의 공격을 앞둔 혼란스런 상황인지라, 문초도 받지 않고 그대로 방치되었다.

"야들을 우짜노?"

"우째긴 뭘 우짜노, 붙잡아 두면 밥이 나오나, 떡이 나오나, 냅두고, 우리 살 궁리나 먼저 해야제."

초량과 두 딸을 끌고 왔던 아낙네들도, 혼란스런 상황에서 더는 어쩔 수 없는지라, 더 이상 간섭하지 않았다. 초량은 그들과 떨어지자, 그냥 무작정 성안에 있을 수도 없어, 북문을 통해 부산진성을 빠져 나갔다.

"어무이, 어디로 가는교?"

어수선한 상황이 보통 일이 아님을 깨달은 큰 딸이 초량에게 물었다.

"집으로 가야지."

그녀는 두 딸의 얼굴에 생긴 눈물 자국을 치마로 닦아 주면서,

"우리가 갈 곳이 집밖에 어디 있겠니."

두 딸을 데리고 집으로 향했다.

이를 알 리 없는 간베에는 포로들이 수용되어 있는 곳으로 찾아가, 조선말로,

"초량, 초량, 초량이 있는가?"

하고 애타게 찾았지만 돌아오는 대답은 없었다.

"두 딸과 함께 온 초량이란 여인을 아는 사람 있소?"

겁을 먹어 머리를 땅으로 처박고 있던 조선 아낙네들 중, 초량을 성으로 끌고 온 아낙들도 있었으나, 아무도 답을 하지 않았다. 그녀들 역시 초량이 어디로 갔는지는 몰랐다.

'설마 죽지는 않았겠지.'

간베에는 군무에 대한 역할과 다음 날 전투를 생각해 더 이상 초량을 찾는 것은 무리라고 여겨, 할 수 없이 본진이 있는 객사로 돌아왔다. 누구에게도 내색은 못했지만 허전하고 아쉬운 마음이 가득했다. 되도록이면 며칠 더 부산진성에 머물며 초량과 딸들을 찾고 싶은 마음이 굴뚝같았는데, 다음 날 바로 부산진성을 나온 것이다. 도주의 통역과 길 안내를 맡은 그였기에, 선봉대로 부산진성을 나와야 했다.

그렇게 1번대는 부산진성을 나와, 두 식경 지날 즈음인 진시(오전 8시경)경에, 동래성 앞에 이르렀다.

"저기, 저 산 중턱을 보게!"

231

"저거 성이 아닌가?"

"저게 공격 목표인 동래성인가 보네!"

동래성이 보이기 시작하자, 행군하던 대마도대 병사들이 웅성댔다.

"척후를 띄워라."

요시토시는 동래성의 모습이 시야에 들어오자, 복병이 있는가를 파악하기 위해 척후를 띄우도록 했다.

"간베에, 경사가 심해 공격이 쉽지 않을 것 같은데, 성의 구조가 어떤가?"

대마도주는 곁에서 길 안내와 통역을 맡고 있던 간베에에게 동래성의 구조와 지형 등을 물었다. 이미 부산포 왜관에서 거주 근무했던 간베에를 대마도로 불러들이기 전에, 주변 지형을 상세히 파악해, 지도를 그려 놓도록 했기 때문이었다.

"여기 지도가 있습니다."

간베에가 얼른 지도를 꺼내, 손가락으로 가리키며 설명을 했다.

"동래성은 북쪽에 산을 등지고 비스듬히 쌓여진 성입니다. 동쪽과 서쪽 그리고 남과 북에 네 개의 성문이 있습니다. 남문 앞쪽에는 해자가 파여 있습니다. 그러나 비교적 평지라 해자만 넘어서면, 공격하기가 쉽습니다. 뒤쪽에 있는 북문은 경계가 허술하지만, 산 위의 좁은 오솔길을 통과해야 하기 때문에, 공격이 쉽지 않습니다. 산길이 험한 북문은 기습대에게 맡기고, 본진은 남문을 중심으로 동서를 동시에 치는 것이 공략에 유리할 것으로 사료됩니다."

"으음."

대마도주 요시토시는 조선에 건너오기 전, 철포를 소유하고 있는 자신들의 화력에 비교하면 '조선군의 활과 화살은 어린애 장난감 정도'로 여겼던 것이 사실이다. 그런데 부산진성 싸움에서 조선군의 강한 저항에 부딪쳤고, 우습게 보았던 조선군의 화살이 의외로 살상력이 강하다는 것을 경험했다. 그런데 동래성이 산을 등에 지고 위에서 아래로 비스듬히 자리를 잡고 있었기 때문에, 자연스레 조선군이 위에서 아래로 활을 내려 쏘는 형국이 되었다. 공격이 쉽지 않을 것으로 보여, 짧게 신음을 내었다.

"우선 나무를 베어 널판목을 만들도록 하라."

그는 화살 공격에 대비해, 널판목을 준비하도록 지시했다.

대마도대가 동래성에 도착하고, 한식경이 채 지나지 않아, 유키나가를 필두로 각대의 영주가 이끄는 병사들이 속속 도착했다.

"어서 오십시오."

요시토시는 간베에와 부장인 야나가와를 대동하고, 유키나가를 진막으로 맞아들였다.

"항복 권유를 하시겠습니까?"

"음, 순순히 길을 열어 주고, 화평을 이끌어 내면 좋겠네마는!"

유키나가가 요시토시의 얼굴을 직시하며 그럴 가능성이 있느냐고 묻는 듯이 응대했다.

"쉽진 않을 것 같습니다. 송 부사가 워낙 강직한 사람이라 공격을 하면 모두 죽을 각오로 덤벼들 게 뻔합니다."

"송 부사는 조선에서는 보기 드문 훌륭한 인물입니다."

요시토시의 말이 끝나기가 무섭게 부장인 야나가와도 거들었다.

"그렇습니다. 저도 만나 본 적이 있지만 조선에 인품이나 능력으로 보아 송 부사만한 인물이 그리 많지 않습니다."

겐소도 한마디 덧붙였다. 그는 승려이면서 군사(軍司) 역을 하는 인물로서, 한문에 밝아 오래전부터 조선을 드나들던 인물이었다.

당시 왜인들이 조선에 들어올 때는 부산진 첨사가 그 입국 심사를 맡았다. 첨사는 왜인들이 지니고 있는 허가증에 따라, 무역을 위한 상경(上京)과 부산포 왜관에 머물며 장사를 하는 유포(留浦)를 결정했다.

유포를 허가받은 왜인들 중, 교역을 원하는 자들은 반드시 상급 기관인 동래 부사의 허락을 받아야 했다. 그래야만 시장 개시일에 조선의 상인들과 교역품을 물물 교환할 수 있었다. 다시 말해 입국 허가는 첨사가, 무역 허가는 부사의 관할이었다.

교역은 이문이 많이 남았다. 그러니 '냄새나는 곳에 파리가 낀다'라고 교역 허가를 둘러싸고 이익에 민감한 조선 관원들이 농간을 벌였다. 자연히 많은 비리가 만연했다. 이문이 많으니, 왜인들은 어떻게 해서든지 허가를 받아 내려 애를 썼다. 문제는 이를 감시하고, 지도해야 할 관원들이 한통속이 되어 뇌물을 챙기는 데 있었다.

"그러면, 우린 남는 것이 없스무니다."

"그럼, 그만 두게. 우리도 아쉬운 것 없네."

조선 관원들이 요구하는 액수가 너무 많아, 왜인들이 남는 것이 없다며 사정을 하여도, 조선 관원들은 배짱을 튕겼다. 왜인들은 교역품을 싣고 바다를 건너온지라, 교역을 포기하고 그대로 돌아갈 수도 없는 처지였다. 그들은 뇌물액이 많아도, 울며 겨자 먹기로 바쳐야만 했다. 그런데 그것으로 끝나는 게 아니었다. 조선 관원들은 뇌물을 요구하다가도 조금이라도 마음에 안 차면, 트집을 잡았다. 조선의 국법을 위반했다는 죄목을 붙여, 잡아다 곤장을 치거나, 허가를 취소해 강제로 내쫓곤 하였다. 법보다 주먹이 앞선다는 말 그대로였다. 관원에 따라 말이 다르고, 근거가 있건 없건, 그들의 말이 곧 법이 되었다.

"장사보다 허가권 따는 일이 이리 어려우니… 원."

"조선 관원들은 칼 안든 강도야. 우리는 상인인데, 우리를 마치 봉으로 알고 있으니…. 도대체 수장들은 뭘 하고 있는지?"

"그러게 말일세. 내, 참, 이문만 없다면 다시는 이곳에 오고 싶지 않아."

유포와 교역 허가를 둘러싸고 왜인들의 불만이 많았다. 그런데 한 해 전 동래 부사로 부임한 송 부사는 일 처리의 사욕이 없고, 공명정대했다. 그가 부사로 온 후, 관원들도 쉽사리 농간을 벌이진 못했다.

'신임 송 부사야말로 청백리이다. 조선에서는 보기 드문 관리다.'

곧 왜인들 사이에서 그 인격과 사람됨에 대해 평판이 자자했다. 또한 도요토미 히데요시의 명령을 받은 왜의 사절단이 조선을 방문했을 때, 자주 동래관에 머물렀는데, 송상현은 부사로서 이들을 성심성의껏 접대했다. 외국 문물에도 관심이 많았던 송상현은 왜의 사신들을 비롯해 왜승 겐소와도 필담을 통해 많은 환담을 나누곤 했었다. 왜승 겐소는 그전에도 몇 차례 통역을 겸해, 조선을 방문해, 임금까지 배알했던 적이 있던 인물이었다.

그는 자신들이 조선을 방문하면, 조선의 관원들이 한결같이 우쭐대며 자신들을 왜인이라고 얕잡아본다는 것을 익히 알고 있었다. 그런데 송 부사는 달랐다. 지금까지의 부사들과는 달리 자신들을 무시하는 기색은 찾아볼 수 없었다. 출신을 놓고 사람을 차별하거나, 구별하지 않는 인격자였다. 겐소는 같은 지식인으로 항상 성심성의를 갖고 대해 주는 송 부사의 태도와 인격에 감복하고 있었다.

대마도주 요시토시 역시 겐소와 부하들을 통해 송상현의 인격과 선정에 관해 익히 들어 잘 알고 있었고, 속으로 그의 인물됨을 흠모하고 있던 터였다.

"우선, 항복을 권유해 보는 것이 좋겠습니다. 송 부사가 백성을 위하는 마음이 끔찍하니, 중과부적이라는 것을 안다면 스스로 무고한 희생을 막으려 할 수도 있습니다."

요시토시의 제안에 유키나가가 고개를 끄덕였다.

"그렇다면, 송 부사가 문재(文才)가 뛰어난 사람이라 했으니, 격에 맞는 문장을 작성해 우리의 본심을 전달하는 것이 좋겠소!"

"문장은 제가 짓도록 하겠습니다."

겐소가 자청을 했다.

"그래 준다면 더할 나위 없겠소!"

유키나가의 허가를 받은 겐소가 나서서 즉시 초안을 작성했다.

'戰則戰矣 不戰則假道'(전즉전의 부전즉가도)

"그게 무슨 뜻이오?"

한자로 초안을 작성하자, 한문에 밝지 않은 영주들이 겐소에게 뜻을 물었다.

"전즉전의 부전즉가도, 즉 싸우려면 싸우고, 싸우지 않으려면 길을 빌려 달라는 말입니다."

"과연, 간략하고 알기 쉬운 문장이오. 정서하여 보내도록 하시오."

유키나가가 흡족한 듯이 허락을 하자, 겐소는 판자에 하얀 종이를 덮어씌운 후, 붓을 들어 해서체로 내려썼다. 일필휘지(一筆揮之)였다.

"마키. 이 글을 널빤지에 붙여, 동래성에 전달하라."

도주 요시토시는 휘하 장교 중 선봉대를 끌고 있는 마키에게 널판목 전달을 지시했다.

"하아."

마키는 글을 받아들고는, 밖으로 나갔다.

"왜군의 선봉대가 앞으로 나왔습니다. 곧 공격이 시작될 것으로 보입니다."

마키가 휘하 병사들을 데리고 성으로 향하자, 그들의 움직임은 곧 송상현에게 보고됐다.

"장교들은 각자의 위치로 돌아가, 전투를 지휘하라!"

부웅.

부사의 명이 떨어지자, 나팔이 울렸다. 싸움이 시작된다는 신호였다.

성첩 위의 궁수들은 활줄에 화살을 걸었다. 부사 곁에 있던 조방장도 왼손으로 활을 쥐어 잡고는, 그 끝을 마루 위에 받쳐 놓고 있었다.

왜군 선봉대는 약 이십여 명 남짓, 화려한 갑옷을 걸친 장수가 말을 탄 채, 앞에 섰고, 병사들이 두 줄로 도열해 뒤를 따랐다. 그들은 창과 조총으로 무장을 하고 있었는데, 맨 뒤쪽의 왜병은 어깨에 널찍한 판자를 지고 있었다. 말을 탄 왜장 바로 뒤에 있던 왜병은 오른쪽 손에 흰색 천을 매단 막대를 휘두르고 있었다.

"저들이 무슨 짓을 하고 있는 것이냐?"

"싸움을 거는 것이 아니고, 무언가 전할 말이 있는 것 같습니다."

그때였다. 널판목을 들고 있던 왜병이 앞으로 나서더니, 판자를 어깨에서 내려놓고는 조선말로 성 위를 향해 크게 외쳤다.

"우리 대장님의 전갈이다. 잘 보고 회답하길 바란다!"

왜병은 위험을 무릅쓰고, 육성이 들리는 거리까지 다가왔다가는 물러났다.

"저게 무엇이냐?"

곧 병사 둘이 성 밖으로 나가 왜병이 놓고 간 목판을 들고 왔다.

'戰則戰矣 不戰則假道'(전즉전의 부전즉가도 – 싸우려면 싸우고, 싸우지 않으려면 길을 비켜라.)

목판 위에 한자로 적힌 글이었다.

"적반하장(賊反荷杖 – 도적이 도리어 몽둥이를 드는 격)도 유분수라더니…."

237

내용을 본 송상현은 지필묵을 준비하도록 한 후, 즉시 답을 썼다.

'戰死易 假道難'(전사이 가도난-싸우다 죽는 것은 쉬워도, 길을 빌려주기는 어렵다.)

죽어도 길을 열어 줄 수 없다는 결사 항전의 의지를 밝힌 글귀였다. 송상현의 답신을 받고 가장 안타까워했던 것은 요시토시였다. 송상현이 으레 그리 나오리라 짐작은 했었지만, 자신의 본심을 이해해 주질 않아 야속했다. 그는 마치 연정을 품은 상대에게 거절당한 기분이었다.

'고집불통같으니….'

"전군은 작전대로 성을 둘러싸고 쥐새끼 한 마리 빠져나가지 못하도록 포위해라. 포위가 끝나는 즉시 공격하라!"

자신들의 제외가 거절됐음을 안 유키나가는 곧 명령을 내렸다. 왜군은 즉시 공성을 위한 포진을 갖추고는 세 열로 나누어졌다.

우측대에는 히라토섬 성주인 마츠라와 시마하라 성주 아리마가 이끄는 연합대 오천 명이 맡았다. 그들은 동쪽에 있는 황령산 기슭을 타고 동문을 향해 나아갔다.

대마도대 병력 오천과, 오무라 성주 병력 천을 합한 육천의 병력은 좌측대를 맡았다. 그들은 서문 쪽과 북문 쪽을 공격하기 위해 나아갔다. 유키나가 자신은 나머지 병력 칠천여를 이끌고 남쪽의 넓은 지역에 진을 폈다. 부산진성과 같이 세 방면에서 성을 에워싸고 북쪽을 열어 놨던 것이다.

"왜병들이 세열로 나누어져 몰려오고 있습니다."

"전군은 각자 맡은 지역을 이탈하지 말고, 전투태세를 갖추도록 하라."

왜군의 움직임을 보고 받은 송상현은 즉시 영을 내렸다.

남문루에 세워져 있던 대장기와 성벽을 따라 꽂힌 오색 깃발은, 때마침 불어오는 바람을 받아, 기세 좋게 펄럭였다. 왜군의 전광석화 같은 공격에도 결코 무릎을 꿇지 않겠다는 의지의 표출 같았다.

"와아아."

"와아아."

왜군이 좌우로 퍼지며, 함성을 내지르자, 성안의 병사들도 맞받아 고함을 질렀다. 금방이라도 터질 것 같은 일촉즉발의 형세에 양쪽 진영의 긴장은 최고조에 달했다.

'길고 짧은 것은 재어 봐야 아는 법. 싸움은 해 봐야 안다.'

수적으로야, 왜군 측이 유리했으나 싸움에는 항상, 예측할 수 없는 변수가 도사리고 있었다. 싸움의 속성을 잘 알고 있는 무장 출신의 조방장 홍윤관이 손바닥에 침을 뱉으며 칼을 쥐어 잡았다.

많은 싸움을 경험했던 왜장들도 이러한 속성을 잘 알고 있었다. 싸움에서는 아무리 수적으로 우세하더라도 한순간에 사기가 꺾이거나, 무너지면 그대로 지리멸렬하여 패하고 마는 것이었다. 그래서인지, 왜장들은 신중했다. 성을 에워싸고 변죽을 울리기는 하였지만, 설부른 공격은 하지 않았다. 양측 진영이 탐색을 하며 병사를 움직이는 동안, 어느새 해는 정오를 지나, 오른쪽으로 기울고 있었다.

"왜군이 밤을 기다리는 게 아니겠소?"

"그렇지 않습니다. 시간을 끌면 끌수록 자신들이 불리하다는 것을 잘 알고 있을 겁니다. 화살 공격을 피하고, 희생을 줄이기 위해 시간을 끄는 것 같습니다. 어두워지기 전에 공격이 있을 겁니다."

송상현의 혼잣소리에, 조방장 홍윤관이 왜군의 계책을 읽고 있다는 듯이 답을 했다.

타타탕. 타타탕.

홍윤관의 예측대로 해가 하늘에 많이 남아 있는 신시(오후 3시경) 쯤이 되자, 왜군 측이 공격을 하고 나왔다. 남문에 진을 치고 있던 본진의 선제공격이었다.

"발포하라."

철포대에게도 명령이 떨어져, 도리에몽도 성벽을 겨누고, 철포를 가늠하였다.

타아앙.

도리에몽이 발포하기 전에, 누군가의 철포에서 먼저 폭발음이 터져 나갔다. 이어서 여기저기서 폭발음이 들려왔다. 도리에몽도 화승에 불을 붙인 후, 방아쇠를 당겼다.

파악, 파악.

"으악. 아악."

일부 총탄은 성벽을 때리고, 일부가 병사들의 몸에 관통하자, 동래성의 병사들이 풀썩풀썩 쓰러졌다.

"물러서지 마라. 적은 오합지졸이다. 조금만 버티면 원군이 몰려온다."

조총의 위력에 기가 죽어, 조선 병사들이 허리를 수그리는 것을 보고는, 장교들이 분전하며, 이리 뛰고 저리 뛰고 병사들을 독려했다. 장교들의 독려의 고함 소리와 왜군의 조총 소리가 성벽에서 부딪쳐 어우러졌다.

"전진하라!"

왜군 지휘부 역시 필사적이었다. 공격대와 철포대에게 전진 명령이 떨어졌다. 이른바 총공격이었다. 도리에몽은 철포를 발포하고, 이어서 재빠르게 화약과 탄환을 장전하면서, 앞쪽으로 뛰었다. 눈으로는 연신 성벽과의 거리를 가늠했다.

'화살을 조심해야 한다.'

도리에몽은 부산진성 싸움에서 조선군의 화살이 무섭다는 것을 충분히 경험했다.

'백 보가량 떨어진 곳에서 날아온 화살이 고로의 눈을 함몰시킬 정도니, 그 위력을 우습게 보아서는 안 된다.'

그는 조선 군병이 쏘는 활이 그 성능이 뛰어남을 체감했다. 조선의 활은 비거리가 길고 살상력도 뛰어났다. 일본의 활과는 다르다는 것을 알았다.

'화살만 피하면 별다른 위험은 없다.'

도리에몽은 날아오는 화살에 온 신경을 집중시켜 가며, 성벽 쪽으로 향했다.

"철포대 발사!"

재차 발사 명령이 떨어졌다.

엄호를 위한 사격이었다. 도리에몽은 눈짐작으로 성벽 위를 향해 방아쇠를 당겼다. 이미 널빤지와 가마니 등을 덮어 쓴 돌격대가 성벽 가까이 다가서고 있었다. 돌격대가 진격하자, 동시에 성벽에서 화살이 빗발처럼 날아들었다.

'백오십 보다. 그 거리만 벗어나면 화살에 맞아도, 큰 치명상은 없을 것이다.'

도리에몽은 조선 측 화살의 사정거리를 백오십 보로 보고, 눈대중으로 대충 거리를 측정해, 머릿속에 새겨 놓았다. 백오십 보는 조총의 사정거리 내였다. 사정거리 안에서 목표물에 명중만 하면, 철포는 상대에게 치명상을 입힐 수 있었다.

'무리할 필요 없다. 화살의 사정거리를 벗어난 곳에서도, 철포로 적에게 타격을 줄 수 있다.'

성벽 아래로 붙은 돌격대가 성벽을 기어오르기 위해, 사다리를 성벽에 걸고 있는 모습이 도리에몽의 시야에 들어왔다.

타타타타타아앙. 타타타타타앙.

철포에서 연속적으로 불이 뿜어져 나갔다. 엄호 사격이었지만, 그 위력은 효과적이었다. 발포가 끝나자, 조선 군사들이 성벽 위에서 아래로 굴렀다. 성벽 위에 있던 군사들이 동요하는 빛이 역력했다. 부산진성과 마찬가지로 조선의 병사들은 철포 소리만 들어도 기겁을 했다.

'과연 철포가 위력이 있군.'

철포가 연속적으로 발사되자, 성위에서 날아오는 화살도 처음보단 뜸해졌다. 도리에몽은 발포를 끝낸 후, 재차 화약과 납탄을 장전하려 총구를 얼굴 가까이 대자, 총구에서는 연기가 하얗게 피어올랐다. 매캐한 냄새가 코를 찔렀다. 유황 타는 독한 냄새에 숨이 헉하고 막힐 정도였다.

"빨리빨리 발포하라. 뭘 꾸물거리느냐! 어서 화약을 장전해, 돌격대가 성벽을 올라갈 수 있도록 엄호하라!"

조선군의 반격이 약화되었음을 알고, 지휘관들은 이리 뛰고 저리 뛰며 성화를 부렸다.

그런데 화승총이란게, 한 번 발사를 하고 나면, 다시 총구에 화약을 밀어 넣고, 탄환을 집어넣은 후, 심지에 불을 붙여야 방포가 가능했다. 아무리 빠른 동작으로 화약과 탄환을 장전하더라도, 다음 발포까지는 오십 보를 걸어갈 정도의 짬이 필요했다. 무방비의 위험한 시간대였다. 그래서 철포대는 교대로 발포를 하는 것을 원칙으로 삼았다.

타타타타탕.

도리에몽이 재장전을 위해 뒤 열로 물러나, 막대로 화약과 탄환을 밀어 넣고 납탄을 넣을 무렵, 앞 열에서 탄환이 터져 나갔다. 철포에서 발사된 납탄은 아직 낮 기운이 많이 남아 있었는데도, 시뻘건 불덩이가 되어 성벽 위를 향해 날아갔다. 탄환이 성벽에 박히며 돌이 깨지고 튀는 소리가 멀리서도 '타악, 타악' 하고 들려왔다.

철포대의 엄호 사격으로 조선군이 주춤하자, 돌격대는 틈을 노려 바로 성벽을 기어올랐다. 사다리를 타고 기어오르던 돌격대가 성 위에 거의 올라섰을 때였다. 조용하던 성 위에서 갑자기 돌과 열탕이 날아왔다. 선봉으로 올라가던 돌격대는 돌로 뭉개지거나, 뜨거운 물을 뒤집어쓰고 사다리 아래로 굴렀다.

조선 측의 저항은 거셌다. '명장 밑에 졸장 없다'라는 말이 여실히 입증되었다.

'한순간의 방심이 생사를 좌우한다. 살아남아야 한다. 여기에서 무리하다 죽으면 개죽음이다.'

도리에몽은 성벽 가까이로 붙는 것을 피했다. 그는 되도록 성벽에서 떨어져, 몸을 낮게 숙인 채로 철포를 쏘았다.

'의외로 성벽 위의 조선군의 저항이 완강했다. 돌격대가 성벽을 기어오르는 데 실패하고 주춤하자,

"공격을 중지하라. 전군, 일단 퇴각하라."

당황한 왜병 지휘대는 병사들의 부상을 염려해 전군을 퇴각시켰던 것이다.

"와아아. 와아아."

조선 측에서 함성이 터져 나왔다.

"이겼다. 왜놈들이 물러간다."

왜군이 성벽에서 물러서자, 성안에 있던 송상현을 비롯한 조선 측 장교들은 안도의 한숨을 내쉬었다.

"휴우."

죽기 살기로 버텼지만, 왜군의 조총 공격을 받고 사상자가 많이 발생했다. 왜군의 화력이 뛰어나, 공격이 계속되면 곧 무너질지 몰라 이들은 마음 졸이며, 불안했던 터라, 모두 가슴을 쓸어내렸다.

아무튼 왜군들의 철수로, 서전에서 양측 모두 서로 상처만을 입은 채, 잠시 휴전이 이루어졌다. 왜군은 성벽에서 떨어졌지만 포위망은 풀지 않았다. 왜군은 세 갈래로 나누어져, 동래성을 단단히 묶고 조이고 있었다. 조선군 쪽에서는 성 밖으로 나갈 수 있는 길이 모두 차단된 상태였다.

싸움이 소강상태로 접어들 무렵, 이미 해는 서산을 넘어가, 사방에서 땅거미가 소리 없이 몰려들었다.

"전면전으로는 희생자가 너무 많이 생길 것 같은데, 어찌하면 좋겠소?"

유키나가는 즉시 전황을 점검하고 영주들을 모아, 야전 군사 회의를 실시했다.

"성벽을 기어오르기만 하면, 함락시킬 수 있습니다. 상대의 저항이 거세니, 계략을 쓰는 게 좋겠습니다."

"무슨 계략이요? 희생 없이 성벽을 오를 수 있다면 무얼 못하겠소."

"적진을 혼란에 빠뜨린 후, 성벽을 기어오르면 일거에 무너뜨릴 수 있을 겁니다."

요시토시의 부장, 야나가와가 계략을 제안했다.

"적을 혼란에 빠뜨리는 방법이라…? 좋소, 들어 봅시다."

유키나가는 야나가와의 설명을 듣고 이를 받아들였다.

해가 서쪽으로 완전히 넘어가고 어둠이 사방에 밀려왔다. 어둠 속에서 왜병들은 여기저기에서 장대를 모아, 팔 척 정도의 허수아비를 만들고는, 그 위에다 갑옷을 입혔다. 사방의 식별이 어려울 정도로 깜깜해지자, 왜병들이 동래성 쪽으로 다가섰다.

어둠이 내려앉아, 멀리 보이는 하늘에는 만월이 되지 못해, 한쪽에 그늘을 드리우고 있는 달이 휑하니 떠올라 있었다. 달은 음울한 빛을 뻗어 내며 어디론가 흘러가고 있었다.

"쉬잇."

성벽으로 다가간 왜병들은 병사처럼 위장한 허수아비를 긴 장대 끝에 매달고는 조선군이 눈치채지 못하도록 아래쪽에 바짝 붙었다. 뒤쪽에는 칼을 빼든 돌격대 병사들이 허리를 낮게 숙이고 대기하고 있었는데, 그들은 언제라도 성벽을 타고 오를 태세를 갖추고 있었다.

왜군의 계략은 허수아비로 조선군의 넋을 빼앗아, 어수선하고 혼란스런 상황을 만들면, 동시에 돌격대가 사다리를 타고 성벽을 오른다는 전술이었다. 접근전에서는 무기와 검술 면에서 자신들이 조선군보다 월등히 앞선다는 것을 부산진성 싸움을 통해 경험했기 때문에, 돌격대가 성안으로 들어가기만 한다면, 쉽게 무너뜨릴 수 있을 것으로 보았다.

"주군, 돌격대가 성벽 밑에 붙었습니다."

"즉시 실행하라!"

유키나가에게 보고가 올라오자, 그는 즉시 공격 명령을 내렸다 .

타타타타타탕, 타타타타타아앙.

먼저 철포의 굉음이 먹물 같은 깊은 밤의 고요를 깨뜨렸다. 왜군이 발포한 뼈얼건 납탄이 쉴 새 없이 날아 성벽에 박혔다.

"왜적의 공격이 재차 시작됐다. 군사들은 경계를 철저히 하라."

총탄이 날아들자, 조선군 지휘부는 왜군이 성벽을 기어오를 것을 염려해, 경계를 명했다.

"어이구."

대부분의 조선군은 왜군의 철포에 겁을 먹고 성벽 밖으로 머리를 내밀 엄두도 내지 못했다. 상황이 그러하니 성벽 아래에서 무슨 일이 일어나고 있는지 전혀 예측할 수 없었다.

그런데 쉴 새 없이 들려오던 철포의 굉음 소리가 갑자기 멈췄다. 짧게나마 고요한 정적이 흘렀다.

"어이구, 혼쭐이 쑥 빠져 달아나는 줄 알았네."

굉음이 멈추자, 조선군 병사들은 정신을 차리고, 성 밖을 경계하기 위해, 막 고개를 들려고 할 때였다.

후이익.

바람 소리가 나더니, 갑자기 성벽 위로 커다란 몸체에 붉은 옷을 입고, 장검을 찬 왜군이 얼굴에 하얗게 분을 바르고 입에는 핏빛을 한 채, 아귀와 같은 모습을 하고 허공에 나타났다.

"이크, 저게 뭐꼬?"

"적이다, 왜군이다."

성첩 위에 있던 조선군들은 기겁을 했다. 이쪽저쪽에서 불쑥불쑥 나타나는 허수아비에 조선군과 백성들은 혼비백산하였다.

"왜군의 귀신이다."

"에고, 나 살려라."

병사들 중 일부가 바로 성첩을 벗어나 민가 쪽으로 도망쳤다. 성 안은 갑작스레 어수선해졌다.

"기어코 성벽이 뚫렸구나."

왜병들이 성벽을 올라온 것으로 본 장교들이 칼을 뽑아 들고 대항하려 했는데, 왜병들은 허공에서 펄럭이고 있었다.

"놀라지 마라, 저건 허수아비다."

장교들이 뒤늦게 허수아비임을 알아채고, 병사들에게 고함을 치며 멈추라고 했으나, 이미 많은 병사들이 자신의 근무지를 이탈한 뒤였다.

타타타타타탕, 타타타타타아앙.

잠시 조용하던 왜군의 철포가 전보다 더욱 강렬하게 뿜어져 날아왔다.

"어이구, 나 죽는다."

시뻘건 탄환이 어둠 속에서 날아오자, 이미 흐트러진 조선군의 수비 전열은 걷잡을 수 없이 무너졌다.

"돌격대는 성벽을 타고 올라라."

왜군 지휘부는 기회를 놓칠세라, 성벽 아래서 숨죽이고 대기하고 있던 돌격대에게 명령을 내렸다.

"빨리 오르지 않으면, 이 칼에 목이 떨어진다."

"에이, 어차피 이래 죽으나 저래 죽으나 마찬가지다."

왜병 지휘장들이 아래서 칼을 휘두르며 성화를 부리자, 머뭇거리던 돌격대 병사들도 성벽에 걸쳐 놓았던 사다리를 타고 올랐다.

고로는 부상을 입은 얼굴을 천으로 감싸고 싸움에 참가하고 있었는데, 돌격대가 사다리를 오르자, 자신도 질세라 성벽 쪽으로 달려갔다. 그의 외눈은 눈꼬리가 위로 치켜져 올라 있었다. 다친 눈은 무명천으로 싸여 있었는데, 피가 묻어나 시커멓게 변해 있었다. 한쪽 눈이 가려진 채, 외눈이 치켜올려진 그의 표정은 흡사, 증오와 복수에 불타는 마귀의 모습 그대로였다. 부상 전과는 전혀 다른 형상이었다.

◆

"고로! 고향으로 돌아가 상처를 치료하는 게 어떠냐?"

부산진성 싸움 후, 왜군 지휘부는 부상이 심한 자들은 포로와 함

247

께 본국으로 보내기로 하였다. 소식을 들은 도리에몽이 고로에게 권했다.

"아닙니다. 저는 안 돌아가겠습니다. 이 정도 상처는 참을 수 있습니다. 다행히 팔다리는 멀쩡하니까 싸울 수 있습니다."

도리에몽은 고로의 상처도 상처이지만, 그의 혈기 왕성함이 걱정되었다. 부산진성 싸움 전에도 그리 주의를 주었건만, 혈기만 믿고 앞장서, 전진하다가 화살의 표적이 된 것이었다.

'고로가 잘못해 죽기라도 하면, 그의 가족을 내 어찌 볼 수 있으랴!'

고로의 아버지도 자신과 함께 참가한 싸움에서 전사했다. 도리에몽은 친구의 아들인 고로마저 싸움터에서 죽게 할 수는 없다고 생각했다. 그러나 도리에몽의 그런 마음을 모르는 고로는 그의 권고를 강하게 거부했다.

'내 얼굴을 이렇게 만든 놈들에게 철저히 복수하리라.'

복수심에 불타고 있던 고로는 귀국을 권하는 도리에몽이 오히려 야속했다.

"그럼, 상처가 아물 때까지라도, 싸움에 가담하지 말고 쉬도록 해라."

"아닙니다. 이 정도 상처에 무릎을 꿇고 싶지 않습니다."

"고로, 무리하지 말고, 내 말을 들어라!"

"싫습니다. 누가 뭐래도 저는 싸움에 참가할 겁니다. 내 얼굴을 이렇게 만든 놈들을 그냥 두지 않을 겁니다."

고로는 도리에몽의 말을 강하게 뿌리쳤다.

"으음. 네 뜻이 정 그렇다면 어쩔 수 없다마는…. 아무튼 조심해라."

도리에몽은 자신을 혈육처럼 따르던, 고로가 자신에게 그토록 강하게 반발할 줄은 생각도 못해, 멋쩍기도 하고 당황스러웠다.

더 이상의 충고나 조언이 무용함을 알고, 도리에몽이 침묵하자, 곁에 있던 이츠야가 한마디 덧붙였다.

"전쟁터에서 죽으면 개죽음이다. 그러니 목숨을 소중히 하거라."

두 사람은 어린 고로지만, 당부 외에 더 이상 해 줄 말이 없다는 걸 알고, 각자의 소속대로 돌아왔던 것이다.

"꾸물대려면 길을 비켜! 내가 먼저 오를 테니."

고로는 자진하여 돌격대를 뒤쫓아 성벽으로 붙더니, 꾸물대는 돌격대 병사를 사다리 옆으로 밀어제쳤다. 같은 왜병이지만, 병사들은 그의 얼굴만 보고도 기가 죽었다. 눈 아래 광대뼈가 함몰된 고로의 얼굴은 일그러져 있었고, 상처 위와 머리를 헝겊으로 둘둘 감싸 놓았으나, 천 위로는 검게 말라붙은 핏자국이 그대로 배어 있었다. 악에 받친 저승사자의 모습이랄까.

바다를 건너오기 전, 고로는 처음 참가하는 싸움에 대해 흥분도 있었지만, 죽음에 대한 두려움도 없진 않았다. 그런데 부상을 당하고 나서는 그런 두려움도 깨끗이 사라졌다. 대신 그곳에 분노가 가득 채워졌다. 가슴속에는 두려움 대신 부상을 입힌 적에 대한 복수심, 뭔가 모를 뜨거운 불구덩이가 들어앉아 부글부글 끓고 있었다.

'내 얼굴을 이렇게 만든 조선 놈들. 내 기어이 네놈들을 모두 죽여야, 내 속이 가라앉으리라.'

상처가 욱신욱신 쑤실 때마다, 활활 타오르는 복수심이 명치끝에서 용솟음처럼 치밀어 올라왔다.

'우욱' 하고 불구덩이가 솟아오르면 눈에 아무것도 보이지 않았다.

'나보고 고향에 돌아가라고…. 흥, 어림없는 소리.'

그렇게 존경하고 따르던 도리에몽의 조언도 귀에 들어오지 않았

249

다. 오히려 자신에게 고향으로 돌아가라는 도리에몽이 야속하게 느껴졌다. 고로는 자신의 분노가 풀릴 때까지 조선인들을 닥치는 대로 살육해야, 자신이 받은 상처의 고통을 메울 수 있을 것 같았다. 화살에 당한 상처가 젊은 그를 단번에 분노의 노예로 만든 것이다.

'인정이고, 사정이고 없다. 내 얼굴을 이렇게 만든 대가를 치르게 해 주마.'

"그걸 이리 주오."

고로는 다른 병사가 쥐고 있던 거적을 빼앗아 머리 위로 뒤집어 썼다. 그리고는 사다리를 기어올랐다. 왼손으로 거적을 쥐어 잡고, 오른손으로 사다리의 난간을 움켜쥐고, 그는 한 칸, 한 칸 위로 올라갔다. 위에서는 돌이 구르고 열탕이 쏟아져 내려왔다. 거적이 어느 정도 완충 역할을 해 주었으나, 손 위로 직접 떨어지는 뜨거운 물은 살을 파고들 정도라, 통증이 고통스러웠다.

'이까짓 거로 물러설 내가 아니다.'

고로는 이를 꽉 물고 살을 데는 아픔을 참아 냈다. 그는 오로지 성벽 위로 오른다는 생각만 했다. 그의 발이 한 칸 한 칸 사다리를 밟고, 몸은 위로 올라갔다. 성벽 위에 손이 막 닿았을 때였다.

"조심해라!"

도리에몽이 성벽 아래서 외쳤다. 이어서, '타앙' 하더니,

"아악."

하고 조선병이 성벽 아래로 굴렀다. 조선병 하나가 사다리로 위쪽으로 올라온 고로를 향해 머리통만한 돌로 내리찍으려고 상반신을 노출시켰는데, 도리에몽이 그를 저격했던 것이다. 성벽 위를 향해 엄호 사격을 하던 그는 고로의 돌출 행위가 걱정이 되어, 그를 주시하며 엄호를 했던 것이다.

"에잇."

도리에몽의 엄호로 위기를 넘긴 고로는 그대로 성벽을 타고 넘었다.

조선병 둘이 창을 손에 쥐고 다가왔으나, 고로가 왜도를 휘두르자, 하나는 뒤로 물러섰소, 다른 하나는 창을 찌르며 달려들었다. 고로는 창날을 피해, 몸을 옆으로 틀며, 칼을 휘둘렀다.

"으윽."

조선 병사가 칼을 맞고 쓰러지자, 다른 조선병은 뒤로 물러섰다.

"와아."

조선 병사들이 고로를 둘러싸고 있는 통에, 성첩 위의 방어가 허술해졌고, 사다리 위로 올라온 왜병들이 이쪽저쪽에서 성벽을 넘어섰다.

"어어어."

고로와 성벽을 넘은 왜병들이 칼을 휘두르며 달려들자, 남문 쪽 성벽에 있던 조선병들은 창을 버리고 내뺐다.

한편, 산 쪽 방향으로 나 있는 동문 공격을 맡은 마츠라대는 공격을 멈추고 잠시 한숨을 돌리고 있었다. 그런데 본진이 있는 남문 쪽에서 혼란이 일어나면서, 동문 쪽에 있던 조선군이 동요하는 소리가 들려왔다.

주장인 마츠라는 이를 놓칠세라 공격 명령을 내렸다.

"돌격하라."

마츠라대 병사들은 철포를 쏘아 댔고, 공격조가 동문 옆 성벽을 기어올랐다. 남문 쪽 공격이 거세지자, 이를 막기 위해 조선군의 전력이 그쪽으로 몰렸는지, 동문 쪽의 저항은 현저히 약해져 있었다. 비교적 쉽게 성첩으로 올라선 마츠라대의 돌격대는 능숙한 솜씨로 조선군을 베고 찔렀다. 농성전과 비교해 육박전에서 조선군은 왜군의 상대가 되질 않았다. 조선군은 검법을 몰랐다. 단지 힘만 믿고 덤벼들었다. 힘으로 덤벼드는 조선군을 왜군의 날카로운 칼이 긋고 지나갔다. 그럴 때마다 목과 팔이 툭툭 떨어져 나갔다. 비명을 지르며 쓰러져 가는 아군 병사들의 모습을 본 조선병들은 무기를 버리고 산 경사 아래로 줄행랑을 쳤다. 마츠라대의 공격조는 손쉽게 동문의 빗장을 벗겼다.

"우와와아."

동문이 열리자, 마츠라대 병사들이 물밀듯이 성안으로 밀고 들어갔다. 왜군은 조직적인 전법에 의해 움직였다. 먼 거리에서는 조총으로 쏘고 육박전이 되면 창으로 찌르고 칼로 베었다.

조선의 군민은 한데 뭉쳐 있다가도 왜병이 나타나면, 마치 저승사자라도 보았다는 듯이, '걸음아 나 살려라' 하며 내빼기 바빴다. 병사들이 뿔뿔이 흩어지니, 지휘 체계가 설 리 없었다. 조선 군민은 왜병의 공격 앞에, 그야말로 추풍낙엽처럼 쓰러져 갔다. 동문 쪽을 제압한 왜병들은 곧바로 언덕 아래 서문과 남문 쪽을 향해 쳐내려 갔다.

"어어어."

남문 쪽 성벽을 넘어온 왜병을 막아 내려던 조선군은 양쪽에서 협공을 받고는 무너졌다. 왜군의 두 번째 공격이 시작된 지, 채 한 식경도 안 돼, 동문에 이어 남문과 서문이 뚫렸다.

"와아아아."

왜군 제1번대 일만 칠천의 대병력이 동래성 안으로 밀려들었다. 세 개의 문을 통해, 성안으로 들이닥친 왜군은 눈에 보이는 대로 조선사람들을 찌르고 베었다. 몇몇 조선군 장교들이 환도를 뽑아 들고 왜군에 맞섰으나, 무관인 그들조차도 허망할 정도로 몇 합 겨루질 못하고 쓰러져 갔다. 왜군의 조총과 창, 칼을 도저히 감당할 수가 없었다.

'아아, 성문이 뚫리고 말았구나.'

송상현은 둔덕 위에 있는 동문루에서 왜군이 밀려들어오는 것을 보고, 수성에 실패했음을 깨달았다.

'성을 지키지 못한 장수에게는 오로지 죽음이 있을 뿐이다.'

멀리서 장교들과 병사들이 접근해 오는 왜군들과 접전을 벌이는 것을 본 송상현은 지휘를 멈추고 남문루를 내려섰다. 그리고는 곧장 관아로 향했다. 측근 부장과 향리들 몇이 송상현을 감싸면서 뒤를 따랐다.

관아로 돌아온 송상현은 대청마루로 올라서, 투구를 벗었다. 투구에 눌려서인지, 잘 매 놓은 상투가 아래로 납작해져 있었고, 머리카락은 산발한 것처럼 흐트러져 있었다. 송상현은 손으로 머리카락을 스윽 위로 밀어 올리고는, 그 위에 조정에 나아갈 때 쓰는 관모(冠帽)를 썼다. 그리고는 북쪽 방향을 향해 큰절을 세 번하였다. 임금을 향한 절이었다. 절을 마치더니, 반닫이에서 부채를 꺼내 펼쳤다. 그리고 그곳에 한시를 적어 넣었다. 사세구였다.

孤城月暈(고성월운) 고립된 성에 달빛 희미하고
大鎭不救(대진불구) 큰 진으로부터 원군은 없도다.
君臣義重(군신의중) 임금과 신하의 의가 중함에
父子恩輕(부자은경) 부자간의 은혜는 가볍게 되도다.

글을 마친 송상현은 부채를 펴 앞에 두고, 다시 북쪽을 향해 큰절을 했다.

"내가 죽거든 이 부채를 내 아버님께 전하도록 하라."

송상현이 조용히 의식을 치르고 있는 동안에도, 싸움을 벌이는 조선 병사와 왜병의 고함이 관아의 담장을 넘어왔다.

"이 죽일 놈들."

"고로세."(죽여라.)

고함과 '으악' 하는 단말마의 비명이 뒤섞인 것을 보아 곳곳에서 육박전이 벌어지고 있음을 알 수 있었다. 말이 육박전이지, 일방적인 살육이었다. 조총과 날카로운 왜도, 긴 창의 병장기로 무장하고, 수적으로 우세한 왜병을 전투 경험이 없는 조선의 군민이 당할 순 없었다. 많은 사람들이 선혈을 뿌리며 쓰러져 갔다.

성에 들어 온 왜병들은 여기저기 민가에 불을 질렀다. 민가에는 초가가 많아, 불은 순식간에 사방으로 퍼져 나갔다. 동래성 안쪽이 벌겋게 타올랐다.

"민나 고로세."(다 죽여.)

왜병들은 시뻘건 얼굴을 하고 여기저기 방화를 했다. 불빛에 비친 그들의 모습은 지옥에서 온 야차 그대로였다. 왜군들이 집을 태우자, 민가로 몸을 피해 숨어들었던 양민들이 불길을 피해 밖으로 튀어나왔다.

"살려 주이소. 목숨만 살려 주이소!"

양민들은 말도 통하지 않는 왜병의 창칼 앞에 무릎을 꿇고 목숨을 구걸했다.

"나니오 웃테루노!"(뭐라는 거야!)

살기가 뻗친 왜병들은 어둠 속에서 병사와 양민을 구별할 만한 여유가 없었다.

"야압."

그들은 목숨을 구걸하는 사람들을 눈에 띄는 대로 찌르고 베었다.

"인정도 사정도 없는 짐승 같은 놈들!"

처음엔 인정에 호소하며 목숨을 구걸했지만, 소용이 없음을 알고는 양민들도 무저항으로 당하고만 있을 수 없었다.

"이왕 죽는 것."

남정네들은 자위를 위해 괭이, 도끼, 낫, 식칼, 하물며 돌 등을 들고 악을 쓰며 왜병에게 대들었다. 그러나 완전 무장을 한 왜병들을 농기구로 해칠 수는 없었다. 그야말로 계란으로 바위를 치는 격이었다. 자신이 살던 초가가 불타며 내뿜는 불빛 아래, 조선의 양민들은 붉은 피를 흘리며 쓰러져 갔다.

한편 부사 송상현이 사세구를 적고, 절을 마쳤을 즈음에는 이미 창을 꼬나든 왜군이 관아 앞마당까지 나타나기 시작했다. 성안에 있던 조선군이 거의 궤멸돼, 관아를 막아서는 군졸이 없었던 것이었다.

"사가레."(물러나라.)

왜병들은 주저 없이 관아 안으로 밀려들었다.

"아니, 저놈들이."

남문에서 송상현을 따라 관아에 들어왔다가, 대청 아래에 있던 송상현의 측근 장교들과 향리들 그리고 관노들이 이들을 보았다.

"네, 이놈들, 예가 감히 어디라고…."

먼저 조방장 홍윤관이 조선말로 호통을 쳤다.

"…."

호통이 터지자, 승리에 도취되어 막무가내로 밀고 들어오던 왜병들이 주춤했다. 마치 조선말을 알아듣는 것 같았다. 왜병들은 홍윤관의 고함과 그의 기개를 보고 주저했던 것이다. 홍윤관이 환도를 뽑아 들자, 왜병들은 섣불리 덤벼들지 못하는 모습이 역력했다.

왜병들은 전투에서 적장의 수급을 베면 공로를 크게 인정받았다. 싸움에 참가한 그들은 공을 세우는 것이 첫 번째 목적이요, 두 번째 목적이 약탈이었다. 싸움이 끝나면, 이들은 자신의 공을 증명하기 위해 앞을 다투어 적장이나 적병의 수급을 찾아 베었다. 이들이 관아로 먼저 달려온 것도 적장의 수급을 베어 공을 세우기 위해서였다. 그런데 상대가 호통을 치며 나오자, 만만치 않음을 알고는 주춤한 것이다.

"고후쿠시로."(항복하라.)

왜병들은 선뜻 나서지 못하고, 왜말로 소리 높여 외쳤다.

"저놈들이 뭐라 하느냐?"

양측은 서로 상대의 말을 몰라 자문하면서, 잠시 대치 상태를 유지했다. 누구 하나라도 치고 들어가면 바로 전투가 벌어질 일촉즉발의 상황이었다. 그러나 서로 상대를 공격하질 못했다.

'공을 세우려다, 잘못하면 목숨을 잃을 수도 있다.'

왜병들이 주춤한 이유였다.

한편 대마도대 소속 노리마쓰는 선봉에 서서 공격대를 지휘하고 있었다. 대마도주 요시토시의 부장이었던 그는 도주의 명령으로 공격대를 이끌고 동래성 서쪽 문을 뚫고 들어왔다. 그는 부하들과 함께 저항하는 조선군을 쳐 내며, 관아 쪽으로 접근하고 있었는데, 척후로부터 보고가 올라왔다.

"조선군 수장으로 보이는 자가 관아 쪽으로 물러났습니다."

서문을 뚫고 막 성안에 들어섰을 때였다.

'동래 부사렸다.'

노리마쓰 역시 부사 송상현을 알고 있었고 그의 인품을 존경하며, 마음속으로 흠모하고 있었다. 비록 싸움이 시작되어 적이 되었지만, 개인적으론 위해를 가하고 싶진 않았다. 노리마쓰는 서둘러 관아로 향했다. 송상현에게 항복을 권유해 목숨을 보존케 하고 싶었다.

"서둘러라."

그가 선봉대만을 이끌고 관아에 이르렀을 때, 이미 입구 마당 쪽에는 먼저 들이닥친 아군 병사들이 조선군과 대치하고 있었다. 이들은 보병인 아시가루(足經)였는데, 긴 창을 꼬나들고, 대청마루를 노리고 있었다. 깃발을 보니, 동문 쪽으로 먼저 들어온 마츠라대의 병사들이었다. 안쪽에는 부사로 보이는 자가 대청 위에 있었고, 그 아래에는 장교들과 측근들이 둘러서 있었다. 대청 주변으로 횃불이 피어오르고 있었으나, 시야는 어두웠다.

송상현은 사세구(辭世句)를 쓰고 죽음을 각오한 후라, 담담한 모습으로 그들을 내려다보고 있었다. 입을 굳게 다문 그 표정에는 결연한 의지가 묻어났다.

"창을 내리고, 길을 터라."

노리마쓰는 창끝을 겨누고 있는 마츠라대의 병사들을 제치고, 대청 쪽으로 다가섰다. 앞쪽으로 나선 그가 왜말로 뭐라 했고, 이어서 왜병이 조선말로 그 말을 전했다. 노리마쓰 휘하에는 조선말이 능숙한 통역병이 있었던 것이었다.

"성문이 뚫려 싸움은 끝났소이다. 항복을 하면 부하들과 백성들의 목숨을 구할 수 있을 것이오. 우리의 목적은 싸움이 아니오. 화평 교섭을 원하고 있으니, 무의미한 죽음보다는 목숨을 부지해 뒷날을 도모하시오."

노리마쓰의 진심 어린 충고이며 제안이었다.

송상현은 노리마쓰의 항복 제안을 통역을 통해 듣고 나더니, 대답 대신 앞으로 한 걸음 성큼 나섰다. 그리고는 관아 안마당에 가득 찬 왜병들을 향해 외쳤다.

"이웃 나라의 도의가 어찌 이렇단 말이냐? 우리가 그대들에게 잘못한 것이 없고, 해를 끼친 일이 없거늘, 이 같은 짓이 과연 도리에 합당하단 말이더냐?"

왜병을 꾸짖는 언성이 쩌렁쩌렁 관아 안마당에 울려 퍼졌다. 마치 지휘관이 병사들 앞에서 일장 연설을 하는 위엄이었다. 왜병 하나가 연신 노리마쓰에게 왜말로 통역을 했다.

"누차 말하지만, 항복은 없다. 항복이야말로 주상 전하의 신의를 배신하는 일이다. 승리가 아니면 장렬한 전사뿐이다. 항복해 개같이 사느니, 죽어서 정승같이 살리라. 그러니 도의를 알거든 물러나거라!"

송상현은 언성을 높여 일갈하였다.

"여봐라, 뭣들 하느냐? 저놈들이 물러나지 않거든, 쳐서 몰아내라!"

송상현은 손에 들고 있던 환도를 뽑아들며 외쳤다. 곁에 있던 양산 군수 조영규와 조방장 홍윤관, 군관 송봉수, 김희수가 송상현의 말이 끝나자, 먼저 마당으로 뛰어내렸다.

"…."

노리마쓰는 송상현의 일갈에 잠시 당황했다. 그는 송상현이 이렇게 격노하리라고는 예상치 못했다. 자신이 선의를 알면, 어쩌면 제의를 받아 줄지 모른다고 생각했던 게 사실이었다. 목숨이 걸린 문제였기에 당연히 그러리라 여겼다. 그런데 결과는 전혀 달랐다. 게다가 마당으로 뛰어내린 조선군 장교들은 자신들을 노리고 공격을 해 왔다.

"이놈들."

송상현도 손에 환도를 거머쥐고 마루 아래로 내려섰다.

"어어."

점잖게 예를 갖추려 했는데, 조선군이 갑작스레 공격으로 나서자, 노리마쓰를 비롯한 왜병들은 순간적으로 당황했다. 일순 뒤로 물러섰던 왜병들이, '에잇' 하고 창을 곧추세웠다. 다섯 보를 뒤로 물러섰던 왜병들이 다시 전열을 가다듬더니, 창을 찌르며 들어왔다.

"와아."

하고 관아 안마당에서 왜병과 조선군이 뒤엉켰다.

"죽일 놈들."

송상현도 대청 마당으로 내려섰다. 왜병 하나가 창을 꼬나들고 다가오는 것을 보고는 칼을 돌려 수평으로 휘둘렀다.

휘잉.

왜병은 뒤로 물러서며 창을 뻗었다. 송상현은 왜병의 창날을 피하기 위해 몸을 몇 차례 돌리면서, 칼로 창대를 쳐 냈다. 몇 합인가 창과 칼이 부딪쳤다.

카앙.

칼과 창날이 부딪친 곳에서는 파란 불꽃이 튀었다. 불꽃은 일견 매우 찬란하게 튀었다간, 스러졌다.

"우욱."

양산 군수 조영규가 가장 먼저 왜병의 창에 당했다. 송상현보다 앞서 마당으로 내려선 그는 앞쪽으로 들어오는 왜병을 노리고는 환도를 휘둘렀다. 전투 경험이 많은 왜병은 얼른 뒤로 빠졌다. 그때 옆쪽으로 다가서던 왜병 하나가 칼을 휘두르고, 비어 있는 조영규의 옆구리를 보았던 것이다. 왜병은 그대로 장창을 주욱 밀어 뻗었다. 허공을 가르고 다시 몸의 균형을 잡으려는데, 왜병의 기다란 창이 허리뼈 위쪽 옆구리를 쑤시고 들어왔던 것이다. 창을 맞은 조영규는 순간적으로 통증이 몰려왔지만, 아픔을 느끼기보다는 큰 분노가 가슴속에서 치밀어 올랐다.

"네, 이놈."

그는 통증을 참으며 창대를 손으로 움켜잡은 채 옆으로 돌았다.

"이노옴."

그는 창대를 몸 쪽으로 끌어당겨, 왜병을 베었다. 그러는 사이, 처음 노렸던 앞쪽 왜병의 창끝이 정면에서 몸통을 향해 들어왔다. 몸을 옆으로 비틀어 피하려 할 때, 등 뒤의 충격이 주어졌다. 또 다른 왜병의 창이 배후를 노린 것이다. 창에 관통된 몸을 가누지 못하고 휘청거리는데 또 다른 창끝이 그대로 가슴을 뚫고 들어왔다.

"으으윽."

왜군의 공격에 조영규를 비롯해, 조방장인 홍윤관, 군관 송봉수도 차례차례 적의 창에 몸통이 꿰뚫려 숨을 거뒀다. 대청 아래로 내려서 왜군을 베려 했던 송상현은 옆에서 들어오는 왜군의 칼에 팔을 베였다. 그 충격에 손에 쥐고 있던 칼이 떨어져 나갔다. 그렇다고 물러설 수는 없었다.

"이놈들."

부사는 육탄으로 저항을 했다. 왜병의 몸통을 붙잡고 쓰러뜨린 후, 위로 올라탔다. 곧바로 뒤에서 다가온 왜병의 날카로운 창이 송상현의 어깨를 깊숙이 파고들었다. 몸이 휘청했다. 곧 통증이 퍼져 왔다.

"죽일 놈들!"

송상현은 일단 몸을 틀어 창을 뿌리쳤다. 그리고는 분노를 못 이겨 고성을 내질렀다.

"네 이놈."

그는 자신에게 창질을 한 왜병을 향해 몸을 일으켜 세웠다. 억지로 몸을 세워, 왜병의 창을 손으로 움켜잡으려 하자, 몸통이 훤히 드러났다.

"이얍."

옆에 있던 왜군의 창이 복부를 향해 곧장 들어왔다. 반쯤 일어선 채로 창대를 부여잡은 송상현의 왼손이 부르르 떨렸다.

"내, 결코⋯."

그리고는 눈을 부릅뜬 채로 쓰러져 갔다. 향년 마흔 둘이었다.

"부사 영감."

"마님."

송상현이 쓰러지는 것을 보고, 동래부 소속 향리와 관노들이 분노했다.

"이 웬수 같은 놈들."

그들은 옆에 떨어진 칼을 주워 들고는 왜군에게 달려들었다. 그러나 무술을 모르는 그들은 왜병에게 접근하기도 전에, 왜병의 긴 창에 몸통이 꿰뚫렸다.

부사를 따라 관아로 들어왔던 조선 사람들은 관아 안마당에서 모두 몰살을 당했다.

타타닥.

왜병 하나가 수장인 송상현의 목을 따기 위해 옆구리에 차고 있던 단검을 뽑아 들고, 잽싸게 대청 아래 좁은 마당으로 뛰어 올랐다. 적장의 수급을 거두면 군공을 크게 인정받을 수 있었다. 송상현의 몸에 올라탄 왜병이 부사의 상투를 손으로 잡고는 머리를 위로 들어 올렸을 바로 그때였다.

"멈춰라. 수급을 따지 마라!"

관아의 넓은 마당 뒤쪽에 있던 노리마쓰가 소리를 질러 급히 멈추라는 명령을 내리고는, 한달음에 달려와서는 왜병을 발로 쳐 냈다.

"어이쿠."

송상현의 몸을 깔고 앉아 오른손에 단도를 쥐고 있던 왜병이 발에 차여, 옆으로 떨어져 나갔다.

노리마쓰는 송상현이 싸움을 멈추라는 권고를 무시한 채, 왜병들과 칼로 치고, 창을 받을 때, 뒤쪽으로 물러서 관망하고 있었다.

'더 이상 막을 길이 없도다. 과연 충신이로다.'

부사가 병사의 창에 맞아 쓰러지는 것이 안타까웠지만, 어찌할 도리가 없었다. 그러나 이미 숨을 거둔 그의 수급을 떼어 내게 하고 싶지는 않았다. 존경하는 망자에 대한 예의가 아니라 여겼던 것이다.

발로 차인 병사는 마츠라대의 병사였다. 자신의 휘하가 아니었다. 송상현의 수급을 거두려다, 방해를 받은 그가 자신을 원망하는 눈빛으로 노려보았다.

"수급을 따는 걸 방해해서 미안하다. 그러나 아무리 적장이라도 함부로, 아무나 수급을 따서는 안 된다. 물렀거라."

싸움터에서 적장의 수급을 따는 것은 가장 큰 군공이었다. 그리고 아무리 상관이라도 그 군공을 뺏을 수는 없었다. 더구나 마츠라대와 대마도대는 소속도 달랐다. 따지고 들면 자신의 잘못이 되어, 큰 분란이 될 수도 있었다. 노리마쓰가 그런 여러 사정을 모르는 것이 아니었다. 그렇다고, 눈앞에서 송상현의 수급이 떨어지도록 그냥 보고 있을 수는 없었다.

발로 차인 병사는 군공을 세울 기회를 저지당해 한동안 분한 감정이 없진 않았으나, 노리마쓰의 위엄과 표정에 기가 꺾였다. 게다가 비록 쓰러져 주검이 되었지만, 적장에 대한 노리마쓰의 애절하고 진지한 표정과 행동을 보고는, 범상치 않은 느낌을 받았다.

"칙쇼."(제기랄.)

노리마쓰의 표정을 곁눈으로 노려보던 왜병은, 혼잣소리로 한마디 내뱉고는, 관아 밖으로 사라졌다.

"주군이시다."

곧 대마도주 요시토시가 근위대의 호위를 받으며 관아로 들어섰다. 이어서 1번대 총대장 유키나가를 필두로 각 대의 영주들이 관아로 들이닥쳤다.

왜병들이 '좌악' 하고 물 갈라지듯 좌우 옆으로 물러서며, '와아'
하고 함성이 올랐다.

"이곳을 지휘소로 정한다."

동래 부사 송상현이 거주하던 동래성 관아가 왜군의 지휘소가 됐
다는 것은 동래성이 완전히 왜군의 손에 떨어진 것을 의미했다.

아시카가(足利) 막부의 멸망

'다케다 신겐 병으로 사망.'

가이의 호랑이로 불리던 다케다 신겐이 병사했다는 소식은 노부나가의 귀에도 들어왔다.

"옳지, 잘된 일이다."

신겐이 병사하자, 노부나가는 이제 자신을 위협할 만한 세력이 없어졌다고 보고 이를 절호의 기회로 여겼다. 홀가분해진 노부나가는 즉시, 자신을 골탕 먹이고 있는 쇼군 요시아키를 치기로 했다.

"앞으로 내가 죽고 나면 삼 년간 외부와의 싸움을 삼가라. 우선 내부 결속에 힘을 기울여야 한다. 그래야 가문을 보존할 수 있다."

신겐은 숨을 거두기 전, 가문의 보전을 위해 자신의 죽음 후, 삼 년간 전쟁을 일으키지 말고, 내실을 기하라는 유언을 남겼다.

다케다 가문의 가신들과 영주직을 계승한 장자, 가츠요리는 선친의 유언대로 주변국의 움직임에 개의치 않고, 영지 내의 통치에만 힘을 기울였다. 그들은 일체 주변 정세에 관여하지 않았다.

"쇼군이 교토의 니죠성을 떠나, 마키시마성으로 거처를 옮겼습니다."

나이토 죠안과 결별한 요시아키가 마키시마성으로 거처를 옮겼다는 소식이 곧바로 노부나가에게도 보고되었다.

"이야말로 호박이 넝쿨째 굴러떨어진 격이로군. 시바타를 불러라."

쇼군 요시아키를 호시탐탐 노리고 있던 노부나가는 이 기회를 놓칠 수 없다고 마음먹었다.

"즉시 군사를 소집하시오."

시바타에게 즉시 군사를 모으도록 명했고, 소집이 끝났다는 보고가 올라왔다.

"곧장 마키시마성으로 쳐들어간다."

노부나가는 시바타를 측근장으로 하고, 스스로 앞장서, 병사를 지휘했다. 거성을 나와, 서쪽에 있는 비와(琵琶)호로 가서는 도보가 아닌 배를 이용했다. 쇼군이 자신의 움직임을 눈치채지 못하도록 한 조치였다. 비와호는 교토 위쪽에 있는 큰 호수였는데, 바다로 착각할 정도로 넓은 호수였다. 그는 휘하 병사를 이끌고, 신속하게 비와호를 남쪽으로 종단해 교토로 향했다. 전광석화같이 움직여 상대가 눈치채지 못하게 접근한 후, 병사들을 시켜 마키시마성을 물샐틈없이 포위토록 했다. 때는 음력 칠월 아흐레였는데, 요시아키가 니죠성을 나와, 마키시마성으로 입성한 것이 같은 달 초사흘이었으니, 불과 엿새 만에 노부나가가 이끄는 군대가 교토로 들어와, 마키시마성을 완전 봉쇄한 것이었다. 기습적인 움직임으로 상대의 허를 찌른 것이었다.

"전하, 성이 오다군에게 완전 포위됐습니다."

성주 마키시마는 깜짝 놀라, 쇼군에게 보고를 했다.

"뭣이라고? 노부나가가 나타났다고?"

"틀림없습니다."

마키시마의 보고를 받은 요시아키도 깜짝 놀랐다. 요시아키는 귀신이 곡을 할 일이라 여겼다.

"세상에, 어떻게 노부나가가 이렇게 빨리 나타날 수가 있단 말

265

인가?"

그는 모든 일이 도저히 믿어지지가 않았다.

"모우리씨와 혼간지절에 원군을 파견해 달라고 전령을 띄우시오!"

"전하. 너무 늦었습니다. 사방이 완전히 봉쇄됐습니다. 게다가 여 긴 섬이라, 적을 물리치지 않고서는, 병사 하나라도 빠져나갈 수가 없 습니다."

"세상에, 어떻게 이런 일이!"

요시아키는 가슴이 답답했다. 자신의 거처를 니죠성에서 마키시 마성으로 옮긴 후, 안전을 확보했다고 믿었다. 안전을 확보한 후, 자 신을 지지하는 세력에게 밀통을 해, 노부나가를 선제공격할 의도였다. 충분히 승산이 있다고 보았다. 그런데 오히려 노부나가에게 허를 찔 려, 선수를 빼앗긴 셈이 되었으니, 그의 당황과 상실감은 이루 다 말 할 수 없었다. 노부나가의 빠른 결단과, 신속한 움직임이 요시아키의 모든 책략을 물거품으로 만들어 버린 것이다.

'상대보다 선수를 치지 않으면 당한다.'

이미 오케하자마 전투에서 이마가와군을 깨트릴 때부터, 신속한 판단과 전광석화 같은 움직임은 노부나가의 특기로 널리 알려진 터였 다. 싸움 경험이 없는 요시아키만 모르고 있었던 셈이었다.

결과적으로 스스로 무덤을 파듯이, 섬으로 들어가 고립된 요시아 키는 이제 누구에게도 지원을 요청조차 할 수 없는 몸이 됐다. 전세를 만회시킬 가능성은 티끌만큼도 없었다.

반면 노부나가는 철두철미했다. 자신의 부장인 시바타를 시켜, 니 죠성 외곽을 수비하던 쇼군의 수하인 미부치를 설득해 자신의 편으로 끌어들여 놓았다.

'요시아키의 손발을 끊어 놓는다.'

오래전부터 쇼군을 돕기로 약조했던 미부치는 전세가 변하자, 부하들을 끌고, 자신의 영지인 후시미로 멀찌감치 물러나 버렸다.

한편, 니죠성에 있던 나이토 죠안은 요시아키가 자신의 만류를 뿌리치고 마키시마성으로 가버리자, 더 이상 근위 역할을 수행할 수 없다는 판단하에 자신의 영지인 야기성으로 돌아가 버렸다.

'저래서는 쇼군이 노부나가의 손아귀를 벗어날 수 없을 것이다.'

상황 판단이 빠른 죠안은 곧바로 휘하 군사를 이끌고 니죠성을 나왔다. 쇼군이 머물던 니죠성이 졸지에 빈성이 되자, 노부나가는 휘하 측근을 이끌고 니죠성에 입성했다.

"쇼군의 거성을 무혈입성했으니, 이야말로 천우신조가 아니고, 무엇이랴. 으하하."

노부나가는 그곳을 본진으로 삼고, 연합대를 편성해 마키시마성을 공격했다.

"총공격이다. 인정사정 봐 주지 말고, 성을 초토화시켜라!"

그는 칼끝을 마키시마성에 맞추었다. 여름 땡볕이 뜨겁게 내리쬐는 칠월 열엿새날, 총공격이 시작됐다. 중신 시바타가 총대장으로 앞장을 섰고, 도키치로와 미츠히데가 측장이 되어 총공격을 감행했다.

"밀어붙여라. 적이 숨을 돌릴 수 없도록 몰아붙여라!"

노부나가의 명령이 떨어지자, 오다군은 틈을 주지 않고 맹공격을 가했다. 이틀 밤낮에 걸쳐, 공격은 끊이지 않았다.

"완전히 우릴 죽이려 작정했구나."

마키시마성의 병사들은 상대의 맹공에 완전히 전의를 상실했다.

"얼마나 버틸 수 있겠소?"

"이대로라면, 앞으로 이삼 일을 버티기 힘들 겁니다. 아마도 전멸을 면하기 힘들 것입니다."

'이대로 끝나고 마는 것인가….'

마키시마의 답을 들은 요시아키는 더 이상 도망칠 수 없는 막다른 길에 이르렀음을 깨달았다.

'이대로 죽을 수는 없다. 일단 목숨을 연명하도록 하자.'

자신의 목숨을 위해, 그는 어쩔 수 없이 두 살된 아들을 인질로 내어 주고 노부나가에게 항복을 구걸했다.

"네, 이놈! 은혜를 원수로 갚는다더니 너를 두고 하는 말이렸다. 시골 촌구석에서 빈들빈들하는 놈을 데려다 쇼군직에 앉혀 주었더니, 그 고마움을 모르고 은인인 나를 치려한단 말이냐. 일개 미물도 은혜를 안다는데, 너는 인간의 탈을 쓰고, 은혜를 원수로밖에 못 갚는 천하에 무도한 놈이다. 짐승만도 못하다는 말은 너를 두고 생긴 말이다!"

병사들에게 잡혀 와 자신 앞에 무릎을 꿇고 있는 요시아키에게 노부나가는 차마 쇼군에 대한 언동이라 할 수 없는 험한 말로 그를 비난하며 매도했다. 패자가 된 요시아키는 그저 고개를 떨구고만 있었다.

"잘못했소이다."

천하를 호령하는 쇼군으로서 그런 치욕이 없었다.

노부나가의 입장에서 쇼군은 천하 지배를 위한 미끼였을 뿐이었다. 원래부터 요시아키를 쇼군으로 공경할 마음은 조금도 없었다. 그러니 얼마든지 모욕이 가능했다.

"내, 너의 목을 쳐 교토 저잣거리에 효수시켜, 너의 무도를 만천하에 알리고 싶으나, 네가 아시카가 막부의 핏줄이라는 점을 감안해 추방으로 끝낼 것이다. 이후 쇼군이라 거들먹거리거나, 교토에 얼씬거린다면, 그땐 정말 살아나질 못할 것이다. 관용을 베푸니 즉시 내 눈앞에서 사라져라!"

요시아키가 항복을 해 왔을 때, 노부나가는 그에게 할복을 명하려

했다.

"그를 처형한다고 특별히 이로울 것도 없습니다. 관용을 베푸는 척하며, 민심을 달래는 수단으로 쓰십시오."

가신들의 건의를 받아 노부나가는 마지못해, 그에게 교토 추방을 명령한 것이었다.

'다행이다. 십 년은 감수했다.'

요시아키는 치욕을 당하긴 했지만, 그나마 목숨을 건진 것을 다행으로 여겼다.

'그나저나, 이젠 누구한테 가, 의탁을 하나?'

그는 언젠가, 쇼군으로서 재기해 교토로 돌아올 것을 꿈꾸며 주고쿠 지역 영주 모우리를 찾아갔다.

"오시느라 수고 많았습니다."

야심이 큰 모우리는 그를 이용해 천하를 장악하려는 의도를 지니고 있어, 요시아키를 받아들였다. 그러나 쇼군으로서 특별한 처우를 베풀지는 않았다. 이후 노부나가에게 쫓겨난 요시아키가 쇼군으로서 재기하는 일은 일어나지 않았다.

요시아키가 쇼군직에서 쫓겨남으로써 아시카가 다케우지에 의해 시작돼, 15대에 걸쳐 그 권위와 영화를 뽐내었던 무신 정권 아시카가 막부는 역사에서 종말을 고하고, 사라지게 되었다.

임진왜란이 일어나기 열아홉 해 전인 1573년의 일이었다.

천하 통일의 꿈

'내 직접 천하를 다스리리라.'

골칫거리였던 쇼군 요시아키를 추방한 노부나가는 이제 더 이상 남의 눈치를 보지 않기로 했다.

'허수아비인 쇼군을 내세워 봤자, 정적들이 나에게 무릎을 꿇을 일은 없을 것이다. 그렇다면 직접 정적들을 쳐부숴야 한다. 명실상부한 천하포무(천하 지배)를 위해서는, 그게 지름길이다.'

냉철하면서 직선적인 성격의 노부나가였다. 허수아비 쇼군을 내세워, 빙빙 돌리기보단, 단도직입적으로 행동하는 것이 간편하다고 판단했던 것이다.

마음이 결정되자, 그는 주저 없이 빠르게 움직였다. 마치 유유히 창공을 선회하다가, 먹이가 발견되고 마음이 결정되면 곧장 아래로 수직 낙하하는 날쌘 매와 같았다. 상대가 방심하고 있을 때, 눈 깜짝할 새에 날카로운 발톱으로 먹이를 낚아채어서는, 허공으로 비상하는 날렵하고 무서운 매, 그 자체였다.

'다시는 실수를 되풀이하지 않으리라.'

그는 자신의 장인인 사이토 도산이 위기에 처했을 때, 꾸물대다가 장인을 잃었다. 게다가 미노 지역을 차지할 수 있는 절호의 기회도 놓친 적이 있었다. 그는 이를 결코 잊지 않았다. 다시는 그런 일이 없도록, 그 쓰라린 실패 경험을 머리와 가슴 속에 정으로 쪼듯 새겨 놓고 있었다.

"아사이 가문을 친다."

쇼군을 몰아내기 위해 교토에서 큰 싸움을 치른 지 불과 한 달여 만에 그는 부하들에게 재차 출정을 명령했다. 노부나가는 먼저 자신을 배신한 매제, 아사이를 그대로 둘 수 없다고 여겼다.

'아무리 정략으로 맺어졌다지만, 등 뒤에서 칼을 꽂으려던 배신자를 그대로 둘 수는 없다.'

그는 삼만의 정예를 이끌고 매제인 아사이 나가마사의 거성으로 쳐들어갔다.

"노부나가가 대군을 끌고 와, 싸움을 걸고 있습니다."

"성문을 열지 말라. 죽어도 성안에 버티면서 농성을 해라."

공격을 받은 나가마사는 휘하의 오천여 병력을 거느리고 있었는데, 수적으로 불리함을 알고는 거성인 오다니(小谷)성에 칩거해, 농성으로 대항하기로 했다.

"쥐새끼 한 마리 빠져나가지 못하도록 철저히 봉쇄하라."

노부나가는 배후에 있던 쇼군 요시아키가 사라진 지금, 그를 돕기 위해 움직일 세력은 없다고 보았다.

'제가 언제까지 버티나 보자.'

노부나가는 오다니성을 물샐틈없이 포위하고는, 그를 고사(枯死)시키려 마음먹었다.

'매제인 주제에 감히 나를 배신하다니…. 내, 배신자에게 그 대가가 어떤지 철저히 보여 주리라.'

노부나가는 나가마사가 매제이기 때문에 그의 배신에 더욱 치를 떨었다. 그도 그럴 것이 타인도 아닌 자신의 사랑하는 여동생을 혼인

271

시켜, 처남 매부의 관계를 맺었다. 이른바 혈맹이라 여겼는데, 적에게 합세하여 자신을 죽이려 하였으니, 그의 분노는 이루 말할 수 없을 정도로 컸다. 당해 보지 않은 사람은 알 수 없는 것, 원래 믿었던 도끼에 발등을 찍혔을 때가 더욱 아픈 것이다.

"원군을 요청하라."

공격을 받은 나가마사도 손을 놓고 가만히 있지는 않았다. 그는 즉시 동맹국인 아사쿠라에게 원군을 요청했다.

"도움을 받았으니, 돕는 게 당연하다. 내가 직접 나가리라."

영주 아사쿠라는 즉시 원군을 파견하기로 결정하고, 요시카게(朝倉義景) 자신이 직접 이만의 군사를 이끌기로 했다. 몇 해 전, 아사쿠라가 노부나가가 끄는 오다군의 공격을 받았을 때, 아사이의 도움을 받아 위기를 모면한 적이 있었기에 이를 갚는다는 명분이었으나 속마음은,

'이 난세에 살아남기 위해서는 아사이와의 동맹 결속이 절대적으로 중요하다. 게다가, 노부나가를 물리치면 그다음은 내가 천하를….'

아사이와 협력하여 노부나가를 격퇴시킨 경험이 있던 그는 협공을 하면, 충분히 승산이 있을 것으로 보고, 직접 움직인 것이었다.

"상대의 군세가 많고, 태세가 만만치 않습니다."

그런데 부장으로부터 올라온 보고는 상황이 그리 녹록치 않음을 말해 주었다. 우선, 아사이군이 농성을 벌이고 있는 오다니성은 이미 오다군에 의해 철저히 봉쇄되어 접근이 쉽지 않았다. 게다가 과거와 달리 오다군의 병력은 삼만이 넘는 병력으로 자신의 군세를 능가했다.

'여의치가 않구나.'

요시카게는 전면전으로는 승산이 없다고 보았다.

"오다니성이 내려다보이는 산정으로 올라가, 후방 지원을 한다."

요시카게는 무모하게 오다니성으로 접근하는 것보다, 멀리서 오다니성을 지원하는 척하며, 틈을 엿보고자 했다.

'오다니성이 무너지더라도, 우리는 살아남아야 한다.'

그의 속셈으로는, 결과야 어떻든 원군을 끌고 왔으니, 대의에 어긋나지 않는다고 본 것이다. 시늉에 불과할지 모르지만, 은혜를 갚은 것과 마찬가지라 여기고, 자신만이라도 살아남기 위한 방편을 선택한 것이었다. 그렇게 안전책을 택한 요시카게는 산정에 진을 쳤다. 어찌 보면 오다군을 멀리서 포위한 듯한 모양의 진형이었다.

"주군, 아사쿠라군이 뒤쪽 산에 포진하였다고 합니다."

정보통인 도키치로가 아사쿠라의 동태를 파악해 노부나가에게 알려 왔다.

"교활한 놈. 잔나비! 우선 군사 천 명을 이끌고 산정을 기습 공격해라. 전면전은 피하고 놈들의 혼만 쑥 빼놓고 물러서도록 해야 한다."

"잘 알겠습니다. 후후."

도키치로는 노부나가의 속셈을 눈치채고는 회심의 미소를 지었다. 아사쿠라의 병사들은 일시적으로 모인 반농반병인 반면, 오다군의 병사들은 싸움만을 직업으로 하는 정예 부대였다. 휘하 병사들에 비해, 상대의 병사가 오합지졸임을 알고 있는 노부나가는 상대를 휘젓기 위해 기습 공격을 명령했던 것이다. 이심전심으로 노부나가의 의도를 알아챈 도키치로는 즉시 기습대를 조직했다.

사방이 어두워지고 밤이 깊어지자, 도키치로는 얼굴에 흙을 바르고 위장을 시킨 후, 기습대 천여 명을 이끌고 적진을 향해 올라갔다.

"자! 지금부터 발소리를 죽이도록 하라. 몰래 다가가, 혼만 빼놔야 한다."

산기슭으로 몰래 접근한 도키치로는 먼저 아사쿠라의 우측을 기습 공격했다. 산정에 진을 친 아사쿠라군은 본진을 중심으로 산기슭에 좌우로 벌어져, 설마하며 느슨하게 경계를 하고 있었는데,

"쳐라."

갑자기 적의 기습을 받은 것이었다.

"어이쿠."

갑작스런 적의 출몰에 놀란 아사쿠라군의 우측대는 대항을 해 보지도 못하고 무너졌다.

"뭐야? 뭐야?"

우측 기슭이 공격을 받자, 산 정상에 있던 본진에서 횃불이 피어오르며, 갑작스레 움직임이 부산해졌다.

"됐다. 이제 다시 내려간다."

도키치로는 우측 기슭에 있던 상대 병사를 포로로 잡은 후, 곧 산을 내려왔다.

"수고했다. 포로들을 잘 대해 주고 풀어 주어라."

기습에 성공했다는 보고를 받은 노부나가는 도키치로에게 명을 내렸고, 심리전을 눈치챈 도키치로는 포로가 된 아사쿠라 병사들을 후하게 대해 주고는 그대로 풀어줬다.

"휴, 죽는 줄 알았네."

"천운일세. 천운."

"맞아! 오다군의 병사들은 모두 야차같이 싸움을 잘하니, 우리 같은 무지렁이들이 당해 낼 재간이 있나."

"그려, 목이 붙어 있는 게 다행이지."

노부나가의 계책대로, 이들은 자신들의 본대로 돌아가, 자신들이 운이 좋았다는 것과 오다군의 무장과 민첩함 그리고 용맹성에 대해 침을 튀겨 가며 떠들어 댔다. 포로가 되었다가 돌아온 병사들의 입을

통해, 소문은 널리 퍼져 나갔고, 대신 아사쿠라의 병사들은 사기가 땅에 뚜욱 떨어졌다.

한편, 우익을 맡고 있던 우측대가 무너져, 많은 병사들이 포로가 되었다가 돌아왔다는 보고를 받은 요시카게는 마음이 불안했다.

'우측대가 그리 쉽게 무너졌다면, 오다군이 산정으로 몰려오는 것도 시간문제. 게다가 저들이 포로를 돌려보냈다는 것은 우리가 두렵지 않다는 의지의 표시. 게다가 우리 병사들의 사기가 저리 저하돼 있으니…. 이런 상황에서 싸움을 해 봤자, 백전백패다.'

요시카게는 승산이 없다는 것을 알고는 즉시 철수를 결정했다.

"노부나가가 가만있을까요?"

"만일 적이 추격을 해 온다면, 맞아 싸운다. 그러면 아사이군이 성을 나올 것이다. 적을 분산시켜 협공을 펴면, 우리 쪽이 유리하다."

그러나 노부나가는 이 모든 것을 꿰뚫고 있었다. 당초부터 노부나가는 아사이와 아사쿠라를 따로 분리시켜 놓고, 하나하나 숨통을 끊어 놓겠다는 전략을 세워 놓고 있었다. 요시카게가 후퇴를 하자, 노부나가는 즉시 시바타를 불렀다.

"나는 지금부터 휘하 병사 이만을 끌고 아사쿠라를 바짝 추격할 것이오. 아사이가 성을 나오지 못하도록, 여기서 오다니성을 철저히 봉쇄토록 하오."

노부나가는 연상인 시바타에게 정중어를 썼다. 그리고 휘하 부장 중, 도키치로와 사쿠마(佐久間信盛-사쿠마 노부모리), 둘만을 대동하고 아사쿠라를 뒤쫓았다. 뒤쫓았다기보단, 몰고 있다는 표현이 정확할 것이었다. 그는 상대의 움직임을 먼저 읽고 항상 선수를 쳤다. 아사쿠라의 퇴로를 미리 예상해, 미리 도키치로를 보내 놓았다.

"아사쿠라를 돕지 마시오. 그를 도왔다가는 적으로 규정돼, 토벌을 당할 것이오.”

앞서간 도키치로는 지역 영주들을 설득하여, 아사쿠라를 돕지 못
하도록 했다. 협박도 마다하지 않았다. 그렇게 지역 영주들을 설득해
동맹을 맺거나 결탁을 끌어냈다. 도키치로의 주특기였다.

한편, 오다군의 집요한 추격을 받는 요시카게는 조급했다. 자신의
우군이었던 지역에 원군을 청했지만, 회답은 없었다. 이미 모두 노부
나가와 손을 잡고, 이제는 적이 되어 있었다.

‘아무리 난세라지만, 이리도 믿을 만한 자가 없다니….’

그는 자신이 고립되었음을 깨달았다.

“한시라도 빨리 거성으로 돌아가야 한다. 그 길만이 살길이다.”

요시카게는 노부나가를 피해 성으로 들어가는 것이 상책이라 여
겼다.

“뒤를 쫓기는 하되, 절대 공격을 하지 말라.”

한편, 노부나가는 아사쿠라군을 바짝 뒤따르며 몰아붙였지만, 전
면전을 펼치지는 않았다.

‘한 번의 승리가 아니라, 이번 기회에 아주 뿌리를 뽑아 놓으리라.’

쫓김을 당하는 아사쿠라의 병사들은 속속 탈락자가 생겨났다. 어
느덧 수하에 남은 병사는 출병할 때의 반으로 줄어들었다.

‘큰일이로다.’

상황이 절대적으로 불리하다는 것을 깨달은 요시카게는 오로지
자신의 영지로 돌아가는 것만이 살길이라 여겼다. 그는 뒤도 돌아보
지 않고 말을 달려, 겨우겨우 에치젠에 있는 자신의 거성인 이치죠타
니(一乘谷)성으로 들어갈 수 있었다.

‘이제는 한숨을 놓을 만하다. 도중에 공격을 받지 않았다는 것이
천운이라면 천운이다.’

그의 뒤를 바짝 쫓아온 노부나가는 곧바로 성을 포위하고는, 그를 성안에서 꼼짝 못하게 가두어 놓았다. 자신이 성안으로 무사히 들어온 것도 모두 노부나가의 계책이었는데, 그는 운이 좋았다 여긴 것이다.

'성문을 꼭꼭 잠그고 버티면, 제풀에 지쳐 물러나겠지.'

요시카게는 그리 여겼다. 그러나 노부나가는,

"제 놈이 언제까지 버티나 보자."

성을 고립시키고는 주변 마을을 불태우기 시작했다.

"콜록, 콜록."

마을을 태우는 연기가 성안에까지 퍼져 들어왔다.

"적이 성 밖의 마을과 시가지를 불태우고 있습니다.

"빨리 대책을 세워라."

성은 철저히 봉쇄된 채, 마을이 불길에 휩싸이자, 성안에 있던 요시카게는 얼굴색이 하얗게 변했다. 오다군의 추격을 겨우 벗어나, 성안에 들어와, 이제 안도의 한숨을 돌리려는 찰나였는데, 이런 일이 일어났으니, 그는 안절부절못했다.

"이대로는 질식해 죽을 것이다. 동맹군인 아사이군에게 원군을 요청해 보도록 하라."

'물에 빠진 자, 지푸라기라도 잡고 보자'라는 심정이었다. 그러나 아사이 역시 노부나가의 중신 시바타에 의해 오다니성에 꽁꽁 묶여 꼼짝달싹할 수 없는 처지였다. 둘 다 노부나가의 고립 작전에 완벽하게 말려들었던 것이다.

'네놈들이 지난번에는 협공으로 나를 위협했겠다. 이번에도 가능한지 내 한번 두고 보마.'

노부나가는 두 사람에게 당한 설욕을 되갚기 위해, 철저하게 작전을 짜 놓았다. 그는 아사이와 아사쿠라를 고립시킨 후, 하나하나 말려 죽이기로 작정했던 것이다.

"주군, 식량이 바닥을 드러내고 있습니다."

엎친 데 덮친 격으로, 요시카게에게 식량이 부족하다는 보고가 올라왔다.

"뭣이! 비축 식량이 있질 않느냐?"

"그런데, 그도 얼마 남지 않았습니다."

요시카게는 만일을 대비해, 성내에 식량을 비축해 놓았다. 그런데 평소 성 밖에 거주하던 반농반병의 약 일만 이상의 병력이 성으로 따라 들어왔다. 오다군에 의해 외부 출입이 봉쇄되었고, 식량을 조달할 방법이 없으니, 급한 대로 비축해 놓았던 식량을 사용할 수밖에 없었는데, 이젠 비축 식량조차도 바닥을 드러내기 시작했던 것이다.

'이곳에 있다가는, 다 죽는다!'

요시카게뿐만 아니라, 지휘관들과 병사들에게 위기감이 팽배했다.

'노부나가, 이 여우같은 놈!'

요시카게는 성내에서는 더 이상 버틸 수 없음을 깨달았다.

"근위대와 돌격대만을 추려라. 우선 성을 빠져나가 식량을 구해오기로 한다. 나머지는 성에 머물면서 적을 경계하라."

요시카게는 정예병만을 끌고 성을 나왔다.

"잡아라."

곧 오다군이 따라붙었다. 그는 싸움을 피해 죽기 살기로 말을 몰았다. 근위대가 몇 희생되긴 하였지만, 오다군의 포위망을 무사히 빠져나왔다.

"헤이센절로 가자."

헤이센(平泉)절에는 승병이 있었는데, 그를 지지하는 세력이었다. 게다가 헤이센절은 험악하고 높은 산악 지대에 있었다. 지형적으로

278

외부의 적을 막아 내기가 유리했다. 요시카게는 승병들과 그곳에서 버티면서 다시 군사를 모으면, 오다군을 몰아낼 수 있을 거로 보았다. 그러나 자신이 삼장 법사의 손바닥 안에 있는 손오공의 꼴이란 걸 몰랐다. 노부나가는 이러한 요시카게의 머릿속을 전부 읽고 있었다. 그가 헤이센절로 가기 전에, 노부나가는 이미 헤이센절에 공작의 명수인 도키치로를 보내 놓았다. 도키치로는 휘하 병력을 이끌고 요시카게보다 먼저 들어가, 헤이센절을 공격하는 척했다. 절의 승려들은 당황했다. 승려들이 싸움을 해야 할지, 어떨지 우왕좌왕할 때, 도키치로는 사절을 보내, 화의를 제의했다.

"요시카게와 손을 끊으시오. 제의를 받아들이면 동맹으로 인정하겠소. 그러면 아무런 피해를 입지 않을 것이오. 그러나 저항을 계속한다면 요시카게보다 먼저 이곳을 공격해 절간을 모두 태워 버리고, 사람이 살 수 없는 폐허로 만들어 버리겠소."

이전에 오다군이 교토의 엔랴쿠절을 공략해, 승려건 신자이건, 가리지 않고 살육한 후, 절에 불을 질러 폐허로 만든 유명한 사건이 있었다. 그 때문에 노부나가에게는 '천하의 악귀'라는 악명이 붙었을 정도였다. 이를 들어 알고 있는 헤이센절의 주지는 달리 선택의 여지가 없었다.

"잘 알겠소. 요시카게 님과는 손을 끊겠소."

모든 일이 노부나가의 작전대로 착착 들어맞았다. 공성전을 벌이면, 아군도 희생이 나올 수 있다고 본 그는, 일부러 요시카게를 성에서 끌어낸 것이었다.

'헤이센절의 승군들만을 믿고 왔는데, 적과 한편이 되어 있다니⋯. 이게 세상인심이란 말이더냐.'

철썩같이 자신을 지원하리라 믿고, 헤이센절로 들어가려던 요시카게는 상황이 바뀐 것을 알고, 성을 나온 것을 후회했으나, 이미 물은 엎질러진 뒤였다.

"자 이제 요시카게를 몰아라. 총공격이다."

"끝까지 싸워라."

요시카게는 고립되었지만, 바로 항복하지는 않았다. 그 역시 사무라이 출신이었기에, 지조를 내세우며 한동안 결사 항전을 펼쳤다. 그러나 고군분투였다. 이미 대세는 기울었고, 병사들도 사기가 떨어져 있었다.

"지필묵을 가져오라!"

더 이상 버텨 봤자 무고한 희생만 생길 것을 깨달은 그는 칼을 놓았다.

'가신들과 가족들은 살려 주시오. 이를 약조해 준다면 이 몸은 할복을 하겠소.'

요시카게는 자신의 부탁을 적은 서신을 노부나가에게 보냈다.

"무장다운 최후를 맞이할 수 있도록 배려한다고 전하라."

노부나가는 제의를 받아들였고, 요시카게는 헤이센절 마당에서 할복을 했다. 향년 마흔한 살이었다. 최고 권력자인 아시카가 막부와 긴밀한 관계를 이어가며, 교토 북쪽 지역인 에치젠 지역에서 유력 영주로 발흥해, 백 년 이상 번성해 왔던 아사쿠라 가문의 비참한 말로였다.

"요시카게의 수급을 교토로 옮겨, 효수토록 하라."

노부나가는 자신에게 대항하는 자의 말로가 어떤지 알리기 위해, 본보기로 효수를 명했다.

"아사쿠라 가문을 멸하도록 하라."

그뿐 아니었다. 노부나가는 요시카게에게 할복을 조건으로 약속한 그의 가족과 권속 그리고 가신들을 거두어들인다는 약조를 지키지 않았다.

'관용을 베풀어, 일부러 후환을 남길 이유가 없다.'

노부나가는 부하들에게 참살을 명령했고, 이들은 모두 살해당했다. 이로써 11대에 걸쳐 영화를 누리던 아사쿠라 가문은 후대를 남기지도 못하고, 한 줌 흙으로 사라졌다.

"자, 다음은 아사이의 차례다."

아사쿠라 가문을 멸망시킨 노부나가는 즉시 휘하 군사를 돌렸다.

"신속히 진군하라."

그는 자신의 매제인 나가마사가 버티고 있는 오다니성으로 달렸다. 그만큼 원한이 깊었던 탓이었다. 아사쿠라가 멸망한 이제, 오다니성에 고립된 아사이군을 도울 군대는 없었다. 게다가 오다니성은 오랫동안 오다군의 포위로 옴짝달싹 못하는 독 안에 든 쥐와 마찬가지였다.

'매제란 놈이 나를 배신해…. 배신자의 말로를 똑바로 보여 주마.'

그런데 막상 오다니성 앞 본진에 도착한 노부나가는 공격 명령을 내리지 못하고 주저했다. 매제인 나가마사를 생각하면 이가 부드득 갈렸다. 당장이라도 자신을 배신한 그를 철저히 응징하고 싶은 마음이 간절했다. 그러나 그렇게 된다면, 나가마사의 부인이며 자신의 하나밖에 없는 동생인 오이치는 과부가 돼야 한다.

'불쌍한 오이치여!'

냉혈한으로 소문난 노부나가이지만 혈육의 정 앞에서는 마음이 약해질 수밖에 없었다. 어쩌면 인지상정이었다. 더구나 여동생 오이치는 자신의 부탁으로 나가마사와 정략결혼을 한 처지였다.

'마음 같아서는 당장 죽여야 하지만, 동생을 생각하면 그럴 수도 없고, 그렇다고 배신자를 살려 둘 수도 없고…. 참으로 진퇴양난이로다.'

그는 고민을 하며 끙끙대다가,

'오이치를 위해 이번만은 내가 양보하자.'

마음속으로 그리 결론을 내렸다. 원래 노부나가는 냉혈한이라 소문이 나 있을 정도로, 사사로운 감정이 끼어들 틈이 없는 이성과 원칙을 중시하는 성격의 소유자였다. 그런 그가 동생 앞에서 그 원칙이 흔들린 것이었다.

"잔나비를 불러라."

"전하. 도키치로입니다. 하명을 주십시오."

노부나가의 급한 성격을 잘 아는 도키치로가 잽싸게 달려왔다. 과거, 매제의 배신으로 아사쿠라와 아사이 연합대에게 협공을 받아 위기에 처했을 때, 도키치로가 신가리를 자청했고, 그 덕에 노부나가가 구사일생으로 목숨을 건진 일이 있었다. 그 일로 인해 오다군 내에서 도키치로의 위상은 완전히 달라져 있었다. 천한 농민 출신이라고 그를 빈축하던 가신들도 이제는 모두 도키치로를 용기 있고 의리 있는 사무라이로 인정했다. 노부나가의 신뢰는 말할 나위 없었다. 자신의 생각을 가장 잘 이해하고, 한 치의 틀림없이 수행하는 가신은 도키치로뿐이라고 여기고 있었다.

"잔나비! 지금 즉시 오다니성으로 들어가 나가마사에게 항복을 권하라. 성문을 열고 무릎을 꿇으면, 가문의 명맥은 유지시켜 주겠다고 전하라. 지금 당장 가신과 권속을 데리고 성을 나와 항복한다면, 야마도(大和-현 나라 지역)국을 줄 테니, 그곳을 다스리며 근신하라 전하라. 꾸물거릴 틈이 없다고 확실히 전하라!"

동생 오이치를 위한 선택이었지만, 노부나가도 자신의 마음이 또 언제 변할지 몰랐다. 그만큼 배신에 대한 원한이 깊었다. 그래서 일을 신속하게 처리하고 싶었던 것이다.

노부나가의 명을 받은 도키치로는 단신으로 오다니성으로 들어가, 나가마사를 독대했다. 도키치로가 자신의 특기인 교언으로 나가마사를 설득했으나, 나가마사는 완강하게 거절했다.

"가서 전하시오. 아사이 가문은 무장의 가문. 무장에게 항복은 있을 수 없는 일. 오직 싸움을 통해 모든 것이 결정될 뿐이오. 그렇게 전해 주시오!"

'고집이 센 자로다.'

오다니성을 다녀온 도키치로는 노부나가에게 있는 그대로 보고를 했다.

'그나마 사무라이로서 자존심을 갖고 있다니 다행이다.'

노부나가도 예견을 안 한 바는 아니었다. 살려 달라고 애걸했으면 오히려 마음이 변했을지 몰랐다. 노부나가는 무사답게 목숨을 아끼지 않는 그 패기와 기개를 높이 샀다.

"잔나비! 성내로 들어갔다 왔으니, 내부 사정을 잘 알겠지. 어찌하면 좋겠느냐?"

"나가마사는 뜻을 굽히지 않을 것으로 사료됩니다. 그러니 오이치 님과 그 영애들만이라도 구해 내는 방책을 짜는 것이 상책입니다."

노부나가가 여동생인 오이치를 구해 내고 싶은 마음이 간절하다는 것을 일찍부터 간파하고 있던 도키치로였다.

"오호, 그래. 그럼 이번 작전은 잔나비, 네게 모든 것을 일임할 것이다. 나가마사의 수급을 거두든지, 살리든지 네가 알아서 해라. 단 오이치와 조카들의 몸에 무슨 일이 있어서는 안 된다. 반드시 구해 내라."

자신이 하고 싶은 말을 도키치로가 대신하자, 노부나가는 그에게 전권을 주었다.

"추호도 실수 없이 처리하겠습니다."

노부나가는 전면전을 주장하는 가신들에게 나올지 모르는 비난을 피하기 위해서라도 자신은 빠진 채, 도키치로에게 모든 걸 맡기는 모양새를 취했다. 그로서는 여동생의 구출을 위해 전면전보다는 도키치로의 책략이 절실하게 필요했기 때문이었다.

한편, 노부나가의 속마음을 정확히 읽어 낸 도키치로는 속으로 쾌재를 불렀다.

'아사이 나가마사를 할복시켜 아사이 가문을 멸망시키고, 오이치 님과 그 딸들을 구해 내면, 대의명분도 확보될 것이고, 주군도 만족할 것이다. 그렇게 되면 나의 입장은 더욱 견고해진다.'

도키치로는 곧 정공법이 아닌 변칙 전술을 택해, 휘하 병사들에게 오다니성을 공격토록 했다.

일부러 성벽 아래에 나무를 쌓아 놓게 하고 불을 피우는 등, 성 전체를 화공으로 몰아붙일 듯이 위협을 했다.

"적의 총공격이 시작됐습니다."

"드디어 올 것이 왔구나."

도키치로가 다녀간 후, 성을 둘러싼 오다군이 잠시 잠잠해, 성내에서는 안심을 하고 있었는데, 갑자기 사방에서 화염이 일자, 성안에 있던 병사들이 겁을 먹었다.

'이제 다 죽었다. 전멸을 당할 것이다.'

자신이 예측한 대로 성내의 동요가 일자, 도키치로는 직접 단신으로 오다니성으로 들어갔다. 담판을 위해 다시 나가마사를 만난 그는,

"총공격이 시작되었소. 오이치 님과 따님들을 내 주시오. 그리고 영주께서 할복하신다면 성안의 병사들은 목숨을 보장할 것이오. 더 이상 꾸물댈 시간이 없소, 이게 마지막 통첩이오. 만일 이 제의를 거절한다면, 아사이 가문의 멸망은 물론, 충성을 바쳐 온 죄 없는 병사들까지 모두 살육을 면치 못 할 것이오."

"…."

도키치로의 제안을 받은 나가마사는, 스스로 결정을 내리지 못하고, 주위에 있는 가신들에게 시선을 주었다.

'어찌하면 좋겠냐'라는 눈빛이었다.

"주군. 그럴 수는 없습니다. 죽더라도 끝까지 결사 항전을 해야 합니다."

나가마사의 곁에 있던 무장들은 칼을 뽑아 들은 채, 도키치로에게 눈을 부라렸다. 당장이라도 도키치로를 칠 태세였다. 이른바 주전파였다.

"으음."

그러나 수장인 나가마사로서는 승패가 뻔한 싸움에 죄 없는 병사들의 목숨을 희생시키고 싶지 않았다.

그는 신음과 함께 고뇌의 한숨을 '휴우' 하고 내쉬었다.

"심정을 충분히 헤아릴 수 있습니다. 그러나 싸움은 서로를 위해 무의미한 일일 뿐입니다. 성주님의 용단 하나로 무고한 병사들의 목숨을 건질 수 있다면, 이 또한 수장이 택할 길이라 여겨집니다."

주변의 주전파들이 눈을 부라리고 있음에도 도키치로는 주저하지 않고 나가마사를 설득했다.

"흐음."

나가마사는 순간적으로 진퇴양난에 빠졌다. 주전파의 의견에 따라, 사절로 온 도키치로의 목을 베고 싸움을 시작한다면 병사들의 사기를 진작시킬 수 있었다. 그러나 승패가 뻔한 싸움에서 잠시 사기가 오른다고 승리를 가져올 수는 없었다. 싸움이 시작된다면, 자신에게 충성을 바치던 오천여 명의 병사들의 목이 무의미하게 떨어질 것은 두말 할 나위 없었다.

'패배를 알면서도, 부하들을 사지로 끌어들여서는 안 될 일이다. 가족은 그렇다 치더라도 나에게 충성을 바쳐 온 병사들이 무슨 죄가 있단 말이냐.'

"결전을 해야 합니다."

주전파들은 완강하게 버티며, 나가마사에게 저항할 것을 요구했다.

"물러들 가시오."

나가마사는 도키치로의 제안을 받아들이기로 결정하고, 부인인 오이치와 세 딸을 불렀다.

"오이치. 그대는 아이들과 권속들을 데리고 성을 나가도록 하시오. 저쪽에서 언질이 있었으니 절대 위해(危害)를 가하진 않을 것이오."

"아니됩니다. 출가외인입니다. 저는 이미 아사이가의 며느리입니다. 전하와 생사를 함께할 것입니다."

성을 빠져나가길 권하는 남편의 말을 들은 오이치는 엎드려, 눈물을 흘리며 애원했다. 나가마사와 오이치의 혼인은 정략결혼이었지만, 부부 금슬이 너무 좋아, 모두들 연애결혼 같다고 수군댈 정도였다. 몸을 들썩거리며 애원하는 오이치를 끌어 일으키며, 나가마사는 조용히 말했다.

"부인의 맘을 내 모르는 바 아니오. 그러나 만일 우리가 모두 죽는다면, 이 아이들은 누가 돌보겠소. 이 아이들을 위해서라도 내 뜻을 따라 주구려."

오이치는 세 딸을 바라보았다. 눈물이 왈칵 솟아올랐다. 큰딸 차차(茶茶)가 여섯 살, 둘째 하츠(初)가 네 살, 셋째 고우(江)가 한 살이었다.

'이 어린 것들을 두고 부모가 모두 죽는다는 것이 얼마나 가혹한 일인가? 이 난세에 누가 이 애들을 돌보아 준단 말인가?'

어린 딸들을 감싸 안으면서, 오이치는 연민 때문에 눈물을 철철 흘렸다.

아무것도 모르는 천진난만한 세 딸은 부모를 쳐다보며, 눈만 말똥 말똥 뜨고 있었다. 오이치는 남편을 따라 죽을 각오가 되어 있었지만, 어린 딸들을 생각하면, 차마 고집만 부릴 수도 없다고 생각했다.

"아이들을 이리로 데려오시오."

나가마사는 가까이 다가온 오이치와 세 딸의 손을 꼭 잡았다. 그리고는 아이들의 머리를 가만히 쓰다듬으며,

"부인, 부디 이 아이들을 훌륭하게 키워 주시오."

"…."

오이치는 더 이상 나가마사의 부탁을 뿌리칠 수 없어, 무언으로 답했다.

곧 오다니성에서 전령이 달려 나갔다.

"오이치 님과 가족 그리고 그 권속들이 성을 나오고 있습니다."

전령의 전언이 오다군에게 전달됐고, 노부나가는 뛸 듯이 기뻐했다.

"포위를 풀어라. 성문 쪽 군사는 백 보 뒤로 물러서라!"

도키치로의 계략이 먹혀들었음을 알고는, 노부나가는 성을 포위하고 있는 제장들에게 명령을 내렸다.

"됐다. 다행이다. 이젠 다 끝났다."

여동생 오이치가 앞장서 나왔고, 조카인 세 딸은 하녀들의 손을 잡고, 뒤에 따라 나오고 있었다. 그 모습을 본 노부나가는 저도 모르게 혼잣소릴 해 댔다. 오이치와 세 딸 그리고 하녀들이 오다니성을 나와, 노부나가가 있는 본진에 이를 때까지, 오다군은 성벽 멀리서, 아사이군은 성벽 위에서 이를 지켜봤다.

"주군, 이제 어찌할까요?"

도키치로가 노부나가에게 재차 물었다.

"배신자를 그대로 두어선 안 되지. 인정사정을 보지 말고 총공격해라. 아사이 가문을 멸망시켜라."

오이치와 그 일행이 자신의 본진에 무사히 도착한 것을 확인한 노부나가는 이젠 더 이상 꺼릴 것이 없었다.

'배신한 것을 용서하고 관용을 베풀었건만, 이를 거절한 놈을 내 그대로 둘 수 없다.'

그는 자신의 호의를 거절한 나가마사가 괘씸했다. 도저히 용서할 수 없었다. 여동생을 위해 한때 살려 두려던 마음이 변한 것이었다.

"총공격이다."

도키치로는 나가마사에게 '할복을 하면 부하들을 살리겠다'라고 약조한 것이 마음에 걸렸지만, 그렇다고 주군의 명령을 거역할 수도 없었다.

'나의 역할은 끝났다. 이제는 주군의 명령에 따를 뿐이다.'

오다군이 총공격을 시작하자, 성안에 있던 아사이군도 맹렬하게 반격을 했다.

"반격을 멈추어라."

나가마사는 자신이 할복하면, 휘하 병사들은 살 수 있다고 여겨, 반격을 금지시키려 하였다.

"아니되옵니다. 끝까지 결전을 해야 합니다."

주전파 가신들이 끝까지 반대했다.

"나가마사여, 어차피 적의 공격이 시작됐으니, 싸우다 죽을 뿐이다."

거기에는 나가마사의 친부인 히사마사(久政)도 가담했다. 아사쿠라와 혈맹 관계를 주선한 것도, 노부나가를 배신하게, 뒤에서 사주한 것도, 실은 그의 친부였던 것이다.

'부친의 압력만 없었다면, 처남인 노부나가 님을 배신하는 일도, 가족이 헤어지는 일도 없었을 것을….'

그는 한편으로 부친이 원망스러웠으나, 그렇다고 질책하지는 않았다.

"아버님. 제가 할복을 하면 부하들의 목숨을 보장해 준다는 언질을 받았습니다. 부하들이 무모한 죽음을 당하게 할 수는 없습니다."

"무슨 소리를 하느냐? 저 냉혈한 노부나가가 우리에게 인정을 베풀 것 같으냐? 절대로 우릴 그대로 두지 않을 거다. 우리가 수적으로 열세라 하나, 오다니성은 난공불락의 성이다. 그리 호락호락 떨어지지 않을 테니, 항복할 생각은 꿈에도 말거라."

선대인 친부 밑에 있던 구 가신들은 주전파가 많았다. 사람 좋은 나가마사로서는 이들의 건의를 단호하게 뿌리칠 수가 없었다. 하는 수 없이 오다군의 공격을 맞이하여, 병사들을 지휘하며 싸움을 할 수밖에 없었다. 그러나 워낙 중과부적이었다. 게다가 병사들은 오랫동안 포위돼 있었기에, 사기가 뚝 떨어져 있었던 반면, 오다군은 연전연승에 사기가 충만해 있었다. 상대가 되질 않았다.

"불이다. 천수각에 불이 붙었다."

두 번 다녀간 탓에, 성내의 지리를 잘 아는 도키치로가 돌격대를 이끌고 북쪽 성벽을 타고 올라와, 천수각에 불을 질렀던 것이다. 불은 천수각의 일부를 태우고 꺼졌으나, 그 효과는 컸다.

"적군이다. 성벽이 무너졌다. 적군이 들어왔다."

천수각 일부를 태우며, 치솟아 오르는 연기는 가뜩이나 사기가 저하돼 있는 아사이 병사들의 혼을 쏙 빼놓기에 충분했다.

'이제 끝이로구나.'

나가마사도 병사들의 아우성을 듣고, 적군이 성으로 밀려들어 온 것으로 여겼다.

"나를 따라라!"

나가마사는 가신 하나를 끌고 거실로 들어갔다. 그리고 배를 가를 준비를 하였다. 갑옷을 벗고 속옷을 들어 올리자, 맨살이 드러났다. 무릎을 꿇은 채 옆구리에 차고 있던 단도를 빼 들었다.

"그동안 수고가 많았다. 뒤를 부탁한다."

나가마사는 주저하는 기색 없이 하얗게 드러난 왼쪽 옆구리에 단도를 갖다 대고 눌렀다. 뜨끔하고 통증이 전해져 왔으나 그대로 힘을 가해, 오른쪽으로 단도를 당겼다. 붉은 피가 배어 흘러나왔다. 거의 동시였다.

"용서를."

뒤에서 장검을 뽑아 들고 서 있던 부장이 나가마사의 뒷목을 향해 칼을 사선으로 내리그었다.

가이샤쿠(介錯 - 할복 시, 뒤에서 목을 베는 일)였다. 할복을 하는 주군이 고통을 느껴 추한 모습을 보이지 않게 뒤에서 목을 친 것이었다.

휙, 턱, 투그르르.

나가마사의 목이 몸에서 떨어져 다다미 위를 굴렀다. 목이 떨어져 나간 곳에서 피가 솟구치며 나가마사의 몸통이 옆으로 털썩 무너졌다. 향년 스물아홉이었다. 나가마사의 친부인 히사마사도 배를 갈랐다. 유력 영주였던 아사이 가문의 멸망이었다.

"나가하마 지역을 이번 싸움에서 공이 큰 도키치로에게 하사한다."

노부나가는 아사이 가문을 멸망시킨 후, 그 주변 지역을 나가하마(長濱)로 개칭했다. 그리고 도키치로를 영주로 임명했다.

"하아, 성은이 망극하옵니다."

영지를 하사받은 도키치로는 그곳에 자신의 성을 쌓고, 나가하마

290

성이라 명명했다. 그리고 스스로 성주가 되었다.

'우하하하. 드디어 영지를 가진 당당한 성주가 됐다. 나카무라의 농민의 아들로 태어난 내가 일국의 주인인 성주가 됐단 말이다. 꿈이 실현됐다. 이제부터가 진짜 내 인생이다.'

성주가 된 그는 그때까지 사용해 왔던 기노시타 도키치로라는 자신의 성과 이름을 모두 버렸다. 그리고 하시바 히데요시라는 새로운 성과 이름으로 개명했다. 그의 새로운 성인 하시바는, 먼저 노부나가의 중신인 니와(丹羽長秀)와 원로 중신인 시바타(柴田勝家)의 이름에서, 따온 것이다. 즉 니와의 성에서 와(羽 – 어두에서 발음하면 하)를 따 왔고, 시바타의 성에서 시바(柴)를 따, 하시바(羽柴)로 성을 개명했던 것이다. 그리고 도키치로라는 이름을 버리고, 히데요시(秀吉)라는 이름을 붙였다. 성을 딴다는 것은 그들을 존경하며 본받는다는 의미가 있었으니, 그의 야심이 만만치 않음을 알 수 있었다.

"가난한 농민의 자식 기노시타 도키치로(木下藤吉郎)는 죽었다. 이제는 성주 하시바 히데요시(羽柴秀吉)로 다시 태어난 것이다."

"경하드리옵니다. 주군."

도키치로는 개명식을 끝낸 후, 술잔을 높이 쳐들며 호언을 했고, 휘하 측근들은 축하를 하며, 그에게 정중하게 고개를 숙여 존경을 표했다.

양산 군수와 울산 군수

'왜군이 침입했으니 즉각 군사를 모아 동래성으로 출정하시오.'

동래 관아 싸움에서 가장 먼저 왜병의 창에 쓰러진 양산 군수 조영규는 울산 병영에 있던 좌병사 이각이 보낸 명령서를 받았다. 서열상, 좌병사가 군수의 상급자였으니, 이를 거역할 수가 없었다.

그는 원래 전라도 장성 출신이었는데, 효심이 지극한 그는 홀어머니를 가까이서 모시기 위해, 부임지인 양산으로 노모를 모시고 왔다. 왜적이 침입했다는 소식을 접한 그는 비장한 심정이 되어 곧바로 양산 군내에 거주하는 노모를 찾았다.

"어머님. 나라의 녹을 받는 몸이기에, 사사로이 어머님을 모시지 못 하는 불효를 용서하여 주시옵소서."

효자였던 그는 나라의 충을 위해 개인적 효를 다하지 못함이 한스러웠다. 자신을 낳아 준 모친에 대한 고마움과, 연세가 들어 쇠약해진 모습에 안타까움을 느끼며, 불효막심함에 가슴이 찢어질 듯 아팠다.

"끄윽, 끄윽."

홀로 계시는 노모에 대한 연민에 눈물이 그치지 않았고, 슬픔에 목이 메었다. 그는 솟아오르는 눈물을 참아 가며, 노모 앞에 부복하여 용서를 구했다.

"이 어미 걱정은 말고 부디 몸조심하오."

"부디 만수무강하옵소서. 어머님. 흐흐흑."

조영규는 복받쳐 오르는 슬픔에 참지를 못하고, 결국 노모 앞에서 눈물을 흘리고야 말았다.

"사내대장부는 일생에 세 번만 눈물을 흘린다고 했는데, 사또께서 어인 눈물이오? 이 어미 걱정은 말고 나랏일을 잘 수행하길 바라오."

노모는 오히려 조영규를 달랬다.

노모에게 인사를 마친 조영규는 자신의 장남인 조정노를 불러 조용히 일렀다.

"잘 들어라. 이 아비는 왜적을 막기 위해 동래성으로 출진한다. 동래성과 생사를 함께할 것이다. 성이 함락되면 나도 더 이상 이 세상에 살아 있지 못할 것이다. 만일 동래성이 함락되면 경상 지역은 왜놈들의 천지가 될 것이다. 동래성이 왜적의 손에 떨어졌다는 소문이 들리면, 즉시 할머님을 모시고 이곳을 떠나 선산이 있는 장성으로 돌아가거라. 그리고 이 아비 대신 네가 할머님을 잘 보살펴드리도록 하거라."

조영규는 장남에게 노모를 당부한 후, 자신은 부하들을 이끌고 동래성으로 들어가, 분투 끝에 동래 관아에서 송상현과 함께 전사하였던 것이다.

"동래성이 함락되었다고 합니다. 군수님을 비롯해 거기에 있던 모든 사람들이 왜군의 손에 처형을 당했다고 합니다."

양산에서 부친의 승전보만을 기다리던 조정노에게 동래성이 함락됐다는 소식과 부친마저 전사했다는 소문이 들려왔다.

"드디어 올 것이 오고야 말았구나. 아, 이제 왜적은 나의 철천지원수가 되었도다."

동래성이 함락됐다는 소식을 들은 조정노는 단장의 슬픔을 억누르며 부친의 유언대로 조모를 모시고 장성으로 돌아갔다. 장성으로 돌아간 조정노는 조모를 친지에게 부탁하고는, 자신은 다시 부친이 순절한 동래로 갔다.

그는 부친의 유해를 찾기 위해 동래성 안으로 들어가려 했으나, 그곳에 주둔한 왜군 경비대의 감시가 엄해, 유해를 찾을 수가 없었다. 잘못하다 왜병의 눈에 띄면 포로가 되기 십상이었다. 게다가 싸움이 끝나고 열흘이 훌쩍 지나, 설령 유해가 있어도 누구의 것인지 분별할 수 없는 상황이었다.

'아, 내가 천하에 둘도 없는 불효자로다.'

그는 자식으로 아비의 유해조차 건지지 못하는 자신의 미력함이 너무도 한스러웠다.

'왜적에게 살해된 것도 억울한데, 시신도 수습이 안 되어, 구천을 떠돌 부친의 한을 생각하면 내 어찌 이대로 살아갈 수 있단 말이냐?'

동래에서 부친의 유해를 찾지 못한 그는 다시 장성으로 돌아갈 수밖에 없었다. 장성으로 돌아가서는, 부친과 동래성에서 순절한 모든 사람들의 원혼을 달래기 위해 초혼제를 크게 지냈다.

초혼제는 불의의 객사를 하거나 전쟁에서 유해를 찾지 못할 때, 이들의 원혼을 불러 위령하는 위혼제 중 하나였다. 유해는 없지만, 망자가 평소 즐겨 입던 의복 등을 이용하여 장례를 치르는 것으로, 망자의 영혼이 이 세상에서 방황하지 말고 저승에서 편하게 쉬라는 의미에서 생긴 습관이었다.

원래 초혼제의 기원은 중국이었다. 옛날 중원에서는 전쟁이 끊이지 않았고 먼 곳까지 출정한 많은 병사들이 전쟁터에서 목숨을 잃었다. 살아남은 병사들은 전우들의 시신을 모두 수습하기가 어려웠다. 그래서 시신을 일일이 수습하지 않고, 원혼을 한데 모아 달래는 원혼제가 그 기원이었으니, 가슴의 한을 품고 망자를 보내는 관습이었다.

조정노는 관습대로 초혼제를 치러 망자의 한을 달래기는 하였으나 가슴속에 응어리진 자신의 한까지 모두 달래지는 못했다.

'아비를 죽인 왜적 원수 놈들과 함께, 한 하늘을 머리에 이고 살 수는 없다.'

초혼제를 끝낸 조정노는 흙으로 사방이 꽉 막힌 방을 만들었다. 그리고 원수와 같은 하늘 아래에서 살 수 없다며, 흙으로 만든 방에 들어가 식음을 끊었는데, 며칠 후 그곳에서 숨을 거둔 채 발견되었다.

한편, 울산 군수 이언성은 왜군이 공격해 오자, 송상현의 명령대로 북문을 방어하기 위해, 횡령산 가장 위쪽으로 올라가 진을 쳤다. 동래성 안에서도 가장 위쪽에 위치한 북문은 경사가 가파른 곳에 있었다. 문 바깥쪽은 산비탈로 이어져 내려가기는 쉬워도, 올라오기는 쉽지 않은 경사 길이었다. 활처럼 오른쪽으로 구부러져 있는 길은 사람 둘이 지나다닐 정도의 넓이였는데, 사람들이 겨우 다닐 정도였기에, 대군이 몰려들기에는 적절치 않은 길이었다.

송상현이 이언성에게 북문을 맡긴 이유는 그의 휘하에 군사 수가 많질 않았기 때문에, 동문 쪽의 원군을 겸해, 경계를 위해 부탁을 한 것이다.

왜군은 세 개의 대열로 나누어져, 남문과 동문, 서문을 목표로 공격해 들어왔으나, 북문을 공격하는 왜군은 없었다. 왜군으로서는 산 가장 위쪽에 있는 북문은 지형적으로 공격이 어렵다고 보았기 때문이었다. 왜군 지휘부는 산 아래쪽에 경계병만을 배치해, 조선군이 북문을 통해 빠져나가지 못하도록만 조치를 취해 놓았다.

그런 상황이었기에 동래성이 세 곳에서 공격을 받을 때도 이언성과 그의 휘하 군사들은 비교적 한가한 편이었다. 그러므로 왼쪽 아래에 있는 동문이 마츠라대의 공격을 받고, 뚫릴 때, 충분히 엄호를 할 수 있었다.

그런데 이언성은 마츠라대가 동쪽 성벽을 넘어와, 조선 병사들을 칠 때도, 안에서 동문을 열 때도, 아무 조치를 취하지 않았다.

"어찌할까요?"

마츠라대의 왜병들이 동쪽 성첩으로 올라섰을 때, 북문의 있던 장교들이 지휘장인 이언성을 바라보았다. 상관의 명령이 없이는 근무지를 이탈할 수가 없었기 때문이었다. 장교들은 이언성에게 공격 명령을 바랐으나, 그는 아무런 지시도 내리지 않았다.

'여기 있다가는 위험하다.'

동문 안쪽으로 넘어온 왜병들이 성문을 열어젖히고, 바깥쪽에 대기하던 왜병들이 물밀듯이 들어오는 것을 본 그는 싸울 생각보다는 먼저 목숨이 위태롭다고 느꼈다. 지휘를 포기한 그는 병사들에게는 아무런 명령도 내리지 않은 채, 그길로 성 안쪽으로 기울어진 언덕을 내려가 민가에 몸을 숨겼다. 그러다 나중에 동래성이 왜군에게 함락되고, 다음 날 민가를 소탕하는 왜군 보병에게 붙잡혀 볼썽사납게 왜군 지휘부로 끌려오게 됐다.

"적장은 본보기로 목을 베어 효수를 해야 합니다."

"그렇지 않습니다. 싸움을 빨리 끝내는 방법은 조선 측이 강화 교섭에 응하게 하는 길입니다. 울산 군수라면 조정과도 연결될 테니, 살려서 우리의 의견을 조선 조정에 직접 전달토록 하는 것이 좋을 것입니다."

포로 속에 지휘관인 울산 군수 이언성이 있다는 것을 알게 된 왜군 지휘부는 그의 처리를 둘러싸고 의견이 갈라졌다. 목을 베어 효수를 하자는 측은 오도열도의 영주 고토였고, 화평 교섭에 이용하자는 측은 대마도주 요시토시였다.

"우리의 목적은 싸움에만 있는 것이 아니오. 화평을 끌어낼 수 있다면 그리해야 할 것이오. 그래야만 우리 쪽도 희생을 막을 수 있을 것이오."

유키나가가 분분한 영주들의 의견을 정리했다. 그는 대마도주의 의견을 받아들여, 조선 조정과의 화평 교섭을 위해 이언성을 이용하기로 결정했다.

'부산진성과 동래성이 이틀 만에 모두 우리 손에 떨어졌소. 아무리 고집을 부려도, 조선 쪽에 승산은 없소. 우리의 목적은 강화 교섭이오. 강화 교섭에 응하지 않으면 싸움은 계속될 것이오. 싸움은 조선 측의 많은 희생자만 낼 뿐이니, 하루라도 빨리 강화 교섭에 응해, 더 이상의 희생을 막도록 하시오.'

요시토시는 면식이 있는 이덕형 앞으로 편지를 써, 이언성에게 건넸다.

"적장이지만 교섭을 위해 그대를 살려 두겠소. 이 서찰을 반드시 이덕형 대감에게 전하시오."

그렇게 왜군 지휘부는 울산 군수 이언성을 아무런 조건도 없이 방면하였다.

그런데 죽을 고비를 넘기고 풀려난 이언성은 자신이 포로가 되었다가 풀려난 사실이 탄로 나면, 파직될 뿐만 아니라, 패장으로서 추국 끝에 참수를 당할지 모른다고 여겼다.

살긴 살았는데 나중 일을 생각하니, 그는 겁이 덜컥 났다. 왜군 지휘부로 건네받은 서찰을 가슴에 품은 이언성은 일단 왜군과 떨어지기 위해 북쪽으로 향했다. 상주에 도착했을 때, 순변사로 임명돼 상주에 내려온 이일을 만났다.

"부산진성과 동래성이 함락됐다고 조선이 망하는 것이 아니오. 지

297

금 주상 전하의 명을 받아 신립 장군이 도순변사가 되어 왜군을 치기 위해 내려오고 있소. 모든 근심 걱정은 버리시오."

순변사였던 이일이 호언장담을 하자, 이언성은 왜군 지휘부가 건넨 서찰을 품속에서 몰래 꺼내 찢어 버렸다. 그리고 서신에 관한 사실을 몰래 숨겼다.

그의 서신 파기는 훗날 조선 측과 유키나가의 강화 회담 과정에서 들통이 나고 만다.

민초들의 수난

동래성 남쪽 성문이 왜병에게 뚫렸을 때, 위험을 감지한 김 서방은 민가에 몸을 숨기고 있는 가족들에게로 달려갔다. 어두워 사방이 잘 보이질 않았다.

"어디 있노?"

"어찌 됐는교?"

언양댁도 사태를 짐작했는지, 겁을 잔뜩 먹어 얼굴이 창백해져서는 딸을 안고 오들오들 떨고 있었다. 어린 아들은 옆에 누워 새액새액 숨을 쉬며 자고 있었다.

"왜놈들이 성안으로 들어왔데이."

김 서방이 자는 아들을 얼른 품에 안았다.

"그라믄, 이, 이제 어카믄 되는교?"

언양댁은 입술을 떨며 말을 더듬거렸다.

"여긴 위험하니 안쪽으로 가, 빈집에 숨어 있재이. 퍼딱 서두르그레."

김 서방은 왜병에게 걸리면 죽는다는 생각뿐이었다. 많은 조선 사람들이 왜병의 창칼에 죽어가는 것을 두 눈으로 똑똑히 보았던 터였다. 왜병들은 무지막지했다. 그야말로 저승사자와 다름없었다.

"퍼떡 가재이. 왜군에게 들키면 죽는 기라. 인정도 사정도 없데이."

김 서방은 우선 관아 가까운 곳에서 멀리 떨어져야 안전하다고 판단했다.

"퍼떡 따라오그라. 왜놈들이 쫓아온다 안하나. 죽는다 말이다. 죽어."

마음이 급한 그는 처자를 독촉해 관아와 떨어진 성 안쪽 마을로 향했다.

"아이고, 어디가 좋노?"

이미 많은 사람들이 불이 환하게 밝혀진 관아와 떨어져, 안쪽으로 피해 와 숨을 곳을 찾느라고 법석이었다.

"저리 가재."

김 서방은 제일 안쪽에 있는 초가를 찾아, 사립짝문을 빼꼼하고 열고는,

"계시는교?"

하고 물었다. 인기척은 없었다.

쓰윽.

김 서방은 문을 살살 열고 안으로 들어갔다. 달빛에 안마당이 어렴풋이 보였는데, 난을 피해 성을 빠져나갔는지, 세간이 어수선하게 널려 있었다.

"아무도 없는가 보데이, 다행이데."

김 서방은 뒤뜰로 이어져 있는 옆쪽 부엌으로 들어가, 뒤뜰 쪽을 살폈다. 조그만 텃밭이 보였고, 부엌 옆으로 조그맣게 만들어 놓은 곳간이 있었다. 뒤쪽이라 앞마당에서는 잘 안 보이는 곳이었다.

"잘 됐데."

입구에 짚으로 만든 가마가, 문 대신 위에서 아래로 늘어져 있었다. 김 서방은 가마를 걷어 올리고, 안을 들여다보았다. 사람은 물론

세간이나 곡물도 없어 휑하니 비어 있었다.

"우선 여기 숨어 있제이. 글고 때를 봐서 왜병 몰래 성을 빠져나가믄 살 수 있데이."

김 서방이 아들을 뉘이고, 언양댁에게 손짓을 하였다.

"성 밖으로 도망을 간다 했습니꺼? 알라들이 있는데, 괜않겠는교."

"어디든 가야 안 하겠나. 우선 성을 나가 산속으로라도 가야제. 그기 죽는 거보다 낫지 않겠나. 이자 우짜겠노?"

자신의 판단이 올바른지 어떤지 불안한 김 서방은 언양댁의 질문에 퉁명스럽게 답을 하면서, 손으로는 더듬더듬 짚으로 짜인 멍석을 찾아, 바닥에 깔았다. 입구 쪽에 가마니를 아래로 내리자, 달빛이 차단되어, 곳간 안은 암흑으로 변했다.

"앉그라. 설마 절마들이 이런 구석까지 뒤지지는 않을 기라. 예 있다가, 조용해지믄 성을 빠져나가믄 되는 기라."

"내는 알라들이 울까 봐, 걱정이 된다 아입니꺼?"

"괜않데이. 괜않을 기라."

김 서방은 모든 게 악몽처럼 느껴졌다. 평화롭고 조용하던 일상을 보내던 그들이었다. 하룻낮과 밤사이에 죽음이라는 공포가 다가와서는, 주변에서 서성거리는 이 상황을 도저히 현실이라고 믿기 어려웠다. 그래도 살 수 있다고 스스로 위안을 하며, 김 서방은 언양댁을 달랬다. 부부는 아이들의 손을 꼭 잡고 공포에 떨면서, 그렇게 밤을 보냈다. 음력 사월이라 밤은 아직 차가웠기에 김 서방은 움츠린 상태에서도 몸을 떨었다.

"어메여, 어메여."

"으응."

아이가 치근대는 소리가 들려, 김 서방이 먼저 눈을 떴다. 눕지는 않고, 몸을 움츠리고 있다가 깜빡 잠이 들었던 모양이었다. 입구에 쳐놓은 가마의 듬성듬성한 짚 사이를 뚫고 희뿌연한 빛이 들어왔다. 밖에는 이미 여명이 뿌옇게 밝아 오고 있었다.

'밤을 무사히 넘겼구나.'

김 서방은 아무 일 없이 밤을 넘긴 것에 우선 안도를 하면서, 그는 잽싸게 가마를 걷어 올려, 바깥 동태를 살폈다. 인기척은 없었다.

'이제 왜병의 눈을 피해 성을 빠져나가면 살 수 있다.'

하룻밤을 굶었던지라 동시에 허기가 느껴졌다.

"예, 예있데."

어느새 언양댁도 일어나 치근대는 아이를 안고, 입에다 젖을 물리고 있었다.

"양식 넣어 온 보따리는 어데 두었노?"

"쪼기예."

언양댁은 아이를 안은 채, 앉은걸음으로 몸을 움직이더니 보따리 속에서 보리를 꺼냈다.

"야, 좀 받으이소."

김 서방에게 아이를 맡기고는, 보리를 들고 곳간을 나가 부엌으로 향했다. 김 서방은 곳간을 나가는 언양댁을 보고 있다가, 무슨 생각이 들었는지, 부리나케 쫓아 나섰다.

"야아, 불을 피우믄 안 된데."

"와요? 와 안 되는교?"

보리를 양푼에 넣고 장독에 물을 붓던 언양댁이 퉁퉁 부은 눈으로 대꾸를 했다.

"굴뚝에서 연기가 나믄 왜군이 눈치챌 기 아이라."

"그람, 이 보리를 우짭니꺼?"

"그냥 가져오래이."

"…."

"그냥 날로 묵어야지, 우짜겠노."

"알라들이 날보리를 먹을라 카겠습니꺼?"

"그라믄, 물에다 불렀다가, 멕이믄 안 되겠나."

곡식을 끓이려고 아궁이에 불을 피운다는 것은, 왜군에게 날 잡아 잡숴하는 것과 마찬가지였다. 언양댁은 아이들을 보면서 어찌할 줄 몰라 망설이고 있는데, 김 서방이 이렇게 한다는 듯이, 자신이 먼저 날보리를 입에다 넣고 씹었다.

우적, 우적.

처음에는 딱딱하고 보리 비린내가 입 안 전체에 퍼져 씹기 힘들었으나, 침으로 불려 가며 씹다 보니 조금 후에는 단물이 나왔다. 되도록 꼭꼭 씹어 삼키고는, 바가지로 장독에 있는 물을 떠다가 마셨다. 그는 입 안에 남아 있는 씹다만 보리 찌꺼기를 물과 함께 삼켜 입 안을 헹구었다. 딸에게는 물에 불린 보리를 건져 입에 넣어 주고, 씹도록 했다.

"내 퍼떡 바깥에 당겨 올란다."

날보리를 씹던 김 서방이 물을 들이마신 후, 다짜고짜 하는 말에, 언양댁은 영문을 모르겠다는 표정과 걱정의 눈빛으로 김 서방을 쳐다보며 물었다.

"와, 또 뭔 일이 있는교?"

"성을 빠져나가려면, 왜병들이 어찌 움직이는지, 내 좀 봐야 안 되겠나?"

"조심하시이소, 글고 빨리 돌아오이소."

"알았데이. 내 한 바퀴만 돌라보고 퍼떡 올란다. 니는 알라들하고 예서 꼼짝 말고 있그레."

303

김 서방은 걱정스레 바라보는 마누라에게 다짐을 주고 초가를 나섰다. 관아 쪽에는 여기저기 하얀 연기가 피어오르고 있었다. 밤에 태운 민가에서 솟아오르는 연기였다. 김 서방은 되도록 몸을 숨기기 위해 큰길을 피했다. 민가 앞에는 여기저기 조선 사람의 시체가 나뒹굴고 있었다. 관아 쪽으로 나아가니 왜병들이 관아를 제 집처럼 들락날락하였다.

'도망치길 잘 했다. 아무튼 운이 좋았다.'

김 서방은 성 전체가 왜군에게 점령됐음을 알았고, 왜병에게 발각되는 것이 두려웠던 김 서방은 곧장 가족이 있는 초가로 돌아왔다.

"성이 왜병들로 가득 찼데이. 우리 군졸들은 하나도 안 보이니, 클났데."

"그라믄, 다른 사람들은 다 우째 됐는교?"

"모르긴 몰라도…. 암튼 마이들 죽고 상했더라."

김 서방은 '다 죽지 않았겠나' 하려다가 딸을 보고, 표현을 바꿨다.

"그라믄, 우린 우찌합니꺼?"

"우짜긴? 낮엔 위험하니까, 죽은 듯이 밤까지 예서 있다가, 어두워지믄, 그때 성 밖으로 나가믄 안되겠나."

"…."

"내사 이럴 줄 알았으믄, 성으로 들어오는 게 아인데, 잘못했다 아이가."

김 서방은 언양댁이 침묵하자, 성으로 들어온 것이 불찰이었다는 것을 깨닫고 혼자 중얼거렸다. 네 사람이 편하게 누울 수도 없는 좁은 곳간이었다.

"내 퍼떡 다녀올그마."

마누라와 아이들에게는 꼼짝 말라 하면서도, 그는 밖의 일이 걱정돼, 쉴 새 없이 들락날락했다. 흡사 새앙쥐가 쌀 곳간을 왕래하듯….

"사가세."(찾아라.)

해가 중천으로 오르자, 왜병들은 다시 민가 수색을 시작했다. 수천이 넘는 왜병들이 분산되어 민가를 뒤졌다. 명색은 조선군의 색출이었지만, 속내는 약탈에 있었다. 그게 당시의 싸움 규칙이었다. 이긴 편에 속하면 맘대로 빼앗고, 죽이는 것조차도 허용됐다. 진 편은 그저 맥없이 당해야 했다.

왜병들은 닥치는 대로 민가로 들어가, 값이 나갈 만한 재물은 챙기고 아녀자를 보면 겁간을 했다. 반항하는 자는 그 자리에서 창, 칼의 제물이 되었다. 백주의 대낮에 살육의 굿판이 벌어진 것이었다. 왜병들은 약탈이 끝나거나 겁탈이 끝나면, 반드시 집에 불을 질렀다. 점검이 끝났다는 표시인 한편, 자신들이 한 짓을 숨기기 위해서였다. 그야말로 초토화 작전이었다. 민가의 다락이나 마루 밑에서 숨을 죽이고 죽은 듯이 숨어 있던 사람들은 타 죽거나, 불을 피해 나올 수밖에 없었다.

"캑캑. 으앙."

김 서방이 몸을 숨기고 있던 초가 본채에도 불이 붙었다. 뒤쪽 곳간에 숨어, 운 좋게 들키지는 않았지만, 불이 타오르자, 연기를 맡은 아이들이 기침을 해 대기 시작했다. 아이들의 입을 손으로 막고 있었지만 소용없었다.

"콜록, 콜록."

이젠 자신도 눈물이 나, 더 이상 버틸 수가 없었다.

"마, 이젠 어쩔 수 없데이. 예서 있다가 타 죽는 것보단 나가서 비는 게 낫지 않겠나. 알라들 손 잡으레."

김 서방은 더 이상은 견딜 수 없음을 알고, 가족들을 데리고 곳간

305

밖으로 나섰다. 앞마당에 있던 왜병들은 마치 다 알고 기다리고 있었다는 듯이 창을 꼬나들고 그들을 에워쌌다.

"도코에 가쿠레데이타카?"(어디에 숨어 있었냐?)

왜병들이 왜말로 뭐라 소리를 질러 대면서, 창 뒤쪽으로 김 서방을 찔렀다.

"아이쿠."

복부를 찔린 김 서방은 비명을 질렀고, 그의 허리가 앞쪽으로 꺾였다.

"하나레."(떨어져라.)

이어서 왜병들은 곧 김 서방의 안사람인 언양댁을 두 팔로 잡아 아이들과 떼어 놓았다.

"어무이, 으앙."

언양댁의 치마를 잡고 뒤쪽으로 숨었던 어린 딸이 소리를 내며 울었다. 그러자 왜병 하나가 여덟 살 딸의 손을 잡고는 집 밖으로 끌고 갔다.

"시키는 대로 다 할 테이… 제발, 살려 주이소."

창 뒤쪽으로 찔려, 쓰러졌다가 일어선 김 서방이 가족들이 당하는 봉변을 보고 조선말로 절규하듯 외치자, 왜병들은 곧 창날로 그의 목을 찌르듯 겨누었다. 창날이 어찌 날카로웠던지 햇볕에 반사돼 번쩍하고 빛을 뿜겨 내있다. 김 서방은 몸이 딜딜 떨리있다. 자신의 목을 겨눈 날카로운 창끝이 곧이라도 목을 꿰뚫고 들어올 것 같아, 움쩍달싹할 수조차 없었다.

"용서해 주이소. 살려 주이소."

잘못이 뭔지 모르지만 그저 빌 수밖에 없었다.

"애앵, 애앵."

306

언양댁의 품에서 복남이가 기겁을 하며 울어 댔다. 언양댁이 복남이를 끌어안으며, 잡고 있는 왜병의 팔을 벗어나려 애를 썼다. 김 서방은 가족들이 처한 상황을 보고는 다시 애원을 했다.

"살려 주이소. 살려만 주면 뭐든지 시키는 대로 할라요. 제발 얼라들을 살려 주이소."

두 손으로 싹싹 빌고 있는 그의 목에 왜병 하나가 동아줄을 걸었다. 김 서방은 어떻게든 움직여 보려고 몸부림을 쳐 보았으나, 목에 걸린 동아줄은 더욱 세게 목을 조일 뿐이었다. 그뿐 아니었다. 왜병들은 김 서방이 몸부림을 칠 때마다, 뒤에서 동아줄을 당겼다.

"캑캑."

동아줄이 목을 조여, 기침이 터져 나오고 얼굴에 핏대만이 벌겋게 올랐다.

"놓으시라요. 제발 이러지들 마시라요!"

김 서방이 발악을 하자,

퍼억.

왜병 하나가 창 뒤로 그의 척추를 쳤다.

"어헉."

창대 아래에는 무쇠가 달려 있었다. 그걸로 맞은 김 서방은 자신도 모르게 비명을 지르며 무릎이 꺾였다.

왜병들은 김 서방의 목에 걸어 놓은 동아줄을 당겨, 일으켜 세웠다.

김 서방이 버티려 하였으나, 그럴수록 동아줄이 목을 조여 왔다.

"캐캑, 어흑."

김 서방은 숨이 막혀 신음을 내었다. 전신에 힘이 주욱 빠졌다. '이대로 죽는 게 아닐까' 하는 죽음의 공포가 엄습했다. 그는 동아줄에 몸을 맡긴 채, 끌려갈 수밖에 없었다. 가족들의 안부를 살피려 자꾸 고개를 돌리려 했으나 맘대로 되질 않았다.

"와, 이라는교? 이라지 마이소. 제발….."

"으애앵. 으애앵."

마누라의 외침과 아들 복남이의 우는 소리가 귀에 선명하게 들려 왔다.

"아아."

눈에서 절로 눈물이 흘러내렸다. 김 서방은 자신의 나약함에 분통이 터졌다. 가족의 비명을 듣고도 어쩔 수 없는 무기력함.

"이노마들아, 우리가 뭔 죄를 졌다고, 이라노….."

죽을 작정으로 몸을 뒤틀며, 고래고래 소리를 질렀지만, 도무지 이겨 낼 수가 없었다. 도저히 넘어설 수 없는 거대한 힘이었다. 김 서방은 그저 왜병이 당기는 동아줄을 따라 끌려갈 수밖에 없었다.

"흑흑."

김 서방은 순응할 수밖에 없는 자신의 미약함이 너무도 한스러워, 눈물을 흘렸다.

"복남 아배요. 어디로 가는교? 알라들은 우째라고요?"

언양댁은 목에 밧줄이 걸려 무기력하게 끌려가는 김 서방을 바라보며 언성을 높여 울부짖었다. 무기력하게 끌려가는 남편도 불쌍했고, 남아 있는 자신과 아이들이 너무도 측은했다.

어수선한 상황에서 김 서방은 어디론가 끌려가고, 언양댁과 아들만 남자, 왜병 하나가 언양댁의 품에서 복남이를 떼어 냈다.

"안 됩니더. 안 된다카이까요. 이리 돌려 주이소!"

언양댁은 소리를 지르는 한편, 손바닥을 비비며 사정을 하였다. 남편이 그리도 애지중지하던 아들이었다. 아이는 대를 이을 귀한 손이었다. 절대 빼앗길 수 없었다.

"시즈카니시로."(조용히 해라.)

왜병 하나가 험악한 얼굴을 하고는 왜말로 협박하며 창끝으로 언양댁을 밀어 댔다. 그리고는 아들과 언양댁을 분리시켜, 어디론가 끌고 갔다.

"으앙, 으앙."

복남이는 사태의 심각성을 느꼈던지, 언양댁의 품에서 떨어지자 더욱 크게 울어 댔다.

"시끄럽구만."

복남이를 빼앗은 왜병 하나가, 귀찮다는 듯한 표정으로 아이를 바라보았는데, 그 옆에 고로가 있었다. 얼굴에 천을 둘둘 말은 고로와 같은 마을 출신 마타에몽이 약탈대를 따라 나와 있었다.

"고찌니 구레."(이리 줘.)

고로가 두 손을 쑥 내밀더니 복남이를 빼앗듯 받아 들었다. 한쪽 눈이 가려진 그는 주저 없이 곧장 불이 타오르는 초가 안채 쪽을 향해 성큼성큼 다가갔다.

"우루사이."(시끄럽다.)

그는 아무런 주저도 없이 복남이를 불 속으로 집어 던졌다.

"어어."

곁에 있던 같은 마을 출신 마타에몽이 고로의 행위를 보고는 당황했다.

"으앙, 으아앙, 으아앙, 으으아앙."

"야, 고로, 너 미쳤냐?"

마타에몽이 복남이를 끄집어내려 했으나, 불길이 강렬해 접근이 불가했다. 이미 엎질러진 물임을 알고는 마타에몽이 뒤로 빠졌고, 기겁을 하여, 울어 대던 복남이의 울음소리는 점점 작아지면서, 불타는 소리에 사그라져 갔다.

"내 얼굴을 이렇게 만든 조선 놈들의 씨를 말려 버리겠다."

마타에몽의 질책을 못 들은 척 무시하며, 고로는 입술을 실룩거리며 혼잣말을 해 댔다. 마타에몽은 조소(嘲笑)를 짓는 고로의 얼굴에서 지금까지 보지 못했던 냉혹하고 잔인한 그의 모습을 보았다.

'저리 악랄한 친구였던가?'

마타에몽은 그에게서 섬뜩한 광기를 느끼고는 그 자리를 떴다. 이런 일은 이곳뿐만이 아니었다.

왜병 지휘부는 동래성의 민가를 샅샅이 뒤져, 소탕전을 벌이도록 명을 내렸다. 그러나 하급 병사들의 목적은 약탈에 있었다. 소탕이라는 미명하에 약탈과 방화 그리고 아녀자를 발견하면 겁탈을 했다. 아이들은 포로로 잡았다. 장정들도 포로로 잡았는데, 부상자와 반항하는 자는 모두 즉결 처형을 했다. 고분고분한 자들만 동아줄로 목을 매어 굴비처럼 줄줄이 엮어 끌고 갔다.

지휘부의 소탕 명령으로 왜병들은 조선 사람들의 생살여탈권을 갖게 된 것이다. 많은 조선 사람들의 목숨이 왜병들의 기분에 따라 생사가 갈렸다.

이긴 측에 속한 왜병들은 생살여탈권을 지닌 절대자가 되었고, 패배한 조선 측은 파리 목숨보다 못한 하찮은 미물과 같은 존재가 돼 버렸다. 아무도 그들을 보호해 주지 않았다. 왜군에게 점령당한 동래성은 그야말로 약육강식의 짐승의 생존 법칙이 적용된 아수라장이었다.

그렇게 시작된 왜병들의 살육과 약탈은 늦은 밤까지 계속되었다. 왜병이 성안으로 들어올 때, 미처 성을 빠져나가지 못해, 민가로 숨어든 사람들은 모두 죽거나 포로가 되었다.

김 서방은 자신의 귀중한 아들 복남이가 불에 타 숨을 거두었는지도 모른 채, 포로로 끌려갔고, 언양댁과 딸 역시 포로로 잡혀, 가족은 뿔뿔이 흩어졌다.

포로로 잡힌 조선의 남녀노소는 모두 합쳐 약 오백여 명에 이르렀다. 동래성에 있던 조선 군민 삼천여 명 중 오백이 포로가 되었고, 나머지는 절대자인 왜병에게 무참히 살해된 것이다.

"고로! 아이를 불 속에 던졌느냐?"

마타에몽에게서 고로의 잔인한 행위를 들은 도리에몽은 곧장 고로를 찾아, 책망하듯 물었다.

"예, 그랬습니다. 이 얼굴을 생각하면 도저히 분이 안 풀립니다."

고로의 얼굴에서는 상처에서 진물이 나와 더덕덕덕 말라붙어 있었다. 그는 대답을 하며 둘둘 말아 놓은 천을 얼굴에서 벗겨 내었다. 물로 빨기 위해서였다. 화살촉이 박혔던 부분은 시커멓게 변해 있었다.

"이리 주거라."

도리에몽은 가까이 다가가, 고로의 손에서 무명천을 받아 들었다.

"어디 상처를 보자."

상처는 상태가 안 좋았다. 상처가 굳어야 하는데, 진물이 계속 나오고 있었다. 고로의 몰골이 이전보다 흉측하게 변했음을 느끼면서 도리에몽은 상처가 덧나지 않도록, 가지고 있는 마분(馬糞)을 붙인 후 떨어지지 않게 천을 대어 뒤쪽으로 묶어 주었다. 그리고,

"그래 아이를 그러고 나니 분이 좀 풀리더냐?"

"아니오. 더 속만 상할 뿐입니다."

"그럴 거다. 그들 또한 무슨 죄가 있겠느냐? 하물며 네 얼굴에 화살을 쏜 조선 병사는 또 너와 무슨 원한이 있어 그랬겠느냐? 네 얼굴이 이리 된 것도, 죄 없는 조선 사람이 이렇게 죽어간 것도, 모두 이

싸움이 원인이지, 너와 조선 사람들의 탓이 아니니라. 그러니 분풀이를 한답시고, 조선 사람을 죽이는 게 무슨 도움이 되겠느냐? 괜히 마음속의 고통만 커질 뿐이다. 싸움터에서 제 목숨을 지키기 위해 상대를 죽이는 것이야 어쩔 수 없어 그런다 하지만, 싸울 의사가 없는 사람이나 힘이 약한 사람을 죽이는 것은 죄악이다. 사람으로서 해서는 안 될 일이다. 앞으론 그러지 말아라."

"…"

고로가 이미 자신의 충고를 탐탁지 않게 여긴다는 것을, 자신이 그리 얘기해 봤자 세상을 보는 눈이 뒤틀어진 고로가 자신의 말을 쓸데없는 잔소리로 여길 것이라는 것도 알고는 있었다. 그러나 아직 어린 고로였다. 더구나 친구의 아들이었다. 어떤 인간이 되든, 상관없는 남처럼 대할 수는 없었다. 도리에몽이 말을 마치자 고로는 얼굴을 수그린 채, 아무런 대답도 하지 않았다.

"싸움보다는 상처에 신경을 많이 쓰는 게 좋을 것 같다."

도리에몽은 고로의 어깨를 툭 쳐 주며 화제를 바꿨다. 그리고는 자리를 떠, 자신의 철포대로 합류했다.

'각 대는 병사들을 수습해, 즉시 진군하라.'

전날 밤 동래성을 함락시키고, 하룻낮과 밤을 그곳에서 머문 유키나가는 곧 진군 명령을 내렸다.

"두 번의 전투를 통해 병사들이 지쳐 있습니다. 조금 더 휴식을 취하게 한 후, 진군을 하는 것이 좋을 듯합니다."

다른 영주들이 병사들에게 휴식을 주자는 제의를 유키나가는 단호하게 거절했다.

"병사들이 피곤하다는 것은 잘 알고 있소. 그러나 여기서 꾸물대다가는 가토군에게 선두를 빼앗길 것이오. 그렇게 된다면, 화평 교섭은 더욱 요원해질 것이오."

협정을 통해, 싸움을 빨리 종결시키고자 하는 게, 그와 사위의 속마음이었다. 포로로 잡혔던 이언성을 통해 강화 교섭의 서신을 보내긴 하였지만, 조선 측이 어떻게 나올지 알 수 없었다. 게다가 주전파로서 싸움을 통해 공을 세우려는 가토 키요마사가, 제2번대 병사 이만 병력을 끌고 조선으로 오고 있었다. 한가로이 쉬면서 조선 조정의 답신만을 기다리고 있을 수만은 없는 상황이었다.

"준비가 끝나는 대로 출발한다."

"하아."

곧 전령들이 달렸다.

"싸움도 좀 쉬어 가면서, 해야지."

"쉿, 말조심하게. 잘못하면 이거야."

왜병 하나가 불만을 표하자, 곁에 있던 왜병이 손으로 목을 긋는 시늉을 했다. 잘못 걸리면 항명죄로 처형당한다는 의미였다. 아무튼 명령을 받은 병사들은 불만은 남아 있었지만, 출진 준비를 하지 않을 수 없었다. 부산진성을 함락시킨 후, 쉴 새 없이 바로 다음 날 하루 만에 동래로 진군해, 싸움을 벌였던 그들이었다. 더구나 동래성 싸움은 한밤중까지 지속됐다. 성을 함락시킨 후, 낮에는 소탕전을 빙자해, 약탈과 겁탈을 하느라 제대로 쉬지 못한 왜병들이 많았다. 많은 병사들의 눈이 벌갰다. 그렇지만 총대장의 명령을 거역했다가는, 목이 떨어진다는 걸 아는 그들은 묵묵히 무장을 갖추고 북상 준비를 해야만 했다.

"본국과 연락을 취할 전령과 후방 보급로를 담당할 병사 이백은 남기시오."

두 번의 싸움에서 승리를 거둔 유키나가는 부산진성과 동래성을

313

교두보로 삼고, 각각 병사 이백씩을 남겨 두었다.

'우선적으로 병참 보급로를 확보하도록 하라. 확보된 보급로와 연락로를 통해 짐에게 전황을 수시로 보고토록 하라.'

히데요시가 유키나가를 비롯한 출정대에게 누누이 강조하며 내린 명령이었다. 유키나가도 바다를 건너온 싸움에서 병참 보급이 제대로 되지 않으면, 싸움을 지속할 수가 없다고 여겼다.

"이제, 부산포와 동래에 교두보를 확보했으니, 본국과 긴밀하게 연락할 수 있을 뿐 아니라, 병참 보급도 어렵지 않게 되었습니다."

군사역의 죠안이 유키나가를 향해 미소를 띠었다.

"그뿐만이 아닙니다. 두 개의 성이 무너진 걸 알면, 조선 조정도 화들짝 놀랄 것입니다. 앞으로 화평 교섭을 진행하는 데 유리한 기반을 확보했습니다."

이를 듣고 있던 사위 요시토시가 곁에서 말을 덧붙였다.

"수고들 했소. 아무튼 2번대가 도착하기 전에 속전속결로 진군해, 화평을 끌어내야 하오. 꾸물거리다 호전적인 가토가 도착하면 화평은 도로 아미타불이 될 것이오."

두 사람의 말을 듣던 유키나가가 오른손에 들고 있던 지휘봉을 왼손 바닥에 툭툭 쳐 대면서 말을 받았다.

"히데요시 전하에게 조선의 두 성을 함락시켰다는 승전 보고를 올려야 하지 않겠습니까."

"당연한 일이지."

요시토시가 장인인 유키나가의 얼굴에 화색이 도는 것을 눈치채고는 승전 보고를 확인했고, 유키나가도 미소를 띠우며 화답을 했다.

"승전 보고를 받으면, 히데요시 전하도 흡족해 할 것이고, 마음도 누그러지시겠지. 그렇게 되면 얼마간은 성화를 부리거나, 재촉하는 일은 없을 것이고, 그 틈에 우리는 교섭을 통해 화평을 성립시키면, 이번 싸움은 우리의 의도대로 끝나게 되지 않겠나."

"그리되면, 싸움을 못해 안달이 난 기요마사는 닭 쫓던 개 지붕 쳐다보는 꼴이 되겠지요."

"하하하하하."

장인과 사위 그리고 가신들이 서로 공치사를 해 대며, 기뻐할 정도로, 이들은 전투 결과에 만족했다.

"싸움을 치르느라 병사들이 피곤하다는 것은 충분히 이해하네. 그렇지만 여기서 꾸물거릴 틈이 없음을 이해하게. 그러니 길을 잘 아는 대마도대가 출진 준비가 끝나는 대로 앞장서게."

두 번의 전투를 통해 자신들의 화력이 조선군을 훨씬 능가한다고 확신한 유키나가는 이 기세로 한양으로 올라가, 조선이 화평을 요청하도록, 상황을 만들고자 하였다.

그의 진격 명령에 따라, 대마도대를 선두로 왜군 1번대는 동래성을 나왔다. 그들은 곧장 밀양, 대구, 선산, 상주, 새재, 충주, 여주로 이어지는 중로를 택해, 진군해 나갔다. 그들이 가는 곳에 조선군은 없었다. 왜군의 북상은 그야말로 대나무를 '죽죽' 쪼개는 형국, 즉 파죽지세였다.

북상에 앞서 왜군 지휘부는 다음과 같은 명을 내렸다.

－조선인 중 병사들은 모두 목을 벨 것.
－남정네들 중 양순한 자들은 물자와 짐을 나르는 인부로 종군시킬 것. 나머지 포로들과 아군 부상병들은 본국으로 보낼 것.
－여인들은 취사 준비를 위한 여인과, 장수급 이상의 수청을 들 만한 여인들만 종군시킬 것.

- 귀품이 있는 여자들은 선발하여 전리품으로 히데요시 전하에게
  바칠 것.
- 아이들은 귀국하는 배에 태워 본국으로 보낼 것. 일본 말과 일
  본 풍속을 가르칠 것. 되도록 모두 가톨릭 신자로 만들 것.

남쪽에서 올라온 장계

임금의 침전인 강녕전(康寧殿) 밖이 멀리서부터 훤하게 밝아 왔다. 이어서 동편으로 나 있는 격자창으로, 아침 햇살이 살포시 다가와, 어둡던 어전에 맑은 햇살을 뿌려 주었다. 밤새 대전을 뒤덮었던 시커먼 어둠은, 어디론가 밀려 자취를 감추었고, 맑고 투명한 햇살만이 음습한 대전 안실을 따뜻하게 비춰 주고 있었다.

'봄의 햇살이 참 맑도다.'

침전에서 기상을 한 임금, 선조는 계절이 어느덧 봄의 한가운데 들어섰음을 느끼며, 기지개를 폈다.

"수라가 준비됐사옵니다."

"거기 창막이를 올려, 햇살이 가득 들어오도록 하거라."

지밀상궁이 수라를 안으로 들이자, 임금은 바깥 창을 가리고 있는 창막이를 들어 올리도록 했다.

음력 사월의 햇볕은 따뜻하고 영롱했다. 대전 앞뜰을 비추는 햇살이 한낮에는 따갑게 느껴질 정도였다. 싱그러운 음력 사월의 아침 햇살이 가져다 준 따사함과 환한 맑음에 선조는 오랜만에 평온함을 느끼며, 이를 만끽하고 싶었다.

"인빈을 모셔 오도록 하라."

특별히 경서 강론이 예정돼 있는 것도 아니고, 어전 회의도 없기에, 임금은 인빈과 차를 마시며, 계절을 즐기고 싶었다.

"봄이 되어 그런지 요즘 숙원의 얼굴에 화색이 가득하구려!"

아침 수라 후, 봉황이 그려진 백자 잔에 담긴 식혜를 마시던 임금은 후궁인 인빈 김 씨가 침전으로 들어오자, 다짜고짜 농을 던졌다. 상궁들의 시선을 차단하기 위해 얼른 침전의 미닫이문을 닫던 그녀는,

"전하, 농이 심하셔요."

살짝 얼굴이 빨개진 그녀는 투정을 부리는 척하면서도, 코맹맹이 소리와 함께 몸을 꼬며 교태를 부렸다. 임금이 아침부터 자신을 희롱한다는 것은, 기분이 좋아서 그러는 것임을 잘 알기 때문이었다.

"허허허, 얼굴이 빨개진 게, 마치 살구가 아니오. 좋은 일이로고."

"아이, 아침 일찍부터 소녀를 놀리시려고 부르셨어요?"

임금이 농을 그치지 않자, 더욱 얼굴이 빨개진 인빈 김 씨는 몸을 모로 꼰 채, 넓은 치마폭으로 얼굴을 가렸다. 그러자 하얀 버선이 드러났다. 서른이 넘었지만, 임금 앞에서는 마치 소녀처럼 수줍음을 내비치며, 교태를 부렸다. 타고난 천성이었다. 선조는 그녀의 그런 천진스런 모습을 좋아했다.

"하하하. 이리로 가까이 오구려."

임금이 아침부터 후궁을 침전으로 부르는 일은 흔히 있는 일이 아니었다. 그러니 선조가 인빈 김 씨를 어느 정도 총애했는가를 알 수 있다.

그녀는 명종 때 종6품의 주부를 지낸 김한우의 딸로 태어났다. 외가 쪽 조부가 효령 대군의 아들인 보성군의 증손자 이효성이었다. 딸은 출가외인이었으나, 친모의 외가가 왕실의 가문과 이어졌던 셈이었다. 명종의 후궁이었던 숙의 이 씨와는 외사촌 사이였다. 숙의 이 씨가 명종의 후궁이 되면서, 외조카인 그녀를 궁중에 데리고 들어왔다.

숙의는 그녀를 가까이에 두고 잔심부름을 시켰다. 무수리였지만 얼굴이 반반했다. 게다가 눈치가 빨라, 궁중의 법도와 예의를 가르쳐 주지 않았는데도, 스스로 잘 알아 처신했다.

후궁이었던 숙의 이 씨는 정실인 인순 왕후와도 사이좋게 지내 왔는데, 주로 중간에서 심부름을 맡았던 게 그녀였다. 똘망똘망한 데다, 궁중 법도와 예의에 밝아, 중전도 그녀를 귀여워했다. 그래서 명종이 급사하고, 선조가 임금으로 책봉되자, 인순 왕후는 무수리였던 그녀를 후궁으로 추천하여, 낭랑 열여덟에 숙원(후궁에게 내리는 종4품의 품계)이 되었다.

선조는 정실인 의인 왕후에게서 후사를 얻지 못했다. 대신 후궁이었던 공빈 김 씨를 통해 아들인 임해군과 광해군을 얻었는데, 공빈 김 씨는 그만 산후병으로 타계했다. 그러자 의인 왕후와 침상 금슬이 좋지 않던 선조는 인빈 김 씨를 총애했다. 그녀와 선조와의 사이에서 4남 6녀가 태어났으니, 궁합이 남달랐던 것은 틀림없다. 정실인 중전과는 후사가 없었는데, 후궁인 그녀의 몸에서는 자식들이 쑥쑥 나왔으니, 선조의 사랑이 쏠리는 것은 어쩌면 당연지사였는지 모른다.

임금의 총애를 한 몸에 받은 그녀는, 품계가 종4품 숙원에서 내명부(內命婦-품계가 주어진 여인) 최고의 품계인 종1품의 빈으로 승격되었고, 이후 인빈으로 불렸다.

그녀는 궁궐에서 임금과 잠자리 송사가 유일하게 가능한 숨은 권력자였다. 인빈 김 씨의 오빠로서 장안에서 한량 노릇을 하던 김공량이란 인물이 있었는데, 그는 자신의 누이가 선조의 총애를 받자, 누이의 비호를 등에 업고 세도를 부렸다. 그의 말 한마디에 대신들의 목이 날아갔으니, 그 세도를 미루어 짐작할 수 있었다.

그의 세도를 보여 준 대표적인 사건 중 하나가, 바로 좌의정 정철의 귀양이었는데, 일인즉슨, 당시 인빈 김 씨의 치마폭에 싸여 있던 선조는, 그녀의 소생인 신성군을 총애하고 있었다. 조정 대신들은 이를 심려했다. 어차피 정비인 의인 왕후와의 사이에서 태어난 적자가 없었던 터라, 어쩔 수 없이 후궁에서 태어난 서자 중에서 세자를 책봉하여, 왕위를 계승시켜야만 했다. 그런데 이에도 서열이 있어, 즉 후궁인 공빈 김 씨에게서 태어난 임해군이 가장 나이가 많았기 때문에, 서열로 본다면 첫 번째는 임해군, 두 번째가 광해군이었다. 그러므로 서열상으로 본다면, 나중에 태어난 인빈 김 씨의 소생들이 왕위를 계승하기는 어려운 상황이었다.

그런데 문제는 임금인 선조가 세자 책봉을 차일피일 미루고 있는데다가, 서열 1, 2위인 임해군과 광해군을 멀리하고, 어린 신성군을 총애했던 것이었다.

조정 대신들은 걱정이 태산 같았다.

"주상 전하께서 궁중 법도를 무시하고, 저리도 신성군을 끼고 도니 큰일입니다."

"그러게요. 자칫 잘못하면 조정이 세자 책봉을 두고, 피비린내 나는 권력 투쟁의 소용돌이에 휘말릴지 모르겠소."

조정 대신들은 잘못하면 세자 책봉 문제가, 종묘사직의 파탄의 불씨가 될까봐, 전전긍긍했다.

"한숨만을 쉬고 있을 때가 아니오. 종묘사직을 굳건히 하기 위해서 하루라도 빨리 세자를 책봉토록 해야 하오."

"옳은 말씀이시오."

우의정 유성룡의 말을 좌의정 정철이 받아 맞장구를 쳤다. 유성룡은 동인이었고, 정철은 서인이었는데 모처럼 의견이 일치했다. 인빈 김 씨와 김공량의 도를 넘는 세도와 횡포에 유성룡과 정철은 당파를 넘어 위기의식을 느꼈기 때문이었다.

"종묘사직을 굳건히 하기 위해서라도, 명일 어전 회의에서 주상 전하께 세자 책봉을 건의드립시다."

"쇠뿔도 단김에 빼랬다고, 그게 좋겠소."

세자 책봉이 시급하다는 판단하에 좌의정 정철은, 유성룡의 제의를 선뜻 받아들였다.

"영상 대감은 어떠시오?"

"두 분 대감의 의향이 그렇다면, 나도 동감이오."

당시 영의정은 이산해가 맡고 있었는데, 그는 동인이었다. 그런데, 이산해는 인빈 김 씨의 오빠인 김공량과 비밀리에 내통을 하는 사이였다. 아니나 다를까, 자리에서 빠져나온 그는 이 내용을 즉시 김공량에게 알렸다.

"마마님, 계슈?"

전갈을 받은 김공량은 즉시 궁궐로 들어가, 누이인 인빈 김 씨를 찾았다.

"마마님, 만일 세자가 임해군이나 광해군으로 책봉된다면, 주상의 총애를 받고 있는 신성군 마마는 죽음을 면치 못할 것입니다. 세자 책봉은 구실입니다. 서인들이 조정을 휘잡으려고 마마와 신성군을 몰아내려 음모를 꾸미는 것입니다."

"저런, 쳐 죽여도 모자랄 놈들."

인빈 김 씨의 입에서 험한 쌍소리가 터져 나왔다. 그런데 일은 그걸로 끝나지 않았다. 화가 난 그녀는 이를 북북 갈며, 그길로 선조를 찾아갔다.

"이 시간에 웬일이오."

상소에 눈을 주고 있던 선조는 갑작스런 인빈의 방문을 받고는 의아한 듯이 물었다.

"상감마마! 이 숙원 도무지 서럽고, 억장이 무너져 죽을 것 같습니다."

빈으로 품격이 올랐음에도 자신을 숙원이라 칭하며, 겸손을 떠는 그녀의 눈시울이 벌게지더니, 곧 닭똥 같은 눈물이 뚝뚝 떨어졌다. 자신이 총애하며, 아끼는 여인이 눈물을 흘리자, 선조는 당황하였다.

"무슨 일이오. 마음을 아프게 하는 일이 도대체 무에요. 어서 눈물을 거두고 말을 해 보오."

"흑흑."

이제 한술 더 떠 어깨까지 흔들며 서글퍼하자, 선조는 안쓰러운 마음이 더욱 커졌다.

"누가 우리 인빈의 가슴에 못을 박았는지, 내 그냥 두지 않을 테요. 그러니 그 연유를 속 시원히 말해 보오."

선조는 몸을 일으켜, 다가가서는 다정스레 그녀의 어깨를 잡아 주었다. 그리고는 매우 부드러운 말투로 그녀를 위로했다.

"상감마마. 명일 어전 회의에서 서인들이 세자 책봉을 건의한다고 합니다."

"그게 무슨 소리요? 세자 책봉을 건의하다니?"

"서인들이 서열을 법도로 내세워, 임해군이나 광해군을 세자로 옹립할 것이라 하옵니다. 이는 서인들이 상감마마가 소녀의 소생인 신성군을 총애하고 있는 것을 질시하여, 신성군을 제거하려는 음모라는 소문이 자자합니다. 그것만이 아니옵니다. 소문에 의하면 다른 왕자와 옹주들도 성치는 않을 것이라 하옵니다. 소녀가 힘없는 일개 아녀자에 불과하지만, 어찌 제 배로 낳은 자식들이 죽을 것을 알고서, 슬프지 않을 수가 있겠습니까. 차라리 상감마마 앞에서 혀를 깨물고 자진하는 편이 더 마음이 편할 것입니다."

방바닥에 엎어져 통곡을 하는 인빈 김 씨를 보던 선조는 측은지심이 발동했다.

"어허, 금시초문이오만, 어찌 그런 일이 있을 수가 있겠소. 내 절대 그리되도록 허하지 않을 것이니, 아무런 걱정 말고 눈물을 거두오."

선조는 털썩 엎드려 울고 있는 인빈 김 씨를 일으켜, 비스듬히 앉힌 후, 자신의 가슴으로 안아 주었다.

'사실이라면 내 이를 그냥 두지 않으리라.'

사랑스런 여인의 슬퍼하는 모습을 보고, 연민의 정을 느낀 선조는 자신의 세자 책봉에 감 놔라 배 놔라 하는 대신들에게 괘씸함을 넘어 분노를 느꼈다.

"전하 세자 책봉이 시급하옵니다."

아니나 다를까, 다음 날 아침 경연에서 인빈 김 씨의 말대로, 정철이 세자 책봉을 건의했다. 선조는 기다리고 있었다는 듯, 대뜸 화를 냈다.

"짐이 엄연히 두 눈을 부릅뜨고 살아 있는데, 좌의정이 세자 책봉을 서두르는 이유가 무엇이오? 세자를 내세워 권력을 주무를 생각이 아니라면, 세자 책봉이 왜 필요한지, 어디 짐이 납득할 수 있도록 설명해 보오. 만일 그렇게 못한다면, 내 이를 좌시하지 않을 테니…!"

화가 머리끝까지 오른 선조는 얼굴이 벌게져서, 존댓말, 반말을 섞어 가며 정철을 몰아세웠다. 종묘사직을 위해 당연히 필요한 절차인 '세자 책봉' 건의에, 임금인 선조가 매우 노여워하는 것을 보고, 정철 또한 당황스러웠다. 종묘사직을 위한 일이라 그리 역정을 낼 일이라 여기지 않았던 것이다.

"황공하옵니다. 전하, 조정 대신들 모두가 종묘사직을 위해서라도, 한시라도 빨리, 세자 책봉이 있어야 한다는 공론이 있사옵니다. 그리하여 말씀을 올렸습니다."

"공론이라고? 그게 좌의정 혼자가 아니고, 공론이란 말이지? 또 누구요? 좌의정과 함께 공론을 한 자들이?"

다급해진 정철은 옆에 앉아 있는 유성룡 쪽으로 얼굴을 돌리며, 도움을 청했다. 그러나 유성룡은 모르는 척, 아무런 대답도 하지 않았다. 괜히 나섰다가는 자신도 선조에게 밉보일 것이 뻔하기 때문이었다. 그뿐만 아니었다. 전날 철썩같이 약조를 했던 영의정 이산해는 아예, 몸이 아프다는 핑계를 대고 회의에 출석도 하지 않았다.

"영상도 함께 공론을 했사옵니다. 전하, 통촉하시옵소서."

"무엇이 영상도 함께했다고…?"

정철은 크게 당황해, 자리에 없는 영의정을 끌어들였다.

"영상도 의논을 함께했다면, 이는 좌상 개인의 의견이 아니고, 공론으로 봐야할 것입니다."

서인인 백유함이 정철을 두둔하기 위해, 부복을 한 채, 앞으로 나섰다.

"그럼, 영상을 불러오도록 하라. 내 확인을 해 보리라."

"영상은 오늘 거동이 불편해 참석하지 못한다는 전갈이 있었습니다. 영상이 자리에 없다고 이를 핑계해, 결국 몸이 불편한 영상을 끌어내려 하고 있습니다. 그리고 공론이 되려면, 조정 대신들 모두의 합의가 있어야 합니다. 설령 영상과 그런 논의가 있었다 하더라도 영상을 통해 모든 대신들의 의견을 물어, 합의를 얻어야만 공론이 되는 것입니다. 그런고로 이는 개인의 의견을 공론이라는 이름을 빌려 합리화시키는 것으로 밖에 볼 수 없습니다."

어전 회의에 참석했던 조정 대신 중, 서인들은 정철을 옹호했고,

동인들은 기회라 여기고 정철과 서인들을 비난했다. 왜냐하면 동인들로서는 세 해 전에 있었던 정여립의 역모 사건 때 정철이 벌인 기축옥사에 대한 앙심이 마음속에 남아 있었기 때문이었다.

"정여립이 스스로 왕이 되려고 역모를 꾸미고 있습니다. '이가는 망하고 정가는 흥한다(木子亡奠邑興)'라는 감언이설로 사람들을 현혹하고, 무리를 모으고 있습니다. 길삼봉 등 불순한 자들을 모아, 대동계(大同契)를 만들어 군사 조련을 실시하고 있다고 합니다."

이른바 정여립이 역모를 획책하고 있다는 것이었다. 역모가 보고되자, 선조는 사건의 수사 책임자로서 정철을 임명했다.

"잘 됐다. 내 이를 이용해 정여립을 두둔하는 동인들의 뿌리를 뽑아낼 것이다."

정여립은 원래 이이의 제자였다. 그런데 그가 한때 서인이었던 이이를 공격하고, 동인 쪽에 붙었다. 서인인 정철은 동인들이 두둔하고 감싸는 정여립이 호남 출신이라는 점을 이용했다. 임금으로부터 심문과 조사의 모든 전권을 위임받은 정철은 이를 동인 탄압과 제거의 기회로 철저하게 활용했다. 그는 무리한 심문을 통해 호남 출신 동인들을 전부 연루시켜 처형하거나, 조정에서 쫓아내었다. 그 수가 천여 명에 달했다 하니, 동인은 거의 쑥대밭이 되었다 해도 과언이 아니었다.

'정철을 결코 용서할 수 없다.'

동인들은 그때 정철의 그 잔인함에 치를 떨었고, 그에 대한 원한을 가슴속에 품고 있었던 터였다.

"주상 전하가 강령하신데, 세자 책봉을 서두르는 이유는, 이를 핑계로 좌의정 스스로 권력을 손아귀에 쥐려는 속셈으로 보입니다."

대신 하나가 앞으로 나서지도 않고, 앉은 채로 정철을 비난했다. 물론 동인 소속이었다. 그러자 정철이 정색을 하며 부정했다.

"모함이옵니다. 전하, 통촉하시옵소서."

"무엇을 통촉하란 말인가?"

"저들의 말은 무고이옵니다."

"그대가 한 말을 짐이 직접 들었는데, 무엇이 무고란 말이더냐? 지금 아니한 말을 했다고 했느냐? 대답해 보거라."

정철의 변명에 더욱 화가 난 선조는 이젠 반말 투가 되었다. 사적으로는 반말을 하는 경우가 있지만, 공식적인 어전 회의에서 임금이 반말을 하는 경우는 극히 드문 경우였다.

"그대를 용서할 수 없도다. 즉시 좌의정직을 삭탈한다!"

노기를 띤 목소리로, 선조는 서인의 거두인 정철을 좌의정에서 삭탈관직하였다. 그를 두둔한 서인들에게도 괘씸죄를 적용해, 함께 유배형을 내렸다. 정철은 진주로 귀향을 갔고, 그를 두둔한 백유함은 북방 지역에 있는 삼수갑산의 삼수로 쫓겨 갔다. 그리고 일은 여기서 그치지 않았다.

'서인들의 횡포가 도를 넘었사옵니다. 그들은 조정을 손아귀에 넣고 자신들의 뜻대로 좌지우지하려 하고 있습니다. 심지어 주상 전하의 권위와 영역까지 침탈하려 하니, 이를 그대로 두면 종묘사직이 위험해질 것으로 사료되옵니다. 종묘사직과 나라의 기강을 흔들려는 서인들의 죄를 물어, 치죄하셔야 하옵니다. 그래야 나라의 기강을 바로 세울 수 있습니다.'

동인들은 서인들을 탄핵하는 상소를 연거푸 올렸다. 그들은 서인을 공격할 수 있는 매우 좋은 기회라 여긴 것이다.

'내, 임금을 능멸하려는 자들을 결코 그대로 둘 수 없다. 이번 기회에 기고만장한 그들에게 뜨거운 맛을 보여 주리라.'

세자 책봉 문제를 기화로 크게 노한 선조는 동인들의 상소를 근거로 서인인 우찬성 윤근수, 호조판서 윤두수, 승지 황혁 등을 삭탈관직시켰다. 모두 서인의 영수급에 해당하는 인물들이었다.

"세자 책봉이라는 미명하에 주상 전하를 능멸하고, 조정을 농락한 전 좌상인 정철에게는 극약을 내려야 하옵니다."

영의정 이산해와 그를 중심으로 한 동인의 강경파의 주장이었다. 정여립 역모 사건 때, 정철에게 직접 피해를 입은 동인의 강경파는 이참에 정철을 처형시켜 원수를 갚으려 했다.

"아니옵니다. 이미 죄를 물어 귀양을 보냈으니, 그것으로 족합니다."

같은 동인 중에서 온건파인 유성룡, 김성일은 이를 반대하고 나섰다. 그들은 학문적 경지가 높고, 조정 대신까지 경험한 정철 같은 선비를 파벌이 다르다고 해서 목숨까지 빼앗는 것에 반대를 한 것이다. 결국 이를 계기로 동인들은 다시 북인, 남인으로 갈렸다. 이산해가 중심이 된 강경 세력은 북인으로, 비교적 온건적인 유성룡, 김성일 등은 남인으로, 서로 당파를 달리했다.

아무튼 세자 책봉 문제가 발단이 된 이 사건으로 조정에 있던 서인들 대부분은 삭탈관직과 함께 귀양을 떠나게 됐고, 결과적으로 조정은 동인들의 판이 되었다.

그 일이 불과 한 해 전의 일이었다. 임금인 선조는 이젠 끝났다고 여겼는데, 아직도 그 건에 대해 상소가 올라오고 있었다. 당쟁이 한 해 이상을 끌어오자,

'이젠 지긋지긋하다. 결국은 당파 싸움만 만들었구나.'

선조는 이제 상소를 보는 것조차 지겨워 신물이 날 정도였다.

그런 정국 속에서, 선조는 정말로 오랜만에 햇살이 맑은 아침에, 총애하는 인빈 김 씨와 단란한 아침을 보내며, 기분이 좋아 농지거리

327

를 하고 있던 중이었다. 그런데,

저벅, 저벅.

갑자기 침전 문밖에서 급히 걸어오는 발걸음 소리가 들려왔고, 상궁들의 움직임이 부산스러워졌다. 임금은 '또 무슨 일인가?' 하고 있는데, 아니나 다를까 문밖에서 상궁의 목소리가 들려왔다.

"전하, 승지 이항복 대감 입실이옵니다."

"무슨 급한 일이라더냐?"

선조는 자신의 평온한 아침 시간을 깨는 승지가 미웠다.

'오늘은 또 무얼로 시작을 하려고 그러느냐?' 하는 마음이었다. 그만큼, 선조는 당쟁으로 인한 대신들의 항소에 진절머리가 나 있었다. 불씨를 제공한 것은 인빈이요, 이를 큰불로 만들어 서인들을 징치한 것은 자신이었지만, 이제는 모든 게 귀찮았던 것이다.

"전하 황공하옵나이다. 화급을 요하는 일이라, 무례를 알면서도 강녕전까지 찾아뵈었습니다. 통촉하시옵소서. 부산포에 왜군이 침입했다 하옵니다!"

격자문을 사이에 두고 들려오는 도승지 이항복의 목소리가 급해서, 떨리고 있음을 느낄 수 있었다.

"뭣이, 왜구?"

파벌 색이 그리 강하지 않은 이항복이었다. 그 점을 높이 사, 도승지를 맡겼다. 그런 승지가 아침나절에 침전까지 입실한 것을 보고는, 무언가 급한 일이라 짐작은 하였다. 그래도 당파 싸움에 관한 보고라고만 여겼지, 왜구가 침범했다는 말이 터져 나올지는 몰랐다. 선조는 승지의 말을 '왜구!'로 들었다고 여겼으나, 조금 이상해 다시 물었다.

"승지는 지금 왜구라 하였느냐?"

이항복보다 네 살이 위인 선조는 그에게 임의롭게 반말 투로 물었다.

"황공하옵니다. 전하. 왜구가 아니옵고, 왜군이라 하옵니다."

"뭣이? 왜군이라고?"

어찌나 놀랐던지, 선조는 마시던 식혜 잔을 떨어뜨릴 뻔했다. 선조는 갑자기 머릿속이 하얗게 변함을 느꼈다.

"승지는 어서 안으로 들라. 무슨 일인지, 자세히 말을 해 보아라."

상궁들이 침전의 문을 양쪽으로 당기자, 승지 이항복이 문밖에서 머리를 조아리고 있는 모습이 보였다.

"승지는 왜구가 아니고 왜군이라 하였느냐?"

"그러하옵니다. 전하! 왜병이 대선단을 이루어 부산포에 상륙했다고 하옵니다."

"얼마나 많이 왔더냐? 그들이 노리는 것이 무엇이더냐?"

"황공하옵니다. 부산진성을 공격하고 있다고 합니다."

"아니, 어떻게 그럴 수가 있단 말이냐? 좀 상세히 이야길 하거라. 어허 이거야말로 청천벽력이 아니더냐?"

이항복은 남쪽에서 올라온 장계를 오동나무 쟁반 위에 올려 선조에게 바쳤다. 선조는 둘둘 말아진 장계를 집어 펼치며 급히 읽어 내려갔다.

이미, 이때는 유키나가가 이끄는 제1번대가 부산진성과 동래성을 차례로 함락시키고 상주로 올라갈 즈음이었다.

'왜선 90여 척이 배로 부산포에 상륙해, 조선을 침략.'

조정에 도착한 첫 번째 급보였다. 다름 아닌 경상 좌수사 박홍(朴泓)이 올린 장계였다. 그는 왜군의 침입 보고를 받고 겁을 먹고는, 자신의 거성을 버리고, 왜군이 오는 반대 방향으로 도망을 쳤는데, 내빼는 와중에도 후일을 생각해, 면피용으로 장계를 올렸던 것이다.

장계가 조정에 닿은 것은 왜군이 부산포에 상륙하고, 나흘이 지난 음력 사월 열이렛날(4월 17일)이었는데, 야밤에 도착한 장계가 하룻밤을 묵고 다음 날 도승지 이항복을 통해 왕에게 보고된 것이었다.

"세상에 이럴 수가…. 승지는 어서 조정 대신들을 소집하라."

선조는 아뿔싸 했다.

'정사 황윤길의 말을 들어야 했어!'

선조는 '병화가 있을 것이다. 없을 것이다' 당파 싸움만 일삼던 대신들이 원망스러웠다.

'김성일, 이 무능한 자를 내 그냥 두지 않으리라.'

선조는 '병화는 없다'라고 주장한 김성일에 대해서 분통을 터뜨렸다.

"왜구도 아니고, 왜군이 몰려왔다니, 큰일이 아닌가?"

"황 대감의 말이 맞았어요."

소집을 받아 부랴부랴 궁으로 들어오는 대신들은 당파에 따라 서로의 이해관계를 따지며 웅성댔다.

임금이 대전으로 나서자, 곧 비상 어전 회의가 열렸다.

"자, 왜군이 부산포로 침략을 했다는데 물리칠 방도와 대책을 말해 보시오."

웅성대고 있는 신료들을 내려다보며 선조가 말을 꺼냈다.

"왜구의 수가 얼마나 되는지, 어디까지 올라왔는지, 남도에 파발을 띄워야 합니다."

"왜구가 아니고 왜군이라 하지 않는가."

"상소를 올린 자가 지레 겁을 먹고 과장했을 수도 있습니다. 먼저 상소의 내용을 정확하게 파악해 대책을 세워야 하옵니다."

그 누구도 상세한 정보를 가진 대신은 없었다. 그런데도 말하기 좋아하는 대신들은 중구난방으로 모두 한마디씩 했다.

"왜군이 왜 이 땅에 쳐들어왔는지, 그들의 병력이 얼만지, 아는 대신은 없소?"

"전하, 그리 크게 심려할 바는 아니라고 사료되옵니다. 우선 이일을 순변사(巡邊使)로 삼으시어 중군을 맡기시고, 성응길을 좌방어사, 조경을 우방어사로 삼아 군사를 내려보내면, 능히 왜적을 물리칠 수 있을 것이옵니다."

"어서, 그리하라."

급한 대로 병사 백여 명을 추려, 이일을 남쪽으로 내려보내긴 하였으나, 선조는 불안했다.

"이제 어찌하면 좋겠느냐?"

"…."

임금이 묻자 대신들은 그저 납작 엎드려 아무런 대책도 내놓질 못 하고, 그저 꿀 먹은 벙어리가 되었다. 선조는 속이 답답했다. 아무런 정보도, 근거도 없어, 대책을 어찌 세워야 할지 몰랐다. 단지 박홍이 올린 장계에 적힌 '왜선 90여 척'이라는 내용이 다였다. 왜선 90여 척도 배의 규모에 따라 그 내용이 다른데, 그런 내용은 없었다.

"참으로 답답한지고."

"황공하옵니다."

임금이 불편한 심기를 내비치면, 대신들은 그저 납작 엎드릴 뿐이었다. 이렇게 조정 회의가 탁상공론으로 왈가왈부될 때도, 전황은 시시각각으로 심각하게 돌아가고 있었다.

"부산포에서 올라온 장계이옵니다."

"어서 가져오너라."

선조는 승지가 올리는 장계를 그 자리에서 주욱 펼쳤다.

'부산진성 함락. 부산진성 첨사 정발이 전사. 왜군의 대군은 북상 중.'

부산진성 전투 후 올린 장계였다.

"아니, 이럴 수가…. 남쪽 관문 부산진성이 무너지고, 첨사가 전사했다니…."

임금이 혼잣소리처럼 중얼거리자, 이를 들은 대신들은 모두 얼굴색이 하얗게 변해 서로의 얼굴만 쳐다볼 뿐이었다.

"부산진성이 그리 간단하게 무너지다니, 이를 어찌하면 좋단 말인가?"

탁상공론을 즐기며 '왜군의 침입'이라는 소릴 듣고도 대수롭지 않게 여기던 조정 대신들은 그만 아연실색했다. 그러나 이땐 이미 부산진성이 함락된 지 엿새가 지난 터였고, 왜군은 파죽지세로 북상을 해, 대구를 지나 상주에 접근하고 있었다.

"왜군이 쳐들어와 난리가 났다. 난리가…."

"이걸, 어째…."

곧 조정 내에 소문이 퍼졌고, 이는 다시 대신들과 궁궐의 무수리, 병사들을 통해 삽시간에 궁궐 밖으로 퍼져 나갔다. 난리가 터졌다는 소문이 퍼지자, 장안의 백성들 사이에서도 동요가 일기 시작했다.

"나라 전체가 변란에 휩싸였다. 무릇 죄를 입어 파직되고 귀양 갔던 사람들을 모두 풀어 주고 복직하여 대기토록 하라. 특히 무신들로 조상의 상을 당해 상복을 입고 있는 자들은 즉시 복직토록 명하라."

다급한 선조는 이른바 국가 총비상령의 전교를 내렸다.

"한성부 판윤, 신립을 총사령관인 도순변사(都巡邊使)로 임명한다. 어서 군사를 모아 남쪽으로 내려간 순변사 이일과 힘을 합치도록 하라."

신립은 북방의 온성부사 시절, 두만강 변경을 넘어온 니탕개를 물리친 무장으로, 당시에는 한성부 판윤으로 도성의 경호 책임을 맡고 있었다.

"신에게 종사관으로 김여물(金汝吻)을 붙여 주십시오."

총 사령관 격인 도순변사를 제수한 신립은 부관으로 김여물을 지목했다. 서인인 그는 의주 목사로 있었는데, 정철의 세자 책봉 사건에 연루되어 옥에 갇혀 있었다. 그는 무관 출신으로 여진족과 많은 전투를 하여, 경험이 많고, 기개가 있는 무장으로 평가받고 있었다.

"그렇게 하라."

신립의 청을 받은 선조는 즉시 그의 죄를 풀어 주고, 신립을 수행케 하였다. 그리고는 사기 진작을 위해 직접 신립과 김여물에게 말 한 필씩을 하사했다.

"신, 주상 전하의 명을 받아 출정하옵니다. 전하께서는 심려 마시옵소서. 곧 왜적을 소탕해, 승전보를 올리겠습니다."

임금이 총사령관 격인 신립에게 직접 보검을 하사하며, 전군의 지휘권을 맡기자, 그는 호언을 했다.

"오호, 과연 대장군이로다. 짐은 오직 그대만을 믿으오."

신립의 늠름한 모습과 그의 확신 투의 호언을 들은 선조는 무장 출신인 그의 말이 너무도 든든해, 그의 손을 꼬옥 잡아 주며 당부했다.

'말만 많은 문관들 백 명보다, 무관 한 명이 더 믿음직스럽군.'

선조는 신립의 말 한마디에 듬직함을 느끼며, 상대적으로 문관들은 입만 살아, 나불댄다고 그들을 비하했다.

"하루라도 빨리 승전의 장계를 올리기를 기대하는 바이오."

지푸라기라도 잡고 싶은 심정이었던 선조는 신립의 호언장담을 굳게 믿었다. 아니 믿고 싶었다. 신립을 남쪽으로 내려보내고, 조금은 안심이 되긴 했지만, 아직도 불안은 남아 있었다.

"파발을 띄워, 전국에서 근왕병들을 모아야 하옵니다."

"아니옵니다. 도순변사가 내려갔으니, 이제 안심하셔도 되옵니다."

"유비무환이라 했사옵니다. 왜군이 도성까지 올라올지도 모르니, 궁을 옮기시는 것이 종묘사직을 유지하는 길이옵니다."

"주상 전하께 도성을 비우라는 말씀이오. 그 무슨 망발이오."

"만일 왜군이 도성에 밀려들면 어찌하려시오."

"전하, 통촉하시옵소서. 도성을 버리시는 건 곧 나라를 버리시는 일입니다. 근왕병을 모아 왜적을 물리칠 때까지 백성들과 함께하셔야 할 것이옵니다."

"아니옵니다. 종묘사직을 위해서라도 당분간 도성을 떠나 사태를 지켜보심이 좋습니다."

임금 앞에서 조정 대신들은 다시 중구난방으로 떠들어 댔다.

"쯧쯧쯧."

선조는 문관들의 한심한 작태를 보며 혀를 끌끌 찼다.

"왜나라를 다녀와서는, 그렇게 전쟁은 없을 거라고, 우기더니…."

선조는 영의정인 이산해를 바라보다가는, 그가 동인이라는 생각에 미치더니….

"그렇군. 우병사 김성일을 즉시 잡아들여라."

선조의 뇌리에 김성일이 언뜻 떠올랐던 것이다. 통신사의 부사 신분으로 일본에 갔다가, 병화는 없을 것으로 잘못 보고한 김성일을 절대 그냥 둘 수가 없다고 생각한 것이었다.

"즉시 붙잡아, 의금부에 넣고 추국하도록 하라."

선조는 의금부 도사에게 명을 내리고는 김성일이 자신과 조정을

334

농락했다는 괘씸한 생각이 들었다.

"짐이 직접 국문하리라."

선조는 문관들에 대한 화풀이를 위해서라도 김성일을 친국하겠다고 공언을 했다.

"주상 전하. 경상 우병사 김성일이 보낸 장계가 도착했습니다."

때마침 김성일의 장계가 조정에 올라왔다는 전갈이 왔다.

"이리 가져오너라."

'부산포에 침략한 왜군의 병력 일만 남짓.'

김성일의 장계에는 '왜군의 병력 일만 남짓'이라고 적혀 있었다. 장계의 문장은 왜군의 침략이 그리 대수롭지 않다는 듯한 의미를 띠고 있었다.

"일만 남짓이라면 왜군의 전면 공격은 아닐 것으로 보입니다. 어쩌면 흔히 있던 왜구들의 변방 침입일 수도 있습니다."

김성일의 장계가 올라오기 전까지, 좌불안석이던 동인들은 얼마간 가슴을 쓸어내렸다.

서인인 황윤길이 보고한 '병화의 낌새가 있으니, 대비하자'라는 것을 얼마나 반대하였던가. 또 이이가 '십만 양병설'을 주장할 때 민폐를 끼친다며 오히려 이이를 공격해, 그를 낙향까지 시켰던 그들이었다. 언제 어떻게 불똥이 튈지 몰랐다.

'이번의 침입이 만일 국가적인 큰 변란이라면, 우리들 동인들 모두 그 책임을 면하기 어려울 것이다.'

동인들은 사태가 심상치 않음을 감지했고, 이후 닥쳐올 책임 추궁과 그에 따른 형벌을 두려워했다. 삭탈관직으로 끝나면 다행이었다. 더 큰 형벌이 그들을 기다릴지도 몰랐다. 게다가 더욱 두려운 것은 정국의 주도권을 상대 당인 서인들에게 빼앗기는 일이었다. 그리 되면 또 어떤 보복을 받을지 몰랐다. 멸문지화(滅門之禍)를 당해, 집안이 풍비박산(風飛雹散)이 되기 십상이었다.

'어쨌든 병화가 없어야 우리 동인들이 산다.'

왜적의 침입이라는 소리에 전전긍긍하고 있던 동인들에게, 김성일의 장계는 일단 안심을 주었다. 왜냐하면 이전에도 남해안 일대에는 왜구들의 침략이 자주 있었던 터라, 일만 병력이라면 왜구치고 좀 많기는 하지만, 물리치기가 어렵진 않을 거로 여긴 것이다.

"휴우!"

모두 큰 한숨을 내쉬고는 가슴을 쓸어내리는데, 이번에는 경상 우수사 원균으로부터 장계가 올라왔다는 소문이 들려왔다. 그 역시 동인 계열이었는데, 그가 보낸 장계에는 '왜군의 선박 일백오십여 척'이라고 기록되어 있었다.

"선박이 일백오십 척이라면 꽤 많은 수인데…."

누구의 장계가 정확한지 알 수 없던 임금과 조정 대신들은 장님 코끼리 만지는 격이었다.

"누구의 장계가 맞는지 알 수가 없도다. 대신들은 이를 어찌 생각하오?"

임금의 하문이 떨어졌다. 답을 해야 하는데, 조정 대신들 모두 어느 장단에 춤을 춰야 할지를 몰랐다.

"우병사 김성일 대감의 장계에 믿음이 가옵니다."

동인들의 대답이었다.

"아니옵니다. 우수사 원균은 무관이오니, 그의 보고가 정확할 것이옵니다."

이는 서인들의 대답이었다. 대신들은 누구의 장계가 상황을 정확히 파악한 객관적인 내용인가를 알려고 하기 전에, 그 장계를 누가 보낸 것인지를 먼저 파악했다. 같은 당파인지 아닌지, 같은 파벌이 보낸 장계가 아니라면, 무조건 거짓이라 하고, 해석을 달리 했다.

동인들은 어떡해서든지 왜군의 전면적 침입이 아니라고 주장하고 싶었다. 아니 그렇게 생각했고, 그렇게 되길 원했다. 국가적 변란이라 면, 아마 책임을 덮어쓰고 누구 하나 죽는 것으로 끝나지 않을 문제였 다. 동인 전체가 박살나나, 영원히 말살이 될 수 있기 때문이었다.

이와는 달리 서인들은 이번 사건을 국가 변란으로 몰고 가고자 했다.

"경상 감사 김수에게서 올라온 장계이옵니다."

대신들이 이해관계에 얽혀, 장님 문고리 잡는 식으로 탁상공론하 고 있을 때, 이번에는 경상감사 김수(金睟)가 올린 치계가 올라왔다. 그는 동인 중에서도 남인에 속해 있었는데, 그 내용은 과히 충격적이 었다.

'부산진성 함락. 동래성도 하룻밤 사이에 적의 수중에 떨어짐. 수 장인 첨사 정발과 부사 송상현 전사.'

"뭣이라고…. 아니 어떻게 이럴 수가!"

선조와 조정 대신들은 김수가 보낸 치계의 내용을 접하고 나서야, 비로소 사태가 심상치 않다는 것을 직감했다. 임금을 비롯해, 어전 회 의에 참석한 대신들 모두의 얼굴색은 하얗다 못해 파랗게 변했다.

'동인, 서인을 따질 때가 아니다.'

당파에 따라 사태를 안이하게 생각하고 있던 조정 대신들은 그제 사 이번 일이 단순한 왜구의 변방 침입이 아닌, 그보다 더 큰 국가적 변란의 상황임을 깨달았다.

'잘못하면….'

종묘사직뿐 아니라 나라가 망할 수도 있던 심각한 국면이었다. 대신들은 갑작스런 사태 변화에 당파를 떠나, 서성서성, 웅성웅성 모두 안절부절못했다.

"경상 감사의 장계 또한 믿을 수가 없사옵니다. 조사관을 파견하심이 좋을 줄 아뢰옵니다."

몇몇 대신들은 이제는 김수가 보낸 치계도 신용할 수 없다며, 나서서는 우겼다.

"장계를 보낸 관리들은 그대들이 임명하여 파견한 자들인데 그들을 믿지 못한다면 누구를 믿으란 말이오. 게다가 또 조사관을 파견하자면, 그 조사관의 말은 믿을 수 있겠소? 지난번에 애써 왜나라에 다녀와 바른 말을 하던 정사 황윤길의 말도 거짓이라며, 못 믿겠다고 우긴 경들이 아니오. 자, 그럼, 가장 믿을 만한 조사관은 누구요? 그대가 직접 가서 눈으로 확인하겠소. 그건 믿을 수 있소?"

대신들의 억지에 선조는 역증을 냈다.

'참으로 주둥이만 살아 있는 위인들이로다.'

병화가 닥쳤는데도 뚜렷한 대책은 없고, 웅성웅성대며 당파에 따라 중구난방으로 떠드는 조정 대신들을 보며 선조는 그들이 한심했다.

'이런 무능한 자들과 국사를 논했다니….'

임금은 이 모든 위기 상황이 무능한 대신들 때문에 생긴 것으로 탓을 했다. 임금인 자신의 잘못보다는 모든 것이 탁상공론과 당파 싸움이나 일삼는 무능한 대신들 때문에 사태가 이 지경으로 됐다고 책임을 돌린 것이다. 필요에 따라 동인과 서인의 당파 싸움을 적절히 이용하며, 국사를 운영해 온 자신이었지만, 선조는 모든 책임을 대신들에게 돌리며 원망을 했다.

"무언가 대책을 말해 보시오. 어허, 참으로 답답한 일이로고."

한성에 있던 임금이나 조정 대신 누구도 정확한 정보를 갖고 있지 못한 상황이니, 뚜렷한 대책을 세우는 것 자체가 어불성설이었다.

　상황이 그러하니, 임금과 대신들은 남쪽에서 올라오는 장계에만 의지할 수밖에 없었는데, 동인은 동인대로, 서인은 서인대로 자신들에게 유리한 장계가 올라오기만을 학수고대하다가, 지방관이 자신의 입맛대로 써 올린 장계의 내용을 두고, 그 자구(字句) 해석으로 티격태격했다.

　왜군은 파죽지세로 북상을 해 오고 있는데, 임금과 조정 대신들은 신립을 남쪽으로 내려보낸 후, 아무런 대책도 세우지 못하고 왈가왈부하고 있었으니, 그야말로 격화소양(隔靴搔癢 - 신발을 신고 발바닥을 긁는 일, 효과 없는 일)이었다.

동래성의 포로들

'아, 예가 어디지?'

양녀는 아침 햇살에 눈이 부셔 눈을 떴다. 온몸은 몽둥이에 두들겨 맞은 것처럼 쑤셨다.

'대체, 꿈이더냐, 생시더냐?'

그녀는 자신이 보고 겪은 일이 현실이라고 믿어지지가 않아, 도리질하듯 머리를 흔들었다. 머리가 납덩이처럼 무겁게 느껴졌다. 조금 정신이 들어, 주변을 살피니, 엉기성기 나무로 엮어져 있는 틈을 뚫고 들어온 햇살만이 하얗게 보였다. 하얀 빛은 어두컴컴한 공간을 일직선으로 가로질러 흙벽에 꽂혀 있었다.

햇살은 어둠으로 가득 찼던 광 안 곳곳을 조금씩 밝혀주고 있었다. 광 안에는 아무런 기척이 없었다. 오직 일직선으로 곧게 뻗은 하얀 사선 속에서 하루살이 같은 먼지들이 오르락내리락 하며, 춤을 추듯 나풀거렸다.

주변을 둘러보던 양녀는 무의식적으로 머리에 손을 올려 흐트러진 머리를 다듬었다.

'아, 그랬지! 이게 꿈은 아니다.'

생시임을 깨달은 그녀는 혹시라도 머릿결이 흐트러졌지 않을까, 습관적으로 뒤쪽 머리를 매만지기 위해 손을 올렸던 것이다. 머리를 꾹 꾹 눌러 다듬으며, 그녀는 다시 한 번 광 안을 둘러보았다. 햇살이 미치지 않은 광 구석에는 아직도 어두컴컴한 어둠이 스산하게 깔려 있었다.

'이게 무슨 꼴이더냐?'

양녀는 그제사 자신의 집이 아니라, 동래 감영에 붙어있는 창고에 갇혀 있다는 것을 실감했다. 전신에서는 통증이 엄습했다. 발바닥은 불이 붙은 듯 열이 났고, 종아리는 퉁퉁 부어 있었다.

'아, 얼마를 걸었던가!'

양녀는 하루 전의 일을 생각하며, 무의식적으로 부어오른 종아리를 자신의 손으로 주물렀다.

"흐헉, 그르릉, 그르르르렁."

갑작스레 코고는 소리가 적막을 깼다. 썰렁했던 광 안에, 햇볕이 파고 들어와, 따뜻함이 감돌자, 누군가 코를 곤 것이다.

"안된다요. 지발, 지발⋯."

심지어 잠꼬대를 하는 사람도 있었다. 맨 정신이 돌아온 양녀가 소리 나는 쪽을 찬찬히 보니, 광 안 여기저기에 아낙네들과 아이들이 웅크린 채 쓰러져 있었다.

'아, 그래. 모두 왜군에게 잡혀 온 사람들이지.'

양녀는 왜군에게 포로로 잡혀, 광에 갇혔던 지난 밤일을 되새겼다. 많은 아낙들과 아이들이 광 안에 끌려와 갇혔다. 곧이라도 창으로 찌를 것 같은 왜병들의 살벌한 모습을 보며 벌벌 떨다가, 해가 떨어지고 밤이 되자, 아이, 어른 할 것 없이 모두 "아부이, 어무이"를 부르짖다가, 하나둘 잠이 들었던 것이다.

양녀도 언제 잠이 들었는지도 모르게 잠이 들었다. 광 안에는 그들의 몸을 덮어 줄 이불은커녕 거적 쪼가리 하나 없었다. 광 안에 갇힌 여인네들과 아이들은 배고픔을 느낄 겨를도 없이 공포와 추위에 몸을 떨며, 울다가 지쳐 잠이 들었던 것이다.

음력 사월은 아직 조석(朝夕)의 기온 차가 컸다. 그런 만큼 밤공기는 찼다. 낮에 입었던 얇고 짧았던 그들의 옷차림으로 사월의 새벽 한기를 이겨 내는 일은, 혹한의 추위와 별로 다를 바 없었다.

"어무이, 추워요."

새벽의 냉기는 얇고 벌어진 옷 틈을 집요하게 파고들었고, 추위를 느낀 아이들이 엄마 품을 파고들었다.

다닥, 다닥.

어른들 중, 몇은 덜덜 떨며, 이 부딪치는 소리를 냈다.

"아이, 추워어. 추워어."

사람들은 체온으로 냉기를 이겨 내려고 몸을 쪼그렸다. 가랑이에 손을 묻고 새우처럼 몸을 쪼그리면, 이번에는 허리와 등짝의 맨살이 드러났다. 차가운 한기는 드러난 맨살을 꼬챙이처럼 날카롭게 파고들었다. 옷자락을 끌어내렸지만 소용없었다. 원래 짧게 생겨 먹은 옷저고리는 몸을 움츠릴수록, 등짝은 더 드러나게 돼 있었다. 지치고 허기진 터인지라 추위는 더욱 심하게 느껴졌다.

여명이 밝아 오고, 멀리서 다가온 아침 햇살이 성글게 엮어진 나무 틈을 뚫고 들어왔다. 광 안에 온기가 퍼지기 시작했다. 사람들의 몸 위를 지나는 햇빛은 공포에 휩싸여 쓰러져 있는 육신에 따뜻한 온기를 불어넣어 주었다.

"으으음. 드르렁."

광 안에 온기가 돌자, 굽은 새우등처럼 쪼그려지고 움츠러져 있던 몸들이 조금씩 펴지며, 신음이 새어 나왔다. 살아 있다는 증거였다. 모두 밤새 울다가 지쳐 쓰러져 잠이 들었다. 아침 햇살은 홑겹의 저고

342

리 위를 훑었고, 온기를 가져다주었다. 사람들의 움츠렸던 팔다리가 조금씩 펴지더니, 공포도 허기도 잊고, 모두 아침 선잠에 곤하게 빠져들어 있었다. 햇볕의 따뜻한 온기는 솜이불이었고, 고픈 배를 달래 주는 양식이었다.

양녀는 다시 한 번, 혹시나 들뜬 머리칼이 있을까, 두 손을 넓게 펴, 가르마를 중심으로 머리카락을 꼬옥꼬옥 눌러가며 모양새를 다듬었다. 사람들을 의식한 행동이었다.

그녀는 찬찬히 간밤에 일어났던 일들을 떠올렸다. 하룻낮과 밤 동안에 일어난 일이 마치 눈앞에 재현되듯, 또렷하고 생생하게 떠올랐다.

'꿈이 아니었어! 꿈이!'

모든 일이 꿈속에서 일어난 일이길 바라고, 또 빌었다. 그런데 눈이 뜨이면서, 그런 바람은 소용없는 일이 되었고, 그녀는 다시 비정한 현실 세계로 내동댕이쳐졌다. 지금까지 감히 보도 듣도 못 한, 감히 상상도 못했던 기막힌 일들이었다. 너무도 무서웠다. 아무 것도 보이지 않는 시커멓고 무시무시했던 밤이었다. 앞으로 다시는 광명이 비추는 세상은 오지 않을 것 같았다. 그런데 아침은 밤새 아무 일 없었다는 듯이, 아주 태연하고 무심하게 밝아 왔다.

'어떻게 이런 일이?'

양녀는 아직도 일어난 모든 일을 도저히 믿을 수가 없었다.

'그럴 리가 없다. 이건 틀림없이 악몽이다!'

양녀는 지금 일어나고 있는 현실을 받아들일 수 없다는 듯, 다시 한 번 머리를 흔들며 도리짓을 했다.

'신령이시어. 비나이다. 비나이다. 제발 이 악몽에서 깨어나게 해주십시오.'

이겨 낼 수 없는 현실을 벗어나려고 습관적으로 두 손을 모아 비는데, 옆에서 잠이 들어 있는 만개의 모습이 들어왔다. 만개는 그녀의 몸종이었다. 치마에 흙이 잔뜩 묻어 뒤범벅이 되어 있었다. 숨소리도 들리지 않았다.

'어쩌면 잠이 든 게 아니라, 쓰러져 그대로 숨을 거둔 건 아닌가?'

양녀는 불길한 생각을 떨쳐 버리려고, 그녀를 흔들었다. 그때 불현듯 양녀의 뇌리에 떠올리기조차 싫은 전날의 일들이 주마등처럼 빠르게 스쳐 지나갔다.

양녀가 만개와 함께 동래성을 나온 것은 하루 전(음력 4월 15일) 늦은 아침나절이었다.

"왜적이 부산진성을 무너뜨렸다고 하오. 부산진이 무너졌으니, 조만간에 이곳 동래성으로 몰려올 것이오. 그대는 여종을 데리고 청주로 몸을 피하도록 하오!"

왜군이 부산진성을 공격해, 성이 함락됐다는 소식을 접한 동래 부사 송상현은 첩실인 양녀의 신변을 염려해 즉시 청주로 피신할 것을 명했다.

양녀는 송 부사를 두고 혼자 동래성을 떠나, 정실이 있는 청주로 가고 싶은 마음이 없었다. 그러나 송 부사의 말이 천명(天命)과 같이 지엄했다.

'아녀자가 어찌 지아비의 분부(分付)를 거역할 수 있으랴.'

양녀의 생부는 중인 출신으로 관아의 향리였다. 그런데 수단이 좋았던지, 재산이 많았고 노비도 거느리고 있었다. 만개의 양친이 양녀 친정의 안노비였다. 만개가 양녀보다 섣달 먼저 태어났는데, 나중에 양녀가 태어나자, 만개의 모친이 양녀의 유모가 되어 만개와 양녀를 같이 키웠다. 그런 연유로 만개와 양녀는 피를 나누진 않았지만,

어렸을 때부터 같은 젖을 나누어 먹은 친자매 같았다. 철이 들기 전에는 신분차별을 몰라, 그냥 자매처럼 지냈으나, 철이 들면서 신분차별을 알게 되고, 법도가 엄해 양녀는 상전, 만개는 여종으로 입장이 변했다.

'사람은 모두 똑같은데, 양반, 상민, 중인, 노비…. 왜 그런 게 만들어졌을까?'

만개는 왜 그런지도 모른 채, 법도를 따라야 해, 처음엔 의문이 없진 않았지만, 누구도 알려 주질 않으니, 그런가보다 하고 양녀를 상전으로 모셨다. 다만, 다행인 것은 양녀가 신분을 거들먹거리며 만개를 그리 까탈스럽게 대하지 않는다는 것이었다.

나이가 차, 양녀가 송상현의 소실이 되었을 때, 만개는 양녀의 비녀가 되어 그녀를 따라왔다. 만개도 혼례를 치를 나이가 안 된 건 아니었지만, 여종에게 그런 선택권은 없었다. 특별히 마음에 둔 장정이 있던 것도 아니고, 혼담이 있던 것도 아닌 터라, 만개는 아무런 불만 없이 양녀와 동행했다.

양녀는 얼굴은 아주 빼어난 미인은 아니었지만, 차분하고 얌전해 교양이 있어 보였다. 어려서부터 서책 읽는 것을 좋아했다. 그래서인지, 말과 행동거지가 항상 차분했다.

"계집으로 태어난 네가 무엇에 쓸려고 서책을 그리도 가까이하느냐?"

"서책에 훌륭하고 좋은 성현의 말씀이 많아, 마음에 새겨 두기 위해 읽을 따름이옵니다."

"네가 사내아이로, 제대로만 태어났다면 과거급제도 가능했을 것을…."

양친이 안타까워할 정도로 양녀는 어릴 때부터 서책을 즐겨했다.

그래서 그런지, 행동이 경망스럽지 않았고, 일거수일투족에 교양과 기품이 서려 있었다.

서당 개 삼 년이면 풍월을 읊는다고 양녀와 함께 자란 만개도 이를 보고 따라 배워, 비록 종의 신분이지만, 언문은 쓸 줄 알았고, 진서(眞書-한자)의 의미도 제법 구별할 줄 알았다.

송상현은 정실인 한 씨가 건강이 안 좋자, 주변의 권유를 받아 첩실을 들였는데, 그게 바로 양녀였다. 비록 향리의 딸이었지만, 학문과 교양이 있어 송상현도 그녀를 아꼈다.

송상현이 동래 부사로 부임될 때, 양녀와 함께 동래로 내려왔다. 정실부인인 한 씨는 몸이 안 좋아, 본향인 청주를 떠날 처지가 아니었다. 양녀가 정실 대신 부사의 안사람 노릇을 위해 동래에 내려온 것이었다. 자연스레 동래에서는 그녀가 내아에 머물며 안사람 노릇을 하였다.

동래로 내려온 양녀는 모든 게 낯설었으나, 정실 한 씨의 눈치를 보지 않고, 송 부사를 곁에서 모실 수 있어 마음이 편했다. 그녀에게 동래로 내려와 송 부사와 함께 했던 일 년여의 시간은 너무나 행복하고 소중한 시간이었다. 그래서 더욱더 동래성을 떠나고 싶지 않았다.

'난리가 빨리 정리돼, 모든 게 제자리로 돌아오기만을 빌자.'

전날 동래성을 나온 양녀와 만개는 양산을 거쳐 상주로 오르는 길을 걷고 있었다. 동래에서 상주로 이어지는 길은 원래 파발이 달리는 역로(驛路)였다. 주로(主路)임에도, 폭은 장정의 걸음 세 폭이 채 안 될 정도로 좁았다. 두 사람이 겨우 나란히 걸어 갈 정도여서, 앞쪽에서 사람이 오기라도 하면 몸을 틀어야 했다.

다다닥, 다다닥.

"비켜서라."

그동안에도 파발이 서너 번 달려 북쪽으로 올라갔다. 그때마다, 행인들은 한길을 벗어나, 논둑길이나 숲길로 내려 물러서야만 했다.

양녀는 첩실이라도 지아비가 양반이었던지라, 비단천으로 얼굴을 가린 채, 길을 걷고 있었다. 비상 상황이 아니라면 역마는 아니더라도, 경마잡이가 딸린 세마를 탈 신분이었다. 그런데 송 부사는 싸움에 쓸 말도 부족하다고 양녀에게 말을 내어 주지 않았다.

'아무리 영감마님의 당부라 하더라도 좀 더 성에 있으면 좋았을 것을…. 그리 빨리 성을 나오는 게 아니었는데….'

양녀는 길을 걸으면서도 자신이 왜 그리 빨리 성을 나왔는지 후회를 했다. 뒤를 따르던 만개도 양녀의 속마음을 헤아려 알고 있었다. 동래성을 나온 이후 양녀가 한마디도 하지 않고 길을 걷자, 몸종인 만개는 그런 양녀의 안색을 조심스레 살피며 뒤를 따르고 있었다.

"마님, 저기 작은 동산에 평평한 풀섶이 있으니, 잠깐 숨을 돌리고 가시어요."

"…."

양녀는 아무런 대답도 하지 않고 만개가 끄는 데로 따랐다. 풀숲 위쪽에 평평한 바위가 있어, 만개는 양녀를 쉬게 할 생각으로 그리로 끌었던 것이었다. 뒤에서 따라오던 어린 몸종 금춘이가 잽싸게 올라가, 보자기를 펴서는 자리를 만들었다. 양녀가 보자기 위로 앉고, 만개와 금춘이는 쭈그리고 앉아, 요기라도 할 요량으로 금춘이가 지니고 있던 보따리를 풀었다.

언덕 아래쪽으로는 그들이 방금 지나왔던 길이 동래성 쪽으로 주욱 뻗어 있었는데, 연신 피난민들이 올라오고 있었다. 보따리를 이고 맨 그들은 듬성듬성 무리를 지어서는, 급한 걸음으로 북쪽으로 올라가고 있었다.

"동래에서 오는 사람들인가 보다. 성이 어떻게 됐는지 알아보거라!"

지금껏 잠자코 있던 양녀가 보따리를 풀고 있는 만개에게 다급하다는 듯 말을 건넸다. 성을 나와 입을 뗀 첫말이었다. 목소리에는 애절하고 절박한 심정이 절절히 묻어났다.

"저어, 말 좀 물을게요!"

남정네들이 있음에도 개의치 않고, 만개는 그들을 향해 큰소리로 물었다.

"와요? 우린 급한디···. 글고, 거그도 여기서 머뭇거리다간, 큰일이 날 거인데."

"왜 무슨 일이 일어났나요?"

만개가 시침을 떼고 말을 받았는데, 그녀는 동래 출신이 아닌지라 경상도 사투리를 쓰지는 않았다.

"하, 태평세월이고마! 왜놈들이 부산진성을 무너뜨리고 이제는 동래성으로 몰려갔다 안하는교. 왜놈들이 떼거지로 몰려왔으니 동래성도 곧 무너질 거라카이다. 동래성이 무너지면 양산이 바로 코앞이고, 암튼 경상도가 쑥대밭이 될 터이니, 퍼떡 몸을 피하는 게, 상책 아니겠는교."

피난민들은 만개를 보고 반말 비슷하게 하다가, 옆에 있는 양녀의 차림새를 보고는 말투를 슬며시 바꾸었다. 대답을 끝낸 그들은 더 이상 볼일이 없다는 듯, 서로 재촉하듯 서둘러 가던 길을 올라갔다.

'쿠웅.'

양녀의 가슴속에서 무거운 돌덩이가 철렁하고 떨어졌다. 그녀는 곧 머릿속에서 아뜩함과 동시에 어지럼을 느꼈다. '동래성이 곧 무너질 거'라는 소리가 귀에 남아 웅웅댔다.

"안 된다. 내가 이대로 청주로 갈 수 없다. 영감마님에게 돌아가야 한다."

만개는 양녀가 혼잣소리를 한다고 생각했는데 벌떡 일어서더니 양녀가 언덕 아래로 내려서자,

"마님, 마님!"

만개는 말릴 틈도 없이, 얼른 보따리를 챙기고는 금춘이와 함께 뒤를 따랐다. 한길로 내려선 양녀는 잰걸음으로 지금까지 올라오던 길과는 반대 방향으로 내려갔다. 동래로 향하는 길이었다. 깜짝 놀란 만개가 달려가며 뒤에서 외쳤다.

"마님, 그쪽은 거꾸로 가는 길이에요!"

"안다. 내가 혼자 살아서 청주로 간들, 무슨 좋은 꼴을 보겠느냐. 차라리 영감마님이 계신 동래성으로 돌아가련다. 살아도 지아비와 함께 살고, 죽어도 함께 죽어야겠다. 따라오려면 오고, 말리면 마라."

올라올 때는 느릿느릿 마치 도살장으로 끌려가는 황소걸음 같던 그녀의 걸음이 치마가 휘날릴 정도로 빨라졌다. 만개는 어릴 때부터 그녀를 곁에서 보고 지내왔기 때문에, 양녀의 성격을 잘 알고 있었다. 침착하고 얌전하면서도 한번 결정하면 절대 꺾이지 않는 성격이라는 것을….

'말리면 상전을 능멸한다고 혼찌검만 날 것이다.'

아무리 가까운 사이더라도, 상전인 양녀를 하녀인 만개 자신이 말린다는 것은 언어도단이었다. 동갑, 친밀함, 그런 건 좋을 때만 유효했다. 몸종은 그저 상전의 말을 따라야만 하는 것이 법도였다.

'언감생심(焉敢生心 – 어디 감히 그런 마음을 품을 수 있으랴)'이라고, 감히 상전의 말에 반박하거나 따르지 않았다가는, 혼쭐만 날 뿐이었다.

그게 상전과 몸종의 관계였다. 만개는 묵묵히 양녀의 뒤를 따를 수밖에 없었다.

동래에서 올라오는 길은 점점 난을 피해 올라오는 사람들로 넘쳐났다. 좁은 길은 피난하는 사람들로 가득 찼다. 양녀 일행과 반대 방향에서 올라오던 피난민들은 서로 몸을 틀어, 길을 피해야만 했다.

"어디로 가입니꺼?"

"…."

"왜놈들이 동래성에 쳐들어갔다캅니데. 이제 곧 일로 올라올 거라예. 위험하니, 북쪽으로 올라가는기 좋을 거라예. 이미 거긴 아수라장이라예, 잘못하면 큰 욕본다 안합니꺼."

불안과 두려움의 표정이 가득한 피난민들이 걱정을 해 주었다.

"…."

양녀 일행이 아무런 답도 없이 묵묵히 동래 쪽으로 발길을 옮기자, 그들은 의아한 눈을 하고 고개를 갸웃했다.

"마, 내 코가 석 자 아니가. 남의 걱정할 처지고, 가제."

고개를 숙이고 말없이 양녀 뒤를 따르던 만개와 금춘이는 이들과 같이 가고 싶은 마음이 태산 같았다.

'왜놈들이 들어왔다는데, 성으로 가서 어쩌려고 저럴까?'

만개는 양녀가 일부러 죽을 곳을 찾아 들어가는 것 같아, 원망스러웠다. 동래성이 다가올수록 가슴이 떨리고, 다리는 후들후들 떨려왔다.

"마님, 왜놈들이 들어왔다는데 괜찮을까요?"

"죽기밖에 더하겠느냐!"

양녀는 만개의 말을 일언지하에 물리쳤다. 동래성이 다가올수록 양녀의 걸음은 더욱 빨라졌다.

"헉헉."

내키지 않는 마음으로 양녀를 뒤따르던 만개와 금춘이는 숨이 가
빠졌고, 왜병 생각에 겁이 나, 입 안이 바짝바짝 말라 왔다.

'영감마님은 어찌 됐으려나?'

양녀는 오로지 송 부사에 대한 일만을 걱정하였으나, 뒤따르는 만
개는 송 부사의 안부보다는 왜병이 더 무서웠다. 한 번도 본 적은 없
지만, 왜군은 그녀에게 그야말로 귀신, 도깨비와 별다를 바가 없었다.

'잘못하면 왜인들에게 붙잡혀, 욕을 보고, 죽임을 당할지도….'

그렇다고 양녀를 홀로 두고 내뺄 수도 없었다. 하녀의 입장이니
상전이 죽으라면 죽어야 했다.

'내 목숨이 아깝다고 마음대로 어디를 갈 수 있는 처지가 아닌
걸… 뭘.'

만개는 상전인 양녀와 생사고락을 같이 할 수밖에 없는 자신의
처지를 잘 알고 있었다. 그래도 왜군은 상상만으로도 무서웠다. 잘못
하면 죽을지도 몰랐다. 그렇다고 상전을 두고 혼자 떠날 수도 없었다.
두려움과 갈등에 싸여 고개를 푹 숙인 채, 오십 리 길을 내려왔다. 이
미 해는 뉘엿뉘엿 서쪽 산을 넘어가, 땅거미가 깔리고 있었다. 동래성
의 성루가 멀리 보였다.

"저게 연기가 아니더냐?"

동래성 안에서 치솟아 오르는 연기를 보고, 양녀가 외쳤다.

"네, 집들을 태울 때 나는 연기예요."

'뭔가 큰 사달이 벌어졌음이 틀림없구나.'

만개는 연기가 심상치 않다고 느끼며, 양녀를 바라보았다. 전날
자신들이 빠져나왔던 때와는 전혀 다른 광경이 펼쳐지고 있었다. 하
루 만에 변해 버린 성의 모습을 보고 이들은 눈을 의심했다. 성문은

깨지고 성벽 위에 세워 놓았던 형형색색의 위풍당당한 깃발들은 다 부러지거나 뽑혀 있었다.

"저를 어쩌나, 저를 어쩌나."

양녀는 넘어질 듯한 몸짓을 하며, 전날 빠져나온 동래성의 북문을 향해 달렸다. 치마를 위로 말아 올려, 체면이고 뭐고, 다 팽개친 모습이었다.

"천지신명이시어. 제발 우리 영감마님을 보살펴 주소서. 신상에 아무런 탈이 없게 해 주소서."

혼자 중얼거리는 모습이 어찌 보면 실성한 사람 같았다.

"세상에 어떻게 이런 일이…."

조선 사람들의 시신이 여기저기 널브러져 있었다. 그 참담함은 차마 눈뜨고 못 볼 지경이었다. 시신들이 벌써 부패해 가는지 곳곳에서 악취가 풍겨 나왔다.

"아악. 마님, 저걸 좀 보세요."

나이 어린 금춘이 생전 처음 접하는 비참한 광경에 그만, 비명을 지르며 외쳤다.

"무서워요. 마님. 흑흑흑."

'정말, 지옥이 따로 없구나.'

"괜찮다. 괜찮아. 울지 말거라."

금춘이 눈물을 흘리자, 양녀가 달랬고, 만개가 손을 꼬옥 잡아 주었다. 그때였다.

"도마레."(멈춰라.)

관아로 향하는 방면에서 갑자기 왜병들이 나타나, 창으로 앞을 가로 막았다. 왜말로 뭐라고 지껄였으나, 통할 리 만무였다.

"엄마."

"어머, 어머."

왜병들의 살기등등한 모습을 본 금춘이 '엄마'를 불렀고, 만개도 너무 당황한 나머지, '어머' 소리만 연발했다. 양녀는 아무 소리를 내지 않았지만, 몸이 부들부들 떨렸다.

왜병들은 머리에 삿갓 모양의 투구를 뒤집어쓰고 있었는데, 겉에 걸친 시커먼 갑옷은 흙투성이었다. 모두 여섯이었는데, 사람의 형상을 하고 있었지만, 어딘가가 달랐다. 눈빛은 조선 사람들의 선한 눈빛과는 달리 음흉하면서도 살기를 띤 느낌이었다. 키도 작고 몸은 왜소하지만, 창칼로 무장을 하고 있어, 극도의 공포심을 불러 일으켰다.

"도마레또 잇데루쟈."(멈추라고 했잖아.)

"마님, 우리 보고 하는 소리 같아요."

만개가 양녀를 뒤로 가리며 앞으로 나섰다.

"왜 그러시오?"

왜말을 모르는 만개는 왜병들을 흘긋 보고는, 조선말로 물었다. 조선말을 못 알아듣는 왜병들이 서로 얼굴을 바라보고 있을 때, 만개는 양녀와 금춘에게 눈치를 주어, 몸을 피하려 했다. 그랬더니 갑자기,

'고노 아마."(이년들이.)

왜병 둘이 고함을 지르며 앞으로 튀어나왔다.

"기코에나이노카."(안들리느냐.)

왜병들은 창으로 그녀들을 제지했다. 창을 비스듬히 겹쳐, 앞을 막아 대자, 양녀와 만개, 그리고 한 걸음 뒤떨어져 있던 금춘은 앞으로 나아갈 도리가 없었다.

"히히히."

뒤쪽에 있던 다른 왜병 넷이 웃어 대며 함께 빙 둘러쌌다. 꼼짝없이 갇힌 꼴이 되었다.

"나는 동래 부사의 부인이오. 부사 영감을 만나러 왔오."

양녀가 위엄을 갖추며 조선말을 했으나, 말이 통하지 않는 왜병들은 서로 얼굴을 쳐다보며 뭐라 하더니, 그들 중 셋이 가까이 다가와 창끝으로 양녀와 만개, 금춘이를 차례로 툭툭 쳐 대며 앞으로 몰았다.

"말이 안 통하는 가 봐요. 마님."

"이를 어쩌면 좋단 말이냐?"

왜병들이 서로 바라보며 씨익 미소를 짓는데, 음흉한 속셈이 묻어났다.

'몸을 노리고 있구나.'

만개는 직감적으로 이들이 자신들의 육체를 노린다고 느꼈다. 북문에서 곧장 아래로 내려가면 관아인데, 그리고 가지 않고 왜병들은 큰길 오른쪽으로 그들을 몰았다. 그곳에는 민가들이 몇 채 있었는데, 모두 점방으로 개조돼 앞이 툭 터져 있었다. 관아 앞 큰길에서 마을로 이어지는 길목이었기 때문에, 장날이 아니더라도 장사가 가능한 시전(市廛)들이었다. 평소에는 북적대던 곳인데, 모두들 어디로 사라졌는지, 점방은 모두 휑하니 비어 있었다.

"우릴 어쩌려고 이러느냐?"

양녀가 두려워하는 얼굴로 묻자,

"눈치가 우릴…. 마님, 어쩌면 좋아요…."

양녀가 두려워할 것을 걱정한 만개는 하던 말을 속으로 삼켰다. 그녀는 양녀를 보호코자 두 팔과 몸으로 양녀를 감쌌다. 곱게 자란 양녀보다 거칠게 자란 만개가 상황을 먼저 눈치챈 것이었다. 곁에 있던 금춘이는 '어째, 어째'를 연발하며 몸을 떨었다.

"아루케."(걸어라.)

왜병들은 양녀와 만개가 상황을 눈치챘음을 알고는, 창대로 그녀들을 툭툭 치며 무섭게 인상을 써 댔다. 그들은 창대를 겹쳐 격자를 만들어, 빠져나가지 못하도록 해 놓곤, 이들을 빈집으로 몰았다. 뒤쪽에 있던 왜병들은 '히히히' 하며 이미 군침을 흘리고 있었다. 영락없는 발정난 짐승의 모습 그대로였다.

"우리 마님은 부사 영감의 마님이다!"

갑작스레 만개가 뒤로 돌아서며 큰소리로 외쳤다.

"시즈카니 시로."(조용히 하라.)

여자의 날카롭고 찢어지는 듯한 고성이 울려 퍼지자 왜병들은 당황한 표정을 지으며, 좌우를 살피고는 왜말로 그녀를 위압하고는, 가까이에 있던 삐쩍 마른 왜병 하나가 얼른 손으로 만개의 입을 손으로 덮으려 하였다.

"이 천벌을 받을 놈들! 어찌 우리 마님에게 이럴 수가 있느냐? 누가 있으면 와서 좀 보시오."

만개는 왜병의 손을 잽싸게 피해서는 큰길가를 향해, 고래고래 소리를 질렀다.

"살려 주세요!"

"도와주세요!"

겁을 먹고 조용히 뒤따르던 금춘이도 큰소리를 내어 외쳤다. 찢어지는 듯한 여인들이 비명 소리가 사방으로 퍼지자, 왜병들은 갑작스런 소란에 당황하며 허둥댔다. 뒤쪽에 있던 왜병 둘은 사방을 두리번거렸고, 앞쪽에 있던 왜병 중 하나가 다급해하며 만개를 먼저 저지했다. 하나는 손으로 입을 막았고, 다른 하나는 뒤에서 그녀의 머리칼과 허리를 잡아서는, 힘으로 안쪽으로 밀어 넣으려 했다.

"아아악, 사람 살려!"

만개는 필사적으로 버티며 목청을 높여 비명을 질렀다. 만개는 왜병들이 허둥대는 것을 보고는, 더욱 소리를 높였다.

"놔라, 이놈들아."

만개는 왜병들이 스스로의 행동을 떳떳치 못해, 숨기려 한다는 것을 눈치챘다. 서로 사랑하는 연인이라도, 그 속을 누가 알까 부끄러워하고 감추는 것이 조선의 풍습이었다. 더구나 감추어야 될 남녀상열지사(男女相悅之詞)를 내놓고, 그 짓을 한다는 것은 비난의 대상이었다. 아무리 전쟁 중이라도 왜병들이 아녀자를 겁탈하는 짓이 누구에게 자랑하거나 내놓고 보일 만한 떳떳한 짓이 아니라고 여긴 만개는 왜병들에게도 수치심이 있을 것으로 보고, 그 약점을 찔렀던 것이다.

"도대체 왜들 이러시오?"

양녀도 상황이 위태로움을 알고 반항을 한다고 했으나, 그녀의 언성은 점잖고 교양이 담긴 말투였다. 마치 이치를 따져, 잘잘못을 논하는 듯하였으니, 아무런 효과도 없었다.

"이놈들! 하늘이 무섭지도 않더냐?"

억세게 자신을 억누르는 왜병들의 손을 쳐 내며 만개는 다시 한 번 있는 힘을 다해 고함을 쳤다. 그녀는 위기를 모면하기 위해, 애를 썼다.

"시츠코이 오나고다나."(끈질긴 년이군.)

왜병들은 만개가 완강하게 버티자, 서로 얼굴을 보았다. 무언(無言)이었지만, '겁탈을 포기하고 죽일까?' 하는 눈짓이었다.

"고레, 이죠, 데이코 스루또, 고로스죠."(더 이상 저항하면 죽일 테다.)

왜병 하나가 창날을 세워 만개의 목을 노렸다.

"…."

만개는 왜말을 알아듣진 못했으나, 그들의 눈빛을 보며 사태를 눈치챘다.

"제발 우리 마님만큼은 그냥 두오!"

만개는 양녀를 가리키며, 손짓 발짓으로 왜병들에게 자신의 의사를 전달하려 애를 썼다. 왜병들은 일단 만개가 언성을 낮추자, 우선 안심이 되었는지, 입을 막던 손의 힘을 느슨하게 풀었다.

"나니오 읏데루노?"(뭔 소릴 하는 게야?)

"고노 온나오 카바우요우다나."(이 여자를 감싸는 것 같은데.)

왜병들이 만개의 손짓 발짓을 보며 그녀의 말뜻을 이해하려 했다.

"소우카? 고노 온나가 오쿠사마카?"(그렇군? 이 여자가 상전의 부인 이군)

왜병들이 만개의 의도를 추측하며 양녀를 보니, 과연 입성이 달랐다. 양녀가 입은 옷은 견직물이 섞인 다홍치마요, 만개와 금춘이가 입은 치마저고리는 무명에 물을 들인 것이었다.

"소우다나."(그러고 보니 그렇군.)

왜병들은 세 사람의 관계를 이해했는지, 서로 바라보며 고개를 끄덕였다.

그때였다.

"사람 살려요."

금춘이가 소리를 지르며 밖으로 뛰었다. 왜병들이 만개의 저항을 막으려고 그쪽에 집중하자, 허술한 틈이 생겼고, 왜병이 창으로 만개의 목을 노리자, 가뜩이나 겁에 질려있던 금춘이는 죽이는 줄 알고, 이판사판이란 심정으로 도망을 친 것이었다.

"앗, 츠카메."(잡아라.)

"오레니 마카세!"(내게 맡겨!)

왜병 하나가 어깨에서 가슴에 비스듬히 걸치고 있던 조총을 꺼내어 들었다. 총구를 미리 닦아 놓았던지, 허리에서 총알을 꺼내 장전하

357

고는, 불심지를 꺼내 불을 붙였다.

부시시식.

심지가 타는 소리가 들리더니, 이어서 '타앙' 하고 굉음이 터져 나왔다. 양녀와 만개는 철포 소리에 얼이 빠져 귀를 막고 고개를 숙였다. 그런데 오십 보 앞쪽에서 뛰고 있던 금춘이가 펄떡 뛰더니, 앞으로 고꾸라졌다.

"아이고, 금춘아."

잠시 후 고개를 든 만개는 금춘이가 저 앞에서 엎어지는 모습을 보고 큰일이 났다는 생각에 비명을 질렀다.

"시즈카니 시로."(조용히 하라.)

왜병들의 목소리에 살기가 묻어났다. 그들은 다시 양녀와 만개가 반항하지 못하게, 둘씩 나뉘어 팔과 다리를 잡았다. 왜병들도 백주 대낮에 여인들을 겁탈하는 일인지라, 되도록 그녀들을 안쪽으로 끌고 들어가려 했다. 양녀보다 만개의 저항이 거셌다. 가슴을 적게 보이려고 꼭꼭 여미었던 웃저고리 끈이 풀렸고, 치마가 위로 올라가 속곳이 들어났다.

"흐흐흐흐."

왜병들의 얼굴에 음흉한 욕정이 묻어났다.

"츠카메. 오레가 사키다."(꼭 잡아라. 내가 먼저다.)

왜병 하나가 창을 옆으로 내려놓고 허리춤의 끈을 풀었다.

"사람 살려."

만개가 더욱 필사적으로 비명을 지르며 저항하자, 팔을 잡고 있던 왜병이 이번에는 손으로 입을 틀어막았다.

"으으윽, 사람…."

허리끈을 풀어 낸 왜병이 위에서 덮쳐 왔다. 몸 위에서 눌러 오는

358

남정네의 무게가 만개를 더욱 꼼짝달싹할 수 없게 했다. 숨이 막혔다. 왜병들의 입에서 구렁내가 풍겨 왔다.

'왜놈들에게 치욕을 겪다니, 이젠 죽는 일만 남았다.'

인생이 끝났다는 생각에 만개는 눈물이 핑 돌았다.

'내 죽어서라도 네 놈들에게 꼭 원수를 갚으리라.'

만개는 죽기로 작심을 하고 혀를 깨물려 했으나, 왜병이 손으로 입을 막고 있어 혀를 내밀기도 쉽지 않았다. 자신의 의지에 반하는 무기력에 가슴이 답답해 왔다.

"나니가 앗타노카?"(무슨 일이 있느냐?)

왜병들의 힘과 폭력에 이젠 모든 걸 포기하는 수밖에 없다 여기며 체념하려는데, 고함 비슷한 왜말이 들려왔다. 그러더니 겁탈을 하려고 위에서 몸을 누르던 왜병이 몸에서 떨어져 나갔다. 발을 잡고 있던 왜병의 손이 풀렸다. 조금 전까지도 자신의 의지대로 움직일 수 없던 손발과 몸이 자유를 얻었다. 만개는 눈을 번쩍 뜨면서 일어났고 얼른 저고리 앞쪽을 양손으로 가렸다.

"나시 싯테룬다."(뭐하는 짓이냐.)

바깥쪽에서 일단(一團)의 왜병들이 몰려 들어오고 있었는데, 앞서 들어오는 왜병은 그들을 겁탈하려던 왜병들과 복장이 달랐다. 왜병들 대부분이 삿갓 모양의 군모를 쓰고 있었는데, 그는 좌우의 깃이 올라가고, 장식이 붙은 투구를 쓰고 있었다. 갑옷이 화려했다. 척 보아도 지체가 높은 사람임을 알 수 있었다. 대마도대 소속으로서, 이름은 사사키였다. 순찰 중에 여인의 비명 소리와 총소리가 터져 나오자, 쫓아온 것이었다.

"이 사람들이 우릴…. 제발 살려 주세요!"

만개의 애절한 하소연이 더듬거리며 튀어나왔다. 그녀는 곧 넋이

359

빠져 있는 양녀를 보고 달려가 그녀를 감쌌다.

"우린 죄가 없어요. 제발 도와주세요."

그리고 다시 무릎을 꿇고는 눈물로 호소했다. 왜장은 만개의 조선 말을 듣고, 뒤를 바라보았다.

"예, 살려 달라는군요."

"무슨 일이 있었는지 물어보거라."

"너희들은 누구냐? 왜 여기서 울고 있느냐?"

조선말이었다. 만개와 양녀는 동시에 고개를 들어 조선말을 하는 왜병을 바라보았다.

"조선 사람입니까? 우리말을 할 줄 아세요?"

"묻는 말에만 답하라."

발음이 서툴었지만 분명히 조선말이었다. 조선말을 할 줄 아는 왜 병은 굳은 얼굴이 되어 만개 쪽으로 가까이 다가섰다.

"에구. 알았습니다. 암튼 우리말이 통하니 다행이네요. 여기 계신 마님은 부사 영감님의 마님이십니다."

"부사 영감이 누구냐? 아마 어느 양반집 부인인가 본데…."

통역병이 양녀의 입성과 행동거지를 유심히 살피며 물었다.

"누구긴요. 여기 동래 부사 말이에요. 동래 부사이신 송 자, 상 자, 현 자 부사 영감의 마님이십니다."

왜병 통역의 눈이 휘둥그레졌다. 그러더니 양녀를 흘끗 보더니 그 녀의 귀품을 감지하고는, 무언가를 느낀 듯한 표정을 지으며, 다시 물 었다.

"그게, 정말이냐? 그럼 너는 누구냐?"

"저는 마님을 돕는 종녀예요."

눈치가 빠른 만개였다. 그녀는 통역의 얼굴을 보며 그가 놀래고 있다는 것을 알았다. 왜병 장교도 통역의 표정이 변하는 것을 간파하고는, 내용이 궁금한지 통역을 바라보았다. 만개의 말이 끝나자, 통역병은 그들의 위아래를 다시 한 번 훑어보며 사사키에게, 급하고 빠른 왜말로 전했다.

만개는 통역이 자신의 말을 왜말로 전하는 것으로 짐작하면서 양녀를 부축해 일어섰다.

통역의 왜말이 끝나자, 이번에는 장수가 놀라는 얼굴을 했다. 그는 의아한 듯, 다시 왜말로 뭐라 묻고, 통역이 조선말로 전했다.

"동래 부사 송상현의 부인이란 말인가? 왜 송 부사의 부인이 여기에 있는가?"

"그렇소! 성을 나갔다가 걱정이 되어 다시 들어왔는데, 이 자들이 우릴 겁탈하려 했소!"

통역병이 왜말로 장교에게 고하자, 곁에서 통역된 왜말을 들은 왜병들의 얼굴색이 변했다. 그중 하나가 사사키에게 변명을 하기 시작했다.

"그게, 아닙니다. 겁탈하려던 것이 아니라, 수상해서 심문을 하려 했던 겁니다."

"너흰 어디 소속이냐?"

"오도열도에서 나온 고토대 소속입니다."

"약탈이나 아녀자 겁탈이 군령으로 금지돼 있는 것을 모르지는 않겠지?"

"그게…. 겁탈하려던 것이 아니고…."

"자꾸 변명을 할 테냐? 내 너희들을 끌고 가 처벌을 하고 싶다만, 아직 싸움이 끝난 게 아니니, 그냥 눈감아 주겠다. 만일 두 번 다시 이런 일이 있다면 그때는 용서치 않을 것이다."

사사키의 말대로 약탈과 겁탈은 히데요시의 군령으로 금지돼 있었다. 그러나 이는 명분뿐이었다. 이를 지키는 왜병들은 거의 없었다. 왜병 지휘부도 알면서도 모르는 척 하였다. 장교인 사사키도 이를 잘 아는 만큼 병사들의 약탈이나 방화, 살인을 일일이 막으려 하진 않았다.

대마도대 소속인 사사키는 장교로서 조선인 포로들의 관리를 맡고 있었는데, 통역병과 함께 포로들이 갇힌 관아 옆 창고인 광을 살피러 나왔다가, 총소리와 비명 소리를 듣고 쫓아온 것이다. 양녀와 만개에게는 천만다행이었다.

'천운이다. 만일 이 사람들이 안 왔으면 어떤 사태가 벌어졌으랴. 휴우.'

만개는 몸서리를 치며, 사사키에게 고개를 숙여 예를 표했다.

유키나가를 총대장으로 하는 1번대 소속 병사 일만 팔천은 지역과 연고에 따라 기질이 달랐다. 유키나가의 히고대와 대마도대에는 영주인 유키나가와 도주 요시토시가 독실한 천주교도였기에 천주교도들이 많았다. 반면 오도열도에서 나온 고토대에는 해적이나 왜구 출신들이 많았다. 이들이 이번 전쟁에 참가한 이유는 약탈을 통해 한몫을 잡기 위해서였다. 대마도는 오래전부터 도주가 조선에서 벼슬을 받을 정도로 조선과 친교를 맺고 있었다. 그런 만큼 대마도대 소속 병사들 중 장교급 이상은 거의 조선과 교역을 경험하거나 인맥이 있을 정도로 관계가 깊었다. 그들은 히데요시의 명령 때문에 싸움에는 참가했지만, 조선의 풍습도 잘 알고 있었고, 이해도 깊었다. 또한 전쟁이 시작되긴 했지만, 도주가 조선 측과 화평 교섭을 위해 애를 쓴다는 것을 잘 알고 있었다.

그러나 나가사키 서쪽에서 참가한 고토대 소속 병사들 중, 일부는 그렇지 않았다. 오도열도(五島列島 - 일본 발음 고토렛토)의 영주 고토는 히데요시에게서 배당받은 할당 병사 수가 모자르자, 왜구 출신들에게도 징발령을 내렸다. 그중에는 진도 출신 조선인 살동이 한때 몸을 담았던 왜구 집단도 포함돼 있었다. 두령 소베도 이번 싸움에 참가하고 있었다.

살동이 반민의 죄를 뒤집어쓰고 조선으로 송환돼 처형된 후, 히데요시는 명령을 내려 왜구 짓을 못하게 하였다. 해상 단속이 심해지자, 소베가 이끄는 왜구 집단은 생활이 전과 같지 않았다. 그런 와중에 조선 출정의 징집령이 전달된 것이다. 논의 끝에 일부 소두령이 남아 본거지를 지키고, 두령 소베와 왜구들은 싸움에 참가했던 것이었다.

오도열도의 영주인 고토는 이들을 별동부대로 만들어, 용병처럼 취급했다. 대가가 없는 용병이었다. 그러니 그들의 참가 목적은 오로지 전쟁을 통해 한몫 챙기는 일이었다. 약탈과 찬탈 그리고 욕정을 채우기 위한 겁탈이 그들의 주목적이었다. 별동대 취급을 받은 그들은 싸움이 끝나면, 소탕을 한다는 핑계로 마을을 털었다. 값나갈 만한 금은보화를 빼앗아 챙겼으며, 닥치는 대로 사람을 죽였다. 아녀자를 보면 겁간을 했다. 왜구 경험이 있던 만큼 약탈과 겁간에 익숙했고, 잔인했다. 이들은 전쟁 속 혼란을 이용해, 자신들의 이익을 꾀하고 무고한 사람을 해하는 이른바 무법자들이었다.

"어서, 본대로 돌아가라. 쌍판대기를 보기도 싫다."

사사키는 양녀 일행을 겁탈하려던 고토대 소속 왜병들을 향해 질타를 하고 나서, 통역에게 양녀와 만개를 관아로 끌고 가도록 명했다.

"잠깐만요."

"…."

만개가 앞으로 나서며 조선말로 무언가를 전하려는 것을 알고는 사사키와 통역병이 멈칫했다.

"저기···. 우리 아이가 쓰러져 있어요. 좀 보게 해 주세요."

"우리가 벌써 보았다. 안됐지만, 이미 숨이 끊어졌다."

사사키와 통역병은 철포 소리를 듣고 부하들과 함께 달려오다가 오십 보 앞에 쓰러져 있는 금춘이를 먼저 보았던 것이다. 탄환은 뒤에서 날아와 정확히 가슴을 관통했다. 거의 즉사였다.

"아이고, 금춘아!"

금춘이가 쓰러져 있는 곳으로 안내된 만개는 오열을 하며, 무릎을 꿇었다. 가슴에서 피가 철철 흘러 흥건했다.

"이 불쌍한 것, 아이고···. 그러게 왜 도망을 가니···."

만개는 절명한 금춘이를 끌어안으며 북받쳐 오르는 설움에 통곡을 했다.

"아이고, 어린 것이 꽃도 한 번 못 피워 보고··· 아이고."

"만개야. 이제 그만하거라."

양녀가 만개의 어깨를 감싸며, 그만 울라고 만류했다.

'동래성으로 돌아오지 않고 부사 영감의 명령대로 곧장 청주로 올라갔으면 이런 일이 없었을 것을···. 마님이 고집을 부려 죽은 거나 마찬가지인데···.'

만개는 속으로 양녀가 차갑게 느껴져, 다소 서운한 마음이 들었다.

"저 애를 양지바른 곳에 잘 묻어 주세요. 제발 부탁드립니다."

양녀와 만개는 자신들이 죽은 금춘이의 사체를 거둘 수 없다는 것을 알았기에 통역병에게 부탁을 했다.

"에구, 불쌍한 것."

만개는 미련을 감추질 못하고 연신 눈물을 훔치면서 숨을 거둔 금춘을 향해,

'아무것도 해 주지 못해 미안하구나. 부디 천당으로 잘 가거라.'
그렇게 마음속으로 명복을 빌어 줄 수밖에 없었다.

2권 끝

3권에서 계속…

현해(玄海), 통한의 바다 2

초판발행	2019년 11월 27일
지은이	김경호
펴낸이	안종만·안상준

편 집	황정원
기획/마케팅	송병민
표지디자인	이미연
제 작	우인도·고철민

펴낸곳	(주) **박영사**
	서울특별시 종로구 새문안로3길 36, 1601
	등록 1959. 3. 11. 제300-1959-1호(倫)
전 화	02)733-6771
f a x	02)736-4818
e-mail	pys@pybook.co.kr
homepage	www.pybook.co.kr
ISBN	979-11-303-0851-7 04810
	979-11-303-0849-4 04810 (세트)

* 잘못된 책은 바꿔드립니다. 본서의 무단복제행위를 금합니다.
* 저자와 협의하여 인지첩부를 생략합니다.

정 가   15,800원